プロペラオペラ
5
犬村小六
イラスト：雫綺一生

Contents

Propeller Opera 5

Design: chika toyoda(musicagographics)

プロペラ・オペラ 5

犬村小六

イラスト：雫綺一生

Koroku Inumura Presents

Propeller Opera

大公洋
ガメリア合衆国
大征洋
レキシオ
ハワイ
ニューギニア島
ブーゲンビル島
イザベル島
ソロモン諸島

リングランド
帝国
エルマ
第三帝国
ヒスパーナ
日之雄
鄯
來湾
フィンドア
フィル
フィン
メリーシャ
ウィンドリア
コースト
ダリア
世界全図
World map

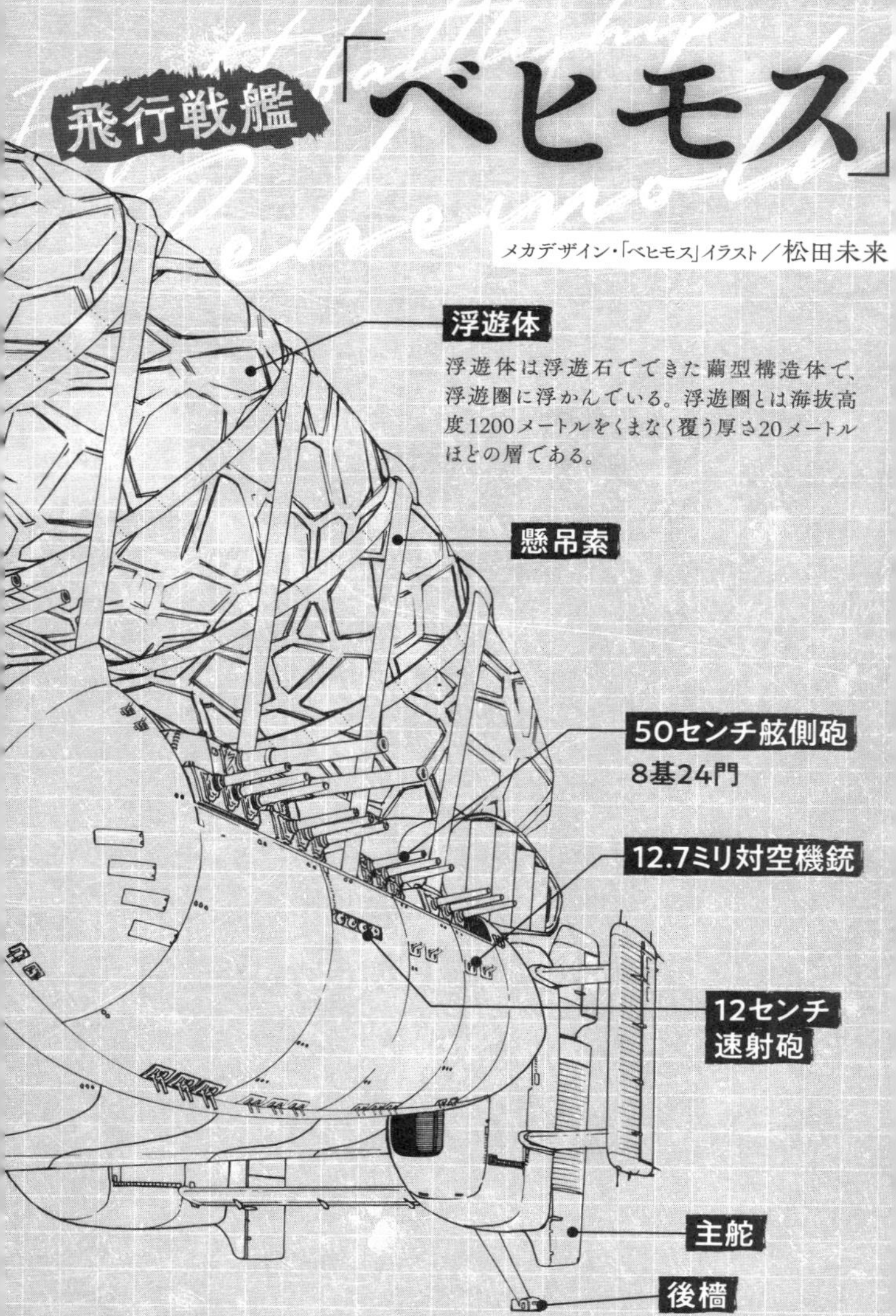
The battleship Behemoth
飛行戦艦「ベヒモス」
メカデザイン・「ベヒモス」イラスト／松田未来
浮遊体
浮遊体は浮遊石でできた繭型構造体で、浮遊圏に浮かんでいる。浮遊圏とは海抜高度1200メートルをくまなく覆う厚さ20メートルほどの層である。
懸吊索
50センチ舷側砲
8基24門
12.7ミリ対空機銃
12センチ
速射砲
主舵
後檣

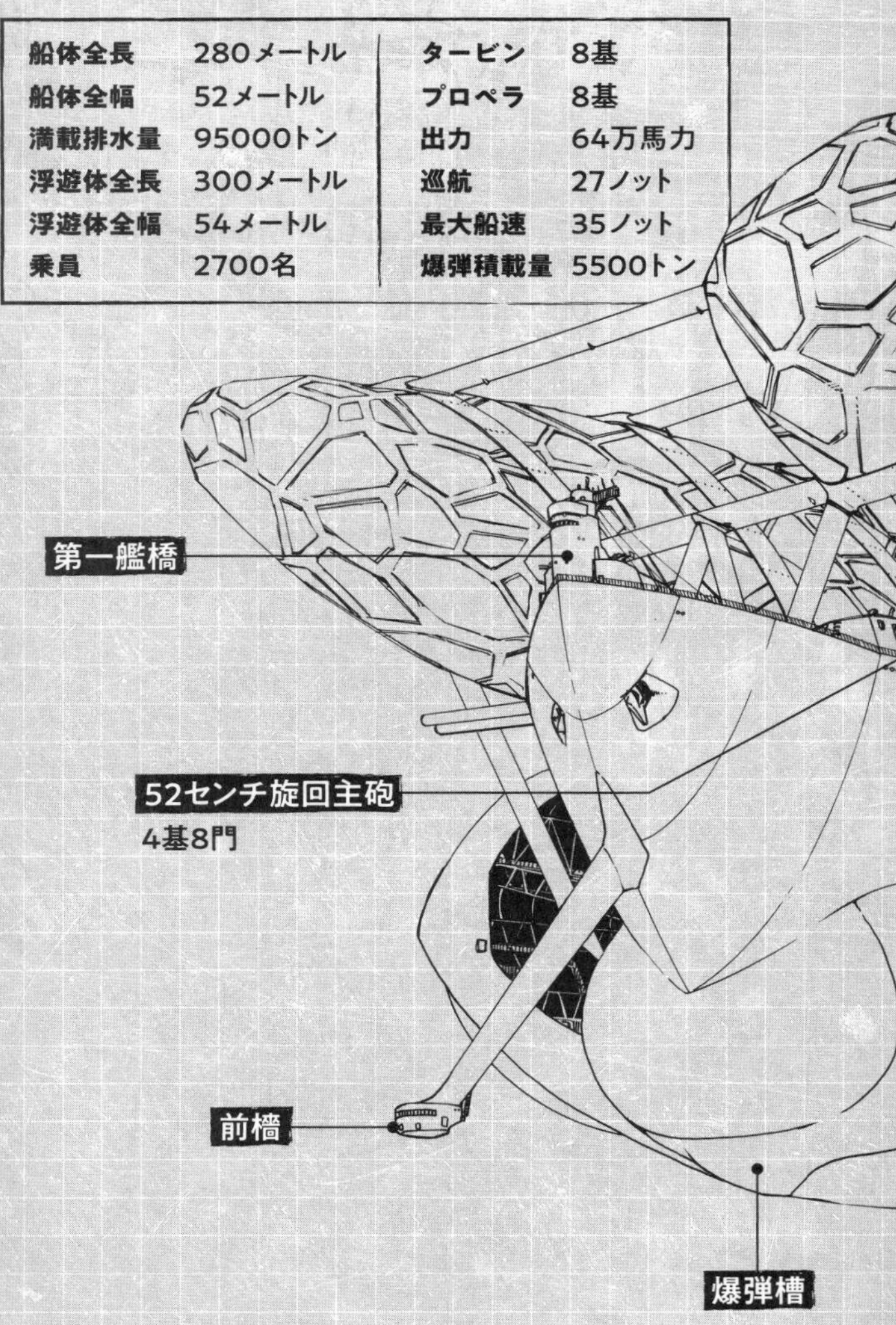
船体全長　280メートル
船体全幅　52メートル
満載排水量　95000トン
浮遊体全長　300メートル
浮遊体全幅　54メートル
乗員　2700名
タービン　8基
プロペラ　8基
出力　64万馬力
巡航　27ノット
最大船速　35ノット
爆弾積載量　5500トン
第一艦橋
52センチ旋回主砲
4基8門
前檣
爆弾槽

あらすじ

宮家嫡男（ちゃくなん）・黒之（くろの）クロトは第一王女イザヤの血筋を目的にプロポーズしたため両親共々王籍を剝奪され、ガメリア合衆国へ逃げ延びた。ガメリアで出会った投資家カイルと共に瞬く間（またたくま）に大金持ちとなったクロトだがカイルの裏切りに遭って無一文となり、「ガメリア合衆国大統領となってイザヤを手に入れる」と宣言したカイルに憤慨、目的を阻止するため帰国して軍人となり、イザヤが艦長を務める飛行駆逐艦（くちくかん）「井吹（いぶき）」に乗り込む。

そののち、イザヤとクロトは第八空雷艦隊を率いてガメリア艦隊を次々に打ち破る大活躍、一方のカイルも独自の金融政策によって人類史上最大の飛行艦隊を築き上げ、大統領に就任。超巨大戦艦「ベヒモス」を旗艦とするガメリア新大公洋（だいこうよう）艦隊は日之雄（ひのお）を火の海とするべく、西進を開始しようとしていた……。

序

introduction

東の水平線が青紫色をたたえ、舷外に浮き材をつけた「アウトリガー」と呼ばれるふたり乗りカヌーが海原へ浮かび上がった。

黎明（れいめい）の海を、オールを持った男女がふたり、マングローブの繁茂する入り江へ巧みにアウトリガーを操（あやつ）っていく。

「着きました、ブーゲンビル島です……！」

少年らしい声が、万感の思いを込めて暁闇（ぎょうあん）から届く。

「着いたね、本当にここまで来れたね……」

つづけて、少女らしい柔らかい言葉。

ふたりは膝（ひざ）まで水につかりながら、ここまで乗ってきたアウトリガーを岸辺へと引き上げ、マングローブの林の奥に隠す。

水平線の青紫が、ゆっくりと赤く変じていく。闇が散っていき、ほんのりした空の下、日焼けした会々速夫（あいあいはやお）二等水兵と、風之宮（かぜのみや）リオ内親王（ないしんのう）が笑みを交わす。

黒ずんだシャツに半ズボンを着て、ゴム底の靴を履いた速夫が林から出る。

そのうしろ、リオは上下の分かれた木綿の布を身体（からだ）に巻き付け、ゴム底の靴を履き、しっかりした足取りで速夫についていく。

聖暦一九四〇年十二月五日、ソロモン諸島、ブーゲンビル島。

いかだに乗って島を旅立ってから三か月が経ち、ふたりとも肌は擦り傷とアザだらけだった。虫に食われたあとも多くあり、手足もすっかり痩せて黒ずんでいる。

「大丈夫ですか、リオさま？　少し休みます？」

「ううん。明るくなる前に、隠れ場所見つけよう」

身体は見る影もなくぼろぼろだが、交わす言葉は明るい。周囲は鬱蒼とした熱帯林で、足下もぬかるみ、進むだけでも体力を使う。

ほどなく速夫は現地人が使っている小道を見つけ、リオの手を引っ張ってぬかるみを出ると高台を目指す。

「ラバウルまで、あと二百五十キロほど海を北西へ渡れば到着します。本当に、本当に、よくここまで我慢してくださいました……」

速夫は洟をすすりながら、ここまで文句もいわずに辛い旅をつづけてくれた王女殿下に感謝を送る。

「まだ着いてないよ。ここからが大変だし。泣くのはラバウルに着いてからにしよう」

速夫のうしろを歩きながら、リオは微笑む。

つまずいて転んで岩に身体をぶつけたり、食べるものも飲むものもない苦しさをあじわったり、スコールに打たれながら眠ったり、ここまで波瀾万丈の旅路だったが、リオは不思議と辛くはなかった。

困難だけれど、速夫と一緒なら乗り越えていける。

いつだって、どんなときも速夫は目の前の困難に勇気と理性で立ち向かい、克服してきた。

一番苦しかったのは二か月ほど前。

イザベル島の西端で、船を入手するため現地人の村で協力者を探していたとき、リオは熱病にかかって動けなくなった。

高熱を発し、ベッドもなく、ここで死ぬのだと覚悟した。

衰弱するリオを見て、速夫は「すぐに戻ります」と告げて、ひとりでどこかへ出ていった。

三時間ほど経ってから、速夫は入手した解熱剤をリオに飲ませ、傍らに跪いて湿らせた布でリオの額を一晩中拭っていた。

熱が引いたあと、どこでキニーネを手に入れたのか速夫に尋ねた。

『ガ軍の見張所に忍び込んで盗んできました』

速夫は得意げにそう言って、ついでに盗んできた缶詰と医薬品、新聞をリオに見せた。

一瞬あっけにとられてから、リオは笑った。

速夫と一緒なら絶対に最後まで旅をつづけられる。あのときそう確信し、今日とうとうブーゲンビル島にまで辿り着いた。海を渡ることができたのは、懐中時計と物々交換で手に入れたアウトリガーのおかげだ。リオの父、風之宮源三郎がくれたあの時計がなかったら、ここへ辿り着くこともできなかっただろう。

高度二百メートルほどの高台へ出て、速夫は島と海の様子を見晴らしてみた。すでに太陽は水平線を離れ、まっさらな曙光が濃緑の山襞に陰影を描いていた。

「船が多いですね。あそことあそこに見張所が」

速夫の言うとおり、海原にはガ軍の哨戒艇がいくつか航跡を引いていた。ラバウルから襲来する日之雄軍機を警戒し、櫓を組んだ見張所が海岸沿いに見て取れる。

「島内は敵兵ばかりでしょう。昼間は隠れるしかありません」

「うん。仕方ないね」

ここまで三か月の旅路において、昼間に出歩いたことは数えるほどしかない。移動は常に夜間、いかだや船での航走のみ。行商に見せかけるため船には常に花や果物を載せ、拾ったガメリア国旗を舳先に立てて、海上警戒網をかいくぐってきた。

哨戒艇に止められたことが二回ある。

しかしふたりとも日焼けして痩せこけ、アザと擦り傷まみれだから夜間では現地人と区別がつかず、下手くそなガメリア国歌など歌いながら果物をプレゼントすると苦笑いして通してくれた。

王族であるリオは、捕虜になることができない。万が一、王族が捕虜になったなら、敵はそれを喧伝(けんでん)に使い、日之雄皇王家の権威は地に堕ちてしまう。そのためリオは捕虜になりそうな場合は自死を選ぶし、速夫はリオの亡骸(なきがら)が敵の手に入らないよう処分せねばならない。だから非常な緊張を伴って隠密(おんみつ)行動をつづけてブーゲンビル島まで来たが、最大の難関はこの先だ。

　ここまでは島の沿岸を航走すれば良かった。

　だがここからラバウルまでの二百五十キロメートルは荒々しい外海へ出なければならず、アウトリガーでは航行不可能、どうしてもエンジンのついた船が必要となる。

　入手方法は、ひとつ。

　ガ軍から盗む。

　それ以外には不可能だと、リオと速夫はここまでの話し合いで結論づけていた。

「ここからはひたすら待つしかありません。駐屯(ちゅうとん)所を監視して、敵の行動パターンを探りましょう。哨戒艇の出入りする時間、警備の手薄な時間、間抜けな兵士の見張時間、監視をつづけていれば必ず突破口が見いだせます」

　速夫の口調は毅然(きぜん)として頼もしい。

　リオは頷(うなず)いて、告げる。

「うん。速夫くん、かっこいいね」

　ここまでにもう何百回も繰り返したその台詞(せりふ)を、速夫はいつものように顔を真っ赤にして照れながら、答える。

「旅が終わってから言ってください。まだ途中なので」

「そうだね。終わってから言うね」

そう言いながら、どうせまた明日にでも同じ台詞(せりふ)を届けるのだろうとリオは思う。

「最後の難関です。焦らず慎重に行きましょう。しっかり準備しさえすれば、必ず船が手に入りますから」

速夫(はやお)の言葉に、リオは笑顔で頷(うなず)いた。準備にたっぷり時間がかかっても、特に文句はなかった。リオは少しだけ、この旅が終わろうとしていることに寂しさを感じてもいた。

一、ペルセウス

episode one

「そのへんのクソガキが指揮しても勝てる」

鋼鉄に閉ざされたハワイ上空を見上げながら、大公洋(だいこうよう)艦隊司令長官ヴェルナー・W・ノダック大将は副官に愚痴(ぐち)った。

副官もノダックと同じものを見上げながら、求められている返事を上官へ届ける。

「それでもキリング提督自(みずか)ら前線へ出る必要は、ないと思いますが」

ノダックは常に愚痴っている。肩書きだけは世界に冠たる大公洋艦隊の司令長官でありながら、その実態は合衆国艦隊司令長官アーロン・E・キリング大将の操(あやつ)り人形、キリングの意向には逆らえず、作戦に失敗したときは責任を取らされる人身御供(ひとみごくう)。新聞インタビューで「日之(ひの)雄(お)を占領したあとは男は全員去勢、女は全員避妊手術を施す」と飲み屋の親父のような発言をする部下にも恵まれ、開戦以来ずっと愚痴と胃薬が欠かせない。

問題のある部下は面とむかって注意ができる。だが問題のある上司に反対意見を発したなら左遷(させん)される。だからノダックにできることは、頭のおかしい上司を見上げることだけ。

「手柄を独り占めするおつもりだ」

開戦以来二年半、キリング提督はワシントンの海軍省三階、合衆国艦隊司令本部からハワイにいるノダックへ事細かな指示を送りつづけてきた。戦況が五分の間は表に立つことのなかった陰気な司令長官はいま、自分こそがこの戦勝の立役者なのだとアピールするために「ベヒモス」に乗り込んで最前線へ赴こうとしている。

——失敗しろ、クソ上司。

ノダックは口に出かけた呪詛を寸前で飲み込んで、鉄塊に覆われた空を見上げる。

聖暦一九四一年、二月五日、ハワイ、ガメリア大公洋艦隊司令本部前。

二週間前、新大統領カイル・マクヴィルの就任式が執り行われ、それに時期を合わせてロサンゼルス軍港を出立した新大公洋艦隊がいま、ノダックと数十万人の群衆の頭上に到着していた。

戦勝を確信した紙吹雪が、新大公洋艦隊の下腹からホノルル市街地へむけて降り注ぐ。各艦の爆弾槽から舞い降りる紙吹雪は、積もるくらいにすさまじい。市街地から十キロメートルほど離れたここ司令本部へまで、群衆の歓声が聞こえてくるかのよう。

飛行戦艦十八。重巡三十五。軽巡四十六。飛行駆逐艦九十八。

人類がかつて見たことのない空飛ぶ大艦隊は、行く先を鉄色に塗りつぶしながら艦尾プロペラの行進曲を奏でる。

誰が指揮を執ろうが、負けるわけがない。

この先の大公洋戦争は、象と猫の戦いだ。猫にできるのは引っ搔くことだけ、象はただ前進して目的地を踏み潰せば良い。

「なんのための犠牲だったのか」

恨み言が、呼吸するごとに漏れ出てくる。

開戦から二年半。

これまで何度、キリングの無茶な命令を実行に移し、沈む必要のない船と、死ななくて良い将兵を失ってきたことか。プリムローズ提督は更迭、ドゥルガ提督は負傷退場、シアースミス提督は戦死、優秀な前線指揮官を三人も失って、勝ち得たのはソロモン諸島のみ。

「今日まで、勝負を挑む必要などなかった」

鉄鋼生産能力に十五倍ものひらきがある以上、ガメリアは連合艦隊の侵攻を防ぎつつ、態勢が整うのを待っていれば良かったのだ。時期を待ちさえすれば、敵に十五倍する艦隊ができあがり、あとは蹂躙しながら東京まで進むだけ。これほど簡単な戦略を実行できなかったキリングは、自分が上司であれば更迭している。

「その通りですが、黙っていましょう」

副官がまた、求められている返事を寄越す。ノダックの気持ちを察して、言えない言葉をぼそりと告げてくれるから、ノダックはこの副官が気に入っていた。

「言ったらアラスカ送りだよ」

「サーモンが旨いとか」

「ここのバナナでいい。暖かいからね」

キリングに面とむかって腹に溜まったものをぶちまけてやりたい衝動にはこれまで何度も駆られてきたが、それをやれば左遷は確実、ノダックが腰痛持ちなのを知っているキリングはきっと寒冷地へ飛ばすだろう。氷点下の寒空の下、痛む腰を折り曲げて書類にサインする自分のすがたを想像するだけで気が滅入る。

――キリングに刃向かっても仕方ない。

――わたしはわたしに与えられた職務をこなすだけだ……。

中間管理職の悲哀たっぷりに、ノダックは天空を航過する鋼鉄の巨鯨たちを遠く見やる。終わらない艦列の最後尾に、ひときわ目立つ浮遊体をふたつ持つ巨大飛行戦艦があった。地上から見上げても遠近感をくるわせる、あの双胴の怪物じみた戦艦こそがキリング大将の座乗する新大公洋艦隊旗艦。

「噂の『ベヒモス』、ですか」

副官が手にひさしを作って、直上を航過していく世界最強の飛行戦艦を見やる。

「聞きしに勝るバケモノだ」

ノダックも感心したように、七万五千トンの鉄塊が空中を航過するさまを注視する。現在のところ世界最強と目されるのは四十六センチ主砲を持つ水上戦艦「大和」「武蔵」だが、五十二センチ主砲を搭載した「ベヒモス」の就航を以て時代が変わる。「大和」「武蔵」は二艦そろ

って立ちむかおうと「ベヒモス」一隻に敵わない。なぜなら砲戦を決するのは、主砲の口径の大きさだから。

「船数で勝り、兵器で勝り、兵の練度でも科学技術でも勝っている。キリング提督のやるべきは『東京へ行け』と命じる以外、なにもしないことだけだ」

「提督にそれができますかな」

「無理だな。性格はともかく、有能な前線指揮官であることは疑いない。恐らくは慎重すぎるほど慎重に、そろそろと東京へ足を踏み入れ、ゆっくり慎重に焼いていくだろう」

ノダックは思わず敵を哀れんでしまう。キリングが前線に出てきたのは、目立ちたいだけ、ではない。すでに三人の優秀な前線指揮官を失ったため、イライラして見ていられなくなったのだ。

三十年前の第一次世界大戦期、キリングは前線指揮官として大征洋で戦い、強大なエルマ艦隊を徹底的に打ちのめしてガメリアに戦勝をもたらした。キリングほどの実戦経験を持つ前線指揮官はガメリアに存在せず、また実際に、机上演習でもキリングに勝てる提督は存在しない。

つまりいま、世界最強の新大公洋艦隊を、世界最優秀の前線指揮官が率いている。

こんなもの、誰が止められるというのだ。

ノダックは西の空をみやる。

この空の彼方、干からびたヤモリに似た日之雄本土が横たわっている。戦闘に関係のない女、子ども、老人が焼かれる未来が鼻先にまで迫っていることを、果たして国民のどれほどが知っているのだろうか。

——せめて一矢報いることはできないか、イザヤ。

そしてとうとうノダックは、敵の応援さえはじめてしまう。大公洋艦隊司令長官として決して表立ってはいえないが、強いものより弱いほうを応援するのは万国共通の心理であるし、ノダックの場合はかなりの私怨も含まれている。

——あの偏屈な老人の鼻っ柱を叩き折ってやれ、黒之クロト……。

ずっと謎だったイザヤの参謀の名前も、先のソロモン海空戦でようやくガ軍の知るところとなった。かつてフォール街を席巻した東洋の少年投資家がいま、連合艦隊の作戦参謀となって大公洋艦隊を幾度も打ち破っていることは、驚嘆を以てガ軍高級将校たちに知れ渡っている。黒之クロトが後世、軍学の教科書に記載される天才参謀であることは疑いない。あの軍事的天才であればこちらの思いもしない奇策によって、キリングの高慢の鼻をへし折ってくれるのでは。

——一発くらい、殴り返せ。

ガメリア全国紙に載ったなら断頭台に送られてもおかしくない心情を、ノダックは遙かな西の空へむけてみる。プリムローズ、ドゥルガ、シアースミスが遭ったのと同じ目に、キリングも遭ってくれないか。これまで自分の名声のために幾多のガメリア将兵を無駄死にさせたキリングが、最後だけ出てきておいしいところを全部持っていくなど、内情を知るノダックにとってどうしても許せない。

――失敗しろキリング。教科書に載るレベルの歴史的大失敗をやらかせ……。

ガメリアの勝利が確定したいま、ノダックの望みはひとつ、憎い上司の大失敗。スケールの小さい願望を抱きながら、ノダックは高度千二百メートルを飛翔していく大飛行艦隊のうしろすがたを見送った……。

†　†　†

聖暦一九四一年、二月八日――

日之雄(ひのお)最大の飛行艦隊軍港、箱根(はこね)基地。

第八空雷艦隊首席参謀、黒之(くろの)クロト中佐は高度千二百メートルに位置する山腹に佇(たたず)んで、浮遊圏を航行する飛行艦艇群の運動を注視していた。

飛行しているのはいずれも、駆逐艦(くちくかん)よりも二回りほど小型の艦艇、「空雷艇」と呼ばれる二～八人乗りの雷撃専用艦艇――船体の下腹に抱えた一発の空雷を放つために敵に肉薄雷撃を敢行(かんこう)する「決死艇」だ。クロトの要請に海空軍技術廠(しょう)が応えたかたちで、いま、六十隻(せき)を超える空雷艇の群れが箱根の空を駆けている。

「鹵獲した浮遊石を細かく砕いて船体に使用している。これまでの決戦で得た唯一の戦果が浮遊石だからな。有効に利用せねば勿体ない」

クロトの言葉に、傍らに佇む第八空雷艦隊司令官、白之宮イザヤ少将も頷く。

およそ二年半前、イザヤたちが「井吹」に乗って戦ったマニラ沖海空戦において、敵大公洋艦隊はほぼ壊滅し、飛行戦艦七隻を含む計二十隻分の浮遊体が手に入った。しかしほとんどが空雷に被雷して砕け散ってしまっていたため、新規の飛行艦艇を吊り下げるには大きさが足りず、こうして細かく砕いて小型飛行艦艇に再利用するクロトの案が採用された。

「しかし大きさがばらばら、エンジンも不均一。間に合わせだから仕方ないが、編隊運動は難しかろう」

イザヤは空を駆ける空雷艇の運動を見やりながらこぼす。戦争が長引くほど連合艦隊の被害は大きくなり、大慌てで各地の造船所の生産ラインにのせた空雷艇は規格が整っておらず、船体もエンジンもこれでもかというほど統一性を欠いていた。

「狼の群れさながら、各空雷艇長がおのれの判断で肉薄し雷撃するしかあるまい。駆逐艦以上に危険の大きい攻撃だが、士気は高い。やってくれると信じよう」

クロトの言葉尻に、新しいプロペラの響きが紛れ込んだ。

箱根山の北方から、空域を震わせて迫りくる数十の機影。

「南郷提督の忘れ形見だ」

「あぁ。ようやく日の目を見た」

ふたりの眼前、浮遊圏の下腹すれすれ、高度一千百五十メートルほどの空域を、空雷機の編隊が機首プロペラの咆吼（ほうこう）をあげて飛びすぎていく。

三機編隊が十五、総計四十五機。上翼に航空空雷を搭載した空中雷撃機たちのうしろすがたを見送って、クロトは呟（つぶや）く。

「船よりも飛行機のほうが強い。高度千二百メートル以上を飛べない、という弱点はあるものの、大編隊を組み上げて一斉雷撃を行えば軍艦を沈めるのは可能だ。二年前、メリー半島攻略戦でおれもそれを確信した」

クロトの言葉で、イザヤはあのとき見たリンググランド飛行艦隊の攻撃を思い出す。彼らは果敢にも飛行艦艇に対し戦闘機で銃撃し、空雷機で空雷まで放ってみせた。高度千二百メートルの浮遊圏に触れたなら航空機はその場で失速して墜落するというのに、そのリスクを楽しむかのような勇敢な攻撃だった。

「そうだな。あれが昼間でなく夜間だったら、我々は撃沈されていた」

「だから夜間にあれをやるのだ。新たな敵艦隊に対抗するにはそれしかない」

この二年あまりの間、クロトが連合艦隊司令本部に提案しつづけたのは、空雷機による夜間雷撃だ。高級将校たちはのきなみ渋ったが、鹿狩瀬（かがせ）先任参謀のひとことによって、ここ箱根（はこね）基地に日之雄（ひのお）全土から空雷機が集められ、連日、深夜の猛訓練に明け暮れている。

イザヤは問う。

「成功すれば、勝てるか」

「無理だ。鉄量が違いすぎる。一度の戦いで勝ったとしても、敵は生産力で負けを帳消しにできる。この戦争、日之雄に勝ちはない」

クロトは即答する。

「足掻(あが)くことしかできない、か」

「できるだけ深い傷を与えて負けるしかない。日之雄とは二度と戦いたくないとガメリア人に思わせれば、少しはマシな条件で負けられる」

イザヤはわずかに唇を噛(か)む。

いずれ踏まれることがわかっていても、命を賭(と)して戦うしかない。その先に少しでもよりよい未来があると信じて、必敗の戦いをつづけるしか選択肢がない。わかってはいたが、なんという絶望の戦いだろう。

「空雷艇と空雷機、それから他に、策はないのか」

「考えてはいる。こちらには衝角攻撃(ラムアタック)という最終手段もある。敵レーダーを攪乱(かくらん)させれば、駆逐艦(くちくかん)が戦艦を沈める戦いも可能だ。とにかくやるべきはあらゆる手段を尽くして新大公洋(だいこうよう)艦隊と差し違えること。奴らに手痛い損傷を与えることができれば、休戦にむけた交渉の余地も出てくる」

「そうだな。マクヴィル大統領はウィンベルト以上に苛烈な日之雄への攻撃を謳っているというし、なにもできずに敗れれば本当に民族が滅びてしまう……」

カイル・マクヴィル大統領が就任演説で「日之雄人を絶滅させる」と誓ったことはすでに日之雄全土に知れ渡った。家族を殺されてたまるものか、と国民は自らの持ち物を全て国家へ差し出して、戦争の勝利を祈っている。

「とにかく夜戦だ。おれたちの活路は夜しかない。重雷装艦と航空機による夜間雷撃で敵艦列を混乱させ、そののち各艦、衝角攻撃で大艦を仕留める」

クロトの言葉に被さって、眼前を第八空雷艦隊、八隻の駆逐艦が飛びすぎていった。これから明日の明け方まで、海上艦隊と合同夜間演習を行う予定。だがクロトとイザヤは今夜の演習には参加せず、日吉の大学構内に設置された連合艦隊司令本部へむかうことになっている。

迎えの車に乗り込みながら、イザヤは言う。

「作戦会議も久しぶりだ」

「実に気が滅入る。また連中の顔を拝まねばならんとは」

クロトもぼやきを返して、車窓の外、飛行艦艇と航空機の織りなす七彩の航跡を遠く見る。

「なにを言われても口答えするなよ。絶対するな」

「おれは連中に口答えしたことなど一度もない。正論を吐いただけだ」

「それを世間では口答えというのだ。余計なことを言うな、黙っておとなしくしていろ、お前がなにか言うと鹿狩瀬准将に迷惑がかかる」

　イザヤの説教を鼻息で受け流し、クロトは目を閉じる。

　これから連合艦隊のお偉方に囲まれるかと思うとうんざりするが、鹿狩瀬隆人先任参謀がいてくれるのがありがたい。

「鹿狩瀬参謀は旧弊な価値観を打ち破るおれの発言を期待している。あそこで唯一、まともな感性の持ち主だからな」

「だから、そういうこと言うからケンカになるんだ……」

　車内で口論していると、いつのまにか車は日吉に着いていた。

　居住まいを正し、車を降りて構内へ。学生の寄宿舎が連合艦隊司令本部として使われ、幕僚や士官が七十名、下士官兵が三百五十名ほど入っていた。

「すでに本土空襲へ備えているのだな」

　イザヤがぽつりと呟いた。日之雄の指導者層は本土が爆撃されることを念頭に、日吉台の地下に巨大な地下要塞を作り上げ、作戦室や海軍省人事局、航空隊司令部などを設置した。地下壕は突貫工事で拡張をつづけており、土と泥で真っ黒に汚れた工員のすがたが構内に目立つ。

　作戦室は、寄宿舎の三階にあった。空襲がないときは地下ではなく、風通しの良い地上でやると決まっていた。

　室内にはすでに連合艦隊の幹部将校や軍令部の作戦参謀、海上艦隊司令官、航空部隊司令官など、海空軍の中枢が二十名ほど集まっていた。

イザヤとクロトが入っていくと、鹿狩瀬（かがせ）がさっそく出迎えてくれる。

「呼びつけてすまない。大きな報告が届いてね。きみたちの意見が必要となる、忌憚（きたん）なく発言してくれたまえ」

「わかりました。お任せください」

「言葉を選んで発言するんだ、わかったな、無礼な口を叩くなよ」

不遜（ふそん）な態度で応えるクロトを注意してから、イザヤは作戦会議のはじまりを待つ。

九か月前、ソロモン海空戦において旗艦「村雨（むらさめ）」から内火艇で退避した将校たちが、横目をちらりとイザヤたちへ送って気難しそうな顔になる。結局またしてもイザヤ艦隊だけが戦果をあげて、自分たちは逃げただけなのが悔しいのだろう。彼らが複雑な感情を持て余していることは、鹿狩瀬以外に誰もイザヤとクロトに声をかけないところに明らかだった。

作戦室中央の大テーブルには大公洋（だいこうよう）全域の海図が広げられ、味方艦隊の現在位置に青のマーカー、敵艦隊の予想位置に赤のマーカーが置かれていた。

作戦室の上座には参謀長の老山（おいやま）少将が控え、ほどなく馬場原知恵蔵（ばばはらちえぞう）大将が入室し、短い挨拶（あいさつ）を送った。

「馬場原です。なんの因果か、また司令長官を務めることになりました。今日はお集まりいただきありがとう。戦局はいよいよ重大な局面を迎え、みなさんの意見が必要となります。説明は参謀長のほうから」

　促され、傍らの老山参謀長が進み出る。

「このたび参謀長に着任しました、老山です。さっそくですが、新たなる敵飛行艦隊が真珠湾に入ったと報告が入りました」

　説明によれば、ハワイ近海を偵察していた味方潜水艦が、ハワイ上空を覆い尽くす新大公洋艦隊を目撃したとのこと。その数、飛行戦艦十八。重巡三十五。軽巡四十六。駆逐艦多数。概要を聞いただけで、作戦室に重い呻きが響く。

「飛行艦だけでその数か。これに海上艦隊が加わるとなると……」「こっちの飛行艦は駆逐艦八隻のみ。対抗するのは不可能だ……」

　開戦以来、減りつづける味方マーカーと、沈めても沈めても増えつづける敵マーカーを見比べて、将校たちの溜息が洩れる。

「しばらくはハワイ方面の大公洋艦隊と合同演習するはずです。作戦を開始するのはおそらく四月以降であろうと予想されます」

　猶予は、あと二か月。

　それまでに新大公洋艦隊を迎え撃つ態勢を整えなければ、最悪の場合、日之雄民族は絶滅する。

「最初の目標は、トラック島となるでしょう。ソロモン方面の大公洋艦隊と、ハワイ方面の新大公洋艦隊が合同して侵攻してくると目されます。我が連合艦隊はいかにこれに対処すべきか、みなさん忌憚のない意見をお聞かせ願いたい」

老山参謀長の言葉に、居合わせた将校たちは目線を交わし、それぞれの意見を発する。

「トラック島には『大和』『武蔵』が健在です。対抗できるとしたら四十六センチ主砲のみ。海上艦隊の総力をトラック近海に結集し、決戦を挑むしかありません」

砲術参謀の意見に、兵站参謀が反論を投げる。

「トラック島は防御にむかない環礁です。いったん後方へ転進し、サイパン島を要塞化して迎え撃つのが最善では」

「サイパンには二万人以上の日之雄人が移住している。戦闘になれば彼らを巻き込むぞ」

「非戦闘員は逃がせるだけ逃がします。しかし輸送船が不足しているため、全ての民間人を逃がすのは不可能に近い」

「輸送船の航路はいまや敵潜水艦の狩り場だ。民間人を輸送船で運ぼうが、相応の犠牲は覚悟せねばならん」

それぞれが専門とする見地から意見するが、結局のところ、どの海域で新大公洋艦隊に決戦を挑むのか、議論はそこで紛糾する。

「トラック近海でやるべきです。これ以上の撤退は、敵に舐められる」

「サイパンを突破されたなら、東京に敵飛行艦隊が押し寄せる。遠いトラックではなく、近いサイパンに戦力を集結して迎撃すべきだ」

それぞれの意見を聞きながら、クロトは黙考する。

――どこで決戦を挑もうが、砲戦では必ず負ける。

――活路は航空機と空雷艦隊による夜間雷撃しかない。

――しかし知恵蔵は航空戦力を信用しない……。

馬場原司令長官は昔から飛行艦隊不要論者であり、航空機についても軽視している。クロトが意見を発すれば、ただでさえ悪い心証がますます悪くなるだろう。

だからクロトは口をつぐむ。

余計なことを言って、インディスペンサブル海空戦のときのように空雷艦隊を裏方に回されては面倒だ。誰か優秀な参謀が、おれと同じ意見を言ってくれたらいいが。

と、優秀な参謀が口をひらいた。

「わたしはサイパンに賛成します。南太平洋に散らばる艦隊を集結させるのに都合が良く、要塞化が進んでおり、基地航空隊の支援も受けられる。本土の航空戦力の一部をサイパンへ送り、航空雷撃による敵戦力の漸減を図るのがこの場合の最善かと」

先任参謀、鹿狩瀬准将の発言に作戦室は静まった。老山が目線を馬場原長官へ送る。

馬場原は頷いて、断じる。

「昼間の雷撃は当たらないよ」

鹿狩瀬（かがせ）は即座に、

「現在、夜間雷撃の訓練を全基地航空隊に行わせています。最新の機上レーダーも配備され、練度は格段に上がっています」

「飛行機は浮遊圏に触れただけで墜落する。しかも夜間、計器を頼りに見えない敵へ雷撃するなど冒険が過ぎる。国家千年の命運を賭（か）けるには、いささか心許（こころもと）ないね」

馬場原（ばばはら）長官がそう断じて、鹿狩瀬は口を閉ざし、クロトは内心だけで辟易（へきえき）とする。

――馬場原は時代の変化を見ようとしない。

――自分の知る領域だけで、いまの戦争を理解したつもりになっている……。

戦時の技術は日進月歩、かつての機器では航空機による夜間雷撃は不可能だったが、現在は性能充分ではないものの、少しはマシになっている。雷撃隊員の訓練と研究次第で、実戦投入は可能な段階だ。あとは司令長官の決断次第なのだが、馬場原長官は端（はな）から航空戦力を信頼しない。

――やはりイザヤが司令長官になるべきだった。

四か月ほど前、鹿狩瀬はイザヤのもとを訪れて、「あなたを連合艦隊司令長官に推薦する動きがある」と先触れし、イザヤの意志を問うた。イザヤは即答で断ってしまったが、クロトは内心、馬場原よりイザヤのほうが良いと思う。

――開戦以来、イザヤはずっと最前線で、この戦争を経験している……。

人類の誰も経験したことのない、大公洋という広大すぎる海原を舞台とした艦隊決戦の連続。かつて戦争の趨勢は一度の決戦で決したが、この戦いはすでに三度もの大決戦が生起したのにいまだ決着がついていない。かつて歴史上に現れたどんな英雄も経験したことのない未知の戦争を、イザヤは二年九か月ものあいだ、最前線で戦い抜いてきた。

——その経験を、日之雄の未来に繫げるべきだ……。

クロトの思いが、徐々に煮えてくる。

悪いクセだ、と自嘲するが、しかし腹の底からこみ上げてくる思いを抑えきれない。

——ここで知恵蔵の考えを変えなければ、また大勢の将兵が無駄死にする……。

気がつくとクロトは、口をひらいてしまっていた。

「砲戦を挑めば負けることは、インディスペンサブルで思い知ったのでは」

ひらいた瞬間、傍らのイザヤの表情が青ざめて、老山と馬場原の表情が思い切りげんなりと陰る。

またお前か……。

居合わせた参謀将校たちの無言の言葉が、会議室の大気に満ちる。

馬場原長官はぴくりと眉を動かしてから、冷たく告げる。

「追撃してきた大公洋艦隊を追い返したのは、当時、練度不十分で後方にいた『大和』『武蔵』の主砲だよ。あれから一年半が経ち、いまや練度充分、世界に冠たる大戦艦だ。実績のない航空戦力がこの二隻に勝る根拠はなんだね」

その問いに、クロトは即答する。

「主砲の射程外から反復攻撃が可能であること。その一点です」

航空機であれば、戦艦の主砲が届かない位置から発進し、何度でも一方的に殴りつづけることができる。戦艦は、空母もしくは基地が主砲の射程内に入るまで対空防御をつづけるしかない。

ますます会議室の空気は悪化する。

青二才が。

そんな無音の言葉が大気に満ちて、老山参謀長が馬場原長官を支援する。

「航空雷撃で戦艦を沈めた先例がない。机上の空論でしかない作戦に、八千万国民の命を賭けることはできん」

「先例がないのであれば、大編隊による航空雷撃を『大和』型戦艦がしのぎきれるか、演習で確認すべきでは」

淡々としたクロトの態度が、ますます老山の逆鱗を刺激する。

「石油の備蓄は底をつこうとしているのだ。たかが実験のために『大和』型を動かせば、決戦時に肝心の軍艦を動かせん」

老山の言葉に憤怒が明らかだった。傍らのイザヤが遠い目をして「頼むからそれ以上しゃべるな」と無音の哀願をしてくる。

しかしクロトは止まらない。

「ブルネイでは湯水のように石油が出るとか。決戦までの二か月間、連合艦隊と航空機をブルネイへ集結させ、そこで演習を行うべきです」

居並ぶ将校たちの表情がますます不愉快そうにひん曲がる。クロトの言っていることは間違っているわけではなく、むしろ正論にも聞こえるが、いまからそれをやるには関連各所に莫大(ばくだい)な書類仕事を課さねばならない。

面倒な議論になってきたことを察知し、馬場原長官が断じる。

「我々は戦艦の巨砲を信じて今日までやってきた。いまこの場から主力を航空機へ移すことは不可能だ。連合艦隊は『大和』『武蔵(むさし)』と心中する。それが結論だ、いいね？」

司令長官がそう決めたなら、これ以上の反論はクロトにはできない。

「……わかりました」

返答するが、声音にあからさまな不満がにじむ。

戦艦による砲戦を挑むということは、必然的に昼間の決戦となる。第八空雷艦隊は夜間雷撃の訓練に明け暮れており、昼間の決戦に出番はない。なにより空雷は魚雷と違って肉眼で視認できるため、昼間に撃っても敵艦の対空機銃に捕捉(ほそく)されて爆砕する。夜間でないと効果がないのが空雷の特性だ。

——次の決戦、おれたちは露払い役だな……。

おそらく第八空雷艦隊は開幕初頭、遠距離雷撃を放って敵艦列を混乱させる役割を課されるだろう。士官学校の教科書にも載っている、駆逐艦の先制攻撃戦術。そのあとはじまる砲戦の主役は戦艦であり、駆逐艦は戦艦の周囲をうろつきながら、敵の水雷から戦艦を守ったり、漂流者を助けたり、敵潜水艦を警戒したり、脇役仕事に徹する。

——実にもったいない役回りだ。

不満を腹の底に落とし込み、クロトはそれ以上なにも言わずに会議の成り行きを見守った。細かい議論は出ているが、大筋は馬場原長官が描いた脚本に沿って進んでいく。ときおり鹿狩瀬が補足しつつ、結局は「サイパンに連合艦隊の残存戦力を集結させ、基地航空隊の支援を受けつつ迎撃する」方針で固まった。

老山が一同へ告げる。

「昼間は海上戦艦による砲戦。夜間、第八空雷艦隊と水雷艦隊による雷撃。敵戦力を撃滅するまで、昼は戦艦、夜は空雷・水雷艦隊による攻撃を反復することといたします」

反論はなく、大方針はそれで決まった。

作戦室を引き揚げていく将校たちの背中につこうとしたとき、鹿狩瀬が声をかけてきた。

「少し残ってくれたまえ。三人で話そう」

言われるまま、クロトとイザヤは作戦室に残って、他の将校が全員いなくなってから改めて大公洋全図を三人で見やる。

「ユーリ・ハートフィールド少尉から連絡が入った。ガメリア大統領就任式において、五十センチ主砲を持つ新型飛行戦艦が現れたそうだ」

鹿狩瀬の言葉に、クロトとイザヤは一様に驚く。

「馬場原長官はご存じなのですか」

「本当に五十センチ主砲なのか、確認を急いでいる。なにしろ根拠はハートフィールド少尉の目測だからね」

「『大和』型も対外的には四十センチ主砲ということになっています。ガメリアがすでに五十センチ主砲を実装していても不思議ではないかと」

「一工作員の報告を鵜呑みにして対策しても仕方がない、というのが司令本部の見解だ。せめてもう二、三、別視点からの裏付けが欲しい」

鹿狩瀬の言葉に、イザヤが意見する。

「……敵飛行戦艦が五十センチ主砲を持つ事実を知らせるため、ハートフィールド少尉は命の危険をおかしてレキシオ国境を踏破し、工作船に報告しました。……その事実だけで報告を信じる価値があります」

「……彼女の報告の精度は、わたしも評価している。インディスペンサブル海戦においても、もう少しまともにユーリの報告を検証していれば被害はずいぶん減らせたはずだ」

「……対策は必要です。もし本当に飛行戦艦が五十センチ主砲を持つなら、『大和（やまと）』型でも対抗できません」

クロトの言葉に、鹿狩瀬（かがせ）は重く頷（うなず）く。

「……実際にこの新型戦艦『ベヒモス』が五十センチ主砲を持っていた場合……我々に対抗策はない。黒之（くろの）中佐には、なにか考えがあるかね」

率直な鹿狩瀬の問いかけに、クロトは即答を返す。

「敵がたとえ五十センチ主砲を持たずとも、海上艦隊が飛行艦隊に砲戦を挑めば負けることは、すでに確定した事実です」

インディスペンサブル海空戦において、連合艦隊はそれを思い知ったはずだ。飛行艦は弾着の水柱を観測できるのに対し、海上艦は空間を素通りする弾道を観測して照準を調整せねばならない。その差が「長門（ながと）」「陸奥（むつ）」「伊勢（いせ）」轟沈（ごうちん）という壊滅（かいめつ）的な被害となって、連合艦隊に降りかかってきた。

「では、きみが司令長官ならばどう対抗する」

鹿狩瀬の諦観（ていかん）に、クロトは意見を述べる。

「いまのうちに、サイパンへ海空軍の全航空戦力を結集します」

鹿狩瀬は一瞬、息を呑（の）み、

「日之雄（ひのお）本土の航空隊も？」

「もちろん。大公洋(だいこうよう)に散在する全ての基地航空隊をサイパンへ集め、敵艦隊を叩きます」

「……それはまた、壮大な賭(か)けだね」

「海空軍のあらゆる戦力を一か所に結集せねば、勝ち目はありません。それで敗れたなら、降伏を考えるべきです」

しばらくの黙考(もっこう)を経て、鹿狩瀬はクロトの意見に低く答える。

「航空戦力を分散配置したままでは、新大公洋艦隊に各個撃破されるだけ。ならばサイパンで集中運用すべし……。その理屈はわかる。……わかるがしかし、博打(ばくち)が過ぎる……」

馬場原(ばばはら)長官を動かすには遠い意見であることは、クロトもわかっている。なにより基地航空隊が留守の間、地上施設を守る主力がなくなるため、各基地司令官が了承しない。

クロトは傍(かたわ)らのイザヤに問う。

「貴様はどう思う」

イザヤはしばらく作戦全図を睨(にら)んで、応える。

「航空攻撃の脅威は、メリー半島上空で思い知った。昼間の雷撃だったが、危うくこちらが撃沈されるところだった。あれを夜間、大編隊でやれるならば、わずかながら勝利の芽はあると思う。……だが意見するのが遅すぎたな。決戦まで二か月少々となると、大方針を転換することはできない」

クロトは溜息(ためいき)まじりに、

「泥縄は仕方あるまいよ。開戦以来ずっとこちらはそれを結っているのだ。いまさら新たな泥縄が出てきたところで、驚くことでもあるまい」

「馬場原長官の命令ならば、誰も文句は言わないだろう。だがお前の意見では、いくら正論だろうと、残念ながら、通らない」

イザヤの言葉に、クロトは気に入らなそうに表情を歪めて応える。

ふたりのやりとりを聞いた鹿狩瀬が、言葉を重くする。

「……白之宮殿下が連合艦隊司令長官であれば、基地航空隊の集中運用案を採用するということですか」

その問いに、イザヤは若干、目をしばたく。

「たらればの話ですか」

「はい」

「……その場合は、クロトの案に賛成します。実際にリンググランド飛行艦隊の攻撃を体験し、有効性を確認しました。軍艦は航空機に勝てない時代が遠からず来ると感じます」

なるほど……と鹿狩瀬は低く頷き、眼鏡の奥の眼光を鋭くする。

「おふたかたの意見は、わたしから馬場原長官へ伝えます。わたしも強めに進言しましょう。それで方針が変わることはないでしょうが、次への布石になります」

「…………………」

「航空隊司令本部にもおふたりの意見を伝えておきます。航空機の集中運用に関しては、きっと彼らも賛成するでしょう。なにしろ南郷提督が手ずから育てたのが海空軍航空隊ですから。誰より活躍の場を望んでいるのは、彼らです」

　南郷提督が戦死して以降、育ての親を失った海空軍航空隊は満足な出番を得ることなく、大公洋の主要基地に分散放置されている。彼らを一か所に集めて艦隊決戦に投入しようというクロトの意見を聞いたなら、きっと大喜びで同調してくれるだろう。

　そののち二、三、気になっている点を話し合ってから、クロトとイザヤは作戦室をあとにした。

　寄宿舎を出て、ふたり並んで構内を歩く。

　並木に切り分けられた日差しがふたりの行く手をまだらに染めて、二月の風が冷たく冴える。

「鹿狩瀬准将は、貴様に司令長官を務めて欲しくてたまらんのだ」

　いきなりクロトがぼそりと告げる。

　イザヤは視線を翳らせて、

「こんな若輩に、できるわけないだろ」

　クロトはイザヤにだけ聞こえる小声で、

「知恵蔵よりはずいぶんマシだ」

「だから、そういう呼び方するな……！」

「教科書どおりにしか戦えない連中が、十倍の戦力差を覆(くつがえ)せるか？」

「ふさわしい軍歴をお持ちなのは馬場原(ばばはら)閣下だけだ。南郷(なんごう)提督も風之宮(かぜのみや)提督もいなくなったいま、他に誰が務まると？」

イザヤの言葉に、クロトは鼻を鳴らす。

「……マスコミは貴様を救世主とおだてあげている。国民の間にも、貴様が連合艦隊の指揮権を握ることを望む声は大きい。……貴様が望みさえすれば、なれる。その自覚はあるか？」

クロトの言葉は真剣だった。

ぐぬ、と一瞬息を呑(の)んで、イザヤは声を落とす。

「……そういう声があることは鹿狩瀬(かがせ)准将から聞いている。だが、わたしはあくまで国民の士気を高めるための偶像だ。ここまで勝ってこられたのはお前のおかげだし、わたしは単に王女だから人気があるだけ。国民が信じているのはわたしの虚像であって、本当の実力ではない」

クロトは横目でイザヤを睨(にら)む。

言いたいことは山ほどあるが、うまく言葉にできそうにない。

もしもイザヤに本心を告げるとすれば。

――お前には充分、その資格がある。

――連合艦隊がここまでやってこれたのは、お前のおかげだ。

マニラ沖、インディスペンサブル、ソロモン。

これまで生起した、三度の大艦隊決戦。

いずれも勝敗を決めたのは、クロトの献策を受け入れたイザヤの采配だ。

——他の艦隊司令であれば、おれの意見に耳を貸すことなく敗れただろう。

思い上がりではなく、冷静に振り返ってクロトはそう思う。

——愛する部下に『死ね』と命じられるお前だから、勝ってこられた……。

インディスペンサブル海戦において、イザヤは衝角攻撃を成功させるため、五隻の飛行駆逐艦に対して「我の囮となって敵の目を引き付けよ」と命令を下した。部下たちは喜んで囮となって飛行戦艦「ヴェノメナ」に挑み、そのうち三隻が戦場の空に砕け散った。

——あの命令を下せるのは、お前だけだ。

普通の司令官なら、手塩にかけて育てた部下を犠牲にするのは腰が引ける。しかしイザヤはあのとき、全体を救うために自分の部下へ「死ね」と命じた。あの命令があったから連合艦隊は全滅を逃れ、いまなおかろうじて戦いを継続できている。

——お前がやれば、少しはマシに負けられるかもな……。

そう思いはするものの、それを言葉にする度胸もなく、クロトは迎えの車に黙って乗り込む。

行く先の空は薄墨色で、ほどなく雨が降りはじめた。

†　†　†

聖暦一九四一年、二月十九日、ニューヨーク――

「とうとう、ついに……一千億ドルです!! クロノードの運用資金が、一千億ドルを突破してしまいましたぁ……!!」

歓喜の涙を垂れ流しながら、ヘッジファンド運用会社「トムスポン・テクノロジーズ」社長トムスポン・キャリバンはシャンパンの栓を抜いた。

天井を濡らす飛沫と一緒に、オフィス内に居合わせた三十名近い社員たちから指笛と拍手が沸き起こる。

かつて投資家集団「クロノス」が拠点としていたオンボロ集合住宅はいまや、フォール街を揺るがす現代錬金術「クロノード」の本拠地として世界金融の熱い注目を浴びていた。

「みんな、ほんっと――に、よくやってくれた!! おれのおごりだ、今日は飲め!! 死ぬほど飲め!」

クロノード事業部営業本部長、JJがビールジョッキを片手に声を張り上げると、スタッフはオフィスでビールかけをはじめてしまう。

「ヤバいね、トムスポン。セレブだセレブ」

日之雄潜入工作員兼ケリガン財閥のハニートラップ要員、ユーリ・ハートフィールド少尉は相変わらずおのれの正体を「香港出身の美少女投資家」と偽りながら、トムスポン社長の頭を笑顔でぽんぽん叩く。

トムスポンは泣き濡れた顔を持ち上げて、さらにぐしゃっ、と表情を歪め、

「ユーリのおかげです……っ!!　きみがクロトの方程式を完成させたから、本当にきみがいなかったらわたしは、わたしは……」

最後のほうは言葉にならず、トムスポンはひとりで感極まって再び泣き出す。

「やること終わってないでしょ。カイルを叩きのめすのが目標なんだから。泣いてないで、もっともっと資産増やさないと」

ユーリにけしかけられ、トムスポンは涙にまみれた顔を決然と持ち上げる。

「はい、もちろん、そのつもりです……っ!　カイルより金持ちになって、仲間をたくさん集めれば、必ず勝てます!　ようやくヤツの背中が見えるところまで来ましたから……!!」

投資家から集めた運用資産の二%と、クロノードの生み出す運用利益の二〇%が「トムスポン・テクノロジーズ」の利益になるから、トムスポン社長はいまやフォール街でもトップクラスの金持ちだ。

トムスポンの傍ら、JJの鼻息も荒くなる。

「カイルの野郎、クビ洗って待ってろよ!!　絶対にあいつだけは無一文に剥いて、スラムに蹴落としてやっからな!!」

ソーンダーク株事件によって財産を全てカイルに奪われたJJはしばらくスラム暮らしを余

儀なくされて、友人の施しによってかろうじて生き延びてきた。自殺を考えたこともあったようだが、カイルに負けっぱなしのまま終わるのが悔しくてみじめさに耐え、ついに今日の栄光を勝ち得た。

「クロノスの意地を思い知らせてやる！　おれたちを嵌めた代償を、十倍にしてあいつに払わせるんだ！　やられっぱなしで終わってたまるか、絶対カイルに吠え面かかせてやる！」

酔っぱらったＪＪはビールをラッパ飲みしながら、トムスポンの口にも強引にビール瓶を突っ込む。苦しむトムスポンを片目で見やり、歓喜に沸き立つオフィス内を見渡して、ユーリはシャンパングラスに口をつけ、思う。

――いい流れが来てる。でも……。

ガメリアへ潜入して、もう一年十か月。

危ない目に遭いながらもなんとかここまで無事に生き延び、フォール街への影響力も高めてきた。厭戦派のケリガン財閥と繋がって、同じ志の有力者たちとの繋がりもできつつある。なんだかんだで真面目に潜入工作員としての仕事をこなしてきた自分を褒めてあげつつも、やはりこのところ、わびしさを感じてもいる。

――この戦争、どう足掻いても日之雄は負ける……。

ワシントン上空を埋め尽くした新大公洋艦隊と、旗艦「ベヒモス」の威容を目撃したユーリには、あの飛行艦隊が日之雄全土を焼け野原にする未来が見えている。フォール街でどんな工作活動を行おうと、戦争の趨勢を変えることは不可能だ。負けが決まった戦争のために、これ以上危険を冒してカイルに立ちむかう必要があるのか、このところユーリはそんな疑念を抱いてしまう。

——負けたら、あたしの正体もガメリアにバレて、死刑になるし……。

——どんなにがんばっても死ぬしかないって、悲惨すぎ……。

知らず自問していると、ケリガン財閥から送り込まれた監視役、エステラがいつのまにか傍らにいた。

「どうしたの？　おめでたい日に、憂い顔ね」

ユーリが日之雄のスパイであることを知っているのは、ケリガン財閥の代理人三名とエステラのみ。カイルの排除を目論むケリガンとは目的が一致しているから行動を共にしているが、基本的にユーリはエステラの背後にいるケリガンの意向に逆らえない。

「あたし、ケリガンの犬だから。いろいろ悩みもあるの」

自嘲すると、エステラは微笑んだ。

「上に行く？　愚痴なら聞くけど」

「行く。愚痴る」

こっそりオフィスを抜け出し、直上の四階、ユーリとエステラの住居兼オフィスへ。

「なんのためにこんな仕事してるのかなー、とか思っちゃって」

ソファーに座って溜息をつき、悩みをそのままエステラに吐露する。

「立派に仕事してるじゃない。フォール街でのしあがって、カイルと友達にもなれて。おカネもこれだけ稼いでいるし、悩むことないと思うけど」

エステラは微笑みながら、ワイングラスにビンテージものを注いでユーリへ差し出す。

「でも日之雄はどうせ戦争に負けるし。負けたら特務機関なんて消滅しちゃうし。虚しいなー、とか思っちゃって」

ワイングラスにひと口つけて、ユーリは愚痴る。

「戦争が終わったら、そのままこっちに住めばいいじゃない」

「あたし、スパイだよ？　戦後、ガメリアの諜報機関がちょっと調べたらあたしの正体なんて即行バレて、死刑。こんなにがんばって仕事しても結局そんな末路なんて酷すぎるよ」

ユーリの言葉に、エステラは視線を翳らせる。

確かにユーリの言うとおり、戦後、ガメリア調査機関は日之雄本土に乗り込んで、海軍省特務機関にも調査の手を入れ、戦時中の秘密をことごとく暴き立てるだろう。その秘密のなかに、確実にユーリは含まれる。日之雄のスパイがフォール街で実業家としてのしあがり、あろうことかカイル・マクヴィル大統領と懇意になっていたことが発覚したなら、ユーリは間違いなく死刑判決をくだされる。

エステラはユーリの傍らに座って、背中に軽く手を当てる。

「……カイルを政府から排除することだけ考えましょう。それができれば、あなたにもきっと、違う未来がひらけるから」

ユーリは諦めのこもった眼差しを傍らへむけて、

「……打倒カイル。結局なにもかも、そこに行き着くのよね」

ワインをちろりと舐め、虚空をぼんやり見やる。

「ケリガンがこれまでホワイトハウスへ送り込んだ工作員でも、あなたほど短期間にカイルの間近に接近できた人材はいない。仕事がうまくいったら見殺しにはしないわ。来週、またカイルのオフィスに誘われたんでしょ？　上出来よ、色仕掛けも使ってないのにこんなに気に入られるなんて本当にすごい」

言われてユーリは、来週カイルに会う予定があったことを思い出す。大統領に就任してからはじめてのデートだ。機密を聞き出すにはまたとない機会だが、絶対また身体に触られるからすごく行きたくない。

「うえ～……。忘れてた。また新しい罵声ネタ仕入れなきゃ～……」

「このままあいつとの距離を縮めていけば、必ずボロが出る。それさえ摑めれば、状況がどう動くかわからないわ。あなたの活躍次第で、日之雄の戦後も良い方向に変わるかもしれない。だから……元気だして」

エステラは穏やかな言葉で、そんなふうに元気づける。

「ひとりで敵地に乗り込んで、正体を明かすこともできなくて、でもあなた、頑張って仕事してる。本当に偉いわ。あなたすごいひとよ、ユーリ……」

笑顔でそんなことを言うエステラを、ユーリはしばらくぼんやり見やった。

突然——

ユーリの内側から突き上げてくるものがあった。

ひとりで敵地にいる心細さなのか、仲間にも正体を明かせない孤独と心苦しさか、これまでの仕事がなんの意味もなさず、戦争が終わったあと死刑判決を受ける恐怖か、それとも、そんなユーリを受け入れてくれるエステラへの感謝か、あるいはその全てが混ざったなにかか、わからないけれどとにかくとても強い感情がおなかの底から一気にこみあげてきて、ユーリの視界が水の皮膜に覆われる。

いきなりぐしゃっと表情を崩し、ユーリは両手をエステラの首のうしろに回した。

「エステラぁ……」

甘えるようにそう言って、ひーん、とユーリは泣きはじめる。

涙のなかに、ユーリの言葉にできない感情が詰まっていて、エステラは背中をさすりながら、その複雑な感情を受け止める。

「孤独だし、不安よね。でも誰にも言えなくて、辛(つら)いよね。偉いよ、ユーリ。わたしにはとてもあなたと同じことはできない。わたしはあなたを、世界一優秀なスパイだと思ってる」

エステラの言葉に、ユーリは号泣を返す。

「ひ――――ん。エステラぁ。エステラぁ……」

ユーリ自身が驚くほど、気づかないうちにいろんな感情が溜まっていたらしい。蓋が外れたいま、ずっと抑えつけていたそれらが尽きることなくこみあげてくる。

「わたしにできることはなんでもするから。トムスポンもJJもスタッフも、みんなあなたの味方だから。あなたが正体を隠していても、怒ることなんて絶対ないから……」

「エステラぁ～。びえ――――ん。エステラぁ～……」

涙と鼻水でぐしゃぐしゃになりながら、ユーリはいつまでもエステラにしがみついていた。

エステラは微笑みをたたえ、スーツになすりつけられる涙と鼻水に構うことなく、異国のスパイの背中をさすりつづけた。


そのとき――

夜の窓ガラスにはふたりのすがたが映っていた。

その窓ガラスがわずかにひらいて、そのむこう、建物の外壁の出っ張りに怪しい男性がへばりつき、室内の様子を窺っていることに、エステラもユーリも気づいていなかった。

会話の全てを盗み聞いた男は、素早く張り出し階段へ飛び移ると、唇の端をわずかにつり上げて夜の街へ消えていった……。

†　†　†

潜伏生活をつづけるには、どうしても現地人の協力が必要になる。入手の難しい斧やノコギリ、熱病の薬などは現地人との物々交換に頼るしかなく、危険を承知で交流するしかない。

ブーゲンビル島の人々に喜ばれたのは、「クビラ」という木の根を粉末に摺り下ろした痺れ薬だった。この薬を川に流すだけで小魚が浮いてきて、手軽に漁ができる。最初に降り立った島で現地人から教わったこの漁法をブーゲンビル島の人々ははじめて知ったらしく、速夫はこの専売特許を物々交換に役立てていた。

「速夫くん、すっかりこっちの言葉、覚えちゃったね」

リオは改めて感心しながら、仮小屋の新しい屋根を見やる。

「ペラペラではないですけど。身振り手振りでなんとか」

スレートの屋根を張り終えて、速夫は額の汗を手で拭い、ひょいと地面に降り立った。

「もう完璧、家じゃん」

速夫が痺れ薬と交換で手に入れたスレート屋根は、この地方特有の強烈なスコールにも負けないだろう。

「ですね。なんだかんだで、できちゃいました……」

照れる速夫へ、リオは微笑む。

聖暦一九四一年、二月二八日。

ブーゲンビル島へ辿り着いて、三か月が経とうとしていた。

リオと速夫は日中は隠れ家で眠り、夜間に島内を探索して、食料や必需品の調達、それに駐屯しているガメリア海空軍の情報収集にいそしんだ。

なんとかして発動機付きの船を手に入れる。

それを目標に、ガ軍の小艦艇が出入りする沿岸駐屯所の場所を調べ、数週間もつきっきりで兵士の動き方を監視しつづけた。この島とラバウルを隔てる二百五十キロメートルの海路を突破するには、ガ軍の船を盗むしかなかった。

三か月、こちらの存在を隠しながら監視をつづけ、最も手薄な駐屯所にいる最も間抜けそうなガ軍小隊に目標を定めた。日中は居眠りやカードに興じ、夜はもっぱら現地の女性と丸太小屋で遊んでいるその小隊は、沖合の岩礁に建てられた灯台の管理も任されていた。

「灯台の桟橋に二隻、船外機のついたボートが陸揚げされています。どちらか一隻を奪おうと考えています」

新しいスレート屋根の下、樹脂で作った蠟燭に明かりを点し、速夫はここまで監視して得た結論を対面のリオへ告げた。

「力尽くで？」

「……無用な暴力は避けます。敵兵を殺せば、当然追っ手がかかりますし。秘密裏に盗み出すことができれば、本気で追ってくることもないかと」

「そうしないとね。ひとを傷つけて持ち物を奪うのは、さすがにちょっと……」

「はい。それをやればリオ様の名誉にも傷がついてしまいます。なので、これまで時間をかけて敵兵の動向を探ってきたわけですが……。少し光明が見えてきました」

速夫いわく。

灯台に詰めている兵士はふたり。朝八時と夜二十時、十二時間交代で勤務している。十日に一度、ふたりひと組で灯台勤務に就いている。深夜は二交代制で、深夜零時から朝四時にかけて、起きて当直している兵はひとりと思われる。

「いつも酔っぱらっている兵士と、孤独で読書好きの兵士のコンビがいます。酔っ払いをボブ、読書家をヘンリーと仮に名付けました。このふたりが灯台の当直を任されたときが好機です。わたしは夜の闇に紛れて灯台のある岩礁まで泳いで渡り、ボブが当直を開始したころを見計らい、ボートを盗みます」

「速夫くんがひとりで?」

「はい。そのほうが動きやすいですし。リオ様はこの島でわたしの帰りをお待ちください。ボートが入手できればそれで戻りますし、入手困難だった場合は泳いで帰ってきます」

うん……、とリオは速夫の提案を黙考する。

灯台のある岩礁までは最も近い陸地から泳いで三キロメートルほど。穏やかな内海だし、速夫なら問題なく渡れるだろう。

「ボブとヘンリーが灯台の当直へ赴くのは四日後です。その夜、計画を決行します。……それでよろしいですか？」

速夫の問いかけに、リオは思わず胸に手を当てる。

速夫なら大丈夫だと信じているが、正直――悪い予感がする。

「……戻ってきてね？　行ったまま帰ってこない、とかやめてよ？」

心配そうなリオへ、速夫は笑顔を返す。

「必ず帰ります。ひとりにはさせません。信じてください」

速夫はウソをついたこともなく、いい加減な約束をするひとでもない。もう十か月近くもふたりきりで行動してきて、そのことはよく知っている。

「……うん。……信じてる」

リオは心中にそよぐ不安を押し隠して、そう返事した。速夫はいつものように微笑んで、この島で見かけたガ軍兵士や現地人の他愛ない話を語ってきかせた。

「ボブはいつも酔っぱらっていて、三日に一度は誰かと殴り合いのケンカをします。ヘンリーのほうはボブが大嫌いなようで、いつも現地人の子どもとサッカーするか、木陰で読書していて。ガメリア人にも内向的な兵士っているんだな、と感心しました」

「へえ。そういうひともいるんだね」

「なぜボブとヘンリーを組ませたのか、上官の考えはわかりませんが……。嫌われ者同士、ほかに組む兵がいなかったのかもしれません。観察していると、兵士ひとりひとりの個性の違いもわかって、面白いですね。いまでは兵士たちの先の行動まで読めるようになりました」

速夫の声を聞いているだけでリオは安心できて、話を聞くためだけに興味ないことも質問したり、同じ話をせがんだり。速夫はイヤな顔ひとつせずいろいろな話を持ち出して、リオの眠気を待ってくれる。結局、その夜もいつものようにリオは仮小屋で、速夫は小屋の外、椰子の葉を天井にした藁の寝床でそれぞれ眠った。

それから三日間、リオの胸には重いものが詰まっていた。

決行の日が近づくほど、重みが増していく。計画を中止しても良いのでは、と思い切って速夫に提案してみたが、三か月間、懸命に監視をつづけて敵兵のルーティンを知り尽くす速夫は譲らない。リオを安心させるため、ガ軍の駐屯所に忍び込んで燃料缶を盗み出す余裕さえ見せた。

「敵兵の行動は読めます。最も手薄な場所と時間、質の低い当直兵を選んで実行しますから、必ず成功します。リオさまは安心してお待ちください」

自信にあふれる速夫の言葉に、リオは頷くしかなかった。

決行前夜、リオは夢を見た。

イザヤ、クロト、ミュウ、顔なじみの士官や水兵たちと一緒に、飛行艦に乗って彼方の空へ旅立つ夢だった。みんな笑っていて、リオも楽しくてたまらないのだけど、なにかひとつ、大事なものが欠けているように思えた。

水兵たちを見回してみると、鬼束や平祐など見知った顔が並んでいるが、ひとり、誰かが足りないと思えた。

速夫だ。速夫だけが船に乗っていない。リオは速夫を捜して船内を駆け回った。速夫はどこにもいなかった。そしてリオは速夫が戦死したことを思い出し、その場にへたり込んでさめざめ泣いた。


悲鳴と一緒に飛び起きた。

すぐに速夫が、仮小屋のなかへ飛び込んでくる。

「どうしました!?」

リオは見開いた目を屋内へむけ、いまのが夢であったことを悟り、とっさに速夫にすがりついた。

「リオ様…………？」
速夫は戸惑う。自分の背中へ回されたリオの両手がひどく震えている。
「……夢を見たの。速夫くんが死んじゃう夢」
声に涙がにじんでいた。リオが全身に汗をかいていることが、速夫にもわかった。
「……やっぱり、やめたほうがいい。やめよう。また今度、機会を待とう……」
速夫の鼓動が速くなる。こんなに怯えて取り乱すリオを見たことがない。
すがりつくリオの体温と言葉、その柔らかさに脳髄がしびれる。
十か月間、ずっとこらえていた想いが、突き上げてくる。
──もしかすると、これが最後の夜になる。
そんなこころの声が、聞こえた。
──明日、ぼくは死ぬかもしれない。
──それなら、せめて最後に……。
速夫の震える手が、持ち上がる。
リオの背中へ回ろうとする。
──絶対、ダメだ。
──リオ様が日之雄に戻ってからのことを、考えろ。
回しかけた手が、止まる。

速夫は自分を戒める。

これまで懸命に厳しい旅路を乗り越えてきたのは、リオが日之雄にとって必要な存在だからだ。リオは生きている限り、疲弊した国民を励まし、元気づける役割がある。リオが生還したなら士気も高まって、絶望に閉ざされた戦況に光が差し込むかもしれない。リオもそれを理解しているから、虫に刺されても転んでアザを作っても熱病にかかって生死の境をさまよっても、文句ひとつ言わず速夫についてきてくれたのだ。

いま、リオの純潔を汚してしまえば、リオにとって生涯の汚点となる。

リオは将来、皇王家に指名された男性と婚姻を結ばねばならない。

いまここでリオに傷をつけることは許されない。ましてやただの水兵がそれをするなど言語道断、リオにとって不幸にしかならない。

――こらえろ。

リオの背を抱きしめようとした両手を、速夫は渾身の力で制御して、代わりにそっと、リオの両脇に添え、密着していた身体を離す。

「ただの夢です」

リオを安心させるように、平気を装って、穏やかな言葉を届ける。

「わたしは必ず生きて戻ります。ふたりで日之雄へ帰りますから」

速夫の言葉を、リオはぐずりながら、上目遣いで受け取る。

──かわいい……。

魂の底から愛おしさが突き上げてくる。このひとを自分だけのものにできたら、どんなにいいだろう。

けれど、その思いは飲み干す。これまで数千回そうしてきたように、最後の夜かもしれないいまも速夫は、自分の想いを決して表に出さない。

激しくなる鼓動を押し隠し、速夫は微笑む。

「わたしがウソをついたことがありますか？　リオ様との約束を破ったことは、一度もありませんよね？」

リオの両肩に手を置いて、速夫は問う。

ぐずっ、と一度洟をすすって、リオはうつむく。

「……ない」

ぽつりと一言、リオは答える。

「はい。わたしを信じてください。必ずふたりで、生きて帰れますから」

平静を保ったままの速夫の言葉に、リオはまだ表情に不安をそよがせながらも、かろうじて頷いた。

†　†　†

翌日——午後七時。

ガメリア陸軍ブーゲンビル島守備隊、ケヴィン・フォーブ二等兵は現地人の子どもとサッカーに興じていた。

この島に着任して半年になるが、本当に戦時なのか疑わしいほど平和な日々がつづいている。二百五十キロメートル離れたラバウルの日之雄（ひのお）軍は連日の爆撃を受けて疲弊（ひへい）する一方、目の前の海に敵艦が現れたこともなく、退屈しきった守備隊の軍紀は緩むばかり、最近は士官すら愛人を近くの村に呼び寄せて夜を過ごす。士官を見習った部下も夜遊びに励み、当直の際ももっぱらカードか飲酒に興じている。

ケヴィンは同僚とウマが合わず、自由時間は読書か現地人の子どもとサッカーをして過ごしている。私物がほとんど本だったことから古参兵からは「インテリ気取り」とバカにされ、酒も大麻もやらないから新兵の輪にも入りづらい。

ケヴィンにとって、こうして子どもとサッカーしている時間が最も楽しい時間だった。

最も最悪なのは、同僚のドミンゲス・ジョーダン二等兵と一緒に灯台の監視所で過ごす十二時間の当直。十日に一度やってくる地獄が、これからまたはじまる。

ケヴィンはパスされたボールを胸で受け止め、子どもたちに現地語で告げる。

〝今日はここまで。当直に行かなきゃ〟

五人の子どもたちは残念そうに、ケヴィンを見やる。

〝ありがとケヴィン。また明日ね〟

子どもたちとの交流を通じて、ケヴィンは日常会話程度の現地語が話せるようになっていた。上官から言語習得能力を認められて、現地人との簡単な交渉に同行することもある。

〝あぁ、明日もこてんぱんにしてやるよ〟

ケヴィンのジョークに、子どもたちは大笑いする。ケヴィンはそれほどサッカーが得意ではなく、三対三のミニゲームでもケヴィンの入ったチームは必ず負ける。

〝昨日、また森のお姫様に会ったよ〟

別れ際、ミーニャという現地人の少女が、ケヴィンにそう言ってきた。ケヴィンは興味深そうに、

〝へえ。詳しく聞きたいね〟

〝すごく悲しそうに、海のむこうを見てた。いつも一緒にいるサムライはそのときいなくて、お姫様ひとりだった。だからあたし、お姫様に近づいて、隣に座ったの〟

そのお姫様のことは、子どもたちから聴いている。

三か月ほど前にはじめて現れ、夜になると沢沿いに移動して、ガ軍の駐屯（ちゅうとん）所を観察しているらしい。

大変な美貌（びぼう）の持ち主だそうで、出自はよくわからないが「お姫様」と呼ぶしかない高貴な雰

囲気をまとうのだとか。そして傍らには「サムライ」と呼ばれる精悍な少年がついて、常に姫を護衛しているらしく。

〝お姫様、あたしの頭を撫でて、名前を聞いたの。ミーニャ、って言ったら、わたしはリオって〟

〝へえ、リオ姫……。彼女はきみたちの言葉を話せるんだね〟

〝お姫様、辛そうだった。ハヤオが死ぬかもしれないって〟

〝ハヤオ。サムライの名前かな〟

〝うん。なんか寂しそうで、かわいそうだった。ケヴィンがもしお姫様に会ったら、優しくしてあげてね〟

〝わかった。リオとハヤオだね。もしも会ったら、ぼくはミーニャの友達だって伝えるよ〟

もう時間だった。話を切り上げて、ケヴィンは歩兵銃を肩に担いで、ボートのある桟橋へむかう。

歩きながら、ミーニャの話を吟味する。

──もしかすると、日之雄軍の生き残り……。

十か月前のソロモン海空戦において、大勢の日之雄兵が飛行艦から落下傘降下し、ほとんどが海原に落ちて捕虜になった。しかし島に降りた兵たちは投降することなく、椰子の実やトカゲを食べて生き延びているという。

ガ軍は特に、島内に降りた日之雄兵を捜索していない。もはや個人単位の戦闘力しか持たない彼らを捜索するのも面倒だし、組織的に抵抗してくればまとめて叩き潰すまで。さらにこのブーゲンビル島はソロモン海空戦の戦闘海域から七百キロメートル以上も隔たっており、生き残った日之雄兵がここまで北上してくることなどあり得ない……はずだが。

――一応、上官に報告しておこう……。

内容的に、聞き捨てならない。子どもの噂話……と切って捨てるには「リオ」という名前はあまりに大きい。

日之雄連合艦隊の「戦う内親王」の名前は、ガメリア海空軍にも響いている。圧倒的な劣勢を覆した白之宮イザヤ提督と、その副官、風之宮リオ艦長のことはガメリアの新聞にも取り上げられた。そして風之宮リオ艦長はソロモン海空戦で戦死したとされているが……。

――高名なリオ艦長が、生きて、この島にいるなら……捜索する価値がある。

当直へ行く前に、上官に報告しておこう。もしも子どもたちの噂が本当なら、ぼくの手柄にもなるし。

そんなことを考えながら、ケヴィンは士官用の兵舎へ爪先をむけた。

†　†　†

「そろそろ時間です」

海沿いの断崖の直下、波が打ち寄せる岩場に立って、速夫は背後のリオへ告げた。

満月が海原を照らし出す彼方、岩礁の灯台の影が見える。

「明るすぎるよ。これだと速夫くん、見つかっちゃう……」

リオは不安そうな声を絞り出す。

「今日がチャンスです。ボブとヘンリーのコンビがいつまでつづくかわかりませんし。ここで待っていてください、夜明け前には戻りますので」

しかし速夫は頑として聞かない。リオは眉根をますます寄せて、

「捕まらないでね？　わたし、この島でひとりになっちゃう……」

「無茶はしません。無理そうなときはボートは奪わず戻ってきます。リオ様はとにかくここで荷物の番をお願いします」

リオの足下の麻袋には、ラバウルまでの船旅に必要な水、食料、軍服、各種道具類が入っている。その隣には先日盗んだガソリン缶。ラバウルに辿り着くには充分な量だ。速夫がボートで戻ってきたら、そのままリオも乗り込んで、ラバウルめがけて逃げる予定。

「では、行ってきます」

「うん……」

本当は羽交い締めにしてでも止めたい気持ちをこらえ、リオは胸の前で両手を合わせる。日

之雄(のお)の仲間のもとへ戻らなければならない気持ちと、速夫を失いたくない気持ちが混ざり合って、なんだかまた泣きそうになる。

「リオ様をひとりにしません。約束します」

速夫は笑顔をリオへむける。

言葉どおり、速夫はこれまで一度も約束を破ったことがない。

だからリオもぎこちない笑みを返す。

「……うん。信じてる」

「はい。わたしを信じてください」

そう言って速夫は腰に差していたナイフを口にくわえて波間に足を浸し、音も飛沫(しぶき)も立てることなく、ミズスマシのように泳ぎはじめた。

海面を滑るように遠ざかっていく速夫の背を、リオはいつまでも見送っていた。

「絶対、帰ってきてね……」

手を合わせ、祈る。

速夫なら絶対大丈夫、彼はなんでもできるから、絶対、また、何食わぬ顔でボートに乗って戻ってくる……。

ナイフをくわえて平泳ぎしながら、速夫（はやお）は目的地を遠望する。

波のそびらが見えるほど明るい夜だ。灯台の建つ岩礁（がんしょう）も、輪郭（りんかく）まで見て取れる。

灯台基部の小窓に明かりを確認。おそらく一階の通信室にいるのは神経質なヘンリーで、酔っ払いボブは二階の休憩所で酒を飲んでいる。

速夫は岩礁に泳ぎ着き、岩陰に身を伏せて、くわえていた刃渡り二十センチほどのナイフを腰に差す。そして灯台の傍（かたわ）ら、陸揚げされた二台の予備ボートを視認。雨よけのカバーがかけられたボートの一台を盗みたいが、ヘンリーが当直しているいまの時間、物音を立てるのは危険だ。

三か月かけて灯台の当直兵の行動を観察してきた速夫は、深夜零時に当番が交代することを知っている。チャンスは酔っ払いボブが一階で当直について三時間が経過したころ。ボブが寝込んだのを確認してからボートに近づき、船外機が使えるか、燃料は充分か、確認しなければならない。

——失敗はできない。ぼくが捕まれば、リオ様はひとりになってしまう。

自分に言い聞かせ、岩陰に身を隠したまま、ときが来るのをじっと待つ。

ここで失敗したなら、リオとふたりきりになってからの十か月間の苦労が全て水の泡だ。最後の最後で失敗するわけにはいかない。息を殺し、目をこらし、速夫は灯台内の敵兵の様子に耳目を澄ます……。

三時間ほど経つと、灯台内から話し声が聞こえた。

速夫はガメリア語を学んだことがなく、なにを言っているのかわからない。だが荒々しい言葉をあげているのがボブで、冷静になにか言い返しているのがヘンリーであることはわかる。ケンカしているのか、これが日常会話なのかはわからないが、ほどなくして怒りで顔を真っ赤にしたボブが千鳥足で灯台の外へ出てきた。

速夫は身を伏せたまま、ボブの様子に目をこらす。

酒か大麻かその両方か、ボブはふらふらと灯台に歩み寄ると、おもむろに妙な歌を歌いながら立ち小便をはじめた。

と、ヘンリーも灯台を出てきて、自分の職場に放尿するボブへ厳しい言葉を発する。なにを言っているのかは、わからない。だが互いが交わす罵声のなかで、名前らしい言葉も聞き取れた。ボブはドミンゲス、ヘンリーはケヴィンという名前らしい。でこぼこコンビはひとしきり悪口を交わし合ったあと、ケヴィンが肩をすくめて灯台内へ戻っていった。

酔っ払いドミンゲスはひとしきりケヴィンの悪口を大声でがなりたててから、灯台内へ戻った。また大声が聞こえてきて、静かになり、ほどなくずっとついていた二階の小窓の明かりが消えた。

――ケヴィンが当直を終えて、二階で眠った。

――一階の通信室はドミンゲスだけだ……。

灯台内の様子を想像し、速夫はじぃっと息を潜めて好機を待つ。

あの様子なら、ほどなくしてドミンゲスも眠りに落ちる。眠りが深まった時間帯を見定めれば、必ずボートを盗める……。

満月の傾きで時間を計る。

時刻は午前三時過ぎ。灯台内はすっかり静かで動きはない。

――行くぞ。

覚悟を決めて、速夫は忍び足でボートへ近づき、船外機を点検。プロペラ、プラグ、エンジンに問題はなく、錆なども見られない。雨よけのカバーを慎重に外し、ボートの床に置かれた燃料タンクの計器を確認。残量が少ない。だが先日盗んだガソリンが、島で待つリオの足下にある。ボートで戻ってから燃料を足せばいい。一番の問題は、スターターのカギが引き抜かれていること。このカギがなければ船外機は動かない。

おそらくカギは、灯台内の通信室にあるだろう。

――灯台内へ忍び込むしかない。

リオには言わなかったが、予めこの事態は想定していた。そう簡単に、軍需品を盗み出せるわけがない。

――リスクは覚悟してる……。

速夫は灯台へ近づいていく。

モルタルの壁に背中を押しつけ、明かりの漏れている丸窓へ近づき、片目だけで内部の様子を覗き見る。

ドミンゲスは執務机に両足を乗せて、椅子に座ったまま天井を仰いで熟睡していた。豪快ないびきがかすかに、入り口の扉からも漏れてきている。

あの様子では、ちょっとやそっとの物音では起きそうにない。

――いける……!!

速夫は確信し、入り口のアルミ扉に忍び寄って、ノブを掴む。

残念ながら、鍵がかかっていた。速夫はポケットから針金を取り出し、鍵穴に突っ込んで二、三度ひねりをくわえる。

――音だけは、立てるな……。

緊張で手が汗ばむ。ドミンゲスは怖くないが、神経質なケヴィンが物音に気づくのが怖い。

カチッ。

解錠。

慎重に扉をそろそろとこちら側へ引き寄せて、地面に伏せ、顔半分だけを灯台内の通信室へ入れてみる。

ドミンゲスは侵入者に全く気づくことなく、天井を仰ぎ大口をあけ、よだれも垂らして熟睡中。

息を殺し、二階の気配に耳を立てる。ケヴィンも異変に気づくことなく、降りてくる物音はしない。

——慎重に、慎重に……っ!!

自分の動悸が聞こえるくらいに緊張しながら、速夫はゆっくり、通信室へ忍び込んだ。

抜き足、差し足、ドミンゲスの傍らを通り抜け、壁付けの制御盤へ近づいて、船外機のカギを探す。

——ない……。

通信機の置かれた台も調べてみるが、目に見える場所には見当たらず。

ということは、ドミンゲスが両足を乗っけている机の引き出しが最も怪しい。しかし足が邪魔で引き出しがあけられない。あけるには、行儀の悪い両足を地面に下ろすしかないが。

——引き返すか……?

——いや、ここまで来たんだ。ドミンゲスは熟睡してる。絶対いける……!

速夫は覚悟を決め、忍び足でドミンゲスへ接近。

至近距離から顔をのぞき込んで眠りの深さを確認し、机の上の両足へそっと自分の両手を添える。

〝……ファック……〟

間近からそんな言葉が届き、悲鳴が出かけた。

しかし寝言らしく、シットやらファックやらつぶやきながら、ドミンゲスは素直に両足をおろし、だらしない姿勢のままいびきを立てる。

──起きない。大丈夫だ。いける……。

一挙一動に細心の注意を払いながら、速夫はそっと引き出しをひらく……。

胸騒ぎで目が覚めた。

なんだかやはり、今夜、この岩礁(がんしょう)はおかしい。

ケヴィンは寝床から上体を持ち上げ、周囲の物音に耳を澄ます。

聞こえてくるのは岩礁に打ち寄せる波のとどろきと、階下から伝うドミンゲスのいびき。

だが、それだけではない。

──もうひとり、いる……？

ケヴィンの脳裏に、現地の子どもたちから聞いた「姫とサムライ」の話が舞い戻る。

当直へ行く前、わざわざ隊長にその話を報告したが、「三文小説の読み過ぎだ」と一笑に付された。同僚からもバカにされ、ケヴィンとしてはリオと速夫(はやお)に実在して欲しい。

ベッドに腰掛けたまま、そうっと靴を履き、息を殺して床に穿(うが)たれた昇降口をのぞき込む。

ドアはなく、らせん階段を降りた先が一階の通信室だ。ケヴィンは二階に残ったまま、一階に耳を澄ます。

波音といびき以外に、かすかな音が聞こえた。

——引き出しをひらく音……。

ドミンゲスはいびきをかいて眠っているから、引き出しをひらくわけがない。引き出しのなかにあるのは、予備ボートのエンジン始動に必要なカギ……。

とっさに壁に立てかけていた歩兵銃(ライフル)を摑(つか)む。弾倉には三十発。トリガーを引くと三連射できる優秀なライフルだ。

——音を立てるな……。

息を殺し、ケヴィンは慎重に階段を降りる。

ライフルを握る手が汗ばむ。怖い。だがもしも敵兵が侵入していたなら、ドミンゲスが危ない。大嫌いな相棒だが、見捨てるわけにはいかない。

震える両足を前へ送って、らせん階段が残り四段になったとき——

どさっ。

誰かが倒れたような物音がして、ケヴィンの心臓が大きく跳ねる。

灯台の内壁に背を押しつけ、見えない一階の内部へ聴覚を集中。

ドミンゲスのいびきが聞こえる。妙な気配はない。十数秒、そのままの姿勢で待ってからケヴィンはいきなり階段を飛び降り、通信室内へ銃口をむける。

「………っ!?」

ドミンゲスは床に大の字になり、天井を見上げて大口をあけて眠っていた。さっきの物音は、椅子で眠っていたドミンゲスが床に転げ落ちたときのものか。

ケヴィンは机の引き出しをあけて中を確認。

異常発見。

「カギが……!!」

ない。やはり誰かがボートを奪う目的で侵入したのだ。

ケヴィンは別の引き出しをあけて、念のため離して保管していたもう一隻のボートのカギをポケットにねじ込み、ドミンゲスの両肩を摑む。

「ドミンゲス!!　起きろドミンゲス、緊急事態だっ!!」

しかし揺さぶっても叩いてもドミンゲスは起きない。

灯台の外から、ガタッ、と大きな物音が返る。

いまの呼びかけで、侵入者にケヴィンの存在が気づかれた。

ぐずぐずしていられない。当直中にボートを盗まれたら降等処分を受けてもおかしくない。絶対に取り戻さなければ。

「くそ……っ!!」

ホルスターに拳銃を差し、右手にライフルを摑んで、ケヴィンはひとり、灯台の外へ。

満月が煌々と照らし出す直下、人影がひとつ、いままさに予備ボートを海中へ投げ入れようとしていた。

はっ、と人影がこちらを見やる。

互いの距離、五メートル。

「動くなっ!!」

ケヴィンは叫んで、ライフルを構える。

しかし人影は獣のような敏捷な動作でボートへ乗り込み、船外機のスターターにカギを差し込む。

――バカにするな……っ!

ケヴィンは人影を照準器に収める。

タタタっ、と三連射。

人影がのけぞる。わずかな血しぶきが散ったのを、月光の下に視認。

しかし人影は傷つきながらも、船外機のスターターの紐を引っ張る。

どうっ、と重い音とともに、波飛沫を蹴立ててエンジン始動。

ボートは侵入者を乗せたまま、陸地を目指して疾走していく。

「逃がさないぞ……!!」

先日やっと二等兵に昇格したばかりなのに、三等兵に逆戻りなど死んでもごめんだ。ケヴィンは灯台基部の通信室へ戻り、駐在所へ異変を電信で連絡。応答を受け取ってから、もう一隻のボートの係留を解き、海原へ投げ入れて自らも乗り込む。

侵入者のボートは夜の闇に溶けようとしている。見失うわけにはいかない。ライフルの残弾が充分あることを確認し、ケヴィンはひとり、船外機を始動させる。

「はぁ、はぁ、はぁ……っ」

船外機の発動音を聞きながら、夜の海に飛沫を蹴立てて速夫を乗せたボートは走る。

五分ほどでリオの待つ断崖の下へ辿り着くだろう。

ドミンゲスの両足を下ろすところまではうまくいった。直後、引き出しをあけてカギを発見。残り一隻のカギも探そうとしたとき椅子で寝ていたドミンゲスが床へ転げ落ち、階段にひとの気配を感じて慌てて外へ逃げ出し、ボートに乗ったところで撃たれた。

きっとケヴィンはもう一台のボートで追ってくる。敵にはライフルがあり、こちらはナイフ一本のみ。

呼吸を整えながら、速夫は傷口を確認。左足の腿に入った弾丸は反対側へ抜けず、体内に残っていた。

速夫は舌を嚙まないようにシャツをくわえると、覚悟を決めて、ナイフの先端を傷口に突っ込み、入った弾丸を力尽くで摘出する。全身に汗を噴き出させ、激痛を渾身の力で耐え抜いてから、シャツを引き裂いて左足の付け根に巻き付け止血する。

出血は止まったが、三時間以上この状態を維持すれば左足は壊死する。早急に病院で治療を受けるべきだがここは敵地、左足は捨てるしかない。

──死ぬよりマシだ。だけど。

──この足では、リオ様の足手まといになる……。

歩行困難な速夫がいることで、リオに危険が及ぶ。その事態は絶対に避けねば。

そのとき彼方の闇から、どぅっ、と船外機の始動音が響いた。

速夫は後方を振り返る。月光を映す海面に、小さな船影がひとつ。

──ケヴィンが追ってくる。

──どう逃げる……?

リオの待つ岸壁まで、あと三分ほど。

──考えろ考えろ考えろ。リオ様を助ける方法を考えろ。

――ぼくはどうなったっていい。リオ様だけは死んでも守り抜け……!!

大量の血を失い、いまにも意識を失いそうになりながら、速夫は必死にどうすべきか考える。

ケヴィンはセミオートライフルを持っている。自分は左足が動かず、武器はナイフ一本。リオは状況を理解しておらず、ぐずぐず説明するヒマもない。リオが荷物と一緒にボートに乗り込んだなら、この船は重くなり、出発してすぐにケヴィンのライフルの射程に入る。ライフルで狙い撃たれたら、こんな船はたちまち穴だらけになり、海水が流入して追いつかれる。そうなれば捕虜になれないリオは自死を選ぶ危険が高い。

そのとき――

島から重い警報が轟いた。

駐在所の方向からサーチライトが天空めがけて屹立し、それが横向きに倒れ、海原をまさぐりはじめる。

「……くそっ……!」

ケヴィンが無線で報告したのだ。ほどなく海域の捜索がはじまる。ぐずぐずしていれば手遅れだ、一刻も早くリオをつれて遠くまで逃げなければ。

状況は絶望的。だがしかし。

――どんな手段を使っても、リオ様だけでも逃がすんだ……!!

迫り来る断崖を、速夫は睨み付ける。

もうすぐ着いてしまう。それまでになんとか、リオを救う手段を考えろ。

──ボートを守り、リオ様に自死させず、逃がす方法を……!!

夜のなか、黒々と屹立する岸壁の下、小さな人影を視認した。

リオだ。速夫を信じて、大切なひとがあそこで待っている。

──ぼくはどうなってもいい。リオ様だけでも逃がすんだ……!


いきなり島内に警報が轟き、リオは驚きのあまり飛び上がりそうになった。つづけて駐在所のある方向から星空を目がけて野太いサーチライトが打ち上がり、横向きに倒れ、灯台周辺の海域をまさぐりはじめる。

「速夫くん……っ!!」

発見されたのだ。リオは胸の前でぎゅっと両手を組んだ。

海原のむこうへ、祈るように視線を送る。

「無事で。お願い速夫くん、うまく逃げて……」

その場で足踏みしてしまう。このままではほどなくふたりは発見される。

発動機の音が近づいてくる。海原にほんのり、小さなボートが浮かび上がる。

「速夫くん……!!」

早く、早く来て。

駐在所の方向を振り返ったなら、建物に明かりが灯り、兵士をのせたトラックが動きはじめている。急いで島を離れなければ、ふたりとも捕まる。

「リオ様……っ!!」

速夫の呼ぶ声。

すぐ手の届くところに速夫のボートが来ている。

速夫は怪我をしているのか、立てない。船外機を停止させ、床に腰を下ろしたまま、声に必死さを込める。

「急いで乗ってください、荷物も一緒に、早く……っ」

「う、うんっ」

リオは荷物と燃料缶を両脇に抱きかかえ、ボートに投げ入れる。速夫は血まみれの両手を差し出して、リオがボートに乗り込むのを手伝う。

「………っ!!」

リオは床を濡らす血潮と、速夫の左足の付け根の包帯を見やり、被弾に気づく。

「速夫くん、大変……っ!!」

慌てて傷の具合を見ようと跪くが、速夫は最初に、

「み、水を……」

「あ、うん、はい、水っ」

リオは大慌てで、持ち歩いている竹筒を速夫に渡す。

速夫は栓を抜いて一口、含む。それから船外機を再発動させ、ラバウルへの道しるべ、ペルセウス座の位置を確認し、舳先をむける。

「怪我してる、大丈夫⁉」

ボートが走りはじめたのを確認し、リオは速夫に顔を寄せる。

「急いで燃料タンクに燃料を入れてください。敵が追ってきます、急いで！」

「わ、わかった！」

言われるまま、リオは船床の燃料タンクの口をあけ、燃料缶の中身を注ぐ。

島内に鳴り響くサイレンに紛れ、背後からうっすら、遠いモーター音が聞こえる。

「あれって、追っ手⁉」

燃料を入れ終え、リオは尋ねる。

「説明があります。リオ様、まずは水を……！」

速夫が差し出す竹筒を、リオは受け取って麻袋に戻そうとする。

「リオ様、まず水をお飲みくださいっ」

「え？　それより敵……」

「全部説明します……！　ですがリオ様は非常に焦っておられる。わたしの話を落ち着いてきいていただくために、まず水をお飲みください!!」

速夫の様子が、尋常でない。

これほどの緊急事態なのに、なぜ急いでリオに水を飲ませようとするのか、意味がわからない。

「時間がないのですっ！　説明しますから、お願いですから、まずは水をお飲みください……っ!!」

リオはイヤな予感しかしない。

速夫がただならない覚悟を据えていることだけがわかる。

「な、なんでいま水なの、速夫くん……？」

「わたしを信じてください!!　お願いします、わたしを信じて、どうかひと口……っ!!」

いつも穏やかに微笑んでいる速夫がいま、見たこともないほど真剣に、言葉に魂を込めて懇願してくる。

「リオ様にウソをついたことも、約束を破ったこともありません！　ふたりで帰るために、お願いいたします……っ！」

意味がわからない。だが速夫のことを信じている。

速夫の言うとおりにすれば、どんな困難に遭おうとも、ふたりで帰れる。だから。

リオは竹筒の水を口に含み、飲み干した。

それから、もう一度速夫(はやお)に問う。

「……飲んだよ。それで、これ、どういう状況……？」

速夫はリオが水を飲んだのを確認し、険しかった表情をようやく緩め、ほぅ………っと深く、深く、安堵(あんど)の息をついた。

「ありがとうございます。リオ様。本当にありがとうございます……」

それから顔を上げ、荒く息をつきながら、状況を伝える。

「……左腿に被弾しました。わたしはもう歩けません。敵守備隊に気づかれ、間もなく海域一帯の捜索がはじまるでしょう。いま、すぐ背後から灯台の当直兵がボートで追いかけてきています。彼のライフルで狙い撃たれたら、我々の旅は終わりです。なので一計を案じました」

「…………………」

「ふたりで一緒に帰る、と誓いましたが、計画は変更せねばなりません。リオ様は先に日之雄(ひのお)にお戻りください。わたしは、ちょっと遅れて、あとから行きます」

その言葉を聞いて、リオは反論を口にしようとする。

「速夫くん、それはダ……!?」

しかしつづきの言葉が出てこない。

身体(からだ)に力が入らない。リオはそのまま、速夫の血に濡れた船床に前のめりに崩れてしまう。

「…………!!」

身体が痺れて動かない。

きっとさっきの水になにか入れてあったのだ。

もしかしてこれは、クビラの根を擦った痺れ薬……？

「は……やお……くん……」

舌がもつれて、言葉が出ない。

きっとリオが燃料タンクに燃料を入れているときに、現地人との物々交換用に持ち歩いている痺れ薬を麻袋から抜き取って、竹筒に混ぜたのだろう。執拗に水を勧めたのは、リオの身体を一時的に動かなくさせるため……。

速夫はすまなさそうに、リオの両脇に手を差し入れて、優しくそっと上体を船の縁にもたれかけさせる。

「こんな手段を使ったことをお許しください。……リオ様だけでも逃げ延びるために、こうするしかなかったのです」

それから、いつものように、優しくゆっくりと言葉を送る。

「わたしはこれから海に潜って敵のボートを待ち受け、乗り込んで仕留めます。わたしがいない分、この船は速くなりますから、敵の捜索がはじまる前に外海へ出られます。リオ様はわたしに構わず、ラバウルを目指してください」

リオは言葉が出ず、身体も動かせない。ただ見開いた目の力だけで、速夫を止めようとする。

そんな身体で海を泳ぎ、敵のボートに乗り込めたとしても、体力はもう残っていない。

ライフルを持った敵と格闘したなら、速夫は……。

「………っ」

ダメ、やめて、いかないで。その思いは言葉にならず、ただかすかな吐息に変わる。

追ってくるモーター音は、ますます近づいてくる。速夫はグリップを掴んで船外機のむきを変え、ボートの舳先を北西へむけて、舵を固定し、直進させる。リオは身体が動かせないから、ボートは放っておいてもラバウル目がけて逃げてくれる。

「必ず戻ります。わたしを信じてください」

落ち着いた言葉の背後に、速夫の覚悟があった。

「三十分後、身体が動くようになっても、絶対にここへ戻らず、ペルセウスの方向へ進むのです。ペルセウスを追ってください」

いやだ。やめて。死なないで。

「死なないと約束します」

速夫はそう言うと、右足一本で立ち上がろうとする。

「……は…………や…………っ!!」

リオは懸命に両手を持ち上げようとする。

けれど両手に力がこもらない。

速夫は上体をボートの縁(へり)に預け、追ってくる敵ボートの位置を見定める。海に潜って、直進してくる敵を待ち受け、すれ違いざまに乗り込むつもりだ。

——そんな無茶したら、死んじゃう。

速夫はリオを振り返り、微笑(ほほえ)む。

「お別れではありません。必ずまた会えますから。リオ様はひとりで、ラバウルへ行っていてください」

リオの心が、その言葉で焼け付く。

やめて。いかないで。

「十か月間もご一緒できて、夢のようでした。リオ様にはご苦労ばかりおかけしましたが、わたしにとって、毎日が宝石のように輝いていた時間でした」

わたしだってそうだよ。

あなたと一緒にいて、とても楽しくて、幸せで、ずっとこの旅がつづくといいなと思っていたの。

「リオ様の優しさと明るさは、大勢のひとを元気づけ、勇気づけています。日之雄(ひのお)に戻っても、戦争に疲れたひとたちを励ましてあげてください。リオ様は国にとって必要なかただから」

大好きなんだよ。

あなたとずっと、一緒にいたいの。

あなたと一緒に生きていけたら、わたし、ほかになにもいらないの。

「リオ様が生還することで、この戦争も少しはマシな結末になると信じます」

日之雄に戻っても、戦争が終わっても、そのあともずっとあなたと笑ってたいの。

「では行ってきます。心配しないでください、必ず帰りますから。わたしが約束を破ったこと、一度もありませんよね?」

リオの魂が、押し潰される。

その裂け目から速夫を呼ぶ声があふれてくるのに、音にならない。

差し出した手の先、速夫はもう一度笑顔を見せると、海へ飛び込んだ。

「……は…………っっ!!」

差し伸べた手が、空を摑む。

速夫は海中に消える。

リオのボートはその反対方向、ラバウルをめがけて疾駆する。

速夫が離れていく。

波のむこうへ、見えなくなる。

——速夫くん!!

——いやだ、やめて、こんなのはいやだ!!

音のない絶叫の彼方、ただ夜の海だけが横たわる……。

追跡のボートを操りながら、ケヴィンは夜の海へ目を凝らし、敵の様子を見定める。

ボートを奪った敵は、岸壁でもうひとり、誰かを乗せたようだ。

それから舳先を返し、北西方面へむけて疾走をはじめる。

ケヴィンの乗るボートとの相対距離、約三百メートル。

ライフルの射程ではあるが、もう少し寄って確実に仕留めたい。

——むこうはふたり乗っている。こっちより重い。

——このまま行けば追いつける……！

ドミンゲスの当直時間を狙われたのは最悪だったが、満月が照っているのが僥倖だった。

夜の海でも、敵ボートの影が徐々に大きくなってくるのが視認できる。

島内のサイレンがけたたましい。ほどなく内火艇も出港準備を終えるだろう。しかしできるなら自分自身の手で捕らえて、失点を補いたい。

——乗っているのはおそらく、姫とサムライ……。

北西を目指しているのは、ラバウルへ辿り着くためか。おそらくサムライはずっとガ軍を観察し、ボートを奪う隙を狙っていたのだ。

——そこで選んだのが、ぼくとドミンゲスというわけか。

——舐めるな……！

仲間から孤立しているが、軍務は真面目にこなしてきたし、手を抜いたこともない。それなのに降等処分を受けたりしたら、一生ものの恥をかく。だから絶対に逃がさない。

「必ずこの手で捕まえる……！」

ケヴィンは両目を血走らせ、徐々に近づくボートを見据える。

さっきより、敵の船足が速くなったような。

なぜだ？　余計な荷物を捨てて、重量を減らしたのか？

さらに闇へ目を凝らしたそのとき、ごとっ、とケヴィンの背後から物音がした。

「…………？」

不審な気配に振り返った、目の先。

ずぶ濡れの獣が一頭、腰に差していたナイフを右手に握り込んだ。

「…………!!」

完全に不意をつかれた。

——海に潜り、待ち受けていたのか。

ケヴィンは慌ててライフルへ手を伸ばすが。

獣は右足でライフルを蹴飛ばし、ケヴィンへ飛びかかる。

——サムライ……!!

仰向けに押し倒され、ケヴィンはかろうじてサムライの右手首を掴む。

すさまじい殺気を込めた形相が、ケヴィンの間近にある。

サムライの左肘が、ケヴィンの喉を押さえつける。

「ぐ………っ!!」

息ができない。

ただでさえサムライは傷つき、失血している。そのうえ推進中のボートに飛び乗るなどという無謀を冒して、体力も削られているはず。

それなのに、信じられないほどの膂力がケヴィンを押さえつける。

――なんなんだ、こいつ……っ!!

ナイフの切っ先がケヴィンの喉元に押し当てられる。

悪鬼のようなサムライが、最後の力を込めて、ナイフの切っ先を喉へ押し込もうとする。

ケヴィンも渾身の力で、サムライの右手を押さえつける。

――そんなにお姫さまを守りたいのか。

サムライの足から流れ出る血が、ケヴィンの身体を濡らす。

こんなにも傷ついた身体で、残り少ない体力で、こんな無茶な攻撃を仕掛けてまで、姫を逃がすつもりなのか。

だが同情する暇などない。

このままでは殺される。ぼくが死ねば、故郷の母と兄妹が嘆き悲しむ。

――きみを殺さなければ、ぼくが死ぬ。

――許せ……。

ケヴィンも渾身の力を振り絞り、サムライの右手を自分の左手で押さえつけ、残った右手を腰ホルスターの拳銃へ持っていく。

そして、サムライを当惑させる。

「……ハヤオ。……リオ。……やめろ、やめるんだ」

現地の少女、ミーニャから伝え聞いていたふたりの名前を、間近からささやく。

「!?」

一瞬、速夫の力が弱まる。

ケヴィンは現地語で話しかける。

〝きみたちを知っている。やめろ、話ができる……〟

速夫は一瞬戸惑うが、しかし力は緩めようとしない……。

どういうことだ。

なぜぼくとリオ様の名前を知っている。

最後の力を振り絞りながら、速夫は頭の片隅で考える。

現地人との交流を通じて知ったのか？　もしかするとリオが現地人に名前を明かしたのかもしれない。

ケヴィンが、苦しげな息の下から言葉をかけてきた。

〝きみたちを知っている。やめろ、話ができる……〟

現地語だ。ケヴィンはいつも現地人とサッカーしていたから、現地語を解するのか。

——話が通じる……っ!!

いままさに殺そうとしてる敵は、言葉の通じない相手ではない。

速夫もこの三か月間、駐屯所を観察しながら、ケヴィンに対しては親近感のようなものを抱いていた。いつもみなと離れてひとりで読書しているさまは、艦橋付き従兵だった自分と似ているように思っていた。

だが、しかし、いまは殺すべき敵だ。

ここでケヴィンを殺せば、このボートを奪える。

ひとりで逃げるリオのもとへ、すぐに辿り着ける。

ここでぼくが殺されれば、ケヴィンはそのままリオを追う。

ケヴィンに追いつかれたリオは、捕虜になるより死を選ぶ。

——だからぼくは、ここできみを殺す……っ!!

速夫は一個の獣になる。

戦争下ではなく、平和な時代に出会っていたら、もしかするとケヴィンとは友達になれたかもしれない。こんな殺し合いではなく、好きな本について話したりできたかも。しかしそんな感傷は、いまこの場では不純なものだ。

――敵兵を殺す機械になれ……！

速夫はケヴィンの喉元にあてた左肘に体重を乗せる。

ケヴィンの表情が苦しげに歪む。

もう少し、あと一センチでナイフの切っ先がケヴィンの喉に届く。

〝ぼくにも家族がいる。殺さないでくれ〟

ケヴィンが現地語で語りかけてくる。

速夫は聞かない。もう少し力を込めれば、リオのもとへ行ける。

〝きみたちを逃がすから。見なかったことにするから。やめてくれ〟

ケヴィンの哀願に、涙が混じる。

目の前にある死に怯えるガメリア兵が、自分と同じ人間であることを改めて知る。

――聞くな。殺せ。殺せ。殺せ……！

速夫はおのれを駆り立てるが、頭の片隅に一瞬、違う考えがよぎる。

――この敵は話が通じる。

――殺す必要があるのか？

戦場において不純すぎるその迷いが、勝敗を決めた。

ハヤオの右手に、一瞬の迷いが爆ぜた瞬間、ケヴィンはホルスターから拳銃を引き抜き、ハヤオの胴体に当てた。

――きみはいいヤツだと思うけど。

引き金を、引く。

銃声が、響く。

――きみに殺されるわけにはいかないんだ。

血しぶきが、爆ぜる。

銃声が、速夫の耳に突き立った。

同時に、焼けた火箸を胴体に突き刺された感覚。

意地や気迫だけではどうしようもない物理的な力が、速夫の意識を根底から刈り取る。

――リオ様。

愛おしいひとへ、そんなふうに呼びかける。

——前へ、お進みください。

——戻らずに、前へ。

真っ白な視界のなか、リオの笑顔を見る。

リオの乗ったボートは、ケヴィンのボートを後方へ置き去りにして、北西を目がけて走りつづける。

リオは動けないまま、速夫が消えていった海域を視線だけで見送るしかない。

心が焼き付いたまま、激しい痛みだけが肺腑を抉りつづけている。

声も出せず、腕さえ動かせず、ただ祈ることしかできない。

——動け。動け。動け……。

このまま進めば、ラバウルのあるニューブリテン島沿岸に辿り着くが。

——速夫くんを置いていけない……。

目を閉じ、ゆっくり呼吸しながら、指先から動かしはじめる。

痺れていた四肢に、だんだん力が戻ってくる。

「速夫……くん……」

言葉が、喉をついて出てくる。

どれほど時間が経っただろう。

追ってくるモーター音は聞こえない。遠いサイレンの音が聞こえ、後方の海は時折サーチライトが爆ぜるだけで、速夫も、追っ手も、誰も追ってこない。

このことの意味は。

――速夫くんが、追っ手を止めた……。

――でも、速夫くんも戻ることができない……。

ようやく四肢の感覚が戻り、リオは赤ん坊のように四つん這いで、後方の船外機へにじり寄る。

速夫が心配だ。無事を確かめなければ、とても前へ進めない。

――ひとりにしないって約束したよね。

船外機のグリップに右手をかけ、速夫と別れた海域へ戻ろうとした、そのとき。

『ペルセウスを追ってください』

先ほどの速夫の言葉が、耳の奥に鳴った。

グリップにかけた右手が、止まる。

速夫の笑顔が、海原に舞い戻る。

リオは動けない。

右手が、震える。グリップを摑んで船を旋回させ、速夫のところへ戻りたい。

けれど。

『お別れではありません。必ずまた会えますから。リオ様はひとりで、ラバウルへ行っていてください』

速夫の残した言葉が、もう一度鳴る。

――わたしが戻ったら。

――速夫くんのしたことが、意味を失う……。

敵はすでに捜索を開始している。いまリオが島の方角へ戻れば飛んで火に入る夏の虫、すぐさま捕まる。そうなれば、速夫の献身は無駄に終わる。

リオは速夫の血潮がまだ残る船床に両手をついて、うなだれる。

かすかなサイレンの音はやまない。海域をまさぐるサーチライトも、数が増えていく。もうきっと、複数の内火艇による捜索がはじまっているだろう。

やるべきは戻ることではない。捜索の及ばない外海までひたすら逃げることだ。

『絶対にここへ戻らず、ペルセウスの方向へ進むのです』

それが正解だ。戻ることは、速夫への裏切りだ。

ラバウルへ行くしかない。速夫を置いて、リオだけで。

理性で判断すればそれが最善だとわかるのだけれど、人間の心は、違う答えを求めて血のような叫びをあげる。

臓器が全てブリキ缶に変じたような、苦しすぎる空虚。

船外機にかけた手は、震えたまま動かない。

リオは自分に言い聞かせる。

心に血を流しながら、振り絞った理性で魂の叫びを抑えつける。

――ペルセウスを、追え。

愛おしさを圧搾し、その決断を絞り出す。

――速夫くんを置き去りにして、ひとりで逃げろ。

そうしなければ、ここまでの十か月間が意味をなくすから。

速夫の献身を、速夫のくれた命を、自分の愚かさで台無しにしてしまうから。

リオは、顔を上げる。

舵を固定されたボートは放っておいても北西を目がけて海原を蹴立てる。

涙が、溢れ出る。

「速夫くん。ごめんね。許してね。速夫くん……」

呼ぶ声に、涙がにじむ。

すぐに、顎からしたたるほどの涙があふれてくる。泣きながらリオは、進行方向の反対側、速夫がいなくなった海へ何度も、何度も、呼びかける。いまの自分には、それしかできない。

　あふれてくる涙が、痛すぎる空虚が、リオの呼ぶ声に変わる。

「ごめんなさい。速夫くん。許して。速夫くん……」

　声はいつしか慟哭になる。

　涙が止まらない。身体のなかが全部涙になってしまったかのように、涙と嗚咽が堰を切って流れ出し、船床を濡らす速夫の血潮と混じり合う。

　煮えたぎる鉛を胃の腑へ流し込んだかのように、痛い。

「許して。許して……」

　全身を構成する千兆の細胞が干からびるくらい、涙がとめどなく溢れ出てくる。

『必ず帰りますから。わたしが約束を破ったこと、一度もありませんよね？』

　リオの耳に、その約束が何度も響く。

　涙が止まらない。

　泣きながら、リオは逃げていく。

　速夫のくれた命を無駄にしないために、誰よりも愛おしいひとをこの海に置き去りにして、自分にしかできない役目を果たすため、リオは泣きながらペルセウスへ走る……。

二、ベヒモス

episode two

「子どものころ、イナゴの群れに出会ってね。空を真っ黒に染め、作物を食い荒らしていた。虫捕り網で捕まえて、醤油で炒めて食べたよ。当時はいつも腹をすかせていたから、実に旨かった」

馬場原知恵蔵司令長官は双眼鏡を両目に当てたまま、傍らの老山参謀長へそんなことを言った。

「あれがイナゴなら食えるのですが」

老山も馬場原と同じものを双眼鏡のレンズに収めて、そんな軽口を叩いてみる。

「軍艦は食えないね」

馬場原は双眼鏡から目を離して肉眼で、イナゴの群れのように迫り来る新大公洋艦隊の陣容を確認する。水上から観測する敵飛行艦隊は、水平線の端から端まで黒雲がせり上がり、天の高みへ膨張するよう。

『敵輪形陣、総数、十四！　いずれも中心は飛行戦艦！』

敵の全容を観測していた見張員の緊張した声が水上戦艦「大和」艦橋に響く。

「聞いていた以上にすさまじい」

馬場原は呻くようにそう言って、もう一度双眼鏡を目に当てる。

四月二日、マリワナ沖、連合艦隊旗艦「大和」艦橋――

老山参謀長も双眼鏡を握りしめ、水平距離三万五千メートルの彼方からせり上がってくる鋼鉄の積乱雲へ目を凝らす。

「戦艦一、二隻ごとに輪形陣を組んでいますな。戦艦に空雷を当てるには、戦艦を中心に円を描く艦艇群をまず排除せねばなりません」

「怖いのは空雷だけ、というわけか」

「インディスペンサブルで自信を持ったようです。砲戦であれば勝てる、と踏んでいるのでしょう」

一年八か月前のインディスペンサブル海空戦において、一時は飛行戦艦「ヴェノメナ」によって壊滅寸前にまで追い詰められた日之雄連合艦隊は、軽巡空艦「飛廉」の衝角攻撃で「ヴェノメナ」を轟沈させたのち、遅れて戦場に到着した「大和」「武蔵」の奮闘により、かろうじて引き分けへ持ち込んだ。

「大和」「武蔵」がいれば、砲戦で負けることはない――。

その確信が、馬場原の最後のよりどころとなっている。

「戦艦相手に輪形陣とはね。こちらを舐めているのかな、敵は」

敵の提督が警戒しているのはこちらの空雷――つまりイザヤ率いる第八飛行艦隊を警戒し

てあの陣形を採用している。世界最強の水上戦艦「大和」「武蔵」より、飛行駆逐艦(くちくかん)八隻のほうが怖いというのか。

「甘くみられているなら僥倖(ぎょうこう)です。四十六センチ主砲の威力を教えてやりましょう。なにしろいまや練度最高、二万メートル先の漁船に着弾させる『大和』型ですから。後続艦も、日頃の訓練の成果を発揮しようと張り切っています」

馬場原は後方を振り返って、「大和」を先頭に進撃する単縦陣(じゅうじん)を見据(みす)える。

日之雄第一主力艦隊、第一戦艦戦隊。

先頭から順に、「大和」「武蔵」「日向(ひゅうが)」「山城(やましろ)」「扶桑(ふそう)」「金剛(こんごう)」「榛名(はるな)」「比叡(ひえい)」——

その右側を重巡「高雄(たかお)」を旗艦とする第二巡洋艦戦隊十六隻、さらに後方から軽巡「大淀(おおよど)」を旗艦とする第三水雷戦隊二十四隻が併走している。

連合艦隊に残された全ての軍艦が今日マリワナ沖に集結し、歴史的艦隊決戦へむけて海原を蹴立(けた)てていた。

「敵の海上艦隊が見えませんな」

「飛行艦隊の後方にいるのだろう。我々を叩くのは飛行艦隊だけで充分というわけだ」

「となると我らの水雷戦隊は、退避させるべきですな」

「うん。彼らの出番は夜だ。第三戦隊は戦場を離脱させよう」

馬場原の決定を受けて、老山は「大和」後檣(こうしょう)に信号旗を掲げた。予(あらかじ)めこの事態は想定されていたから、第三水雷戦隊はおとなしく変針し、戦闘海域を離脱していく。空飛ぶ軍艦相手に、海中を進む水雷は意味を為さない。

決戦の主役は戦艦。

飛行艦隊と海上艦隊、どちらが強いか今日ここで決まる。

「これは昼間で決着がつきそうだ」

「はい。死力を尽くしましょう」

迫り来る新大公洋艦隊との相対距離、三万メートル。

十四もの輪形陣は、いまや肉眼でもかすかな楕円が見て取れる。

「取舵、九十度」

「はっ、取舵九十度!!」

老山が伝声管を摑んで操舵室へ令する。二分ほどかかって艦首波が爆ぜ、ゆっくりと「大和」が左へ転舵をはじめる。後方につづく七隻の戦艦も「大和」の航跡をなぞり、優雅な航跡を曳きながら左直角へ転舵する。

最後尾、「比叡」の転舵が終わったのを確認し、馬場原は令する。

「戦闘旗掲揚」

『はっ！　戦闘旗掲揚！』

連合艦隊各艦の後檣に戦闘旗が翻ったのとほぼ同時に、新大公洋艦隊全艦の後檣にも、赤と青の交差したガメリア戦闘旗が翻る。戦闘旗には『我ら正々堂々、貴艦隊との決戦に臨む』との意味がある。決戦前の伝統的エール交換を終えた両軍はいよいよ互いへ戦艦の巨砲を差しむける。

電波管制が解かれ、馬場原は通信室への伝声管を摑み、全艦に宛てて通達する。

「建国以来最大、国家千年の命運を決する戦である。総員一丸、敵艦隊の撃滅に努めよ」

艦内の圧力が高まる。

三～十年以上に及ぶ長く苦しい訓練は全てこの一戦のために。二千名以上の乗員ひとりひとりがおのれの持ち場で心胆を引き締め、静かな熱が「大和」艦内へ充ちていく。

その上空をいま、白之宮イザヤ少将率いる第八空雷艦隊が四十ノットで追い抜いていった。

わずか八隻の飛行駆逐艦は、先制の遠距離雷撃を放つために勇躍、敵飛行艦隊との相対距離を詰めていく。

ほどなく――

第八艦隊はぴたりとそろった挙動で逐次回頭を開始。右舷の空雷発射管を新大公洋艦隊へ差し向ける。

『第八艦隊、雷撃！』

見張員の声に合わせて高度千二百メートルを見上げたなら、わずかなセラス粒子の尾を曳きながら天空を翔る空雷の射線。

敵艦隊との相対距離、二万六千メートル。

ガ軍の空雷が届かないこの遠距離から、日之雄の誇る酸素空雷は攻撃できる。

さらに第八艦隊の新鋭艦四隻はいずれも重雷装艦。八隻の飽和雷撃から生まれ出た百六十射線がいま、七色の航跡を曳いて敵艦列をめがけ飛ぶ。

「見事ですな。百六十射線、欠けることなくそろっています」

「開戦以来のベテランぞろいだ。あのくらいは当然やるよ」

飛行艦嫌いの馬場原と老山も認めざるを得ないほど、射点到達から雷撃へ至るまで、水が流れるような艦隊運動だった。

『弾着まで、二十二分四十秒！』

観測員が距離と雷速を計算し、予定弾着時間を艦橋へ告げる。

戦史でも前例のない大遠距離雷撃だから、撃ってから当たるまで二十分以上かかる。

「当たるかな」

「百六十もあれば、三、四発は当たりそうですが。ただ昼間ですから、ほとんどは敵の機銃で撃ち落とされるでしょう」

「目的は敵艦列を混乱させることだ。当たらなくても、慌ててくれればそれでいい」

雷撃を終えた第八艦隊はさっさと舳先を戦闘空域の反対へむけ、離脱を開始する。敵戦艦の射程に入っている以上、駆逐艦が用事もないのに戦闘空域に残るのは自殺行為だ。

『「水簾」より信号！　これより戦場を離脱する。武運を祈る』

通信兵の報告を伝声管から受け取って、老山参謀長は自ら返信を伝える。

「見事な雷撃だ。夜を待て」

通信兵の復唱を受け取ってから、老山は馬場原へぼそりと告げる。

「黒之は悔しがっているでしょうな」

「仕方ないよ。戦艦は横綱、駆逐艦は前頭。それぞれ身の丈に合った役目がある」

これからはじまる決戦の主役は戦艦だ。

第八空雷艦隊の役割は、開幕初頭に遠距離雷撃、すぐに安全な海域へ退避して、夜間、撃ちもらした敵へ雷撃を仕掛けること。

だがこの決戦は夜を待つことなく、これから数時間で決着がつくだろう。つまりイザヤとクロトに活躍の機会は訪れない。

「千秋楽は横綱同士の勝負だよ。前頭は露払いをすればいい」

遠ざかっていく第八空雷艦隊の背中を遠望しながら、馬場原はそう呟いた。

同時に。

『敵艦、砲撃!!』

見張員の叫び声に、馬場原は敵艦隊へ目を送る。

積乱雲のごとき敵艦隊から、天頂をめがけて駆け上がる灼熱の弾道、四射線。

普通は一斉に砲撃するものだが。

「一隻だけ撃ったようだね」

「先走りですかね。我が軍ならば懲罰ものです」

すでにお互い主砲の射程には入っているが、砲撃は陣形を組んだ戦艦が一斉に撃たねば効果が薄い。一隻だけ抜け駆けするなど言語道断、敵司令長官は顔を真っ赤にして撃った艦長を怒鳴りつけているだろう。

「あと二十秒くらいかな」

馬場原は放物線の頂点を越えようとする弾道を見据え、弾着時間を予測する。

「……正確ですな。まっすぐ降りてくる……」

敵の照準は先頭の「大和」らしい。

「風にブレないね。弾が大きいのかな」

「二万五千は『大和』もブレます。二万に入らねば初弾直撃はあり得……!?」

老山の言葉が、断ち切られたその瞬間。

一万の稲妻を同時に落としたようなすさまじい音響。

七彩の尾を曳きながら四発の砲弾が「大和」後方と左右に落下。

三百メートルはあろうかという大水柱が四つあがり、天地をさかしまにしたように、「大和」上空が海水の皮膜に覆われる。

七万トンの巨体が揺らぐ。

津波の直撃を受けたように、艦橋も上甲板も水浸しになる。

「大和」はすでに、砲弾の投げ網に捕らえられた状態だ。

『夾叉!!』

見張員の叫び声を受けて、老山は両足を踏ん張って唇を噛む。

「二万五千で初弾夾叉だと。しかもたった四発で」

「……敵はかなり性能の良い光学機器を使っているね。観測砲撃はもう時代遅れかな」

馬場原の言葉は静かだが、わずかな動揺もあった。砲撃戦は普通、初弾で敵位置と弾着のズレを観測し、修正を重ねて三斉射目あたりで夾叉を達成すれば上出来なのだが、この敵は初弾から夾叉してきた。

この状態がつづけば、いつか敵弾は「大和」に直撃する。

老山は敵群を睨みながら、馬場原へ告げる。

「直撃されようと、四十六センチ砲でなければ『大和』の装甲は貫通できません。こちらは焦らずどっしり構え、二万メートルまで寄りましょう」

と、ここまで黙って戦況を見守っていた鹿狩瀬先任参謀が口を挟んだ。

「敵はこちらの有効射程外から撃って夾叉させました。水柱の大きさから鑑みても、敵戦艦は五十センチ主砲を持つと考えるのが妥当です」

二万五千メートル離れた位置から初弾を夾叉させるのは、五十センチ砲でなければまず不可能。馬場原と老山が顔を青ざめさせた瞬間、新大公洋艦隊を注視していた見張員が叫ぶ。

『巨大戦艦、砲撃!! また来ます!!』

大水柱と「大和」の位置を観測し、修正された第二射が来る。

撃っているのは敵戦艦一隻のみ。他の艦は有効射程に「大和」が入るのを待っている。つまりいま撃っている敵艦の有効射程は、「大和」より長いということだ。

「マズい」

こちらへむかって伸びてくる弾道を見据えながら、老山が呟く。

初弾が観測のための試射だとしたら、今度のは効力射——

目線の先、燃えながら飛ぶ徹甲弾。

当たらない弾は楕円に見えて、当たる弾は真円に見えるとよく言うが——

「これは当たるぞ」

「弾が大きい……!!」

天空からの投げ槍さながら、重量二トンの徹甲弾が音速の二倍で燃えながら「大和」へむかって突っ込んでくる。

転瞬——

「大和」周辺に大水柱が三つそびえ、同時に爆炎が「大和」上甲板から生まれでる。

火球が芽生え、マイクロ秒で爆風が爆ぜ、砕け散ったＶＨ鋼鉄の破片が上甲板を掃射、周囲にいた水兵をなぎ倒す。

艦橋が大きく左へ傾く。将校たちがたたらを踏む。窓の外は黒煙に覆われて見えない。

『三番主砲塔、直撃弾!!』

見張員の絶叫と同時に、老山の口があんぐりとひらく。

「直撃だと……!?」

二万五千メートル離れた相手に命中させるなど、そんな芸当は「大和」でもできない。振り返ったなら、砲塔の外殻が砕け、内部を露出させて燃えさかっていた。砲室内の全乗組員は死亡しただろう。いずれも軍歴十年以上、日之雄海空軍で最も優秀な砲術技術者たちが、一発の砲弾も撃つことなく戦死してしまった。

『火災発生!!』

砲塔直下の弾庫が誘爆したなら「大和」が吹き飛ぶ。主砲が破壊されても弾庫には引火しにくい設計や工夫が施されてはいるが、ぐずぐずしてはいられない。死亡したであろう砲塔指揮官に代わり、望月艦長が指示を飛ばす。

「三番弾庫、注水せよ。扉閉鎖。消火はするな、燃えるに任せろ」

三番主砲の砲室と換装室には一トン強の装薬がある。時間の問題でこれは爆発するだろうが、弾庫に注水しておけば問題ない。それよりも消火にあたる内務班が吹き飛ばされる事態は避けねば。

いきなり忙しくなった望月艦長の傍ら、馬場原と老山はあまりの事態に声も出ない。

「あり得ん」

戦艦の存在理由である主砲塔は、最も厚い装甲が施されている。設計上、「大和」型の装甲は四十六センチ以上の口径でなければ砕けないはずなのに、敵はこちらの最も硬い箇所を飴細工のように引きちぎってしまった。

艦橋司令塔の馬場原と老山は、撃ったとおぼしい敵艦へ双眼鏡をむける。

舞い飛ぶイナゴのような敵群のさなか、ひときわ大きな影がある。

あれが三番主砲を砕いた巨大戦艦……？

「なんだこいつは」

双眼鏡が捉えた敵艦のすがたに、老山の声が知らず震える。

巨大すぎる浮遊体がふたつ、直下の船体を吊り下げている。

船体の両舷から張り出した砲台に、主砲八基。船体上甲板には、それよりさらに巨大な主砲が据え置かれ、砲門を「大和」へむけていた。

「破壊」の形象。

思わずそう納得してしまう、異形すぎる飛行戦艦。

距離があるため、主砲の口径まではわからない。だがこちらの被害からすると、おそらく上甲板のひときわ巨大な主砲二基が四十六センチ以上あるのだろう。そうでなければ、「大和」の装甲を砕くことはできない。

鹿狩瀬が淡々と告げる。

「あれが飛行戦艦『ベヒモス』でしょう。ハートフィールド少尉によれば、浮遊体をふたつ持ち、五十センチ主砲を搭載しているとか」

馬場原もその報告は受けていたが、信憑性に乏しいため真に受けなかった。しかしいまの状況を鑑みるに、敵が「大和」型以上の巨大戦艦を飛行させているのは間違いないらしい。

敵の斉射は早い。もうすぐに第三撃が降ってくる。

「こちらも負けていられません。「大和」型の威力を見せつけねば」

鹿狩瀬が頷きかけると、その意味を汲んだ望月艦長は伝声管を取る。

「右砲戦。測的目標、巨大戦艦『ベヒモス』。敵は優秀な電子機器を実用化している。こちらも負けるな、撃ち返せ」

戦艦「大和」艦橋に据えられた十五メートル測距儀が敵大公洋艦隊へむけられる。巨大な観測装置の内部では三名の測手が目標を観測し、得られた数値が主砲発令所の「射撃盤」と呼ばれるアナログコンピュータへ入力される。

精密な観測と複雑な物理演算を経なければ、遠くにいる標的への着弾という奇跡は得られない。針路、速力、距離、風速、風向き、海面の状態変化、地球の自転等々、様々な因子を演算し、各砲の旋回角、砲身の仰角(ぎょうかく)が決定される。

新大公洋(だいこうよう)艦隊との相対距離、二万二千メートル。

予定では有効射程圏二万メートルに入るまで撃たないはずだったが、この状況で応射しないわけにいかない。

「大和(やまと)」「武蔵(むさし)」の四十六センチ主砲が右へ旋回。

砲身が仰角を上げる。危険を告げる艦内ブザーが鳴り響く。上甲板(かんぱん)にいたら砲撃に伴う爆風で吹き飛んでしまうため、機銃員たちは安全な場所に退避する。

『撃ち方はじめ！』

砲術長の号令一下、方位盤の射手が引き金を引き、「大和」「武蔵」、合計五基十五門の四十六センチ砲が咆吼(ほうこう)をあげる。

空域を引き裂くような大音響。

撃っただけで、海原が津波のように盛り上がり、波飛沫(なみしぶき)が散る。

竜骨(りゅうこつ)を軋(きし)ませる轟音(ごうおん)をあとに、重量一・五トンの徹甲弾(てっこうだん)が秒速七百八十メートルで空を切り破る。着弾まで二十八秒ほど。インディスペンサブル海戦の反省をもとに、徹甲弾の弾道が紅(くれない)に色づけされていて、以前より格段に観測しやすい。

「飛行艦相手の砲撃戦も訓練してきた。後れは取らん」

老山(おいやま)は双眼鏡(そうがんきょう)を目に当てて、紅の弾道と「ベヒモス」を注視。

計測員が時計を片手に、弾着までの秒読みを行う。

『七、六、五、四、三、二……弾着！』

読み上げとほぼ同時に「ベヒモス」周縁を十五の弾道が包み込む。

直撃はなし。だが。

『交叉!!』

見張員の報告と同時に、「大和」艦内からどよめきが起こる。

「こっちも初弾で交叉だ、やるじゃないか」

「人間の観測も機械に負けていないぞ、充分、戦える相手だ」

将校たちの士気があがる。敵も強いがこちらも世界最強と呼ばれた「大和」型戦艦、決して後れは取っていない。

つづけざま、

『「ベヒモス」、砲撃!!』

見張員の叫びと同時に、彼方の「ベヒモス」からいきなり十六の弾道が芽生え、空を引き裂きながらこちらへ伸びてくる。

「一艦で十六門……!?」

「大和」型でさえ九門なのに、火力が異常だ。しかも弾道が異常に野太い。

「……五十二センチ砲の可能性が」

「そんな砲があってたまるか！」

主砲は口径が大きくなるほど壊れやすく、摩耗しやすく、重くなる。

主砲の下には弾薬庫と火薬庫と揚弾機、動力機械などが埋まっており、「大和」型の主砲塔はそれだけで二千五百トン、駆逐艦ほどの重さがある。

巨大な主砲塔を搭載するにはそれだけの大きな船体を製造できる造船技術と、製鋼技術、冶金技術、最先端の構造材、それに、重い主砲塔を旋回させる大馬力の動力機械が必要となる。

さらには主砲塔を構成する細かく精密なパーツを生産する大量の町工場と、数千の生産ラインをひとつに束ね、主砲として組み上げるだけの産業流通システムが必要だ。

つまり主砲の口径には、国家の総合力が表れる。

現在の日之雄の実力では四十六センチ以上の主砲は軍艦に実装できない。

だが、ガメリアはどうか。

「四本、弾道が太すぎる」

鹿狩瀬は十六の弾道が放物線の頂点を越えたのを確認し、中心の四つの弾道が他のものより明らかに太いことを看破する。

「五十センチ砲十二門、五十二センチ砲四門……かもしれません。明らかに弾が『大和』より大きい」

傍ら、望月艦長も空域を睨みながら推測する。

老山の表情が引きつる。

「ないとは思うが、万が一もしそうならば……」

「大和」では「ベヒモス」に勝てない。

出かけた言葉を呑み込んだとき、鹿狩瀬が叫んだ。

「摑まれっ!!」

同時に、手近なものを摑めなかった将校全員、艦橋の側壁に骨が折れる勢いで叩きつけられた。

「大和」艦橋右側、十二・七センチ高角砲付近から火球が芽生える。

分厚い装甲板が紙を引き裂くように食い破られて、敵弾が船内へ穿入。

直下、第十二缶室を防護する分厚い防御壁に突き立った敵徹甲弾は、缶室を破壊するには至らなかったが、防御壁に亀裂を生じせしめる。

マイクロ秒後、艦橋右側に配置されていた高角砲三基、機銃座十基、十五センチ副砲一基が爆散。付近にあった装薬、炸裂弾が誘爆を起こし、「大和」の巨体が大きく傾く。

一発ではない。

二発、三発、四発――

天空の破壊神の投擲槍が次々に「大和」右舷側に突き立って装甲を貫通、分厚い防御壁に守られた機関部を穂先でまさぐる。

「大和」がのたうつ。

ゼロコンマ二秒後、十二の弾道があるいは海原で水飛沫となり、あるいは「大和」主砲、副砲にめり込み、豆腐に箸を刺すように、四十六センチ主砲でなければ砕けないはずの装甲板を貫徹する。

十五センチ副砲直下の弾庫からくぐもった爆発音。

「大和」右舷の上甲板が爆圧によって裂け、反吐のような火焔が空を目指して吐き出される。

ゼロコンマ七秒後、艦橋が折れ、最頂部の測距儀と階下の司令塔が海原へ突っ込む。

船内からつづけざまに爆発音。誘爆の連鎖が重要区画を次々に破壊、ボイラー、タービン、そして燃料庫に引火。

一秒後、「大和」船体中央からさらなるくぐもった爆発音。

すさまじい爆圧により七万トンの巨体が一瞬ぶわりと持ち上がり、装甲板の継ぎ目から火焔が吹き出し、大量のビスと一緒に装甲板が弾け飛ぶ。

艦の背骨、「竜骨」が折れる。

「大和」の艦首と艦尾が天を指し、長大な船体が緩いVの字を描く。

上甲板がめくれあがり、艦内から火の手があがるさなか、「ベヒモス」はとどめといわんばかりの第三斉射。

先の二回の斉射により、さらに精度を高めた砲撃が、動けない「大和」を襲う。

高度六千メートル付近から落下してきた重量二トンの徹甲弾が十二発、傷つき穿たれた「大和」へ着弾。

爆ぜる業火が空を焼き、もはや鋼鉄の雑木林と化した船体上部面を舐め尽くす。

いまの「大和」は潰れたカエルだった。

「大和坂」と呼ばれた前部上甲板のラインは無惨に折れて船内が露出、磨き上げられた甲板は火の海、凛と背筋を伸ばした貴婦人のように美しい艦橋は折れて海中に突っ込み、戦艦の砲弾を弾き返すはずの分厚い装甲板も穴だらけ、甘皮のようにささむけた破孔から溶鉄を船内へ垂れ流していた。

いきなり——「大和」一番、二番砲塔が天空高く吹き飛んだ。

駆逐艦ほどの重量がある巨大なそれがボトルの栓のように打ち上がり、直下、抜けた二か所から火焔のシャンパンが天空目がけて噴き上がる。

砲塔直下には「弾庫」と呼ばれる砲弾と弾薬の保管庫があり、これが爆発したなら戦艦は終わりだ。

敵を撃滅するための火力が全ておのれの内側で爆発し、船内に詰まっていた機械も兵器も人員も、あらゆるものを蒸散させる。

いまや、「大和」船内は燃えさかる溶鉱炉と化していた。

船殻が溶け、巨獣の血しぶきのごとき溶鉄が煮えたぎりながら海水を泡立たせる。

さらに四斉射、五斉射――「ベヒモス」の砲弾は潰れたカエルをさらに靴底で踏みにじり、分子レベルに解体していく。

水柱と火焔と煤煙の奔流がかつて「大和」だった鉄塊を視界から覆い隠し――

ようやくそれが収まったころ、海原に「大和」のすがたはなかった。

海面に漂う油と木材と鉄屑、焼け焦げた大量の亡骸が、一分前までそこに「大和」があったことの名残だった。あとはなにもかも海中へ没し、二度とすがたを現すことはなかった。

この瞬間、名実共に世界最強となった「ベヒモス」は「まだ喰い足りない」といわんばかりに、砲門をゆっくりと後続の「武蔵」へとむける……。

安全な空域へ退避していた第八飛行艦隊、通称イザヤ艦隊旗艦「水簾」――

艦橋司令塔の上、見晴らしの良い対空指揮所からクロトとイザヤとミュウは惨劇の一部始終を観察し、絶句していた。

世界一の破壊兵器だった「大和」が鎧袖一触、「ベヒモス」に踏みつぶされた。

砲撃戦と呼べるような展開もなく、開幕から一分もたたずに弾庫が爆発して沈んだ。

およそあり得ない光景を前に、十分ほど前に放った自らの空雷を追うことも忘れ、眼下の海戦に完全に目を奪われる。

「夢を見ているのか……？」

「……残念ながら現実だ」

イザヤの問いに冷徹に答え、クロトはいま見たものを振り返る。

「爆発の規模から見て、生存者はゼロだろう。鹿狩瀬准将も……」

これまで連合艦隊司令本部で唯一、イザヤとクロトに理解を示してくれていたのが鹿狩瀬だった。貴重な理解者を失って、クロトさえ暗澹となる。さらに開戦以来、かろうじて生き残っていた高級将校たちも全員が戦死してしまった。まっとうな軍歴のある人材は払底し、司令本部には実践経験のない将校が残るのみ。

だが、諦めるのは早い。

「距離二万メートルに入る。これからが本格的な艦隊戦だ」

「がんばれ『武蔵』、やり返せ……」

イザヤはいまだ健在な「武蔵」に望みをかける。後続する「日向」「山城」「扶桑」「金剛」「榛名」「比叡」もまた、旋回主砲を右へむけ、測距開始。

目標は全て敵旗艦「ベヒモス」だろう。

見やれば新大公洋艦隊も七彩の艦首波を噴き上げて右へ回頭、二万メートルの距離を置いて連合艦隊と併走をはじめる。

正々堂々、真正面から戦艦同士、どちらかが壊滅するまで殴り合うつもりだ。

『弾着まで、残り三分！』

計測員の声が伝声管から伝って、先ほど遠距離雷撃した空雷百六十射線がまだ敵を目がけて走っていたことを思い出す。「大和（やまと）」の轟沈（ごうちん）が衝撃的すぎて、すっかり空雷から目を離してしまっていた。

敵艦列に乱れはない。

海上艦であれば魚雷を躱（かわ）すために射線間に船体を潜り込まそうと転舵（てんだ）するはずだが、飛行艦の場合は対空機銃で迫り来る空雷を狙い撃てるため効果が薄い。

「賭（か）けてもいい。全部撃ち落とされる」

クロトは自（みずか）らが撃った空雷の航跡を目で追いながら、独りごちる。これが機銃手に視認されにくい夜間であれば、戦果も期待できるのだが。

イザヤは悔しそうに歯がみして、

「少しでも味方の支援になれば、それでいい」

昼間の砲戦に飛行駆逐艦（くちくかん）の出番はない。夜が来るまで、イザヤ艦隊にできることは後方から見守ることのみ。

と、いきなり眼下の海原から大音響が爆（は）ぜた。

『第一戦艦戦隊、斉射（せいしゃ）！』

「武蔵（むさし）」を先頭とする七隻（せき）の戦艦が、一斉に砲門をひらいていた。

高度千二百メートルから見下ろしたなら、立ちのぼる砲煙のむこう、海原が衝撃で皺(しわ)ばんでいる。

標的は「ベヒモス」、ただ一隻。

セラス効果の七彩を曳(ひ)きながら、紅(くれない)の弾道が五十ほど、「ベヒモス」を目指して放物線を描き出す。

「当たれ……っ！」

イザヤの祈りの先、正確に調定された弾道はいずれも輪形陣の中心、巨大すぎる「ベヒモス」の影へ迫っていき——

『命中っ!!』

見張員(みはりいん)の声と同時に、「ベヒモス」から幾つもの炎が噴き上がる。

炎は四つ。

おおおっ、とイザヤたちの足下、司令塔から士官たちの快哉(かいさい)があがる。

「『武蔵』の砲弾が当たったぞ！」「初弾命中とはさすがだ、いけるぞこれは！」「ざまあみろ、今度はこっちが踏みつけてやれ！」

野次馬のように歓声をあげる階下の士官の声を聞きながら、イザヤは双眼鏡(そうがんきょう)を煤煙(ばいえん)に包まれた「ベヒモス」へむける。音速の二倍で飛来する重量一・五トンの砲弾が直撃し、無事でいられる軍艦などあるはずがない……。

それなのに。

「…………!?」

高空気流があっという間に噴煙を引き剥がし、そのむこうから「ベヒモス」がのっそりと現れて、なにごともなかったかのように砲門を連合艦隊へむけていた。

損傷が見られない。

「上甲板の主砲四基。五十二センチ砲です」

イザヤの傍ら、ずっと肉眼で戦況を見つめていたミュウが告げる。

「四十六センチ主砲では、貫徹できません」

濃紺の瞳を薄くひらいて、事実を告げる。

四十六センチと五十二センチ。

わずか六センチの口径差がこれから致命的な結果として戦場へ現れようとしている。

『四発直撃！　しかし損傷は軽微！』

『敵艦隊、砲撃準備！』

見張員の報告が飛ぶ。

見やれば戦艦「ベヒモス」はもちろん、厳重な輪形陣に守られた他十七隻の巨大飛行戦艦もまた、砲門を連合艦隊へむけていた。

狙いは「武蔵」単艦か。もしくは艦列全体か。

転瞬、空がぶわりとめくれあがった。

衝撃波が、三万メートル離れて退避しているイザヤにまで届きそうな。

めくれあがった空が、紅の火箭に埋もれる。

「…………っ!!」

火山の爆発、では言葉が足りない。

空域そのものが爆発している。

幾百もの焼けただれた放物線、ひとつひとつが意志を持ったヘビのように連合艦隊の艦列を狙う。

――我々は人間を相手に戦っているのではない。

――この世ならざる獣、神獣を相手に戦っていたのか。

思わずイザヤはそんなことを思う。

さきほどの連合艦隊の砲撃は、これに比べたら庭の水まきのような。

新大公洋艦隊による一斉砲撃は、空域を千に切り分けながら、腹が立つほど精密に目標にむかう。

「艦列を狙っている。まとめて叩きつぶす気だ」

クロトが呟く。

「耐えてくれ、みんな」

イザヤが祈った、次の瞬間――

味方戦艦七隻周縁が、いきなり炎と海水、煤煙の皮膜に覆われた。

屹立する水柱は、戦闘海域そのものが爆発したかのよう。

火球が爆ぜる。連鎖していく。しかし水飛沫がすさまじすぎて、なにが起きているのか視認できない。

ただ、数百から成る敵の弾道は正確に、七隻の艦列を網羅していた。

「……っ!!」

天空の巨神が、七匹の鯨に炎熱の投げ網をかけたような。

海原が沸騰し、煮え立っている。七隻を包み込んだ濃霧を中心にして、放射状に荒波が爆ぜていく。渦巻く水煙と煤煙のなか、なにが起きているのか見えない。かろうじて七、八の弾道が水煙を突き破って中空を駆け上がるが、敵艦隊ではなくあらぬ方向を目指している。

「これは負けだ」

視認していないにもかかわらず、クロトが断じる。

「まだわかるものか」

言葉を撥ねのけ、イザヤは海域を覆った水煙と硝煙、爆ぜていく火の粉へ目を凝らす。

「こちらの砲弾は敵を砕けず、敵の砲弾はこちらを砕く。これで戦争になるはずがない」

クロトの断言につづいて、新大公洋艦隊が第二斉射。

先ほどのは観測用の斉射であり、いまのこれは弾着を観測し修正を加えた効力射。

「夜戦はなしだ。逃げる準備をしておけ」

「まだわからないと言っている！」

声を荒らげたそのとき、空域を鈎裂（かぎざ）く効力射が水蒸気の渦巻きへ飛び込んだ。

生まれでた幾多の火球が、水蒸気そのものを吹き飛ばす。

砕け散った装甲板が幾百万、天空高く舞い飛んで日差しを弾く。

水の皮膜のむこう側から、巨大な火球が膨張し、弾け飛ぶ。

衝撃波に海面がひしゃげ、マイクロ秒後、炎の柱が屹立し、爆煙が霧を突き破る。

引火したらしい機銃弾が水蒸気と爆煙、炎の皮膜から何百、何千、のたうちながら爆ぜていく。細かな爆発の連鎖のあと、いきなり巨大な火球が膨張し、衝撃波を残して炎の柱に成り果てる。

「五つ、弾庫が爆発したぞ」

爆発の規模からして、クロトの言葉が正解だろう。

悔しすぎて、イザヤのまなじりに涙がにじむ。

「まだだ。まだ……」

強がりと一緒に、敵の第三斉射。

七隻の戦艦は相変わらず水と煙と炎の被膜に閉ざされて、高度千二百メートルを飛ぶ「水簾（すいれん）」

からは視認できない。

だが徐々に減っていく応射と、正確さを増していく敵の砲撃が、この決戦の勝者が誰なのかを告げている。

「空雷が到達します」

傍ら、ミュウが告げる。

イザヤは三万メートル彼方を飛ぶ新大公洋艦隊へと目を移す。

二十二分前に放った空雷が、ようやくいま敵艦列へ到達しようとしていた。

いま思えば二十二分前、第一戦艦戦隊八隻は勇壮な単縦陣を組み上げて、この海を進撃していたというのに。

『弾着まで十！　九！　は……』

爆発と見まごう新大公洋艦隊の対空射撃を目撃し、計測員の言葉が、途中で途切れる。

「昼間の雷撃は当たらん」

クロトの諦観のむこう、艦列から放ち出された数千万の火箭が、百六十射線を食い破る。

蝿であろうと撃ち落とす。

そう言わんばかりの濃密極まる対空弾幕。

撃ったのは戦艦ではなく、輪形陣を構成する幾多の飛行駆逐艦、巡空艦だ。

飛行戦艦ばかりに活躍させるな、といわんばかりに、速射砲も連装砲も対空機銃も、自らへむかってくる空雷へ過剰なほどの掃射を浴びせる。

百六十射線が、次々に途切れていく。

直進してくる空雷の未来位置に火線の網をかけておけば勝手に空雷から突っ込んでくるから、機銃手にとっては七面鳥よりたやすい狩りだ。これが夜間であれば空雷は視認できず、機銃手はセラス粒子の航跡を頼りに銃撃するため精度が落ちる。七彩のきらめきで遠近、針路、速力を判定して行く手に投げ網をかけられるのは、よほど達人の機銃手だけだ。

輪形陣そのものが爆発するかのような対空射撃の内側、中心に居座った飛行戦艦は相変わらず二万メートル彼方の連合艦隊へむけて砲撃をつづける。撃ち返される砲弾は一発もなく、空雷も輪形陣が完璧(かんぺき)に防ぎ、口笛を吹きながら砲撃しているようにも錯覚する。

「覚悟していたつもりだが、ここまで差があるとはな」

クロトは淡々と感想を述べる。

イザヤは黙り込んだまま、眼下、大量の水柱と水蒸気、噴煙に覆われたままの第一戦艦戦隊を見やる。

敵艦隊の斉射(せいしゃ)がやまない。

焼けた弾道が霧中に吸い込まれるたびに大きな火球が幾つも生まれでて、衝撃波が爆(は)ぜ、噴煙が天高く昇っていく。

こちらから撃ち返される砲弾は一発もない。ただ撃たれるがまま、霧のなかで幾多の爆発を生じさせるのみ。

やがて爆発が止んだ。相変わらず立ちのぼった水蒸気と噴煙によって戦艦戦隊の様子は見えないが、敵の斉射が降り注いでも爆発の返事がなくなる。

「ミュウ。『ベヒモス』上甲板の構造物は見えるか」

突然、クロトがそんなことをミュウに問うた。

「……見えます」

「上甲板の昇降口がどこに何か所あるか知りたい。兵が上甲板に現れたら、どこから出てきたのかおれに教えろ」

「…………？」

クロトの質問の意図が、ミュウには見えない。だが三万メートル離れた目標へ、目を凝らしてみる。

「……上甲板の旋回主砲が砲撃しています。兵員が出てくることはないかと」

戦艦の主砲発砲時、上甲板は爆風が吹き荒れ、人間がいたらひとたまりもない。だから戦艦は発砲前にブザーを鳴らして、上甲板にいる兵に退避を促すわけだが。

「砲撃が止んだら、甲板に出てくる兵もいるはずだ。観察をつづけ、なにか見えたら伝えろ」

「……要望の意図が、わかりかねます」

「おれも思いつきの段階だ。いまは聞くな」

ミュウはやや眉をひそめるが、黙って濃紺の瞳を「ベヒモス」へむける。クロトはなにも告げず、今度はイザヤを振り向く。

「戦闘は終わりだ。逃げるぞ」

言われてイザヤは悔しげに、

「……まだ終わってない」

「大勢は決した。第二戦隊、第三戦隊を温存すべきだ。お前から連中に撤退を促せば、聞き入れるはず」

眼下、第一戦艦戦隊はいまだ水蒸気と噴煙に隠されて安否は確認できない。だがあれだけの砲撃を一方的に受けるしかないということは、どういう状態なのか想像はつく。

第二巡洋艦戦隊は砲戦距離へ入ろうと、相対距離一万七千メートルにまで接近中。あのまま進めば、次は第二戦隊が集中砲火を浴びることになる。

イザヤは唇を噛む。

クロトの言うとおり、早い段階で撤退を決めれば、第二戦隊を救うことができる。

あの水煙のなかで第一戦隊がどうなったのか、視認したわけではない。だが早めに決断をすることで、戦力を温存できるなら。

イザヤは通信室へつづく伝声管を握り、達した。

「発、第八艦隊司令官。宛、『高雄』第二戦隊司令官、『大淀』第三戦隊司令官。第八空雷艦隊

は撤退する。これ以上の作戦継続は無意味、転進を要請する」

第二戦隊、第三戦隊は各戦隊司令官の意図で動いており、本来、イザヤに彼らを指揮する権限はない。しかし指揮権の所在が不明となったいま、こう要請して撤退を促すのはアリだ。なにもしなければ第二戦隊はこのまま突っ込んでいき、第一戦隊と同じ運命を辿るから。

「聞く耳を持つといいが」

「第二戦隊司令官は祝子少将閣下だ。賢明な判断をされるかただよ」

イザヤはそう答え、つづけて第八艦隊の他七隻の駆逐艦へ撤退する旨を電信連絡。百八十度の回頭をはじめようとしたところで、新大公洋艦隊の砲撃がいきなり終わった。

「…………」

イザヤとクロトは「水簾」対空指揮所から、海原を見下ろす。

海風が水蒸気と煤煙を押し流し、なにもない海原が現れる。

五分前まで勇壮に進撃していた七隻の戦艦が、ない。

重油に覆われた海原に、渦巻きが幾つもあった。大量の鉄屑やなにかの破片、波間に漂う重油まみれの亡骸が、どろりとした渦巻きに飲まれていく。渦巻きの奥には、沈んでいく戦艦たちがあるのだろう。

日之雄が三十年以上もの歳月をかけて築き上げてきた八隻の戦艦は、わずか五分で海の藻屑となっていた。

陽光が重油の海に鈍く照り返り、戦闘の終焉を告げる。

「……連合艦隊は終わりかな」

イザヤはぽつりと呟いた。

連合艦隊の最高戦力を以てしても、新大公洋艦隊に傷ひとつ付けられなかった。

新大公洋艦隊は史上最強の暴力装置と呼んで間違いあるまい。

イナゴのような船数と、正確無比な遠距離砲撃、そして四十六センチ主砲弾を弾き返す防御力。物量、科学、造船、全てにおいて隔絶した飛行艦隊だ。

恐らく数か月以内に彼らは日之雄本土に来襲し、都市部へ爆撃を敢行するだろう。

そうなれば、戦闘に関係のない一般市民が大勢死ぬ。その事態だけは、王族のひとりとしてなんとしてでも避けねばならない。

「第二戦隊、変針したぞ。やや遅かったが、賢明な判断だ」

クロトの言葉で我に返る。言葉どおり、敵へむかっていた第二戦隊の航跡がゆっくりと転舵し、逃げに入る。

しかしそこへ新大公洋艦隊の焼けただれた槍衾が舞い降りてくる。第二戦隊の巡洋艦たちは懸命に変針を繰り返し、敵弾を避けつづける。巡洋艦は戦艦に比べると小回りが利くが、降ってくる砲弾の量が多すぎて、被弾した艦も見受けられる。イザヤにできることは、一隻でも多く生還できるよう祈ることだけ。

一方のクロトはミュウへ目をむけ、

「なにか動きは」

「……兵員が数名、上甲板に出てきました。直撃を受けた主砲の状態を確かめたようです」

「どこから出てきたか、わかるか」

「……水平位置からの観測ですので、おおよそしか」

「だろうな。昇降口の数と位置を知りたいのだが、方法がない……」

黙考してから、クロトはイザヤを振り向く。

「ともかく、いまは逃げるしかない。『ベヒモス』の照準に入ったら終わりだ」

クロトの言葉と同時に、「水簾」の回頭が終わった。いったんマニラへ戻って、出直すしかなさそうだ。

「針路三百、機関最大」

イザヤの指揮を片耳で聞いて、クロトは後方を振り返った。

「大和」をはじめとする八隻の戦艦を飲み込んだ海は、黒くどろりと濁ったまま、悲しく渦を巻いている。そのむこう、勝者たる新大公洋艦隊は、ウサギを狩るように第二戦隊を追いたてる。

クロトの目には、新大公洋艦隊の背後の空に、カイル・マクヴィル大統領の凄絶な笑みが浮かび上がる。

「…………………」

クロトの表情が、気に入らなそうに険を増す。

新大公洋艦隊はカイルの独創的な金融政策によって生み落とされた……ということになっているが、ＦＲＢが自国債を自国通貨で買い取るアイディアは元々、クロトの発案だった。クロノスとして活動していた時期、カイルがそのアイディアに異常な興味を示したのを覚えている。

――おれの発案が、あの艦隊を生み出した……。

クロトの心中が、重く濁る。

カイルはクロトの財産を奪い取ってフォール街の頂点を極め、クロトのアイディアを奪い取ってあの艦隊を生み落とし、それが評価されて大統領にまでのぼりつめた。極論すれば、クロトがいなければ、新大公洋艦隊が生まれでることはなかったのだ。

慚愧と一緒に、六年前のカイルの言葉が舞い戻る。

『日之雄軍を壊滅に追い込み、皇王家とやらを解体すれば、イザヤをわたしのものにできる』

『実に楽しい未来だね。全てを手に入れたわたしにとって、これ以上の退屈しのぎがあるだろうか』

空域を埋め尽くす新大公洋艦隊の威容が、イザヤを我が物にするために襲い来る魔物の群れに見えてくる。

『次に会うとき、きみの目の前でイザヤをわたしのものにする。せいぜい面白い声で泣き叫んでくれたまえ』

カイルの言葉が、また舞い戻る。

あの日の馬鹿げた妄想を、カイルはこれから現実にしようとしている。

クロトの傍(かたわ)ら、イザヤは毅然(きぜん)と顔を上げ、悲しみをこらえて前をむいている。けがれのない瞳には、強い意志が揺るぎない。

この透明なイザヤがカイルのものになる……などと考えただけで、内臓が煮える。

遠ざかっていく新大公洋艦隊を見据(みす)えながら、クロトは黙考(もっこう)をつづける。

日之雄に残されたあらゆる戦力を思考の内で配置して、迫り来る敵艦隊を迎え撃つ策を練りつづける。だがどれほどの演繹(えんえき)を積み重ねても、あの敵を打ち破るすべが見えない。

「大和(やまと)」「武蔵(むさし)」を秒殺する敵を、どうすれば壊滅させられるのか。

そんな手段が、本当に存在するのか。

——諦(あきら)めるな。考えろ。考えろ。考えろ……。

これから新大公洋艦隊はサイパン島を攻略するだろう。要塞(ようさい)化された島だが、飛行艦隊に爆撃されればひとたまりもない。サイパンが落ちたら、日之雄本土が新大公洋艦隊の飛行圏内に入ってしまう。

——新大公洋艦隊は必ず、サイパンを拠点に日之雄本土空襲を行う。

——全ての港に機雷を播(ま)いて海上封鎖(ふうさ)し、日之雄を兵糧(ひょうろう)攻めにするはずだ。

——そのときまでに迎撃準備を整えなければ、資源を持たない日之雄は滅びる……。

現在、日之雄は占領した南方地帯から石油を輸入し、戦争を継続できている。しかしガメリア艦隊が日之雄本土へ襲来し、日之雄の主要港へ機雷を散布したなら輸入が断たれる。石油のない軍隊はただの置物、日之雄を待つのは滅亡だけだ。

——国家が滅亡しようが、イザヤだけは手出しさせん。

——そのために、なにをすべきか……。

あの艦隊を撃滅しなければ、イザヤがカイルのものになる。それだけは絶対にさせまいと、わずかな光を求めつづける……。

日之雄海空軍呼称「マリワナ沖海空戦」、結果。

日之雄連合艦隊——

○轟沈

戦艦「大和」「武蔵」「日向」「山城」「扶桑」「金剛」「榛名」「比叡」

重巡「摩耶」「愛宕」「鳥海」

○大破

重巡「高雄」「那智」「羽黒」「妙高」

○中破
重巡「最上（もがみ）」「三隈（みくま）」「鈴谷（すずや）」「熊野（くまの）」

ガメリア新大公洋（だいこうよう）艦隊——

損害なし。


両国の命運を賭（か）けた決戦は、世界海戦史に残る一方的な結果となった。

†　†　†

「あなたとはまだ会ったこともないし、この先いつ会えるのかもわからない。こうして話すのもはじめてだし、まずは落ち着いてほしいね、ヴィンセント」

ホワイトハウス大統領執務室において、ベリンジャー副大統領とホックス海軍長官が見守るなか、カイル・マクヴィル大統領は受話器にむかってそう言った。

マリワナ沖海空戦から二週間後、四月十六日——。

ワシントンとロンドンを結ぶＣ３遠隔音声通信装置を通じて、先方のしわがれ声がノイズのむこうから返ってくる。

『わかってるだろ、急いでいるんだ。友達ごっこはいつでもできる。なんならいまから我らは友達だ、カイル。友達の頼みは聞いてくれるよな？』

リングランド首相ヴィンセント・キャンベルの言葉にはたっぷりと怒りが含まれていた。面識もない、腹も読めないマクヴィル新大統領を相手に、やりづらくて仕方ない様子。

「焦る必要はない。勝ちの見えた戦争だ、日之雄の首はできるだけ時間をかけて、ゆっくり締めあげたい。そのほうが戦後、言うことを聞かせやすいからね」

『我らには早急に飛行艦隊が必要なのだ！　さっさと日之雄を滅ぼし、艦隊をロンドンへ派遣してくれ！』

恥も外聞もかなぐりすてて、キャンベル首相は叩きつけるように要求する。

カイルは片目をホックス海軍長官へむけてウインク。キャンベルがそう要求してくるであろうことは、事前の打ち合わせで想定済みだ。

「手助けしたいのは山々だが、なにしろキリングが前線に出払ってしまって。もう少し時間が必要なのだよ」

焦らすと、キャンベルはますます怒りを露わに、

『なにが望みだ、要求があれば言え！　……いや、すまん、要求があるなら善処する。きみたちと違ってこっちは国家存亡の危機なのだよ。さっさと日之雄を片付けて加勢に来てくれ。でなければ我が国は、エルマ艦隊に火の海にされてしまう……』

現在、リングランドは欧州方面においてエルマ第三帝国と戦争状態にある。

開戦から四年半もの間、一進一退の攻防がつづいていたが、先月生起した「ブリュッセル空戦」において誇り高きリングランド飛行艦隊はエルマ飛行艦隊に壊滅的な打撃を受けた。エルマ大勝の立役者は、作戦参謀として事実上エルマ艦隊を指揮したアベル・フォンベル少佐だった。彗星のごとく現れた弱冠二十才の青年参謀は奇策の限りを尽くし、数に優るリングランド飛行艦隊をブリュッセル市街地へ叩き落としてしまった。

いきなり亡国の危機に立たされたキャンベル首相は慌ててガメリアへ助けを求めているわけだが。

あまりに想定内すぎて、カイルは思わずニヤニヤ笑う。

ここでキャンベルに恩を売っておいて損はない。

大戦の終盤に入ったいま、問題となるのは戦争の行方ではなく、戦後の覇権争いだ。

「……わかったよ、ヴィンセント。本当は一年がかりで準備するつもりだったが、少しばかり空襲を早めてもいい」

『いつやる』

「そうだね……。半年以内にはなんとか」

『半年待っていたら、ロンドンは焼け野原だ！　我らには時間がない、最低でも三か月以内に日之雄を降伏させてくれ！』

「それはまた、せっかちだね」

『日之雄は降伏したがっているのだ、きみが頷けば済む話ではないか！　いま恐るべきは日之雄ではない、真の敵はエルマなのだ！』

勝手なことを次から次に口走るキャンベル首相が、カイルには面白くてたまらない。

「大切な友人の危機を黙って見過ごすわけにもいかないか。やれやれ。わかったよヴィンセント。きみの無茶なお願いを受け入れよう」

もったいぶった口調で恩着せがましく告げると、電話口から快哉が返る。

『頼む、もはやきみしか世界を救えん！　全て終わったら倍にして返す。さっさと艦隊を送ってくれ！』

「あぁ、できるだけ早く日之雄を片付ける。忙しくなるが、友人のためなら仕方ない。戦後、よろしく頼むよ」

キャンベルは大喜びで借りを返すことを約束し、会話は終わった。

受話器を戻して、カイルはベリンジャー副大統領とホックス海軍長官に告げる。

「というわけで、キャンベルに恩を売ることにした。日之雄はさっさと火の海にして、次はエルマを成敗に行こう」

「承りました」

「問題は、日之雄降伏の条件です。こちらとしては無条件が望ましい。まずは日之雄本土を焦土化してから、交渉の席につくべきかと」

ホックスの言葉に、カイルは頬杖で答える。

「あと三か月で無条件降伏させるなら、日之雄全土を爆撃するしかないね」

「はい。まずは東京、次に大阪、全ての主要都市を無差別爆撃。二度と刃向かう気が起きないよう、徹底的に破壊すべきです」

「キリングはそれをやりたくて『ベヒモス』に乗っているんだろう？　怖い男だ」

「多少の個人的願望は叶えてやっていいでしょう。キリングはそれだけの仕事をしました」

ふむ、と頷いて、カイルは黙考する。

もう少し時間をかけて、ゆっくりじっくり日之雄の首を絞める予定だった。

そうすることで、イザヤの気持ちを揺らがせることができるから。

しかし国際情勢の変化により、三か月で日之雄を降伏させねばならないことになってしまった。それならば、多少の荒療治は仕方なかろう。

「七月に、新大公洋艦隊を東京へ進撃させよう。まず首都を壊滅させ、こちらの提示する条件を呑まないなら、大都市を順繰りに焼いていく。敵が泣きながら土下座して許しを乞うまで、爆弾の雨を降らせるんだ」

「はっ」

主戦派のホックス海軍長官は了承したが、ベリンジャー副大統領はあまり乗り気でない様子。

「一般市民の頭上に爆弾を降らすのはいかがかと。国際法違反ですし、戦略的にもそれほど意味はありません。戦後、余計な恨みを買うだけです」

カイルは口をへの字に曲げる。

「徹底的に叩かないと、早期決着は無理だよ」

「戦闘員を叩くのは構いませんが。市民を殺す必要がありますか?」

やれやれ、またか、とカイルは渋い顔。ベリンジャー副大統領は有能なのだが、無差別爆撃に関しては執拗に抵抗してくる。

「相手は日之雄人だよ。甘やかす必要あるかね」

「ガメリアは良心の帝国であるべきです。市民を殺せば、エルマと大差ありません」

この副大統領、めんどくさい……と辟易しながら、カイルは顎先だけでベリンジャーの言葉を受け取り、追い出した。

カイルはひとり、執務室に残って窓の外を眺める。

——さて、それでは……イザヤを手に入れるためにわたしも動くか。

国策など、はじめから興味はない。

カイルの興味はただ、イザヤの心を手に入れること、その一点から動かない。

——イザヤ。もう少しだけ、待っていてくれ。

そのために、これまで時間をかけてあらゆる仕込みを行ってきた。もうすぐ、仕込んだものが花をひらき、ガメリア政府に気づかれることなくカイルの意志がイザヤへ伝わる。

――きみは自分から、わたしへ身も心も捧げるのだ……。

戦争も恋愛も勝利を確信したカイルは、三か月後、自らの意志でカイルのもとへやってくるイザヤを想った。

†　†　†

四月三十日、箱根基地――

星明かりの下、松明の照らし出す兵舎前の運動場では、三百名以上の水兵たちが大の字に横たわり、ひいひいと息をついていた。

いずれも煙管服に身を包み、銃剣のついた小銃を手に、顔も服も土くれに汚れて、くたびれきっている。

内訳は「水簾」空雷科員八十名、同機関科員八十名、それから、母艦が轟沈したため乗り込む艦のない砲術科員八十名、そのほか通信、主計、伝令、衛生、見張、通訳などなど、軍艦の運用に必要になる各員が選抜されて、仲良く深夜の陸戦訓練に明け暮れていた。

「本日はここまで！　明日はまた昇降口の位置を変え、敵味方に分かれて訓練を行う！」

死体のように横たわった総員たちを見回して、クロトは訓練の終了を告げる。

三百名はよろよろと上体だけ起こし、深夜に及ぶ訓練が今日もなんとか終わったことを確認する。ほぼ全員が擦り傷や打撲傷をこしらえているが、士気は高く、不満を述べるものは見当たらない。

「かなり上達してきたよな」「もっと訓練すれば、一分で完遂できる」「はじめは二十分かけてもできなかったんだ、訓練の成果はあがっている」

この訓練がはじまって、今日で十日目。

マリワナ沖海戦の大敗から一か月が過ぎようとしている。

連合艦隊を事実上壊滅させた新大公洋艦隊はサイパンに碇泊し、次の目標を定めている。

マニラか、沖縄か、東京か、次にどこに来襲するのか、全くわからない。わかっているのは、襲われた基地が壊滅することだけだ。

「あのバケモノに勝つ方法があるとすればこれだけだ！　やられっぱなしでいられるか、おれたちの誇りを見せてやれ！」

水兵たちのまとめ役、鬼束響鬼兵曹長が胴間声を張ると、全員が応を返す。

松明の揺らめく明かりが、水兵たちの傍らに設営された大がかりな木製建築物を照らし出していた。

高さ三メートルほどの櫓と、砂の地面に描かれた四角いマーク、そのむこう、三階建ての掘っ立て小屋。小屋の入り口は狭く、急傾斜の階段で三階へあがる。

建物にはいずれも水兵たちの泥と血がにじんでいた。よろめきながら立ち上がった水兵たちは、兵舎へと戻っていく。

「鬼束、平祐（へいすけ）、ミュウ。残ってくれ」

クロトは三人を呼んで、地面にあぐらをかいて座り込み、竹筒の水を口に含む。

「……かたちにはなってきた。だがまだ遠い。いくつか懸念もある。お前たちの知恵を貸せ」

そう持ちかけると、鬼束がにやりと笑って、

「我々に相談とは、閣下も素直になられましたなあ」

クロトはイヤそうに表情を歪（ゆが）め、

「……陸上戦闘はおれの専門外だ。貴様らのほうがやり口に長（た）ける。絶対確実に二階と三階を制圧するために、なにか知恵はないか」

クロトは木造三階建ての掘っ立て小屋を顎（あご）の先で示す。

この十日間、あの二階と三階を占拠する方策を実戦形式で模索してきた。だが不確定要素が多すぎて、確実な手段が見えていない。

鬼束、ミュウ、平祐もまた、様々なやり口とアイディア、必要な道具について意見を発する。

クロトはいちいち頷（うなず）きながら、細部を詰めようと思索を進める。

真剣な話し合いは一時間ほどつづき——

「……明日、水兵を使って試してみよう。敵の火力はかなり高めに見積もったほうがいい。

敵兵が軽機関銃を持っていても突破できる態勢を整えておかねば、成功は見込めない」

クロトの言葉で、四者会議は終わった。

「工作班に頼んで、いま言った道具を作ってもらいます」

平田平祐水兵長が、いやな顔ひとつせずに雑務を請け負う。

「衝撃を和らげる吸収素材が必要です。みなさんがわたしほど身軽であれば必要ないのですが」

ミュウが鬼束を直視しながらそう言って、女性用兵舎へ戻っていく。

「あの女はよほどわたしが嫌いなのですなあ」

これまで散々イザヤやリオの私物を盗もうとしたり盗撮しようとしてきた鬼束がミュウに嫌われるのは当たり前だが、クロトとしてはふたりに仲良くしてほしい。

「貴様とミュウがこの襲撃の鍵になる。頼むから余計なケンカをするな」

仏頂面でそう頼むと、鬼束はまた豪快に笑いながら、クロトの肩をばんばん叩く。

「わかっております！　いやあ、この作戦は実に楽しい！　悔いはありません、ともに死にましょうや黒之閣下！」

下士官が士官の肩を叩きながら笑うなど、本来は営倉送りになってもおかしくない。しかしクロトはこうした無礼はなぜか平気で受け入れて、ただ毒舌だけを返す。

「ひとりで死ね。おれは死ぬためには戦わぬ。貴様の死体を踏みにじって前進するからそのつもりでいろ」

わははは、と鬼束はますます楽しそうに笑う。

「本望です！　閣下のためにこの鬼束、見事に道を切りひらいてみせましょう！」

そう言って、クロトの頭を片手で掴むと、わしわしと撫でる。

「上官の頭を撫でるなっ!!」

「大丈夫です、閣下！　大丈夫、大丈夫！」

「おれは子どもか、頭を撫でるなっ!!」

力尽くで頭を撫でられながら、クロトは歯をむき出しに怒る。

「なあに、大丈夫です！」

「お前はなにを指して大丈夫だと言っているのだ!?」

かみ合わないやりとりを交わし、しばらくじゃれ合ってから、クロトはようやく鬼束の背中へ蹴りを入れ、兵舎へ帰すことに成功した。

「……全く……上官をなんだと思っているのだ、あの男は……」

荒く息をつきながら、クロトはひとり夜の運動場に残って呼吸を整え、改めて今日の訓練を振り返り、急遽作り上げた一連の建造物を眺め入る。

「…………………」

本当にこれで勝てるのか、確信は持てない。

失敗する可能性のほうが遥かに高い作戦だ。

だが、これをやらねば敵に一矢も報いることなく敗れることになる。

それは、あまりに悔しすぎる。

——せめて一発、殴り返す。

——このままおめおめ、負けてたまるか……。

一か月前にこの目で見た、あまりに強大すぎる新大公洋艦隊と、その背後に浮かんだカイルの凄絶な笑み。

あんなものと、いまの日之雄の戦力で戦って、勝てるわけがない。

戦わずに逃げ出すほうが賢明だ。

理性で判断すればそうなのだろうが、しかしクロトはいま、個人的感情だけで巨大な敵と戦うことを選択していた。

およそ六年前、エンパイアステート・ビルのオフィスでカイルの告げた言葉がこの一か月、クロトの耳の奥に鳴りつづけている。

『日之雄軍を壊滅に追い込み、皇王家とやらを解体すれば、イザヤをわたしのものにできる』

『次に会うとき、きみの目の前でイザヤをわたしのものにする。せいぜい面白い声で泣き叫んでくれたまえ』

クロトの細胞が、煮えたぎる。

そんな未来を現実にさせないために、あらゆる手段を尽くさねばならない。

——イザヤにだけは、手出しさせぬ……。

——たとえおれが死ぬことになろうが。

マリワナ沖で敗れて以来、数千回、数万回、魂に刻みつけてきたその誓いをもう一度、深く深く彫りつける。

昨日からイザヤは日吉台(ひよしだい)の連合艦隊司令本部へ出かけたまま戻ってこない。実戦経験のある高級将校がほとんど戦死してしまったため、おそらく人事の話をしているのだろう。イザヤが連合艦隊司令長官を務めるのではないか、との憶測は海空軍内に広まっており、世界海軍史上最年少司令長官着任が現実味を帯びている。

——尻込みせず、受けるべきだ。

——もはやお前以上に実戦を知る将校はいない……。

開戦から三年が経とうとしているいま、ルソン沖海空戦、マニラ沖海空戦、メリー半島攻略戦、インディスペンサブル海空戦、ソロモン海空戦、マリワナ沖海空戦……主だった全ての艦隊決戦に参加して生き延びてきたイザヤ率いる第八空雷艦隊は、日之雄に残された最後の希望だった。

——お前なら、おれの作戦を理解できる……。

クロトがいま恐れることは、次の連合艦隊司令長官がクロトの献策を却下することだ。されてもおかしくない、前代未聞(ぜんだいみもん)の作戦ではある。しかしもはやこれ以外に、新大公洋艦隊に対抗するすべがない。

――お前には、長官にふさわしい経験と器がある……。

決して面と向かって紡ぐことのない台詞を、クロトはひとり、おのれの胸のうちにのみ垂れ流す……。

†　†　†

磨き込まれた檜板張りの床に、燕尾服に身を包んだ一群が映り込んでいた。

居合わせているのはわずか五名と、御簾のむこうにほんのり、影として見えるひとり。

壁際に居並ぶ三名は――

猪八重総理大臣、鰐淵陸軍大臣、日之影海軍大臣。

今後の日之雄の運命を決定する権限を持つ、いわゆる戦争指導者たち。

御簾の最も近くにいるもうひとりは長谷川侍従長、そして残ったひとりは、日之雄に残された海と空の全戦力をこれから託されようとしている女性だった。

日之雄皇宮、松の間――

深海じみた静寂が高い天井にまで充ちるなか、燕尾服を着た侍従長がうやうやしく御簾のむこうへ頭を垂れて、第一種礼装に身を包んだ女性へ向き直った。

「日之影禎文海軍大臣発令。皇紀二千七百二年、五月十三日を以て白之宮イザヤ少将の連合艦隊第八空雷艦隊司令官職を解き、第七代連合艦隊司令長官に補任する」

イザヤは黙礼で答え、連合艦隊の指揮権を託される。

侍従長は再び反転してイザヤへ背をむけ、御簾のむこうへ頭を垂れる。

イザヤは御簾のむこうに座る人影を見やる。

日之雄皇王はひとことも言葉を発することなく、ただそこにいる。

あれがわたしの父親なのだ、とイザヤは遠い気持ちで思う。

これが対面といえるのか定かでないが、イザヤにとっての父親は常に「御簾を挟んだ人影」だった。

生まれて以来、言葉を交わしたことはない。

それどころか、すがたを見たこともない。

『あのかたは、ひとであると同時に神なのです』

幼いころ、母親から聞いた言葉がイザヤの耳の奥に鳴る。

『自ら言葉を発することなく、なにかを決定することもありません。ただそこに在り、臣下の決定を全て受け入れる存在です』

幼いイザヤは不思議な気持ちで母の言葉を聞いていた。

なにも意見を発することなく、ただ御簾のむこうに座って、部下に言われたことにただ頷くだけの神さま。

それが自分の父親なのだと言われても、ぴんとこなかった。

御簾のむこうの父親とは、一年に一度、新年祝賀式典の際に会うだけだった。会うとはいっても常に間には御簾と侍従長を挟み、侍従長はあらかじめ用意されていた書面を皇王の言葉として王族へ伝えるだけ。

家族的な交流など、一度も持ったことはない。戦争がはじまり、イザヤが「井吹」艦長として出撃することが決まったときも、ねぎらいの言葉ひとつなかった。

——皇王とは、そういう存在だ。

二千六百年以上、日之雄の国体を維持してきた先人たちの知恵が、内政にも外政にも関わることなく、ただ超然と存在するだけの皇王像として結実している。だからイザヤの父はそれを受け入れ、これから連合艦隊を率いようとする愛娘へひとことの言葉もかけることなく、ただの人影として御簾を隔てて座っている。

——どういうお気持ちでおられるのだろう。

略式の親補式をつつがなく終えて、皇宮の回廊を歩き抜けながら、イザヤはそんなことを思った。

五月晴れの庭園に、ウグイスが鳴いていた。緑陽がさざなみのようにきらめいて、穏やかな風が芝生を撫でて行き過ぎていく。

「四人で話そう」

猪八重総理がそう言って、「竹の間」に一行を誘う。

開戦以来ずっと戦争指導にあたっていた西條首相はマリワナ沖海空戦の惨敗を受けて総辞職し、代わって首相となった猪八重総理は、今後の方針を決めかねていた。

「ガメリアは交渉を呼びかけても応じてくれぬ。軍部はあくまで本土決戦を主張するが、勝ち目があるとはとても思えん。最善の落としどころを探さねばならんが、いまのところ、四方八方絶望しかない……」

四人が座卓を囲んで座布団に座った直後、猪八重総理はやつれた様子でそうこぼした。

傍ら、いかめしい八の字ひげをたくわえた鰐淵陸軍大臣は、三十年来の主戦論者だ。苦々しい表情で日之影海軍大臣へ横目を送り、

「海軍が負けても陸軍は負けておりませんぞ。本土決戦からが本番です、八千万国民が竹槍を持ち、火の玉となって戦うまで」

日之影はため息まじりに、

「そんなことをしたら民族が滅びます」

「戦ってもいないのになぜ諦める!? 国民の士気は旺盛だ、ガ人のごとき腰抜け相手に降伏など言語道断、国民最後のひとりまで戦うのみ！」

鰐淵大臣は陸軍の青年将校に対して影響力が強い。強引に降伏へむけた動きを加速させる

と、陰でクーデターを先導する危険もある。内心、猪八重総理と日之影海軍大臣は講和へむかって動きたいのだが、どうしても鰐淵の了承を得られない。

「いまや子どもまでがやる気満々、地雷を背負って戦車へ突進する気でおります！　たるみきったガ人に日之雄魂を見せつけてやれば、奴らは腰を抜かして逃げだしますわ！」

鰐淵は八の字ひげを撫でながら、おのれの妄念を語るのみ。

イザヤは黙って話を聞きながら、思う。

——本土決戦だけは、回避する。

——市民を死なせて、なんのための戦争だ……。

他国の奴隷にならないために、国民は三十年以上の臥薪嘗胆に耐えてきた。その結末が、戦車への体当たりであってはならない。長年の苦しみが幸福な未来へつながるよう道筋を作るのが戦争指導者の役割だと、イザヤは信じる。

猪八重も日之影も、イザヤ寄りの考えだ。あとはなんとか鰐淵を説得して、降伏へむけて動きださねばならないが。

「上陸した敵によって都市部を制圧されても、市民は山野で生活し、ゲリラ戦を継続すれば良い。政府要人は鄯大陸へ移動して、亡命政府を立ち上げ国民を指導する。全てこちらのシナリオどおりに運んでいる、慌てる必要はない」

鰐淵大臣の鼻息だけがいまだ荒い。三年前に開戦を主導した張本人だからいまさら引っ込みがつかないのか、執拗に本土決戦を主張する。

鰐淵の妄想を聞き飽きたのか、日之影大臣が話題を変えた。

「マクヴィル大統領の要求はなんなのです？　いまだ先方の望みが見えてこないから、こちらもやりようがない」

猪八重総理は困り切った表情をたたえる。

「……現状、全くわからん。なにを考えているのか読めなくて、薄気味が悪いよ。それも先方の作戦なのだろうが、せめて要求があればなあ……」

吐息まじりの言葉が頼りなく消えた。

両国の大使館が閉鎖されている現在、表向きにはガメリア政府との外交チャンネルは途絶していることになっているが、実際はジュネーブのＢＩＳ国際決済銀行において両国の外交使節団が接触を持っている。多くの国際金融資本家が拠点を構えるジュネーブは外交の裏口として、マスコミに報道されることのない秘密の会議場となっていた。

しかし日之雄外交団が降伏の条件を探ろうとしても取り合ってもらえず、現状、ただジュネーブにいるというだけで交渉の席にまで進めていない。

「こちらを叩けるだけ叩いて、降伏の条件を釣り上げようというのだよ。ガメリア外交の老獪さは、我々の及ぶところではない……」

中世末期から近代初期にかけて、民族の存亡を賭けた戦争に明け暮れた欧州と、その期間を引きこもって過ごした島国とでは、戦争も外交も真剣さが全く異なっていた。ガメリアの大公洋戦争に取り組む姿勢の真面目さ、必死さは、とても日之雄の及ぶところではなかった。

しかし、いまさらそれを知ったところで、はじめてしまった戦争は後戻りできない。

この戦争の終わり方を、少しでもマシなものにするために。

「……年若いあなたに、これほど重いものを背負わせてしまったことを恥ずかしく思う。だが……白之宮長官。もはや連合艦隊を指揮できる人材は、豊富な実戦経験を持つあなたしかいない。あなたでないと、国民は納得しない……」

そう言って白髪頭を垂れる猪八重総理へ、イザヤは首を左右に振る。

「海空軍に残された戦力を、いま本土へ集めているところです。新大公洋艦隊に痛撃を加え、撤退へ追い込む。いまはこのために全力を尽くします」

すまないね……と猪八重総理は力なくつぶやき、お茶をすすった。

「連合艦隊などはじめから期待していない。こちらの国土は七割が山と森だ、山林に隠れた国民が肉弾戦を仕掛ければ、ガ人は狼狽してすぐに逃げ出す。本物の戦争はまだ、はじまってもおりませんぞ」

鰐淵の言葉が、イザヤの耳に遠く響いた。自分は鄯大陸へ逃げて亡命政府を立ち上げ、残った国民には自爆攻撃を強いるなど、およそこのひとは人間なのかと疑いたくなる。現実を説こうかとも思ったが、だが言葉が通じない相手というものが世間には存在しており、話すだけ無駄なこともイザヤにはわかっていた。

一時間ほどの会合を終え、イザヤは送りの車に乗って日吉台(ひよしだい)を目指した。

車窓のむこう、東京の町並みを眺め、のどかなひとの流れを見ながら、イザヤは自分に課せられた責任を思う。

――とうとう、ここまで来てしまった……。

三年前の開戦時、まさか自分が連合艦隊司令長官になる日が来るなど、夢にも思っていなかった。

しかし過酷すぎる戦況は、司令本部の重鎮たちを軒並み殉職に追い込んでしまった。

南郷(なんごう)大将、高村(たかむら)中将、風之宮(かぜのみや)元帥、馬場原(ばばはら)大将、軍歴三十年以上の高級将校たち……。

全員が、大公洋の藻屑(もくず)となって海底へ沈んでいった。

そしてイザヤはいま、藻屑のひとりを思う。

――鹿狩瀬(かがせ)さん……。

司令本部で唯一(ゆいいつ)、クロトの能力を評価し、守ってくれていた鹿狩瀬先任参謀もまた、マリワナ沖で帰らぬひととなった。しかし鹿狩瀬は出撃前、軍令部総長に「万が一の際は白之宮イザヤ少将を連合艦隊司令長官に推薦すべし」と直訴していた。現場をよく知る鹿狩瀬の言葉が決め手となって、今回の人事が現実となった。

イザヤが司令長官となったということは実質的に、クロトが連合艦隊の頭脳として作戦を立案するということだ。

もはや新大公洋艦隊と連合艦隊はライオンとネズミの戦力差だが、ともかくクロトの作戦に味方の全艦艇が従うかたちにようやくなった。イザヤはそこへ、一抹の希望を賭けている。

——戦争に負けてもいい。だが、市民だけは守り切らねば。

——一般市民が死ぬような負け方にだけは、してはならない……。

それが、王族であるイザヤの最後の矜持。

国家総動員体制に入っているいま、国民はみな、高い税金を国家へ納め、軍需品を作るために鍋釜を差し出し、わずかな配給の食糧に頼って生活している。成長期の子どもは配給だけではひもじくて、自分でイナゴやカエルを採って食べているという。

そんな健気な国民に竹槍を持たせ、敵の機関銃へ立ち向かわせてはならない。子どもに地雷を背負わせて、戦車の下敷きにさせてはならない。

国民を愛し、国民に君臨し、国民のために死ぬ。

それが日之雄皇王家の誇りであり、存在理由。

その誇りにかけて、最善の負け方を追い求めていかねばならない。

そのために、なにより必要なことは。

——新大公洋艦隊に、勝つこと……。

それができなければ、こちらの主要都市が新大公洋艦隊に爆撃され、大勢の犠牲が出てしまう。罪もない女、子ども、老人が、街と一緒に焼かれてしまう。

のしかかってくる重い責任を総身で受け止め、イザヤは窓の外を流れすぎる東京の光景をじいっと眺めていた。春の光に充ちる並木道は、戦争のことなど知らん顔で眩しすぎるほどきらめいていた。

黙考するうち、車は日吉台の連合艦隊司令本部へ帰り着いた。

敵の空襲を想定し、地下壕の工事はまだつづいていた。

海空軍航空隊司令部はすでに日吉台への移動を完了し、いつでも顔を合わせて連絡を取れる体勢にある。

――クロトの考えを実行に移すときが来た……。

以前からクロトは、日之雄に存在する陸軍、海空軍航空隊の全戦力を一か所に統合し、集中運用するよう意見書を出していた。馬場原司令長官に無視されてしまったその意見書を、イザヤは採用しようと決めている。

――陸軍航空隊と海空軍航空隊をひとつにまとめ、統合航空隊を組織せねばならない。

――陸軍とは犬猿の仲だが、いまさらそんなこと言っていられるか。

――空雷艇も有望だ。規格はまちまちだが、個別に襲撃するだけでも意味がある。

――あらゆる手段を結集するんだ。新大公洋艦隊に勝つために……。

司令長官としてこれからやるべきことを熟慮しながら、イザヤは学生寄宿舎に設置された司令本部へと歩いていった。

†††

「どっかで勝負かけないと、このままじゃあたし、縛り首になっちゃうし。そんなの絶対ヤだし。だからそろそろ、カイルにぶっ込まないといけないかな、って」

トムスポン・テクノロジーズオフィスビル四階の仕事場兼住居において、一日の仕事を終えたユーリはスーツを脱ぎ捨てながら宣言した。

五月十六日。

「あら、頼もしい。やりかたを聞こうかしら」

同じくエステラも部屋着に着替えながら、グラスにワインを注ぐ。

同じく部屋着のユーリもソファーに倒れ込んで、考えていることの一部始終をエステラに話す。

エステラは考え込んで、

「薄氷を踏むとはこのことね……。でも確かに、それがうまくいけば、カイルの政治生命を絶つことができる……。ただし、クロトがガメリア艦隊に勝つことが条件ね」

「そう。だから、もしもクロトが勝ったらさ。ケリガンにも動いてほしいの。ケリガンが動けばフォール街も動く。みんなが一致団結すれば、カイルをホワイトハウスから追い出せる……」

告げながら、ユーリは自分の語調が沈んでいくのを自覚する。

エステラの言うとおり、これはあまりにも自分に都合の良い夢想だ。

現実に、新大公洋艦隊が連合艦隊に敗れる事態はもうあり得ない。だからユーリがどんな危険を冒して自分の任務を成功させても、結局は死刑になる確率のほうが高い。

でも。

「やれること、全部やりたい。それやって死ぬなら、まあ諦めもつくし」

ユーリはワインを飲み干して、グラスをどん、と音を立ててテーブルに置く。

「戦争が終わっても、エステラたちとここで仕事したいし」

「…………………」

「戦争に反対してるひとが大統領になれば、戦争も終わるでしょ？　カイルを追い出すことができれば、戦争も終わって、あたしも死刑にならずに済むし」

ユーリはきっぱりそう言い切って、虚空を見つめる。

エステラは真面目な表情でしばらく考え、そして告げる。

「……実はこのところ、わたしたちの周囲を誰かが嗅ぎ回っているみたい」

ユーリは特に驚くこともなく、頷く。

「知ってる。この事務所も監視されてる。たぶん、誰かがあたしの正体に勘づいてる。あんまり時間がないみたい」

エステラの表情が翳る。

恐らくはガメリア政府機関がユーリの正体を探りはじめた。悠長にやっていたなら、ユーリは捕まって死刑になる。

「だから、やる」

ユーリは迷いなく、言い切る。

次のデートが、一世一代の勝負になる。

「戦争を終わらせる。あたしが生き残るために。協力してくれるよね、エステラ?」

問いかけると、エステラは微笑む。

「わたしからアンディに話を通しておくわ。新大公洋艦隊が負けるような展開になったなら、ケリガン財閥が全面的にあなたの活動を支援する。任せて」

「ありがと。小さい可能性だけど、ないよりマシだし」

ユーリは頷いて、窓の外を見る。

――だから、勝ってね、クロト。

――あなたが勝ってくれたら、イザヤを救ってあげられるから……。

大公洋を隔てたクロトに、ユーリは想いの全てを託す。

†††

連合艦隊司令本部に長官として着任して以来、イザヤはほとんど眠らずに仕事に明け暮れていた。

残存艦隊の再編成、空雷艇司令部の設立、陸海軍統合航空隊——いわゆる「空軍」の設立、それに伴う軍令部、陸軍省、海軍省、陸軍航空隊・海空軍航空隊へ幕僚を送り込んでの準備、敵レーダーを阻害するための気球部隊の配備……と共に、各都道府県庁に呼びかけて学童疎開と防空壕の整備、などなど、身体がふたつあっても足りないほどの仕事ぶりだった。

日之雄陸・海空軍の全航空戦力の統合と集中運用が、クロトが本土防衛のために打ち出した大方針であり、それを現実にするために現在、東南アジアと鄯大陸に散らばった日之雄基地へ人材を送り込み、渋る現場を説得して可能な限りの航空戦力を本土へ帰還させようと努力している。

しかし昔から日之雄陸軍と海空軍は折り合いが悪く、合同作戦を行う際にも統合司令部を設置せず、それどころか連絡手段さえ存在しないというずさんさだった。

イザヤはたびたび陸軍航空隊司令部へ、あるいは海空軍航空隊司令部へ自ら乗り込んで、すさまじい勢いで将校たちを説得した。

「大昔の恨み辛みにこだわっている場合ですか!?　面子を守って国民が死んだら、なんのための軍隊ですか!?」

軍歴三十年以上の高級将校へむかい、ときにイザヤは涙さえ浮かべながら説得に当たった。遙か年下の若輩から道理を説かれ、将校たちも苦り切りながら、最後にはほとんどの基地航空隊が稼働機体の三分の一、もしくは半分を統合航空隊に供出してくれた。

高度千二百メートル以上を飛べないとはいえ、航空機は鄯大陸や東南アジアの支配地域維持のために欠かせない戦力だ。それを本土へ送るということは、前線の守備隊の負担がそれだけ増すということ。重い決断をくだしてくれた陸海空軍の高級将校たちへイザヤは手厚くお礼を述べて、必ず本土を守り抜くことを彼らに誓った。

一方のクロトは連合艦隊先任参謀に着任し、中佐から准将に二階級特進。日中はもっぱら、新大公洋艦隊迎撃作戦の立案にあたっていた。

予想される敵戦力と進行ルート、敵本拠地から艦隊までの連絡線、それに対するこちらの迎撃部隊の配置と戦力配分……。

数十通りの敵の進撃ルートを想定し、それに対する最も効率的かつ効果的な迎撃方法を模索していく。主立った作戦参謀のほとんどが戦死したためまともな相談相手も得られず、頼りになるのは開戦以来ともに戦ってきた第八空雷艦隊の艦長たちだった。

五月三十日、箱根基地司令本部、作戦室。

クロト以下、四人の艦長が日之雄本土周辺海域を描いた作戦図を取り囲み、これから会議をはじめるところ……なのだが。

「黒之閣下のくださる両殿下のブロマイドは、我が艦でも大人気です!! 風之宮殿下の水着写真も、白之宮殿下の破廉恥スーツも、居住区はおろか便所にまで張り巡らされております!!」

作戦に関係ないことをいきなり言ってほがらかに笑うのは、旧「末黒野」艦長、現「懸河」艦長、妙光寺勝男大佐。

開戦以来ずっとイザヤ艦隊の主軸として、ここまで生き残ってきた明るく能天気な艦長だ。はげ上がった頭にちょび髭をしており、芸人みたいな風貌だが実戦では勇猛果敢で、水兵たちにも好かれている。

「プロレス写真も最高でしたなあ。わたしも個人的に購入しました。いやいや、黒之閣下がうらやましい。わたしも白之宮殿下に、腕ひしぎ逆十字をかけてほしい……」

真面目な表情でそんなことを言うのは、旧「川淀」艦長、現「飛瀑」艦長、勅使河原浩三大佐。

妙光寺と同じく開戦以来の生き残りであり、ソロモン海空戦では戦艦「グランダム」を仕留める一撃を放った冷静沈着な軍人だが、イザヤの話になると一介の親衛隊員と化す。

「箱根で艦対抗プロレス大会を開催しませんか？　わたしも出場します。もちろん対戦相手はイザヤ殿下ということで」

「黙れ、真面目な作戦会議だ、イザヤのことはいまは忘れろ」

「真面目にやりますが、イザヤ殿下のことを忘れるなど、わたしには無理です」

かつてインディスペンサブル海戦の際、イザヤの「各艦、我の囮となれ」という過酷な電信に対し、各艦の艦長が軒並み「艦内、大盛り上がりです」「その程度で良いのですか？」とイザヤの気持ちを思いやった返信を打つなか、勅使河原はただひとり「生きて帰ったらデートしてください」と全く関係ない返信を打ち、無視された逸材である。イザヤへの執念はただならぬものがあり、「飛瀑」艦長室はマニア垂涎のイザヤグッズに溢れているという。

「実に困った。ところで灰汁島、なにがそんなに辛いのだ」

クロトに問われ、悲壮な空気をまとった艦長が答える。

「……いえ。特に辛くはありませんが」

毅然と言い切るが、佇まいに明らかな悲壮感をにじませているのが、旧「卯波」艦長、現「白竜」艦長、灰汁島茂助大佐。

ソロモン沖海戦では重巡一、軽巡二を雷撃で轟沈させ、さらには砲撃戦で駆逐艦一を沈める大戦果をあげた殊勲の艦長だが、偉ぶる様子は全くなく、むしろ海戦を経るほど表情が強ばって、態度もぎこちなくなる。

理由は、二年半前、メリー半島攻略戦の失態だった。

突如として前線の背後に現れたリングランド飛行艦隊によって、日之雄陸軍が壊滅の危機に晒された際。

名将マクラフリンの率いるリングランド飛行艦隊を止めるため、イザヤ艦隊は四時間半もの間、最大戦速で飛ぶことを余儀なくされた。それだけの長時間を最大戦速で飛ぶことは機関部に大きな負担をかけるため、航続不能に陥る危機があった。

この危機を乗り越えて無事にリングランド飛行艦隊を撃滅したのがイザヤの乗る「飛廉」と、妙光寺の「末黒野」、勅使河原の「川淀」だった。

同行していた「八十瀬」、「逆潮」、「卯波」は航行中に機関に問題が発生し、脱落を余儀なくされた。戦場に辿り着けなかったという屈辱を各艦の艦長は深刻に受け止め、あのインディスペンサブル海空戦において「八十瀬」「逆潮」は囮となって敵戦艦「ヴェノメナ」へ肉薄し、砲撃を一身に受けて爆散、乗組員全員死亡してしまった。直後の「飛廉」による衝角攻撃を成功させたのは間違いなく「八十瀬」「逆潮」の挺身攻撃であり、彼らはメリー半島での屈辱をそういうかたちで晴らしていた。

「まだまだ、戦果をあげねば申し訳がたちません。今度こそ、白之宮殿下のために働きたいと願うのみで……」

失態を犯した三艦のうち、ただ「卯波」だけ生き残ってしまったことを、灰汁島艦長は気に病んでいた。「卯波」の活躍がなければソロモン海空戦の勝ちはなかったというのに、そういう戦果を誇る様子もなく、いつも緊張し、強ばった表情をしている。

「過去のことをぐずぐず言うな、『卯波』の功績は国民全員知るところだ、もっと偉そうにしていろ。あとは捨吉、お前も遠慮なく意見を言え」

クロトに促され、旧「東雲」艦長、現「水簾」艦長、小豆捨吉少佐は緊張の表情で答える。

「はっ。若輩ながら、参加させていただきます」

捨吉は他の三人の艦長に比べると昨年のソロモン海空戦から実戦に参加したばかりで、経験が乏しい。だがクロトはいまや連合艦隊旗艦となった「水簾」艦長として、捨吉の存在を重要視していた。

「言いたいことはなんでも言え。実戦経験のない参謀がいうことより、お前のほうがよほどマシだ」

「はっ！　最善を尽くします！」

クロトは頷いて、日之雄本土を中心とした作戦地図を見つめ直す。

この四人の艦長を相談役として、クロトは新大公洋艦隊迎撃のための図上演習を今日から開始することにしていた。

クロトの戦術の要諦は。

「狙うは『ベヒモス』の首ひとつ」

クロトの言葉が、作戦室に響く。

「連合艦隊の全戦力を結集し、輪形陣をこじあけて『ベヒモス』へ肉薄、衝角攻撃……と見せかけて『接舷斬り込み』を敢行、『ベヒモス』艦橋を制圧し、敵の頭脳を奪い取る」

接舷斬り込みとは、敵の軍艦に自分の軍艦を接舷させて、水兵を敵艦へ乗り込ませ、白兵戦で艦そのものを奪い取る……という帆船時代のやりくちだ。軍艦の火力が上がった現代においては、敵艦に自艦をぶつけるのは難易度が高いため、顧みられることのない戦術なのだが。

「乱戦に持ち込めば接舷の機会はある。レーダーさえ攪乱すれば充分に可能だ。成功したときの見返りも大きい。失敗すれば死ぬだけだ、なんの問題もない」

艦長たちも、すでにこの作戦については聞いている。艦内から有志を募って、特に銃剣術に長けたものを選抜し、襲入から一分以内に艦橋を奪取する訓練を毎晩行っている。

しかし灰汁島艦長は、「白竜」も斬り込みに参加させて欲しいとこれまで何度もクロトに嘆願してきていた。

「貴様らには衝角攻撃を頼みたい。本命の斬り込みを成功させるための囮としてな」

灰汁島は不満そうに、

「どうせ死ぬなら、敵艦に斬り込んで死にたいですが」

「我慢しろ。ものには順序というものがある」

「万が一、『水簾』が途中で墜とされたら？　その際には我らが代わりに斬り込んで構いませんか？」

「ダメだ。ガメリア語のできない将官が艦橋に乗り込んでも意味がない。それよりは衝角攻撃(ラムアタック)がよほど有効だ」

にべもないクロトの言い方に、灰汁島(あくしま)は不満がありそうだが、言葉を呑(の)み込んだ。

「正面から行っても踏みつぶされて終わりだ。夜間、全ての航空戦力、空雷艇、『水簾(すいれん)』を除く第八艦隊の七隻(せき)、以上を囮(おとり)に『ベヒモス』への道を作り、『水簾』が接舷斬り込み(せつげんき)を敢行(かんこう)、敵の脳髄を奪い取り敵艦隊を混乱の渦に叩き落とす。勝つ道はここにしかない」

きっぱりしたクロトの言葉には、この作戦に辿(たど)り着くまでに費やした時間と労力がにじんでいた。生きて帰れない作戦であることは立案したクロトも重々承知しており、だからこそクロトが先頭に立って指揮を執る覚悟だった。

「おれはガメリア語を話せる。艦橋制圧後、艦艇間電話(TBS)を使って艦隊へ指示を飛ばすことも、艦内放送マイクを使って偽(いつわ)りの情報を流すこともできる。ゆえにおれは斬り込みに参加し、生きて艦橋へ辿り着く必要がある。以上、なにか意見は」

クロトの問いかけに、艦長たちは二、三、細かい懸念を口にしたが、大方針に反対意見は出なかった。

「確実に接舷できるよう、あらゆる状況を想定して訓練する。ガメリアに一泡吹かせるぞ、このまま負けるなど我慢ならん」

「はっ！」

そのまま五人で頭を付き合わせ、作戦計画の詳細を練った。あらゆる敵の進撃ルート、陣形、当日の天候を想定し、いつどこからどのように敵が来ようとも確実に接敵し、「ベヒモス」へ突撃できるよう、部隊の配置を考えてゆく。

気の遠くなるような綿密かつ重大な作業のさなか、いきなり通信兵が作戦室へ飛び込んできた。

「新大公洋艦隊が動きました、マリヴェレス要塞壊滅です……っ!!」

なに、と一同が顔を上げる。

——早すぎる。

クロトでさえ、一瞬驚愕するほどの敵軍の早さ。

——こちらに準備の時間も与えないというわけか、キリング……！

侵攻はまだ先だろうと考えていたが、欧州戦線の影響なのか敵は存外に動きが早い。クロトは歯がみしながら、南方の海を見据える。

†††

全ての上司、全ての同僚、全ての部下からこれでもかというほど嫌われつづけてきた。

現在、直属の上司はカイル・マクヴィル大統領、部下はノダック大公洋艦隊司令長官であるが、ふたりとも自分を嫌い、子どもじみた陰口を叩いていることも知っている。

理由は自覚している。

自分勝手、無愛想、傲慢、わがまま、自己顕示欲旺盛。

これで好かれるわけがないし、そんな自分を変えようとも思わない。

上司からも部下からも嫌われながら、気の向くまま好き勝手に仕事してきた自分が、なぜ軍の頂点にまで上りつめることができたのか。

——圧倒的に有能だからだ。

誰にも媚びることなく、徒党も組まず、泣く子も黙る成果をあげつづけたから自分はいまここにいる。

「おとぎ話の魔王でも、こんなことはできますまい」

傍らにいる前線指揮官が眼下の地獄を見下ろしながら、そんなことを言った。

高度千二百メートルを飛ぶ新大公洋艦隊旗艦「ベヒモス」艦橋司令塔から見下ろすと、地を覆った炎が地平線の彼方まで燃え広がっていくさまは、確かにおとぎ話じみてはいるが。

「わたしが魔王だと言いたいのかね」

問いただすと、指揮官はイヤそうに答える。

「この凄絶な光景を表現したかっただけです」

「凄絶、かね。美しいと思うよ」

星空の下、大地に広がる炎の海原は、かつて見たどんな光景よりも美しい。

あの火のなか、大勢の日之雄陸軍将兵が怨嗟の声をあげながら焼かれているのだと思うと、美しさに拍車がかかる。

「わたしは魔王ではない。ただの戦争の天才だ」

千二百メートル下方の大地をくまなく焼き払いながら、ガメリア合衆国艦隊司令長官、アーロン・E・キリング大将は、波打つ炎の海原を見下ろしてそう言った。

五月三十日、フィルフィン、マリヴェレス要塞上空──

一時間前まで、重厚なコンクリート防護壁に覆われていた砲台群が、いまや瓦礫となって紅蓮の業火に焼かれていた。東南アジアにおける日之雄海空軍の最大拠点であったマリヴェレス要塞は、大波となって押し寄せる新大公洋艦隊を前に砂の城と化していた。

傍ら、新大公洋艦隊指揮官、シルヴェスタ・ヒッキー中将は事実上のガ軍総司令官に対してお追従を述べる気もなく、

「自分でそんなことを仰るから、余計な敵を作るものと」

上司にむかって遠慮ない口を叩く。

しかしキリング提督は無礼をとがめることもなく、

「敵は多いほどいい。連中を蹴落とすたびに、生きる活力が湧いてくる」

大地をのたうつ炎が、キリングの表情を下から橙色に照らし出す。

六十八才にしては若作り、日々のフィジカル・トレーニングを欠かすことなく、いまだ青年の精悍さをまとったキリングは「ベヒモス」艦橋司令塔に佇んでいるだけで、本物の魔王のように見えてくる。

「ノダックはさぞかし不満でしょうな」

「あいつはあれでいい。わたしの悪口に余念はないが、仕事はできるし責任感も強い。重圧をかけると実力を発揮するタイプだよ、これからも嫌がらせをしてやるさ」

キリングは退屈そうに眼下の火の海を睥睨し、言葉をつづける。

「連合艦隊にもう抵抗する力はない。あとは行く先を破壊し尽くすだけだな」

東南アジア最大拠点を守っていたのは、わずかな守備隊と十数機の航空隊のみ、空にも海にも軍艦は全く浮かんでいなかった。戦うことを諦めたか、それとも本土防衛のために、戦力を後方へ集中させているのか。

「本当にマニラを砲撃するのですか」

おもむろに、シルヴェスタ中将がキリングに問うた。

キリングは無表情を保ったまま、

「しない理由があるのかね。守備隊に水と食料、電力を提供している街だよ」

「民間人が生活しています。戦争に関係ないフィルフィン人が」

「だから?」

キリングは微塵も動こうとしない表情を、シルヴェスタへむける。

荒れそうになる言葉を、シルヴェスタはかろうじてこらえる。

――イカレてやがる。

そうは思うが、キリングがただのイカレ野郎ではないことも、シルヴェスタは充分理解している。

第一次世界大戦期、エルマ艦隊を大征洋から駆逐したのはキリングだ。海戦で負けたことはなく、勝ったあとは確実に支配地域を広げ、維持してきた。前線指揮官として間違いなく有能だから、こうして自ら「ベヒモス」に乗り込み新大公洋艦隊を直接指揮しても、優秀な手腕を発揮できる。

本人が言うとおり、戦争の天才なのだろう。人事に関しても、有能な人材であれば多少は人格に問題があっても登用し、実力を発揮できる箇所へ配置してきた。新大公洋艦隊が世界最強の飛行艦隊となったのも、キリングの手腕に拠るところが大きい。

キリングが有能なのは間違いない。

しかし、あまりに人間の心がなさすぎる。

「一般市民の殺傷は、ヴェルサイユ条約違反かと」

シルヴェスタの問いかけを、キリングは鼻息で吹き飛ばす。

「紙切れに書かれた言葉に、どのような拘束力が？」

「……国家間の約束が書かれた紙切れです」

シルヴェスタの真面目な表情を、キリングは片目で見やる。

「こっそり教えてやろう。強者は書いたものを破って良い」

「…なるほど。……もしも弱者がそれをしたら?」

「正義漢づらをして殴れば良い」

キリングの醒めきった表情を片目で見やり、シルヴェスタは吐き気をこらえる。

――ノダックが「クソガキ」と呼ぶのがよくわかる。

上司からも部下からも嫌われながら、自分のやりたいようにやってきた。そんな大人は道の途中で挫折するのが普通だが、キリングはあまりに有能すぎて、いびつな人格を保ったまま挫折することなく軍のトップに上りつめてしまった。結果、新大公洋艦隊という地上最強の暴力装置はいま、地上最悪のクソガキの手に握られてしまっている。

「マニラ市街地が見えてきました」

「ベヒモス」艦長、ホレイショ大佐がシルヴェスタに告げた。

シルヴェスタはキリングに目線を送る。

キリングは四万メートル彼方、青空の下に広がる灰色の市街地へ双眼鏡をむける。

ガメリア統治時代から作られたホテルやオフィスビルなどの高層建築物群が南国の太陽に晒されて、陽炎が立っている。摩天楼の周辺には、市場や学校、映画館、市民公園や遊園地などもある近代的な都市だ。

恐らく、大半の市民は爆撃を恐れて避難しているはず。いまあそこにいる市民はよほどの物好きか、のんき者か、愚か者だ。

「対空砲台ごと砲撃で潰せ。全て更地にするのだ」

「のちのち、禍根を残します」

「構わん。日之雄のせいにする」

キリングの決意は揺るがない。諌めるのを諦め、シルヴェスタは艦艇間電話の受話器を握り、各戦隊旗艦へ連絡する。

「対地砲撃戦用意。目標、マニラ市街地。砲戦序列に占位せよ」

告げると、ノイズのむこうから各戦隊司令官の応が返る。

『はっ。目標、マニラ市街地、対地砲撃戦用意！』

キリングの命令はTBSを通じて、新大公洋艦隊を編成する戦艦十八、重巡三十五、軽巡四十六、駆逐艦九十八、計百九十七隻へ伝えられる。Talk Between Shipsを略したこの戦術音声通信による迅速な意思疎通が、日之雄連合艦隊にはない新大公洋艦隊の強みだ。

これまで厳密に組み上げられていた十四の輪形陣が解きほぐされ、各艦型の主砲の口径に応じた空域へ、戦艦、重巡、軽巡、駆逐艦、同じ艦種同士で単縦陣を構成する。

「ベヒモス」以外の十七隻の飛行戦艦はいずれも「大和」型に匹敵する四十六センチ主砲を搭

載し、最大射程は四万二千メートル強。地上の対空砲に狙われない位置から一方的に、一・五トンの砲弾を送り届けることができる。

幾何学的な艦隊運動の航跡が青空に曳かれ、一時間半ほどで戦艦戦隊、巡空艦戦隊、駆逐艦戦隊がマニラを中心として旋回をはじめる。遙か上空から眺めたなら、マニラを中心にした三重の円環が回転しているように見えるだろう。

「ベヒモス」は飛行戦艦戦隊の先頭、マニラから水平距離四万メートル離れた空域へ占位して、舷側の五十センチ主砲と、上甲板の五十二センチ主砲塔の仰角をあげる。重巡戦隊は距離二万メートル、駆逐艦戦隊は距離一万メートルに占位して、それぞれの射程からマニラを狙う。

「砲戦開始」

シルヴェスタ提督の号令と同時に、三つの円環が灼熱に染まる。

清澄な青空がシュレッダーにかけられたように、紅の弾道に切り刻まれる。

神獣の群れが天空へ投げた数千の投擲槍。

灼熱の放物線は頂点を越え、大気を燃やしながら終着点を目指す。

着弾。

数千の火焔の柱が、天を目がけて屹立する。

膝が折れるように、高層建築が地へむかって沈む。

粉塵と炎が空の裾を塗りつぶす。

天空に住まう神の焼けただれた手のひらに撫でられて、都市の輪郭が崩れ落ちていく。

火球が芽生え、膨張したのち轟音と共に火柱となる。

市街地は炎に包まれて、煤煙の壁が一万メートル上空にまで立ちのぼる。

徹甲弾の雨は止まない。

折り重なった円環から放ち出された幾千万の砲弾が、円環の中心を目がけて放物線を重ねていく。

燃え広がる炎は瞬く間に住宅地へ。

三重の円環から注がれる紅はマニラという聖杯を充たし、溶岩流となって溢れ出る。

「…………」

キリングは無表情に、シルヴェスタは呆れたように、ホレイショ艦長はうっとりと、新大公洋艦隊の一斉射撃のすさまじさを黙って観賞する。

砲撃のはじまる一分前、当たり前だがマニラはいつものように、穏やかな午後の日差しのした、近代的建築物群が空の裾に居並んでいた。

いまはただ、暗褐色の山岳のような煤煙を背景として、熾火のような紅が地を覆っている。

学校も映画館も市場も役所も公園も、なにもかも、あの暗褐色の山岳のうちで一様に溶け落ちただろう。

人間はおろか、動物も虫も死に絶えたはず。

しかしキリングは砲撃を止（や）めさせない。

煤煙（ばいえん）と炎と溶岩が埋め尽くしたマニラをめがけ、執拗（しつよう）に砲撃をつづけさせる。

「まだ撃つのですか」

たまりかねて、シルヴェスタはキリングに問うた。

「みな、演習用標的を撃つのには飽きている。たまには本物を撃たせないと」

キリングは淡々と、そう返す。

「無駄弾に見えます」

「我々は過酷な航海を経てここまで来たのだ、こういう娯楽も必要だよ」

シルヴェスタは「ベヒモス」後方を振り返った。

単縦陣（じゅうじん）を組み上げて砲撃をつづける後続の戦艦群は、本当にこの破壊を楽しんでいるのだろうか。これは遊園地の射的ではなく、砲弾のむかう先に他人の生命と財産があることに気づいていないのだろうか。

――こんなのはクソだ。

心中だけで吐き捨てる。

なんらかの鬱憤（うっぷん）を晴らそうとするかのような、過剰すぎる艦砲射撃は三十分もつづいて、ようやくキリングはホレイショ艦長に尋ねた。

「主砲の砲身は問題ないかね」

ホレイショは慌てて、艦内電話で砲側の砲塔長へ状態を問い合わせる。

「できれば状態を確認したいそうです。五十二センチ砲に実弾を込めて、これだけ撃つのもはじめてなもので」

「そうか。このくらいにしておこう。砲撃終了」

シルヴェスタはTBSでキリングの命令を各戦隊司令官へ届け、ぴたりと砲撃が止む。

キリングの意志はTBSという神経回路を通じて、手足となる百九十七隻の軍艦たちへ伝えられ、新大公洋艦隊を一個の獣のように運動させる。これだけ巨大な艦隊がなめらかに連繫できるのは、TBSに拠るところが大きい。

キリングは据え付け式の双眼鏡をマニラへとむけて、砲撃の効果を確認。

「三十分間、艦砲射撃をつづけても、砲身のダメになった艦が一隻もない。良い予行演習になった」

煤煙の狭間に垣間見える「更地」を観察しながら、キリングはぼそりと呟いた。

「郊外にまだ建物が残っている。訓練がてら、横陣に移行して爆撃しよう。本番は東京だ。虫も生かさぬよう蹂躙せねば」

廃墟と化したマニラを遠望しながら、キリングは無感情にそんなことをつぶやいた。

「…………」

シルヴェスタは黙って、風に流される煤煙のとばりを見やった。

三十分前に存在していた近代都市は、マジシャンがマントを翻(ひるがえ)したかのように消え失せていた。支えるものを失ったコンクリートの土台が虚(むな)しそうに居並んでいるのを双眼鏡(そうがんきょう)で確認し、シルヴェスタは東京市民を気の毒に思った。

✝✝✝✝

六月二日、ホワイトハウス、大統領執務室――

「見るたびに美しく成長していく」

イザヤの写真が大きく載った新聞記事を片手に、カイルはご満悦の笑みをたたえた。

『連合艦隊司令長官に白之宮(しろのみや)イザヤ内親王(ないしんのう)殿下補任』

大きな見出しのした、第一種礼装に身を包んだイザヤの凜々(りり)しい立ち姿がある。

弱冠(じやつかん)二十一才の女性に日之雄(ひのお)の命運が託されたこの事件は、マニラ上陸作戦と同等以上にガメリア国内にも大きく報道され、反響を呼んでいた。

『相次ぐ敗戦に人材枯渇』『苦し紛(まぎ)れの登用』『国内の人気が後押し。王女殿下は生(い)け贄(にえ)の山羊か』……。記事はこの人事を揶揄(やゆ)する内容だが、イザヤの戦歴については一定の評価を下し、『イザヤ艦隊がいまだ決定的な敗北を喫していないのは事実であり、イザヤ・ザ・リヴァイアサンの勇名はガメリア海空軍にもとどろいている。軍歴は浅いが実戦経験豊富な司令長官は、新大公洋艦隊を相手に最後の意地を見せられるだろうか』と結ばれていた。

カイルの様子を眺めていたベリンジャー副大統領は、怪訝そうに尋ねる。

「そういえば白之宮提督とカイル閣下は面識があるのでしたな」

「あぁ、六年前、はじめて会った。彼女は留学生、わたしは投資家、パーティーで少し話したけれど、聡明な女性だった。それがいまや連合艦隊司令長官とガメリア大統領。なんとも不思議な運命だ。個人的には、電話で祝福したいところだよ」

「ガメリア大統領と敵国の司令長官が、戦争中に個人連絡ですか。それができたら夢のような話ですが」

——できるよ。わたしには個人回線がある。

という返事はもちろん告げず、椅子の背もたれに上体を預け、カレンダーの日付を確認。

「休暇はニューヨークへ行くよ。フォール街で遊びたい。なにかあったらよろしく」

それだけ告げて、ベリンジャーを追い出した。

カイルはひとり執務室に残って、鼻息をひとつ。

——いろいろ面倒くさい。

改めて、しみじみ、そう思う。

大統領になってみてわかったが、実に窮屈な職業だ。議会の監視があるから好き勝手にはできないし、大統領特権も振り回しすぎると野党に弾劾される危険がある。イザヤが欲しい、という個人的欲望を国策に挟み込んでいるのがバレたら、弾劾(だんがい)どころか火あぶりにされてもおかしくない。

――この先は、個人回線を使って慎重にいかねば。

回り道をしているが、最終的にイザヤが手に入るなら手を掛ける価値がある。なにしろ自分はイザヤの心身を手に入れるために、ここまで上りつめたのだから、詰めを誤りたくない。

「無理やり奪うのではない。きみはきみの意志でわたしのところへ来るのだ、イザヤ」

窓の外を見やりながら、カイルはそんな独り言を呟(つぶや)いた。

†　†　†

六月十日――

いざ、尋常に勝負。

ニューヨークの星空を切り取るエンパイアステート・ビルを見上げ、ユーリは今夜、一世一代の勝負に臨もうとしていた。

気合いのメイク、上下とも純白のビジネススーツ、いざというとき武器に使えるハイヒール。

エレベーターに乗り込み、八十五階へ。プレートもないカイルのオフィスは、もうすっかり顔パスだ。

ボディチェックを受けて、秘書のマリオンに笑顔で手を振り、トレーディングルームへ。

カイルはいつものように、スーツすがたでソファーに深く腰を下ろし、ワイングラスを傾けていた。

「やあユーリ。愛しているよ」

「あなたを尊敬してる。ビジネスマンとして」

ユーリも対面のソファーに腰を下ろし、ワイングラスを受け取る。

「お疲れ？」

「そう見えるかね」

「全然。いつもより元気そう」

これは本心だった。今夜のカイルはいつものけだるそうな雰囲気がなく、どことなく生き生きしている。

「いいことでもあった？」

「全くない。トラック攻略、マリワナ沖の圧勝、サイパンとフィルフィンの制圧。わたしが大統領に就任して連戦連勝、支持率は八五％を超えている。だがいまだ、きみはわたしのものになろうとしない」

二言目にはそれかい。……などとは言わず、優雅な微笑みだけを返す。

「イザヤが連合艦隊司令長官になったみたいね。新聞で見たけどすっごく美人になってた。また会いたいな、イザヤ……」

「戦争が終わったら会えるよ。きみとイザヤとわたし、三人で朝まで過ごせたらきっと最高に楽しい」

絶対にイヤです。……などとも言わず、ユーリは勝負に出る。

「それで？　イザヤと連絡取れた？」

カイルは横目をユーリへ送り、少し考えてから、

「公式の場で連絡はできないよ。日之雄（ひのお）の指導者たちに土下座させてからでないと、交渉ははじまらない」

「国と国じゃなくて。個人と個人の話」

そう言って、ユーリは微笑になにかを含ませる。

カイルは再び、ユーリへうろんな眼差（まなざ）しを投げ、

「きみとイザヤが友達なのは知っているが。戦時下で敵国の要人と接触が持てるほどのパイプがあるのかね」

ユーリはワイングラスを片手で掲げ、

「ケリガンと同盟組んでるし。パパの人脈もあるし。なにより、あなたの後ろ盾（だて）があたしにはある」

「………………」

「ガメリア大統領として伝えることのできない要求も、カイル・マクヴィル個人の要求としてイザヤに伝えることができるわ。あなたが望むなら、あたしがメッセンジャーになってあげる」

勝ち気な笑みをたたえるユーリを、カイルは黙って見つめる。

それからワイングラスをテーブルに戻し、ソファーの肘掛けに片肘を当て、頬杖をつく。

「どういう経路で連絡を?」

「ホワイトハウスと『ベヒモス』通信室を直接、無線で繋ぐの。それからあたしが『ベヒモス』に乗り込んで、日之雄近海から東京へトン・ツー電信を飛ばす。イザヤにあらかじめその旨を連絡しておけば、あなた個人の要求をイザヤ個人へ突きつけられる」

「…………………」

「たとえば……『きみがわたしのものになるなら、東京爆撃をやめてやる。要求をのむなら、ひとりで飛行船に乗って「ベヒモス」へ来い』……みたいな」

「…………………」

「公式の場でこんな要求したら国際的に大恥だし、そのあと弾劾されるでしょうけど。あたしを使ってイザヤと秘密の個人回線が繋がれば、あなたの意志をイザヤへ直接伝えることができる」

「…………見返りになにを?」

「オプション市場規制改革案の撤廃」

「…………」

「クロノードが稼ぎすぎて、規制がかかりそうで困ってるの。オプション市場はガメリアの未来よ、いま規制をかければ可能性の芽を摘んじゃう」

「…………」

「あなたはイザヤを手に入れて、あたしはフォール街を手に入れる。どちらにも損のない取引だと思うけど、いかが？」

ユーリは勝ち気な笑みをたたえてそう言い、長い足を組む。

カイルは頬杖をついたまま、じぃっとユーリを見つめる。

いつの間にかいつも張り付いている冷笑が消えて、表情は獲物を見定める狩猟者のそれへ変わる。

——迷ってる。

ユーリは自分の提案が、カイルをぐらつかせていることを確信。

——個人的願望と国策を秤に載せて、どっちが重いか測りなさい。

——あなたにとって一番大事なものはなに？

——大事なものを手に入れるために、すべきことはなに？

勝ち気な笑みをたたえたまま、ユーリは内心、懸命に祈る。

なぜなら、この先のカイルの返答に、ユーリの命がかかっているから。

——あたしの、正体にはも、もう気づいて、いるんで、しょ、う？

ユーリが日之雄のスパイであることに、カイルはおそらく気づいている。

そうでなければ、身体も許さない相手と六回もデートするわけがない。

ケリガン財閥に看破できたことは、ガメリア諜報機関にも看破できると考えるのが妥当だ。

——あたしに利用価値があるから泳がせていた。

——潜入スパイの利用価値なんて、敵国との秘密の窓口でしかあり得ない……。

そこまで読んだうえで、ユーリは「あなたとイザヤの個人回線になる」と機先を制して自ら提案した。

——どうする、カイル？

——ここであたしを捕まえるのが賢明かしら？

——個人回線としてあたしを生かしておくほうが、あなたにとって都合良くない？

内心で語りかけながら、ユーリはカイルの返答を待つ。

一方のカイルは、余裕たっぷりなユーリを見つめながら黙考に沈んでいた。

——この女、わたしに正体がバレていることに勘づいている……。

はっきりと言葉にはしていないが、おそらくは密偵の存在に気づいたのだろう。

カイルがユーリの正体に気づいたのは、個人的に雇った探偵事務所の調査によってだ。二回目のデート以降、複数人の探偵がユーリにつきまとい、そのうちひとりがエステラとユーリが暮らしているオフィスビル四階の外壁にへばりついて聞き耳を立て、その事実が判明した。

潜入スパイがフォール街で派手に活動していることに気がつかないなど、ガメリア軍防諜機関はいったいなにをやっているのだ、と呆れたものの、しかしカイルはすぐにユーリの利用価値に思い至った。

――ユーリは日之雄特務機関との連絡手段を持っている。

――ガメリア政府はそのことを知らない。

――それならユーリを使えば、わたしの個人的メッセージをイザヤへ伝えられる……。

だからこそ、六回目のデートに誘った。ホワイトハウスをすっ飛ばしてイザヤへ意志を伝えるための「カイル・イザヤ専用回線」にユーリを仕立て上げる目的で。

カイルの計画では、この場でユーリの正体を暴き立て、怯える彼女に優しく、「わたしとイザヤのメッセンジャーになってくれれば全てを見過ごす」と語りかけ、彼女を感動させておいしくいただく予定だった。

だが、いま。

ユーリからカイルの意図と全く合致する提案がなされた。

ユーリの目的は、フォール街でのカネ儲け。

――この女、任務よりクロノードを優先している……？

ユーリの開発したクロノードの躍進はめざましく、いまやクロノード事業本部長ユーリ・ハートフィールドはフォール街でもトップクラスの富裕層だ。潜入スパイの工作費など、クロノードの稼ぎに比べれば雀の涙。だからユーリはスパイとしての矜持より、フォール街での活動継続を優先している……のではないか。

――それゆえ、日之雄のスパイとしてはあり得ない提案を平気でしてくる。

敵でありながら味方、味方でありながら敵。

そういう存在を、なんと呼ぶか。

――二重スパイ……。

ようやくカイルはユーリの思惑に思い至る。

ガメリアの情報を日之雄に流しながら、ガメリア大統領の個人的意志を日之雄の首脳部へ連絡する二重スパイとなることを、ユーリは提案してきた。

それにより、ユーリはフォール街での活動を継続でき、カイルは政府に知られることなくイザヤを自分のものにできる。

ありか、なしか。

――わたしの目的はイザヤの心を手に入れること。

――日之雄がどうなろうが、ガメリアがどうなろうが、興味はない。

──わたしとイザヤが幸せになるために、なにをすべきか……。

自問の答えは、やがて出た。

頼む、頼む、頼む……。

神さま、あなたの存在など信じてませんが、もし万が一いらっしゃる場合はよろしければあたしに味方しろ……。

勝ち気な笑みの向こう側でそんなふうに必死に祈りながら、ユーリはカイルの答えを待った。

しばらく品定めするようにユーリを眺めていたカイルは、ソファーから腰をあげて天井に届くほど高い窓ガラスへ歩み寄る。

「きみを戦艦『ベヒモス』へ乗せるのに、どういう名目が必要だろうか」

ニューヨークの夜景を見下ろしながら、この国の王は背中越しに告げた。

ユーリは心中だけで快哉（かいさい）をあげると、そのやりくちを提案する。

「ホワイトハウス広報団、とかいって潜り込めないかな？　あなたの委任状付きで」

「……トン・ツー電信を送ると言ったが、それではつまらないな。イザヤとわたしが『ベヒモス』を介して音声連絡できるようにするべきだ。C3を先方へ届けることはできないのかね」

え？　と一瞬ユーリは驚いて、考え込む。

Ｃ３とはガ軍が開発した遠距離音声通信装置だ。短波を用いて双方向の交信が可能であり、五つのサブバンドを切り替えながら交信できるため盗聴されにくい。

「……日之雄にいるわたしのパパは持ってると思う。でないとケリガン財閥への連絡手段がないはずだから。それをイザヤが使えれば、ホワイトハウスにいるあなたと言葉のやりとりもできるけど……。ただ音声を中継する『ベヒモス』の通信室をあたしが自由に使えないと無理ね」

「わたしの権限があればどうとでもなる。『ベヒモス』通信長をわたしの都合の良い人間にすげ替えれば良いだけだ」

「……まあ、あたしが『ベヒモス』通信室でＣ３を使っていいなら、イザヤとあなたの交信はできると思う。……ただそれってガメリア軍にかなり迷惑が…………」

ユーリの答えに、カイルは鼻息を返す。

「個人回線のやりとりだよ。軍に迷惑をかけようがない。きみが会話を録音でもしない限り、問題はないと思うがね」

「……そんなことしないよ、あたしにメリットないし。……まあ、カイルがやりたいっていうなら、あたしに拒否権ないけど……」

カイルはユーリの傍らに歩み寄り、右手を差し出した。

「取引成立だね。よろしく、ユーリ」

差し出された右手を、ユーリも握り返す。

「よろしくカイル。これからはあたし、あなたの部下でもあるのね」

言葉のうちに「あたし二重スパイってことで、以後よろしく」の意味を込めると、カイルは穏やかな微笑みの底に本性を垣間見せる。

「なかなか複雑な立場だね。だがわたしは有能な女性はできるだけ手元に置いていたい。信用できる女性は約束の五倍の報酬を与えるし、裏切られると悲しくなって、わたしの悲しみを五十倍にしてぶつけてしまうからそこだけ気を付けて」

そうだね、そういうことしそうだね。チビりそう。

「連絡はマリオンに。細かい計画は彼女と詰めてくれたまえ。きみに会えて良かった、素晴らしい人材だ、きみのおかげで万事うまくいくと確信している」

カイルは満足げにソファーに上体を預け、ワイングラスをくゆらせる。

「では、晴れてわたしの部下になったユーリ・ハートフィールドくん。ここまでの活動の軌跡について教えてもらおうか。安心していい、ホワイトハウスには秘密にする。個人的に興味があるのだ、きみがいったいどういう目論見でこの国へ潜入し今日まで活動してきたのか、じっくり、ゆっくり教えてもらおう……」

まとわりつくようなカイルの言葉に、ユーリは心胆を凍えさせながら、

「それはもちろん、ボス。こうなったらもうなんでもかんでも喋っちゃうから安心して～」

能天気そうに言いながら、今夜は地獄だ、とおのれにむかって吐き捨てた。

——安心して。全部ウソつくから。

カイルになにを問いかけられようが、核心に触れるような真実は告げない。どうでもいい内容は事細かに話して聞かせ、レキシオ湾に工作船がいることや、本国との連絡手段など、肝心なことは「鳩を使ってる」「その鳩がこのあいだ全部死んだ」「あたし実は工作費でやりたい放題遊んでるだけ」などと全部ウソを話して聞かせる。

ユーリの話を信じているのかいないのか、カイルは面白そうに一連の話に聞き入って、隙あらばユーリの身体に触ろうとする。

——良かった、聞いてないや、こいつ。

もはや戦勝が確実となったいま、日之雄のスパイがこそこそ活動しようが大局に影響はないと舐めきっているのだろう。むしろ女スパイと飲む機会を楽しんでいるらしく、いつもより遥かにセクハラ発言が多い。隙あらば忍び寄るカイルの指先を交わしつつ、最終的に泥酔したふりをして罵声を投げつけてやると、カイルは大喜びで笑い転げる。

——このひとが変態で良かった……。

胸を撫で下ろしながら、明け方近くまでユーリはガメリア合衆国現役大統領へ薄汚いスラングを浴びせつづけた……。

三、リヴァイアサン

episode three

七月八日、箱根基地――

特に今夜は決戦が近いことを感じ取ってか、三百名以上の斬り込み隊員が訓練が終わったあとも居残って、自然発生的に宴会がはじまっていた。酒の匂いを嗅ぎつけて他の艦の士官や下士官も集まって、星空の下、第八空雷艦隊に所属する全員の宴会場になってしまう。

談笑するもの、歌謡曲を歌うもの、焚き火を焚いて踊るもの、笑いながら殴り合うもの、おのおのが勝手に楽しむなか、クロトも平祐らに引き留められて、その場にとどまって酒を飲んでいた。連日の訓練で疲れ果てた身体に冷たい酒が心地よく、なんとなくいつもより気分が良くなり、態度もいくぶん和らいでしまう。

「本当なんです！　ぼくら水兵はみんな、閣下のことが大好きなんです!!」

いつもよりやや酔っぱらっている平祐が、クロトにお酌しながら笑顔でそんなことを言う。

「……なにを言っている。面とむかって恥ずかしい台詞を言うな……」

真正面から直球を受け止め、ほろ酔いのクロトは目線を泳がせながら、まごつく。

「閣下が助けてくださったから、両殿下のあり得ないような写真がたくさん撮れましたし！

それに、双子の姉が見つかったのも閣下のおかげです！　わたしは、ほんとに、ほんとに、閣下に出会えたおかげで……」

平祐はそこまで言って、目に涙をたたえ、言葉をつづけることができない。

三年ほど前、マニラ沖海空戦において、平祐はクロトと一緒に轟沈寸前の「井吹」に残り、雲に隠れた見えない敵戦艦への雷撃を成功させた。そののち、敵に命中した二本の空雷の名前が「千恵」「多恵」であったことが日之雄国内で大きく報道され、結果的に平祐は身売りされた双子の姉と再会することができた。

「もう思い残すことはありません！　絶対、わたしが閣下をお守りしますから！　わたしの命は、黒之閣下に差し上げますから！」

感極まった平祐は、涙をぽろぽろこぼしながらそんなことを言う。

クロトはイヤそうに顔を歪め、

「バ、バカ、やめろ、こっぱずかしい。お、おれは別に、お前が死のうが生きようが関心なんてこれっぽっちも……」

顔を真っ赤にして、唇をすぼめ、語尾を湿らせる。いつもなら怒鳴りつけるはずだが、酒の影響か、クロトの反応がいつもより素直だ。

それを察した水兵たちが、堰を切ったようにクロトを讃えはじめた。

「風之宮殿下の水着写真、我が家の家宝になっております！」「あの写真は黒之閣下がいらっしゃったからこそ撮影できた、珠玉の一枚であります！」

かつて海水浴中のイザヤとリオを盗撮するため、クロトが作戦を立案し、結果的に失敗したもののリオの好意で一枚だけ、リオの水着写真を撮ることができた。リオが行方不明になったいま、写真のなかの笑顔が眩しい。

「風之宮殿下は生きておられると信じます！　きっと速夫が助けて、どこかの島で生活しているに違いありません！」

根拠のない希望を謳う水兵の傍ら、小倉料理長がクロトの傍らへ這い寄ってきて、

「我らミュウちゃん倶楽部、死ぬまで閣下に忠誠を誓いますっ！　閣下のおかげで、我らの破廉恥スーツを戸隠少尉が着てくださり、笑顔でピースしてくださいました！　もはや今生に未練はありません、必ず『ベヒモス』の烹炊所を乗っ取って、ガメリア料理を山ほど作ってごらんにいれます！」

酔っ払いすぎて本人もなにを言っているのかわからない様子だが、クロトはまた決まり悪そうに目線を泳がせ、

「だ、誰もそんなこと頼んでおらん……。そんなもん、されても全然うれしくない……」

ぶつぶつと誰にも聞こえない小声をこぼすのみ。

「あんな破廉恥なスーツを白之宮殿下に着せただけでも、黒之閣下は世界一の偉人です！」

「お、おれ、地味に両殿下の浴衣写真が大好きで！」

「白之宮殿下の破廉恥スーツ写真、実家の連中がありがたがって！　仏壇に入れて毎朝、手を

合わせてるそうです！」

面と向かって褒められ、クロトは頬を真っ赤にして、口元を波打たせる。

「お、おおげさすぎる……。おれは別に、ヒマだったからやっただけで、お前らのことなんてなんとも……」

するとへいすけが笑顔をクロトに近づけて、

「そんなこと言って！　ほんとは黒之閣下も、ぼくたちのこと大好きですよね⁉」

直球を投げつける。

あわっ、とクロトは口をひらいて、

「ち、違うっ、そんなわけあるかっ」

裏返った声で、手を左右に振って否定する。

「またまた――。素直になりましょうよ。ぼくらはみんな、黒之閣下が大好きですから！」

「な、なに言ってる、バカか、お、おれはお前らのことなんか全然なんとも……」

「閣下――っ！　これまで本当にありがとうございま――す‼」

「閣下のおかげで、おれたちまだ生きてま―――す‼」

「今日まで勝ちつづけてこれたのは、黒之閣下のお力ですからっ‼」

クロトの反論をさえぎって、酔っ払った水兵たちは本心を叫ぶ。

開戦から三年。

幾度も地獄のような状況を、ここにいる全員で乗り越えてきた。マニラ沖で味方の飛行戦艦が全滅したときも、インディスペンサブル海峡で味方の海上艦隊が滅多打ちにされたときも、ソロモンで圧倒的な敵艦隊にこちらから殴り込みをかけたときも、全てクロトが乾坤一擲の策を捻出してかろうじて勝ち残ってきたことを、ここにいる全員が知っている。

だから。

「最後まで黒之閣下と戦います！」

「ここまで生きられただけで儲けもんですし！」

「両殿下の写真がたくさん手に入りましたし！」

「おれたち、黒之閣下の作戦なら、命かけますし!!」

思い切り本心を投げつけてくる。

いつもなら即座に怒鳴りつけるか、その場から逃げ出すはずのクロトだが、酒の影響なのか胸の奥から熱いものがこみあげてきて、不覚にもまなじりがうるんでしまう。

「お、お前ら、おれを泣かそうとしているなっ。バカ野郎、おれはそんなんで泣かないぞ、おれを甘くみるなあっ」

かろうじて張り上げた声も、いつもの勢いがなく、かすれてしまう。

水兵たちは破顔して、ついにクロトの身体をみなで持ち上げ、その場で胴上げをはじめてしまう。

「わっしょい、わっしょい！」「閣下、閣下！」「わっしょい、わっしょい！」

またたくまに三百名が集まって、入れ替わり立ち替わり、クロトを空中へ放り上げる。

「やめろーっ」

クロトの悲鳴に構うことなく、水兵たちは口々にクロトを讃えながら、胴上げをやめない。

「閣下かわいい！」「閣下最高！」

「お前ら、舐めんなーっ!!　准将を舐めんな――っ!!」

「閣下！　閣下！」

水兵たちはクロトの要求など聞くことなく、入れ替わり立ち替わり、クロトを空中へ投げ上げつづける……。

バカ騒ぎはいつ果てるともなくつづき――

力尽きた水兵たちがあちこちで、兵舎へ戻ることなく、訓練場に横たわって寝息を立てていた。

「むにゃむにゃ、殿下……」「姫さま、姫さまぁ、Ｚｚｚ……」

それぞれの夢に沈むなか、ボロボロになるまで弄ばれたクロトは、死んだ魚の目をして地面に横たわっていた。

結局失神寸前まで胴上げされ、そのあとも各員に酒を飲まされ、わけのわからない歓呼を浴びつづけた。こいつらは本当に自分を尊敬しているのか、単におもちゃとして遊んでいるだけなのか、よくわからない。

「くそっ。ふざけおって……」

クロトは上体だけ持ち上げ、周辺で死体みたいに寝転がっている水兵たちを見回し、深く大気を吸い込んでから頭上の星空を見上げる。

悠久の静寂のした、水兵たちの寝息が聞こえるのみ……ではなく、まだ元気を持て余している水兵がふたり、なにごとか言い合いながら殴り合いをしている様子。

酔い覚ましに見物しようと、クロトは起き上がって、殴り合うふたりへ近づく。

野太い声が、宵闇に響く。

「空雷科など、ひっこんでいろ！」

影のひとりが笑いながらそう言って、拳を見舞った。

ぐふっ、と呻き声。いま殴られた相手が、今度はにっかり笑って、拳を握り込む。

「砲術科ってな、その程度か」

そう告げて、お返しの一撃。

「ぐぅ……っ」

殴られたほうが、また笑顔を作り直してお返しの拳を振るう。

する。

「ぬ……っ」

普通の人間なら一撃で失神するであろう、まるで岩を持って殴っているような重い音が交差する。

クロトはふたりからやや離れた位置で、それを見物。

満面の笑みを保ったまま、律儀に一発ずつ交代で殴り合っているのは、空雷科の鬼束兵曹長と、砲術科の藤堂兵曹長だった。

「空雷科の分際で……!!」

「砲術科のくせに……っ!!」

周辺の水兵に事情を尋ねると、接舷斬り込みの際、最初に艦橋へ飛び込む役を鬼束と藤堂が奪い合っているとのこと。

今回の作戦において、最も危険なのは艦橋の階段を駆け上がる斬り込み役だ。生きて帰れない公算が最も高い役割を、ふたりは互いに譲ろうとしない。

鬼束を相手に、ここまで殴り合うことのできる人間が存在するのかと、クロトは静かに感心していた。藤堂とは今回の斬り込み演習ではじめて会ったが、任務に忠実で男気のある優れた下士官として認識している。

「お前は空雷だけ撃っていろ!!」

「お前こそ、砲だけいじってろ!!」

ふたりは笑いながら、楽しそうに殴り合う。

殴打音がしばらくつづいて——。

「うぬ……っ」

顎に一発くらった藤堂は、地面にうつぶせに倒れ込んだまま、起き上がることができない。意識はあるものの、脳が揺れて身体がいうことをきかないらしい。

「……当たり所が悪かった。たまたまだ、たまたま……」

藤堂の悔しげな言い訳を鬼束はにっかり笑って見下ろし、

「決まりだな。艦橋斬り込み役はこのおれだ」

周辺を囲んでいる水兵たちへそう宣言し、歓声と拍手を受け取った。それから倒れ込んだ藤堂が起き上がるのを手伝い、

「なかなか楽しかった。さっきからずっと風景が回っておるわ。また今度やるか」

褒めると、藤堂はぼこぼこに腫れ上がった顔に悔しさを差し込む。

「くそっ……。バカ力が……。殴り合いで負けるのははじめてだ……」

鬼束は肩を組んで藤堂をなだめ、手当てしようと駆け寄る水兵を片手で払いのけると、ふらりと歩いてその場を離れようとしたところで、クロトに気づいた。

「おぉ、黒之閣下！　見ておられましたか!?　空雷科は砲術科より強い!!　よくわかったでしょう、わははは!!」

いつものように必要以上の大声を張り上げ、ふんぞり返る。

クロトはイヤそうに表情をひん曲げ、

「各員の配置はおれが決める。お前らが勝手に決めるな」

「まあまあ、良いではありませんか！　この鬼束が閣下をお守りし、必ず階段を駆け上がって司令塔までお連れします！　どーんとお任せください!!」

クロトは黙って、月明かりに晒される鬼束の腫れ上がった表情を見つめた。

——なぜそれほど、盾になりたがる。

——死ぬのが避けられん役目なのに。

酒の影響か、クロトの胸の奥にまたなにかが沁みる。

ここにいる人間たちとバカ騒ぎするのも、もしかするとこれで最後かもしれない。

鬼束とはこの三年間、士官と下士官の関係ながら、どうでもいいことで必要以上に張り合ってきた。どこかクロトを小馬鹿にした態度が気に入らず、階級を振り回して罰則をくれてやろうかと何度も思ったが、それをやったら鬼束に負けたような気がするのでやらなかった。

下士官兵を統率するのに、鬼束以上の人間はいなかった。

筋骨隆々で全身傷だらけ、仁王さまのように恐ろしげな風貌で、そこに佇んでいるだけで水兵たちは鬼束のいうことを聞く。戦闘中も命を顧みない活躍ぶりで、マニラ沖海空戦では瀕死の重傷を負いながらクロト、平祐を手伝って空雷発射管を旋回させ、敵飛行戦艦を轟沈させる戦果をあげた。

鬼束はその背中だけで水兵を従えることのできる人間だった。

普段の言動、立ち振る舞いに自然な説得力があるから、下についた人間は黙って言うことを聞く。そのすがたは見習うべきものがあり、クロトも階級ではなく、おのれの言動の説得力で鬼束という人間を従わせたかった。

この反抗的で偉そうな男とも、いつまで張り合っていられるのかわからない。

いま間違いなくいえることは、いま目の前にいる人間がいつまで生きているかわからない、それだけだ。

「飲むか」

珍しく、クロトから誘った。

「おぉ、いいですなあ!! わっかりました、とことん飲みましょうや、黒之閣下!!」

ぼこぼこの顔面の底で破顔して、鬼束は自分の酒瓶を掴むと、きらめく星のしたをふたり並んで、歩きながら酒を飲む。

「いだだだだ」

何度も重い一撃をくらい口のなかがズタズタに切れているため、酒瓶をあおるたびに鬼束は笑顔で痛がる。

「よくその状態で酒が飲めるな」

「なあに、黒之閣下と飲めるならこれしき、いだだだだ」

「アホとは知っていたが、そこまでとは」

イヤミを紡ぎながら、クロトもわずかに酒をいれつつ、適当な場所であぐらを組んで座り込み、一息ついた。

「…………………」

クロト自身も、なぜ鬼束とふたりで話したいと思ったのかよくわからない。酒の影響は間違いないが、なにかの機会にそういうこともできるといいな、とは心の片隅で思っていたかもしれない。

「わたしはずっと黒之閣下がうらやましくてうらやましくて！　ほんっとーに、うらやましくて仕方ないのです！」

当の鬼束はクロトの感傷など気づくことなく、いつもの大声でそんなことを言ってくる。

「白之宮殿下と幼なじみで！　あんなに仲良くプロレスもできて！　ちくしょう、いいなあ、いいなあ、といつも寝床で悔しがっております！」

「……知るか。……おれとて、望んであいつと知り合ったわけではない」

「恵まれすぎであります！　なんで閣下なんでしょうね、なんでおれじゃないんでしょうね、ちくしょう、おれもイザヤ殿下と幼なじみになりたかった！」

そんなことを言われても、クロトにはどうしようもない。

肩をすくめ、酒瓶を傾けながら、

「待遇に不満でもあるのか。かなり好き勝手にやらせているつもりだが」

「いえ、そこに不満はありません！　どの軍艦に乗っても嫌われ者だったわたしを拾い上げてくださったのが白之宮殿下ですから！　殿下が連合艦隊司令長官となられたいま、わたしはおのれの全てを今回の作戦に捧げる所存であります！」

そう言って、わははは、と笑う。

クロトは顔をしかめ、

「……必要以上にでかい声を出すな。やかましい」

「わたしの声は鍛えておりますからなあ。そうそう、黒之閣下も昔よりはだいぶ、声が出るようになってきましたな！」

「……貴様に何度もバカにされたからな。……まだまだ発展途上なのはわかっている、だがそのうち必ず貴様を超える」

「さすが閣下！　昔の宣言をいまだ忘れぬ心意気、この鬼束、心底感服しております！」

面と向かって褒められ、クロトは気に入らなそうに眉根を寄せ、酒をあおる。

三年前に着任したばかりのころ、鬼束には「声が小さい」と何度もバカにされ、悔しくて「いつかお前よりでかい声を出してやる」と宣言し、以来ヒマがあれば水兵にまじって発声練習を繰り返し、大声が出せる肉体を作り上げてきた。あのころに比べると発声はずいぶん上達したが、しかし古参兵の鬼束にはいまだとても敵わない。鬼束の声が雷鳴だとしたら、クロトのは鶏の鳴き声だ。

「…………？」

と、おもむろに鬼束が居住まいを正し、

「黒之閣下、僭越ながらご注進よろしいでしょうか!?」

「お互い酔っ払っておりますし、男ふたり、誰もほかに聞くものもおりませんし、無礼は承知でこの鬼束、どうしても閣下に直接言いたいことがあるのです！」

「……貴様が無礼なのはもう慣れた。……言いたいことは言え」

促すと、はは──っ、と大仰にかしこまってから、鬼束はおもむろに言った。

「白之宮殿下は、黒之閣下のことが好きです！」

そう言われ、すてん、とクロトはあぐらをかいたまま上体だけで横に転ぶ。

鬼束は構うことなく、言葉をつづける。

「本当に殿下の気持ちに気づいておられないのですか!?　だとしたら閣下はよほどの唐変木ですぞ!?　作戦を考えることはできても、幼なじみの気持ちを考えることはできないのですか!?」

鬼束は笑いながら、無遠慮にクロトの中核へずけずけと土足で踏み込んでくる。

よこざまに転んだまま、クロトはなにも言わず遠い目をするのみ。

「どうなんですか!?　なにゆえ手を出さないのですか!?　このままでは白之宮殿下は皇王家の

しきたりで強制的に、どこぞの身分しか取り柄のない男のものになりますぞ!?」

クロトはますます遠い目をしたまま、かぼそい声で諭す。

「……内親王とはそういうものだ。おのれの意志に関わりなく、皇王家が取り決めた相手と婚姻する」

「納得いきません!!」

「……知るか。だいたい、貴様も知っているとおり、おれはかつてあいつを相手に大逆事件を起こしている。死刑になってもおかしくない罪人が、生きてあいつの傍らで参謀をしているだけでも問題なのだ。これ以上あいつに余計なことをしでかしたなら、八つ裂きにされても文句はいえん」

クロトの言葉どおり、イザヤとリオの名前は全国民が知っていても、大逆事件という前科のせいで、作戦参謀黒之クロトの名前を国民は誰も知らない。

「そんなことは、気にすることはありません!」

「……お前は気にしないだろうが、国民の九割九分九厘は気にするのだ。もういい黙れ、貴様がアホなのは改めて骨の髄から理解した」

鬼束は酒瓶をあおって、ひと口でからにすると、そこらで寝転んでいた水兵の摑んでいた酒瓶を奪い取ってラッパ飲みする。

そして口元を腕で拭いながら、目を血走らせ、

「いかん、いかんですぞ、閣下。このままではいかんです。このまま作戦がはじまって閣下が死んでしまえば、白之宮殿下がかわいそうすぎます」

クロトはなんとか横倒しの上体を元へ戻し、イヤそうに溜息をつく。

「……貴様に心配される筋合いはない」

「いやいや、誰かが心配せねば、白之宮殿下があまりに哀れで」

「お前がするな」

「いやいやわたしが」

「するなと言っているのだ、バカ」

「わたしが心配せねば、ほかにしてあげるものもいませんので」

「誰も頼んでおらんわ、バカ」

「バカバカいうほうがバカですぞ、閣下」

「上官にむかってバカとかいうやつがバカだ」

しょうもない押し問答が飽きることなく繰り返され。

ふたりとも周辺に散らばった一升瓶を拾い上げてはぐいぐい飲みつつ。

小一時間ほど経ったところで、泥酔へ陥り。

「お前、アホかあ!!」

完全に酩酊した鬼束は、上官を怒鳴りつける。

「うるせえアホ。アホっていうやつがアホだ」

静かに酩酊したクロトは、小学生じみた罵倒(ばとう)を返す。

「イザヤ殿下は、お前のことが好きなのに!!　内親王(ないしんのう)がどうとか事件がどうとか、細かいことぐちゃぐちゃ言ってんじゃねーよ、バ——カ!!」

「うるせえバカ!!　お前には細かくても、世間にとっては細かくないのだ、バカ!!」

クロトも珍しく泥酔し、八重歯も剝(む)き出しに罵声(ばせい)を返す。

鬼束はぎりぎりと歯がみしながらクロトを睨(にら)み、はぁ————……っとイヤミたらしく溜息をついて、

「……お前よう。……あんな美人で優しくてかわいい子に好かれててよう。……そんなくだらねえこと理由になにもしないなんてよう。バカなの?　アホなの?　唐変木(とうへんぼく)にもほどがあるだろ、あんないい子、世界中探したって見つからねーよ……。お前もイザヤ殿下のこと好きなんだろ?　見てりゃわかるよ、お前ら、どう見たって好き同士じゃねえか。それなのに血筋しか取り柄のねえどっかの無能に取られるの黙って見過ごすのかよ、信じられんわ、バカだねえ。アホだねえ……」

訥々(とつとつ)と、面とむかって悪口を言い始める。

クロトもさすがにこみかみに血管をたたえ、

「そんなもん、お前にどうこう言われる筋合いはないわ!　皇王家に生まれたものの定めだ、

二千六百年の歴史において内親王が自分の意志で配偶者を決めたことはない！」

「そんなルール、ぶっ壊しちまえよ、バカ‼」

「二千六百年つづいた慣例が、簡単に壊れてたまるか、バカ‼」

「いいんだよ、ルールも規則も憲法も、全部ぶっ壊していいんだ‼」

「お前に許可されてもなにも変わらんわ、バカ‼」

荒く息をつきながらクロトが反論すると、鬼束は三度ほどこれみよがしな溜息を連ね、アホの子に言い聞かせる親のような表情をする。

「……あのなあ。……仕方ねえ。……この世界の秘密を特別にお前に教えてやる。人生の先達のありがたい教えだ、つつしんで拝聴しろ」

およそ上官に対する言葉とは思えないが、クロトはふんぞり返って正面から受け止める。

「ほう。面白い、言ってみろ。その代わりくだらん内容なら死ぬほど論破してやる、覚悟して言え」

「論破だと？　無理だね、おれがいうのは真理だ。お前のしょぼい屁理屈ではかすり傷ひとつつけられん、人類がこの世界に生まれ出て以来脈々と受け継がれてきた絶対の真理だ」

「アホの分際でもったいぶるな、さっさと言え、文脈ではなく文節レベルで論破してやる」

クロトの挑発を受けて、ごほん、と鬼束は一度咳払いしてから、ぼこぼこに腫れ上がった顔を引き締める。表情がわかりづらいが、どうやら真面目な顔をしているらしい。

たっぷりもったいぶってから、鬼束はふんぞり返って言った。

「男の子はな、好きな女の子のためなら、世界をぶっ壊していいんだ」

「…………」

「以上。勉強になったな。誰にも言うなよ。お前がヘタレすぎるから特別に教えてやった、この世界の隠された秘密だ」

鬼束はしたり顔でそう言って、大真面目に頷く。

クロトは何度も目をしばたきながら、鬼束を見る。

しばらくの静寂があり――

クロトは真剣な表情を鬼束にむける。

「お前は、女と世界を秤にかけて、女に傾くのか」

「当たり前じゃねえか」

「お前だけだ、そんなやつ」

「バカ野郎、好きな女がいる男、全員そうだよ」

「ただの犯罪者ではないか。女ひとりのために世界をぶっ壊していいなら、世界がいくつあっても足りんぞ」

ふん、と鬼束は鼻を鳴らす。

「話が通じねえなあ……」

「通じてたまるかそんな話。いくらなんでもアホすぎる」

「………これだけ言ってもわからねえか。絶望的だねえ。お前だってほんとはイザヤ殿下のこと好きなくせに」

「勝手に決めつけるな、バカ野郎。いまは戦時だぞ、お国のためにみながなにかを犠牲にしているのだ、個人的感情などにかまけていられるか」

「あぁ？　お前が国とか国民とか気にするタマか？　イザヤ殿下より国のほうが大事だってか、ウソつけバカ野郎」

「……なんなんだお前は、二言目にはイザヤイザヤと」

面倒臭そうに文句をつけると、いきなりぐしゃっと鬼束の表情が歪んだ。

「しょーがねーだろーが惚れてんだから!!　ちくしょう、お前になりてーよ!!　おれがお前だったらいまごろとっくにイザヤは幸せなのに、なんなんだよちくしょう!!」

「お前がなんなんだ。いきなり泣くな。気色悪い」

「おーい。おーい。ちくしょーーっ。こんなやつのどこがいいんだよ、イザヤーーっ」

「呼び捨てにしておる。どうでもいいが泣くな、うるさい」

ぼこぼこに腫れ上がった顔の底から、鬼束の涙がとうとうとこぼれてくる。

本当にイザヤのことが大好きで、クロトがうらやましくて仕方ないらしく、愚痴とも文句ともつかないことを言いながら、鬼束はひとりで勝手に泣く。どうやら泣き上戸だったらしい。

「知ってはいたが、想像を超えてアホだなお前。全人類アホトーナメントに出場したら全試合秒殺ノックアウトで優勝するくらいにアホだな」

「うるせえ、バカ!!　お前になにがわかるってんだよ、ちくしょう、おれと代われよヘタレ野郎、おれがお前ならいまごろとっくにあんなんなったり、こんななったり、ちくしょ――っ」

ひとりでわめき散らしながら怨嗟の声をあげる鬼束を、クロトは遠い眼差しで眺めることしかできない。どうしたものだか、と呆れていると、遠くから通信員がクロトの名前を呼びながら駆けてくる。

「黒之准将、おられますか、黒之准将――っ」

なにかを予感し、クロトは立ち上がって兵を呼ぶ。

「良かった、起きておられましたか、失礼、はぁ、はぁ……」

荒く息をつく通信員を見やりながら、クロトはすでに、なにが起きたかを悟っていた。

「……来たか」

「……はっ！　南大東島より入電！　新大公洋艦隊接近。戦艦十八。輪形陣十四。戦列艦多数、輸送船多数、針路三百四十度、速力二十四ノット。目標は日之雄本土と目される……！」

うむ、とクロトは頷く。南大東島は沖縄の東方四百キロメートルほどに浮かぶ小島であり、フィルフィンから日之雄本土を目指す航路に位置している。

――日之雄本土を空襲する気か。

——新大公洋艦隊の爆弾積載量であれば、日之雄の主要都市は全て灰燼に帰す。

——欧州戦線が悪化したため、カイルは決着を急いでいる……。

クロトは敵艦隊の企図を推察し、通信員へ告げる。

「日吉台へ行く。車の用意を」

まだ酩酊している鬼束は、通信員の報告に気づくことなく、

「なんだちくしょー、どこ行くんだてめ——っ」

「うるさいバカ、お前はひとりでわめいていろ」

クロトはきびすを返し、箱根基地の管制塔を目指して歩いていく。

——ついに来るべきときが来た。

月明かりが照らし出す基地内は、深夜にもかかわらずひとの往来が活発だ。新大公洋艦隊接近の報を受けて、大気にまで緊張感が沁みている。

——最後の決戦だ。

自らにそう言い聞かせ、クロトは車寄せの自動車に乗り込み、イザヤのいる日吉台の連合艦隊司令本部を目指す……。

✝✝✝

「もう見つけてくれたかな」

七月九日、午前九時、南大東島北方、二百四十海里――

合衆国艦隊司令長官、アーロン・E・キリング大将は新大公洋艦隊旗艦「ベヒモス」艦橋司令塔にて、そう呟いた。

「これだけ盛大に電波を打てば、気づかないほうがどうかしています」

その傍ら、新大公洋艦隊指揮官、シルヴェスタ・ヒッキー中将は辟易した様子で返事する。

キリングの命令どおり、新大公洋艦隊は針路を欺瞞することもなく堂々と、マニラ・東京間を最短で結ぶ航路を飛行中。侵攻の際にはおよそ使われることのない「表通り」を、電波管制も敷くことなく活発に交信しながらの進撃だから、とっくに敵には新大公洋艦隊の位置も針路もバレたはず。

「せめて従軍記者団の電信は止めるべきでは」

シルヴェスタの詰問に、キリングは目線を前へむけたまま、

「きみとの航海は実に楽しいよ、ヒッキー提督。きみは遠慮と忖度を知らない、実に優秀な将校だ。プリムローズは口答えしないし、ドゥルガは頭が悪いし、シアースミスは腹の底で文句を垂れるだけで口には出さず、ちっとも面白みがなかった」

マニラ沖海空戦で敗れて更迭されたプリムローズ、インディスペンサブル海空戦で瀕死の重

傷を負ったドゥルガ、そしてソロモン沖で戦死したシアースミス。これまでイザヤ艦隊の前に惨敗を重ねた三人の提督の名前をダシにして、キリングはシルヴェスタ提督を褒める。

「光栄です。それで、表通りを笛や太鼓を奏でながら行進する意味とは？」

「敵は正面から一度にまとめて出てきて欲しい。ちまちまと後ろに回られるのが最も困る」

「…………」

「残存する敵水上戦力が散開してこちらの補給線を狙ってくると厄介だ。だから笛や太鼓を鳴らしながら乗り込むのだよ。戦力をまとめて戦えば、太刀打ちできるのではないか……と敵が希望を抱けるようにね」

シルヴェスタはキリングの企図を察する。

マニラ・東京間、約三千二百キロメートルを総隻数百九十七隻もの超巨大飛行艦隊が一斉に飛行するだけでも、石油の消費量は天文学的な数字になる。そのため艦隊と本拠地を結ぶ補給線を狙われると、下手をすれば百九十七隻が立ち往生する危険もあり、大変困る。

だから、あえて敵に本隊を晒し、狙いやすくする。

本来は後方へ回すべき戦力を、こちらの正面に誘致するために。

「敵が誘いに乗ってくれると良いですが」

「マリワナ沖では充分、わたしの期待に応えてくれたよ」

実際に連合艦隊は「大和」「武蔵」を過信し、新大公洋艦隊を相手に昼間の砲撃戦を挑んで壊滅した。

「同じ過ちを繰り返してくれると良いですが。現在の連合艦隊司令長官は白之宮イザヤ提督、参謀長は恐らく黒之クロト中佐。こちらの企図を看破してくる危険があります」

「見破ることができても、なにもできんよ。せいぜい、昼間の攻撃は控えて夜間に望みをかけるくらいだろう」

「マニラ沖とソロモンでは、夜にやられました。わたしが敵の指揮官だとしても、夜間雷撃を選びます」

「そのための輪形陣よ。一度や二度の雷撃では突き崩すことのできぬ軍艦の壁が、飛行戦艦を守る」

飛行戦艦一隻を中心に、半径二キロメートルほどの円周を描く飛行駆逐艦と巡空艦の壁。日之雄に残された、たった八隻の飛行駆逐艦では、どう頑張っても輪形陣を突き崩すので精一杯、本丸の飛行戦艦には届かないだろう。

「第八空雷艦隊を壊滅させれば、あとは無人の野を行けば良い。東京、横須賀、名古屋、大阪、舞鶴、神戸、呉、博多、佐世保……。主要都市と軍港を壊滅させ、港湾に機雷を播いたならこの戦争は終わりだ」

キリングの言葉に、シルヴェスタも頷く。

キリングの目論みどおり、これだけの戦力差があれば、多少は常道を外れても問題なく勝てる。敵の海上艦は軽巡と駆逐艦が残るだけで、飛行艦隊に対しては全くの無力。こちらが懸念すべきはたった八隻の飛行駆逐艦のみ。総隻数百九十七隻の新大公洋艦隊がやるべきは正々堂々、笛や太鼓をかき鳴らしつつ真正面から蹂躙すること、それのみ。

と、司令塔直下の通信室から電話が入った。

ホレイショ艦長が出ると、二週間前に着任したばかりのマグノリア通信長からだった。

『マクヴィル大統領から入電です。「トーキョー・バーベキュー作戦の成功を祈る」。どのように返信しますか?』

ホレイショは苦笑して、大統領からのメッセージをキリングに伝える。

キリングは苦々しい表情で舌打ちし、

「我らの手綱を引いているつもりか、若造が」

今回の作戦においては、ホワイトハウスから直接、「ベヒモス」へ電信連絡が入ることがキリングは気に入らない。それはつまり、ワシントンにいるカイルが新大公洋艦隊を遠隔操作できるということだ。

「いまのが返事でよろしいですか?」

ホレイショ艦長が真顔でとんでもないことを言う。キリングは顔をしかめ、

「『間もなくシャンパンをあける。貴殿の不在を悲しむ』とでも返事しておけ」

ホレイショはその返信を階下のマグノリアに伝え、電話を切る。

「マクヴィル大統領は、作戦中もホワイトハウスから我々を操縦するつもりでしょうな」

シルヴェスタの懸念に、キリングは頷く。

「あの若造、今回の作戦には妙に首を突っ込んでくる。突然マグノリアをねじこんでＣ３を設置したのもヤツだ。なにを企んでおるのやら」

トーキョー・バーベキュー作戦と名付けられたこの侵攻作戦に関して、やたらホワイトハウスからの介入がある。通信室には遠距離音声通信装置Ｃ３が設置され、いざとなればカイルから音声連絡もありそうだ。艦内にはホワイトハウス広報団も入り込み、大統領の委任状を振り回して自由行動を楽しんでいるとか。

「多少の介入は受け入れるしか。この艦隊もマクヴィル大統領が作ったもの、生みの親には言いたいこともあるでしょう。それより懸念すべきは、一般市民に爆弾を落とすことかと」

シルヴェスタの言葉に、キリングは無感情な返事を投げる。

「まだ言っているのかね。飛行艦隊の進軍は遅い。逃げる時間は充分ある。賢明な指導者なら、市民たちを避難させるよ。我々が気に病むことではない」

「日之雄の指導者が賢明でなかったら？」

「そんな指導者を選んだ市民が悪い」

言い方は様々だな、と若干呆れながら、シルヴェスタはそれ以上言葉をつづけなかった。

市民の虐殺は気が進まないが、先日、カイル・マクヴィル大統領から直々に、大都市への無差別爆撃を許可する命令書がキリングのもとへ届けられた。大統領の命令であれば、軍人は実行するしかない。

とはいっても。

――気の重い旅路だ……。

シルヴェスタは良心の疼(うず)きを覚える。軍人が軍人を相手に戦うのが戦争であって、一般市民を殺すのはただの殺人だ。市民が戦争経済を支えているのは確かだが、だからといって爆撃するのは人道に反する。

だがシルヴェスタがいくらここで悩んでも、大統領令には逆らえない。

――日之雄(ひのお)の指導者が、早めに降伏するのを願うしかない。

それだけ祈って、シルヴェスタは行く手の空を見つめた。

「そろそろ船員に目的地を告げても良いのでは」

ホレイショ艦長がそんなことを言ってくる。新大公洋(だいこうよう)艦隊に乗り合わせた水兵たちはまだ誰も、この艦隊の目的地を知らない。

「そうだな。士気もあがるだろう」

キリングの言葉を受けて、ホレイショはにこやかに艦内放送マイクを握った。

一方、同「ベヒモス」艦内――

二千七百名以上の船員が生活する巨大飛行戦艦の内部には、小さな街がある。

船体中央付近の「シティ」と呼ばれる一区画に、服屋、靴屋、洗濯屋、郵便局、美容室、薬局、売店、アイスクリーム屋などがずらりと揃い、非番の水兵たちが退屈しのぎを求めて集まっている。

「なるほどー。やっぱり旗艦に乗り込んでいる士官ともなると、責任の重みが違ってきますものねー。すごいです、感心しちゃいます」

あからさまなお世辞を並べているのは、ベレー帽をかぶり、眼鏡をかけて、ホワイトハウス広報局員に扮したユーリだった。録音機材を肩に提げ、片手のマイクを相手にむけて、官姓名を尋ねる。

「艦橋通信室のハワード・イーガン中尉ですね。ありがとうございます！　あの、あとで艦橋へコメントを取りに行ってもいいですか？　できれば通信室内部の様子も取材したくて。ガメリア政府発行の広報誌に大きく取り上げられますから、協力お願いします！」

朗らかな笑顔で頼み込み、イーガン中尉の了承を受け取って、心中で盛大にガッツポーズ。

――やったぜ。通信科と繋がれた。

艦橋通信室の士官と知り合いたくて、二日前から「シティ」で張りつづけ、ようやくいましがた目的を達した。次は取材するフリをして、マグノリア通信長と接触したい。

行き交う水兵たちは、ちらちらとユーリのほうを見る。

数は少ないが、艦内には女性もいる。ほとんどがシティの店員だが、まれにびしりと軍服を着込んだ女性士官も闊歩している。だからユーリが広報局員という触れ込みでここにいるのは、それほど不自然というわけでもないが。

「姉ちゃん、おれも取材してくれよっ」「ていうか、きみの取材をさせてくれ」「お、おれ、ヒマだから、なんか手伝おうか⁉」

一か所に長くいると、やはり悪目立ちしてしまい、水兵たちがにやけ顔で接近してくる。

そのたびユーリは「もう、いやだー」などと笑顔で受け流し、場所を変え、それでもついてくるしつこい水兵に対してはガメリア大統領カイル・マクヴィルのサインが入った「委任状」をびしりと突きつけ、

「ここ、ユーリ・ハートフィールド広報局員の『ベヒモス』艦内における自由行動を許可する、ってとこ、読める？　キリング提督よりずっと偉いマクヴィル大統領に依頼されてここにいるの。これ以上仕事の邪魔するなら、あんたの上官に報告しなきゃいけなくなるけどそれでもいい？」

と啖呵を切ると、どの水兵も回れ右をして逃げていく。

――おかげさまで楽勝っすよ、大統領。

シティで取材のふりをするのは、もう終わりだ。

次は通信室へ潜入し、カイルの息のかかった通信長と面談せねば。

うまく「ベヒモス」へ潜入できたはいいが、ユーリがここでやるべき仕事は多い。

――優先順位、第一位。イザヤと音声通信して、カイルの要望を伝える。

まずはこれをやらないことには、今後の身の危険が大きい。カイルにスパイであることがバレている以上、彼の命令には逆らえない。個人的には辛(つら)いが、カイルの望みどおり、イザヤへ酷薄な要求を伝えることをまずやらねば。

だが同時にもうひとつ、やるべきことがある。

――優先順位、第二位。この戦い、クロトに勝ってもらわないと困るから。

――あたしもできるだけ、手助けするよ……。

日之雄(ひのお)がこのまま戦争で敗れれば、終戦後、ユーリはガメリア特務機関に正体を悟られ、死刑に処されるだろう。むざむざ死なないために、大統領委任状を駆使して「ベヒモス」を内側から引っかき回してやる。

――やれること全部やるから。ふたりで勝とうね、クロト……。

やるべきことを確認したそのとき、スピーカーからホレイショ艦長の声が届いた。

『達する。艦長だ。諸君らに今作戦の目的地を伝える』

そのひとことに、シティを歩いていた全ての水兵がスピーカーを見上げる。

二千七百名の乗組員、みなが息を呑(の)んで言葉のつづきを待ち、もったいぶった間を置いてから、艦長は告げた。

『目的地は東京。明日、我が新大公洋艦隊は東京上空にてバーベキュー・パーティーを開催する』

言葉と同時に、艦内に嬌声があがった。

シティでもそこかしこ、興奮した水兵たちがガッツポーズを作ったり、抱き合ったり。

「やったぜ、とうとう東京だ！」「最後の決戦だな、これで戦争が終わるぞ！」

いきりたつ兵士を片目で見やり、ユーリはひとり、表情を憂えさせる。

――いきなり東京か……。

これだけの大艦隊が東京の空を埋め尽くし、市民たちへ祝福の赤いバラを投げる……わけがない。投げるのはもっと残酷なものだ。

ユーリはぎゅっと胸元に拳を握る。

――クロト、頼んだよ……。

ユーリの生まれ育った街だ、東京が燃え落ちるところは見たくない。クロトがなんとかしてくれることを祈りながら、ユーリは録音機材を抱え直した。

――あたしもここでがんばるからさ……。

小さな決意を抱いて、ユーリは敵艦内部を歩いて行く。

†††

七月九日、午前十時、日吉台、連合艦隊司令本部——

大学構内に設営された地下壕の一角、幅四メートル、奥行き二十メートルものひときわ広大な空間が作戦室として使用され、司令本部及び軍令部の作戦参謀、海空軍省の幕僚、それに白之宮イザヤ司令長官、先任参謀黒之クロト准将など十数名が集まっていた。

無骨なコンクリート打ち出しの側壁を、蛍光灯が明るすぎるほど照らし出す。

中央のテーブルには日之雄近海の大地図が据えられ、迫り来る新大公洋艦隊が十四の赤いマーカーで示されていた。

テーブルを囲む参謀たちの表情は、すでに青ざめていた。実戦経験のあるものはクロトとイザヤを除いて皆無、海空軍大学校の授業でしか戦場を知らないものたちだ。

すぐ隣の空間が電信室として使用され、北上する新大公洋艦隊の様子が触接している哨戒機から刻々と打電されてくる。

先日、着任したばかりの里崎参謀長が簡単に挨拶する。

「えー、里崎です。ご存じのとおり、参謀長とはいっても名ばかり、実戦に出たのは三十年以上も昔の話です。ずっと大学でルキア海空軍に関する教鞭をとっておりましたが、馬場原さんや老山さんが鬼籍に入られたため、やむなく現場へ出て参りました」

御年七十二才、白髪に白髭、枯れた佇まいの里崎参謀長はしわがれ声でそう言って、敵味方の状況を一同へ説明する。

「新大公洋艦隊は一、二隻の飛行戦艦に十隻以上の駆逐艦、巡空艦を割り当て、輪形陣を組んでおります。これはこちらの空雷対策でして、駆逐艦らの城壁で空雷を撃ち落とし、本丸の飛行戦艦は砲撃、爆撃に専念するという構えであります。この輪形陣が全部で十四。飛行戦艦一隻の爆弾積載量は五百トン〜一千トンですから、一隻でも都市上空へ辿り着いたなら、都市は火の海となるでしょう」

作戦室は静まり返ったまま、呻き声ひとつ立たない。天井の蛍光灯に群れ集まった羽虫の羽音が、やけにうるさい。

「現在の懸念は、敵の攻撃目標がどこなのか、これに尽きます。恐らくは佐世保か呉でしょうが、東京や大阪、または北上が欺瞞航路であり、反転して沖縄へ行く可能性もあります。こちらの艦隊は手持ちが少ないため、早めに敵の目標を見定めて航空隊や守備隊を配備したいところですが、いまのところ敵の企図が読めません。……なにかご意見のあるかたは」

里崎の言葉に、答えるものは誰もいない。

視線は自然に、これまで何度も艦隊決戦に勝ちつづけてきたイザヤとクロトへ集中する。

クロトが口をひらく。

「第八艦隊は箱根基地周辺、海上艦隊は日向灘を遊弋しつつ、敵の出方をうかがうべきかと。

大都市の住民は避難の準備をさせ、目標となった場合は速やかに市街地を離れ、地下壕や山野へ退避する。いまできる最善は、どこに来ようがすぐにでも駆けつけられる態勢を整えること、それのみ」

その言葉を、みな黙って聞くのみ。

残された日之雄連合艦隊の戦力は、箱根基地に第八空雷艦隊の飛行駆逐艦八隻。呉軍港に海上艦隊、軽巡十五、駆逐艦二十二隻。それに、先日発足したばかりの統合航空隊、戦闘機四十機、空雷機百二十機が調布飛行場で待機している。

あまりに頼りない味方の概要は、ここにいる全員がすでに知っている。

とても太刀打ちできる戦力ではない。敵は現在北上している新大公洋艦隊だけでも戦列艦は百九十七隻を数え、さらに、後方には同じ規模の海上艦隊も控えている。もはや戦争のかたちを保つことさえできないほどの戦力差だ。

「とにかく冷静に、敵針路を見定めることだ。それ以上は準備しかできない」

クロトの言葉で、即応に適した戦力の配置を全員で検討した。しかし新大公洋艦隊の目的地が定かでないため、どうしても無駄になりそうな戦力は出てきてしまう。ただでさえ残り少ない戦力を分散させたくないので、どうにかして敵の目的地だけでも知りたいが。

小一時間ほどで会議が終わり、何名かの参謀はその場に残って執務をつづけ、残りは担当部署へ戻っていく。クロトが通路に戻ったところ、不意に闇から声をかけられた。

「お久しぶりです、黒之准将」

「お前……九村」

海軍省人事局三課、九村二郎大尉は、いつものように軍服ではなくスーツすがたで、闇のなかからゆらりとその場へ現れた。

「ユーリ経由で、重要な相談が」

日之雄特務機関のリーダー格、すなわち日之雄のスパイの親玉がこの九村だ。現在、ガメリアへ潜入し数々の重要な報告を届けてくるユーリ・ハートフィールド少尉もまた、九村の部下である。

「時間がありません。ユーリがとんでもないことをしでかしました。可能ならば白之宮長官とも相談したいのですが」

会うたびに精悍で余裕たっぷりな九村が珍しく、声を潜めて緊張を露わにしていた。この男がオモテに出てきてこれだけ言うならば、よほどの重要事項だ。

「イザヤを呼ぶ。すぐ話せ」

「はっ。できれば三名で、内々に……」

クロトは長官室へ戻ろうとしていたイザヤへ近づき、九村と三人、こっそりと通路脇へ身を寄せる。

「ユーリがカイル・マクヴィル大統領と懇意になり、我々へ秘密の通信を呼びかけてきました。国と国ではなく、個人と個人の話をしたいと大統領が、白之宮殿下に……」

真剣な表情でそんなことを小声で告げる九村へ、イザヤは瞳を何度もしばたたく。

「……意味がわかりかねますが……」

「マクヴィル大統領が白之宮殿下に執心している、という情報はユーリから頻繁に入ってきていました。いま、ユーリはマクヴィル大統領の依頼を受け、白之宮殿下と大統領の音声通信を可能にするため、単身で『ベヒモス』に乗り込んでいます……」

イザヤはぱちくりと目をしばたたき、内容を理解しようと努めるが、これまでずっと海空戦のことしか考えていなかったため、思考の切り替えが追いつかない。

だがクロトは、当然のようにその内容を受け止める。

「カイルならそういうことをやる。あいつはこれをやるために大統領になったのだ。九村、その音声通信とは」

「……準備できています。第四通信室へどうぞ。すでに人払いしておりますので」

九村が先導し、クロトとイザヤは百メートルほど地下壕を歩き抜け、「第四通信室」と表札の出たひとけのない一室へ入る。

裸電球の照らし出す、幅三メートル、奥行き五メートルほどの狭い空間に、見たことのない大型無線通信設備が設置されていた。

人間の腰あたりまで積み上げられた複数の銀色のボックス、周波数ダイヤルと各種スイッチ、複数のセレクター、螺旋巻の電話コード、ざざざ、と細かいノイズを散らす小型スピーカー。

「これは……ガ軍の通信装置では」

アルファベット表記の計器盤を見て、イザヤが問う。

「ユーリの父、ラドフォード氏から借り受けた遠距離音声通信装置C3です。ラドフォード氏は風之宮提督に信頼を得た日之雄寄りの二重スパイでありまして、今回快くお貸し下さいました。ユーリの連絡によれば、これで『ベヒモス』通信室と直接やりとりができるとのこと……」

そんなバカな、という言葉を呑み込み、イザヤは目の前の大型通信機を見やる。日之雄に存在するはずのない最新鋭通信設備が現実にここにある、ということは……ユーリの話を全くの絵空事と切って捨てるわけにもいかない。ラドフォード氏もイザヤがカイルとやりとりをする意義を知っているために、この貴重な装置を貸し出したのだろう。

「操作します。大統領から、白之宮殿下のコードネームは『リヴァイアサン』と指定がありました。呼びかけてみます」

九村が計器盤を操作して、セレクターのひとつをオンにし、幾つかのスイッチを下げる。

じじっ、とスピーカーから強い音がして、ノイズが折り重なる。九村はトランスミッターを操作しつつ、螺旋巻コードのついたマイクを握って呼びかける。

「こちらリヴァイアサン。『ベヒモス』、聞こえますか」

同じ呼びかけを繰り返すが、返事はない。

「いまこの場ではガメリア大統領と直接やりとりができるかもしれないのに、それはそのとおり。なにしろこれまでガメリアとは交渉自体が成立しなかったというのに、

「なんとも。しかしもし通信が確立できたなら、その意義は限りなく大きい」

クロトはイザヤを振り向いて、告げる。

「……おれもお前も、ここに張り付く価値がある」

「うん。ここを臨時の長官室として使用する。あまり大勢を連れてくると、外部に話が漏れる危険がある。里崎さんと従兵だけ、ここに呼ぼう」

「九村は通信をつづけてくれ。おれは作戦室の参謀たちと話してくる。伝令と内線電話をここに据え、なにか起きたらここから指示を飛ばす」

「クロトは、第八艦隊に戻らないと」

「いや、ユーリやカイルとやりとりするなら、おれがいたほうがいい。第八艦隊にはここから無線で指示すれば問題ない。敵艦隊が来るとしたら明日だ。明日、箱根基地から高速艇を飛ばして、退避中の艦隊に乗艦すれば問題ない」

矢継ぎ早に決断し、クロトはC３を睨み据える。

「……よくやったユーリ。これが成功すれば、『ベヒモス』の内部事情が見える……！」

「時間がかかるか？」

クロトの問いかけに、九村は難しい表情。

†　†　†

同日、午後三時。

飛行戦艦「ベヒモス」艦橋通信室――

「ありがとうございました、イーガン中尉。親切に対応してくださって本当に感謝します、おかげさまでいい記事が書けそうです！」

ユーリが手持ちのマイクを自ら(みずか)の口元に当て、そんな感謝の言葉を述べると艦橋付き通信士官、ハワード・イーガン中尉の鼻の下が伸びる。それに合わせ、同じ通信室で働いている二十名近い通信兵たちも、あるものはヘッドフォンをつけたまま、あるものは電信キーを叩きながら、またあるものは日之雄(ひのお)本土から飛んでくる電波を傍受しながら、ちらちらとユーリへ目線を送ったり、露骨に微笑(ほほえ)みかけたり。男臭い艦橋内で、可憐(かれん)で美しいユーリの存在は一服の清涼剤だ。

「それから、ここには遠距離音声通信装置もあるとか？　もし良ければ、それも取材させていただきたいのですけど？」

ユーリの要望に、イーガン中尉は困り顔をこしらえる。

「あー、C3だね。あれはホワイトハウスとの連絡用に、マグノリア少佐が持ち込んだもので……。わたしより少佐が詳しい。案内するよ、こっちへ」

と、奥の個別ブースへユーリを案内し、ひとくせありそうな士官を紹介してくれる。

「マグノリア少佐、こちらの美人がC3に興味があるそうですが、どうします?」

マグノリアは笑みをたたえ、ユーリに右手を差し出す。

「はじめまして、ホワイトハウス広報局員、ユーリ・ハートフィールドです」

「『ベヒモス』通信長、マグノリア少佐です。C3に目をつけるとは有能ですね。いかにもこちらは我が軍が誇る最新鋭通信機器でして。地球の裏側とも時差十数秒で会話できます」

「わお、すごーい。近くで見ても?」

「どうぞ、遠慮なく」

マグノリアはユーリを通信室奥の個別ブースへ誘い込み、C3遠距離音声通信機の前へ座らせる。

「どうです、立派でしょう?」

「すごーい。これが噂(うわさ)のC3」

無邪気そうな言葉を交わしながら、ユーリは瞳をマグノリアへ持ち上げて、意味ありげに片眉をあげる。

(カイルから、話は行ってる?)

持ち込みの録音機材をさりげなくC3の隣に据(す)えて、小声で尋ねる。マグノリアも意味ありげに微笑(ほほえ)んで、ユーリの肩へ手を乗せる。

（ここは好きに使いたまえ。部下は近づけさせん）

同じく小声でユーリへ伝え、マグノリアはユーリのブースのすぐ脇に自分の椅子(いす)を据(す)え置いて、他の通信兵たちへ睨(にら)みを効かせ、

「こちらのお嬢さんはＣ３に特別な興味がおありだ。外部関係者用の客室はスケベな水兵がうろついてるから、しばらくここにいたいらしい。異論あるか？」

そう言うと、通信兵たちは互いに顔を見合わせて、晴れやかに笑う。

「ほんとですか!? そりゃまあ、おれたち全然、オーケーですけど……」

「美人と一緒に働けて、文句いうやついませんよ」

そんなことを言って笑う兵たちへ、マグノリアは冗談めかして告げる。

「あまりこっちばかり気にするなよ。お嬢さんはお仕事だからな」

通信兵たちは明るく了承し、それぞれの職務に戻る。

（さんきゅー）

ユーリの小声に、マグノリアも小声で応える。

（こっちも出世がかかっている。大統領に気に入られれば艦長も夢じゃない。きみもうまくやれよ……）

ふたり、互いに共闘関係にあることを確認して、ユーリはＣ３の操作をはじめる。

いまごろユーリの父が手配したＣ３が連合艦隊司令本部に設置され、九村が操作しているはず。うまくいくことを祈りながらユーリはヘッドフォンを耳に当て、チューナーの操作をつづけて——

「おっ」

わずかな音声を探り当て、両目を見開く。

周波数ダイヤルをいじりながら感度をあげていくと——

『……こち……「リヴ……サン」。「……モス」、応答……ます』

ノイズ混じりの日之雄語が、ユーリの耳元に鳴った。

途切れ途切れだが、誰の声か、わかる。

「九村さん、最高……！」

久しぶりに聞く上司の肉声が、ユーリには心底からうれしい。

さっそくマイクを口に当て、日之雄語で呼びかける。

「こちら『ベヒモス』。やっと会えたね、『リヴァイアサン』……！」

そう呼びかけると、ヘッドフォン越しに、先方にいるらしい複数名の歓声と拍手が割れんばかりに鳴り響いた。

『よくやった、ユーリ。きみは世界最高のスパイだ』

九村の声に、珍しく昂ぶった感情が宿っていた。きっと連合艦隊司令本部でも、祈るような思いでこの通信確立を願っていたのだろう。

「もっと褒めてください、九村さん。そのくらいの仕事はしてきたから」

冗談めかしてそう言うと、ヘッドフォン越しの声が変わった。

『聞こえるかユーリ。黒之だ。イザヤもここにいる』

ユーリは思わず笑顔になる。マニラのパーティーでたった一度会っただけのクロトとイザヤが、なぜだか古い友達のように懐かしい。

「やっほー、クロト、久しぶりー。イザヤも元気？」

馴れ馴れしく呼びかけると、先方から呆れたような鼻息が返った。

『相変わらず緊張感のない女だ。だが貴重な通信の確立に感謝する。早速尋ねるが、「ベヒモス」の目標はどこだ。佐世保か、呉か、東京か』

再会の挨拶もおざなりに、いきなり用件を切り出してくる。

「もうちょっと世間話しようよ～。楽しい話がいっぱいあるのに～」

『うるさい黙れ時間がないのだ。わからんなら、わかってから通信をいれろ』

愛想のかけらもないクロトの言葉に、ユーリは不満げな鼻息を吹きかけてから、教える。

「さっき艦長から放送が入ったの。目的地は東京。攻撃開始は、明日」

答えると、スピーカーのむこうの雰囲気が一変したのがわかった。

『そうか、明日、東京か……！　でかしたユーリ!!』

「へへへー。もっと褒めて」

『貴様はこれだけで数十万の市民を救ったぞ！　大手柄だ、このまま待て、会議をはじめる……っ!!』

「ちょちょちょ、ちょっと待ってもうひとつ！　『ベヒモス』司令塔に、キリング提督がいるの。いわずと知れた合衆国艦隊司令長官。ガメリア軍のラスボスが、わざわざ自分からこんなところへ。……大ニュースでしょ？」

知らせると、スピーカーのむこうのクロトの驚愕が、数秒の間から伝わった。

じじっ、と何度かのノイズを経て、クロトが声を潜める。

『……本当だな？　キリングが自らそこに？』

「あたし、ウソ言ったことないでしょ。こんなウソつくメリットないし。ま、信じるか信じないかはあなた次第です」

『……わかった、信じる。……お前の話しぶりはアホそのものだが、これまでの報告は全て真実だった。指揮官が誰かわかれば、対策が検討できる……』

クロトの声が興奮していた。どうやら良い仕事ができたようだ。それにしても。

「こんだけ仕事してんだからアホってやめてよ」

『すまん、素直な気持ちがそのまま出た。今後も頼むぞ、世界最高の女スパイ』

「おっけー。任せといて」

ユーリは微笑みを浮かべ、傍らのマグノリアにウインクして親指を立てる。

通信は全て日之雄語で行っているため、マグノリアにはなにを話していたのかわからない。しかしわからないままにやりと笑い、立てた親指を返してくる。

──この通信長がアホで良かった……。

安堵しながらユーリはヘッドフォンに耳を澄ませ、クロトたちがその場で開始した作戦会議の内容を聞き取る……。

†　†　†

ユーリの報告を受けて、その場に居合わせた全員が緊迫した顔を見合わせた。

クロトはすぐに手近なテーブルへ作戦図を広げ、現在の新大公洋艦隊の位置と速力を確認し、コンパスで東京へ到達する時刻をはかる。

「十八時間後、明日午前九時に敵は東京上空に到達する。……さて、どう迎え撃つか」

周囲を見回し、意見を求める。

第四通信室は狭いため、ここにいる将校は現在、イザヤ、クロト、九村、里崎参謀長の四人だけ。緊急連絡用に従兵が室内に三名、扉のむこうの廊下に十数名が待機している。

里崎参謀長は完全に「黒之准将にお任せ」な態度で無言のまま。

クロトは大地図を睨みながらイザヤに問う。

「まずは東京市民を逃がさなければ。防空壕は充分か？」

「東京市民だけでも七百三十万人。全員を防空壕へ避難させるのは不可能だ。壕からあぶれた住民は、市街地を避け、郊外や山野へ逃げるよう指導している。退避の際、持ち出せるのは手荷物のみ、自動車や荷車は使用不可。私財持ち出しに自動車や荷車を使ったものは接収すると厳に布告すべし。……従兵、東京都庁に連絡を」

室内にいた従兵が、イザヤの書いたメモを受け取り、第一通信室へ走っていく。

飛行艦隊の足は遅いため、目的地さえ判明すれば空襲の前日に避難できる。これだけでも数百万の市民が罹災を免れられる。ユーリのもたらした情報は一軍に匹敵する価値をすでに発揮した。敵が飛行機であれば足が速いため、市民が郊外へ逃げる時間はなかっただろう。

つづけてクロトが迎撃案を提示する。

「呉の海上艦隊はこれより出撃。敵艦隊の後方に回り、東京─マニラ間の敵補給線を脅かす。艦隊を組まず、一隻ごとに独立して敵輸送船を攻撃せよ。新大公洋艦隊は巨大である分、莫大な石油と弾薬を消費する。補給線を寸断することで、やつらは不安に陥る」

イザヤは口を挟まずに頷き、その場で海上艦隊司令官、絹田少将宛の命令書をしたためると従兵に託す。

「これを絹田さんへ」

「はっ」

クロトの献策がその場で命令となり、最後の作戦が開始されていく。とにかく時間がない。明日九時までに、最高の迎撃準備を整えなければ。

クロトは言葉をつづける。

「統合航空隊と第八空雷艦隊の夜間雷撃に全てを賭ける。この一夜の雷撃で日之雄の運命が決まるだろう。絶対に失敗はできない。……だが敵も夜間雷撃を警戒している。恐らく敵は明け方に三宅島上空を航過して、午前中に東京へ到達、夕方まで爆撃を行ったのち、夜間は火災に伴う煤煙を避け、洋上へ退避すると目される。つまり夜間雷撃は、敵が三宅島に辿り着く前に行わねばならない。すなわち、今夜……」

そこでクロトは言葉を切って、一同を眺める。

誰も口を挟まない。

――以前より遙かにやりやすくはあるが。

馬場原長官らが生きていたら、口をひらくたびに反論が返っていたが、いまや誰もクロトに対してそれをできない。

――おれが口をひらけば、それが最後の作戦となる……。

その事実は寂しくて、そして恐ろしかった。

ひとつひとつの献策に、幾十万、幾百万の人間の生命が左右される。

その重みを充分に理解したうえで、クロトはその先へ踏み込む。

「……と敵も計算し、我らを待ち受けている。敵が派手に電波を打ちながら進撃しているのは、自ら所在を明らかにして『正々堂々、正面から戦おう』と挑発しているのだ。なのでその誘いには乗らない。……敵の裏をかくために、やるべきことはひとつ——」

クロトは目線だけをイザヤ、九村、里崎へむける。

イザヤもまた、クロトをまっすぐに見つめる。

その視線が、クロトを励ます。

クロトは、作戦を告げる。

「なにもせず、東京に敵を迎え入れる」

その言葉に、里崎が驚いた顔を持ち上げる。

それはすなわち、無傷の敵に東京を焼かせるということ。

軍事は門外漢の九村さえ、クロトの献策に片眉を上げる。

「その代償に『ベヒモス』の首を討ち取る」

もしもこの場に馬場原長官以下、かつての連合艦隊作戦参謀が居合わせたなら、たちまち非難囂々であったであろうクロトの作戦。

最初に口をひらいたのは、イザヤだった。

「輪形陣を解かせるために、東京を爆撃させると」

「いかにも。そのためにも、市民の避難を急ぎたい」

イザヤはクロトの企図を察する。

現状、夜間雷撃のチャンスは、敵が三宅島に到達する以前、すなわち今夜にしかないが、それは敵も読んでいる。十四もの輪形陣は夜間雷撃対策であり、これに雷撃を敢行するのは鉄の壁に卵を投げるのと同じ、恐らく全ての空雷は輪形陣の中心にいる飛行戦艦へ届かない。

しかし、東京上空に敵を迎え入れ、あえて爆撃させたなら、敵は爆撃するために輪形陣を解き、横陣を敷かねばならない。戦艦は戦艦同士、巡空艦は巡空艦同士、駆逐艦は駆逐艦同士、横一線に並んで歩幅を揃えて爆撃しないと、効果が薄いのだ。

「それには敵に『第八空雷艦隊は逃げ去った』と錯覚させる必要がある。それでないと、戦闘に不向きな横陣を組んでくれないからな。……第八空雷艦隊はただちに箱根基地を飛び立ち御殿場上空へ退避。調布の統合航空隊は筑波へ退避。敵が東京爆撃を終えた夜、戦域へ急行し、航空隊と連繋して攻撃する」

クロトの言葉に、イザヤは黙考を返す。

作戦図を睥睨し、改めてクロトの作戦を熟慮。

――クロトらしい、すさまじい一手だ。

皇王が住まう日之雄の帝都をあえて差し出し、その代わりに陣形の変更を敵に強制、戦闘に不利な陣形を組ませたうえで、燃え上がる東京上空で最後の艦隊決戦を挑む。

無茶苦茶だ。

そして無茶苦茶であるがゆえ、敵も読めない。

「最終手段は『水簾』による『ベヒモス』への接舷斬り込み。これはおれ自身が統率する。文句はないな？」

クロトはイザヤを見据えながらそう告げる。

イザヤは紅の双眸をクロトに突き立て、

「文句はない。だがわたしも参加する」

「却下だ。お前が来てもなにもできん」

「なにを。司令長官が旗艦に乗ってなにが悪い」

「……それなのですが、長官」

イザヤの言葉に口を挟んだのは、これまでずっと黙っていた里崎参謀長だった。

軍学者である里崎は枯れた口調に知性をにじませ、イザヤへ告げる。

「……作戦中、長官にはこの地下壕にいてもらいます。三年間の戦例を振り返れば明らかですが、もはや『指揮官先頭』などという時代ではありません。その伝統があったおかげで、我々は幾人もの偉大な提督を失ってしまった……」

里崎の言葉に、イザヤは唇を噛む。

司令長官本人が艦隊旗艦に乗り込んで指揮を執る「指揮官先頭」の概念は結局、南郷提督、高村提督、風之宮提督、幾人もの偉大な指揮官を戦死させてしまった。大公洋全域を舞台とする現代の戦争において、司令長官は後方から動かず、全体を見据えながら指揮を執ることが望ましいと、はからずも敵将ノダック提督が教えている。

大公洋艦隊司令長官ノダックは開戦以来の三年間、ハワイから一歩も動くことなく後方から指揮を執り、提督としての経験値を積み上げてきた。現在の新大公洋艦隊が奏でる進軍マーチも、後方から指揮棒を振るノダックの知識と経験があればこそ。

現代戦の正解は「指揮官後方」だった。

そうと知れたいま、同じ過ちを繰り返すのは、愚か者でしかない。

「今回の迎撃作戦、前線指揮はおれが執る。イザヤは後方から全てを俯瞰し、最善の決断をくだせ」

クロトの言葉を、イザヤは悔しさをこらえて受け入れるしかない。ここで無理に軍艦に乗り込んで戦死したなら、せっかく実現させた統合航空隊も消えてなくなる危険がある。陸海軍のお偉方を直接説得して改革に取り組んでいる以上、いま前線で死ぬのは無責任だ。

イザヤは呻くように、後方から指揮を執ることを受け入れた。

「……個人としては受け入れたくない。……しかし、軍人として、受け入れねば……」

方針が決まり、イザヤはいまの作戦に沿って命令書を起草し、関連部署へ従兵を飛ばす。

クロトは九村と共にＣ３の前へ座り、ユーリとの交信を再開。

「聞いているか、ユーリ」

『全部聞こえてるよー』

「それで、カイルのメッセージとは」

『まだもらってない。このC3、ホワイトハウスとも繋がってるの。これからカイルにイザヤと繋がれたことを報告するから、少し待ってて』

「わかった。ここで待つ。頼むぞ、ユーリ……」

わずかな希望を託して、クロトはユーリからの返答を待つ……。

†　†　†

同日、箱根基地、午後四時、第八空雷艦隊旗艦「水簾」司令塔——

「水簾」艦長、小豆捨吉は日吉台の連合艦隊司令本部から電信を受け取り、若干の戸惑いを覚えていた。

「黒之閣下が明日夜まで日吉台に……」

語尾が頼りなくかき消える。司令塔天井にひらいた昇降口から「水簾」見張長兼甲板長、戸隠ミュウ少尉がひょいと逆さまの顔を覗かせる。

「……どうしました？」

「新大公洋艦隊の目的地が東京と判明しました。これに合わせ、黒之閣下は明日の夜まで日吉台から指揮を執るそうです。戦闘直前に高速艇で『水簾』に乗り込む、とのことですが……」

なるほど、とミュウはつぶやき、捨吉に告げる。

「……無線で黒之准将と繋がれるなら問題ないでしょう。出発するのがよろしいかと」

「そうですね。ともかくいまは命令通り、御殿場上空へ退避するのが我々の仕事です……」

捨吉は呟いて、後部艦橋への伝声管を握り「航進起こせ」の信号旗をあげさせ、艦内放送のマイクを握る。

「達する。艦長だ。敵、新大公洋艦隊が東京に接近中。ここ箱根基地は新大公洋艦隊の攻撃目標となるため、『水簾』以下第八艦隊はこれより出立、御殿場上空へ逃れ、敵の出方をみる。戦闘はおそらく明日の夜だ、それまで総員、英気を養ってくれ」

伝声管越しの返答を受け取ってから、捨吉は行く手の空を見据える。艦内には現在、明日夜の斬り込みに備え、普段は乗らない砲術科の兵員も乗り合わせている。いつもより手狭な船内だが、明日までの我慢だ。

「お待ちしています、黒之閣下……」

艦首からセラス粒子の七彩が吹き上がり、重雷装飛行駆逐艦「水簾」は浮標を離れ、ゆっくりと回頭を開始。

後続する七隻の飛行駆逐艦もその場で回頭、「水簾」を先頭にした単縦陣を組み上げ、飛行開始。明日の決戦に備え、日之雄に残されたわずか八隻の飛行駆逐艦は関東平野に背をむけて、戦闘予定空域から離脱していく……。

†　†　†

同日、午後二十三時——

新大公洋艦隊旗艦「ベヒモス」艦橋司令塔。

「三宅島上空まで、八十海里」

航海長の声を片耳で受け止め、キリングは司令塔から星空を眺める。機関の轟きがやけに大きく響く、決戦前の静寂。

シルヴェスタ提督がレーダー・プロット室に電話をかけ、

「対空レーダー、反応は？」

『……ありません。あればお知らせせます』

うむ、と喉で返事し、シルヴェスタはキリングを見やる。

「イザヤ艦隊が出てくるとすれば今夜、三宅島上空あたりのはずですが。……来ませんな」

キリングはじぃっと星空と、艦首から爆ぜるセラス粒子の七彩を見やり、

「我らを恐れて逃げた……と思わせたいのだろう。黒之中佐は我々を油断させるのが好きだ」

日之雄（ひのお）嫌いのキリングは、艦隊決戦に三度も敗れたことが悔しくてならず、マニラ沖海空戦、メリー半島攻略戦、インディスペンサブル海空戦、ソロモン海空戦、主だった全ての海空戦の詳細を経過図に書き起こして、合衆国艦隊の高級将校たちとともに研究に明け暮れてきた。その全ては、イザヤ艦隊の頭脳である黒之（くろの）クロト中佐の思考を読み解くため。

「必ず来る。今夜とは限らん。どこかに身を潜め、こちらの隙（すき）を窺（うかが）っているのだ」

シルヴェスタは無表情にキリングの言葉を受け止め、静かに同意した。

——油断ならない相手なのは確かだが。

これだけの大艦隊を率いながら、キリングの慎重さは変わらない。これまで敗れた三度の艦隊決戦は、いずれもそれほど大きな戦力差はなく、敵の戦術が優れていたため負けたわけだが。

——しかし今度は、戦力差がありすぎる。

敵は飛行駆逐艦（くちくかん）八隻（せき）。こちらは戦列艦だけで百九十七隻。

負けるわけがない戦いだ。戦場が三宅島（みやけじま）上空であろうと東京上空であろうと、結果はもう見えている。

「黒之中佐に、なにができますかね」

「おそらく衝角攻撃（ラムアタック）を狙うだろう。それしか対抗策はないからな」

「こちらは輪形陣を組んでいます。駆逐艦と巡空艦の壁が戦艦を守る限り、雷撃も衝角攻撃も不可能かと」

キリングはゆっくりとシルヴェスタを振り向き、無表情のまま問いかける。

「まだわからんのかね？　敵がいま現れない理由が」

その問いに、シルヴェスタは黙考を返す。

敵には夜間攻撃しか残されていない。なのに今夜、沈黙を貫いている。連合艦隊は怯えて逃げるような生やさしい相手ではない。では、攻撃しない意図は……。

「失敗できない雷撃を成功させるために、きみが黒之中佐の立場であればどうする？」

「……明日の夜……爆撃中の艦隊が最も狙いやすくはありますが……」

シルヴェスタの返答に、キリングは珍しくにやりと笑う。

「爆撃するには輪形陣を解かねばならん。同じ艦種同士で横陣を組んだとき、いきなり現れ戦艦を沈める腹だよ」

「……なるほど。……しかしそれでは、東京が火の海に」

「なっても構わんというわけだ。我々と差し違えるためなら東京を差し出す。実にすさまじい作戦ではないか、もしも本当にこのとおりなら、わたしは黒之中佐を称賛するよ」

あろうことかキリングが敵将を褒めた。信じられないものを見た思いで、シルヴェスタはいまキリングの言ったことを考える。

輪形陣を解かせるために東京を差し出す。

無茶苦茶だ。

だが無茶苦茶であるがゆえ、読めない。

黒之中佐はそうやって今日まで勝ちつづけた。

「とんでもない無茶だけが、起死回生の一手になり得る。日之雄は良い作戦参謀を持った。プリムローズやドゥルガが負けるわけだ、彼らではこの手は読めまい」

いつも表情を変えないキリングが、わずかに笑んでいた。

シルヴェスタの心胆が冷える。本当にそれをやってくるなら危険極まりない相手だが。

「勝負は明日の夜だろうよ。今日はゆっくり休むとするか」

キリングはそう言って、司令塔を離れて長官室へ戻っていった。その背中を見送って、シルヴェスタはひとつ息をつく。

——思った以上に、恐ろしいひとだ。

職場に友達がおらず、上司からも部下からも嫌われていながら軍のトップへ上りつめてしまったキリングの実力の一端を、シルヴェスタは思い知った。

——キリングがいなければ、わたしは東京上空で輪形陣を解いていた……。

そしてプリムローズ、ドゥルガ、シアースミス、黒之中佐に敗れた三人の前線指揮官と同じ道を辿っていただろう。

——認めるのは悔しいが、キリングの軍事的才能は認めざるを得ない……。

おのれの未熟を噛みしめながら、シルヴェスタはひとり司令塔に居残り、東京へつづく星空を見やっていた……。

午前三時。

「ベヒモス」艦橋通信室――。

当直の通信兵が五名ほど室内に残って、他艦やハワイからの通信を傍受し、返信している。電波管制は全く敷かれず、むしろ電波を放つことが奨励されているから入電も送電もやむことなく、退屈しのぎじみた無意味な電信さえ艦艇間で行き交っている。

ユーリは椅子に座ったまま、うつらうつら、上体を揺らしていた。

食事はこのブースまで持ってきてもらい、極力動くことなくＣ３の前へへばりつくこと十二時間。

待ちつづけた通信は、不意に訪れた。

『……ユー……。こち……ヴィル大統……』

ひどいノイズの狭間から、いきなり人間の声が聞こえた瞬間、ユーリは飛び起きてヘッドフォンを付け直し、マイクを口へ当てる。

「……こちらユーリ。……カイル!?　聞こえる……!?」

周波数ダイヤルをいじりながら待つこと約二十五秒。

『……聞こえるよ、ユーリ。カイルだ。ホワイトハウスの執務室にいる。こっちは昼だが、そっちは深夜だろうね』

ユーリはその場でバンザイし、マイクへ話しかける。

「夜中三時だけど全然オーケー!! クロトとイザヤと繋(つな)がれたの！ 彼らも東京で待ってるから！ すぐに回線繋げるね、あなたとイザヤで直接話できるように！ ……ちょ、手伝って、マグノリア！」

焦りながら、傍(かたわ)らで眠りこけるマグノリア通信長を揺り起こす。

「ふぁ……？」

寝ぼけ眼のマグノリアへ、ユーリは興奮した表情を近づけて、

「大統領が応答したの！ ほら挨拶(あいさつ)、顔売っとけ！」

ユーリはマグノリアの口元へマイクを当て、ヘッドフォンを着けさせる。

「え、あ、あぁ……大統領閣下？ おはようございます……」

力ない挨拶に、ヘッドフォンから応答。

『カイル・マクヴィルだ。よろしく頼むよマグノリア通信長。わかっていると思うがこれはわたしの個人通信だ、決して記録を残さず、船員の誰にも悟られるな。キリングにも、シルヴェスタにもだ。きみとユーリとわたし、この通信を知るガメリア人は三人でいい』

冷たいカイルの言葉を受け取って、マグノリアはたちまち背筋を伸ばす。

「はっ！　閣下のおぼしめしのままに！　すぐに回線を東京に繋ぎます、お待ちください！」

自らの出世がかかっているだけあって、マグノリアはてきぱきとＣ３通信機を操作して、瞬く間に準備完了。

「行けます、大統領。どうか呼びかけてください、先方のコードネームは『リヴァイアサン』です！」

†　†　†

同日、午前三時二十分――

第四通信室では、イザヤとクロト、それにＣ３通信機を操作する九村の三人が、眠ることなく状況を見守っていた。

すでに第八空雷艦隊は東京を離脱し、箱根山をついたてにして御殿場上空を遊弋しつつ、クロトからの指示を待っている。戦闘機四十機、空雷機百二十機からなる統合航空隊も筑波飛行場へ退避を完了、現在、息を殺して出撃のときを待っている。

イザヤは東京都庁の職員と内線電話で確認を取る。

「市民の避難状況は」

『老人、幼児、身体の不自由なものを優先して防空壕へ案内してます。動けるものは手荷物だけで郊外の山野へ逃げるよう警報を発しました。しかし多くの市民が荷車に私財を積み込んで逃げたため、国道のほとんどが渋滞しています……』

「手荷物だけだと警告している。非情だが、荷車は官憲が見つけ次第、私財を接収して破壊せよ。明日の午前中には敵が来る、東京を無人にするのだ、急げ」

『はっ。死力を尽くします……！』

返事を受け取って、電話を切り、イザヤは長い溜息をつく。

「都内は大混乱だ。空き巣が横行し、徒党を組んで狼藉するもの、警報を軽んじて逃げないものもいると聞く。間違ったことはしていないと信じるが……」

イザヤのためらいを見て取って、クロトは吐き捨てる。

「明日になれば、これが正しかったことを全国民が理解する。いまは東京を無人にするためにできることをやれ。私財を失おうが、街を焼かれようが、人間が生き残れば復興できる」

「……うむ。……わかっている」

イザヤの胃の腑に、重いものがのしかかってくる。

連合艦隊司令長官という役職の責任の重さは、想像以上のものだった。焼けた鉄塊を丸呑みにしたような、重く鋭い痛みが常に内臓へ充ちている。

ひとつひとつの決断に、八千万国民の生命と財産、民族の未来がかかっている。簡単にくだすことのできない重すぎる決断の連続は、イザヤの心を激しく摩耗させていた。

「……大丈夫か。メシは食ったのか」

クロトは珍しく、イザヤの顔色を見て心配する。

「……いらない。大丈夫だ」

なにも喉を通りそうにない。一日二日食べないでも平気だ、と自分を励ましたそのとき、ずっとC3を操作していた九村が目を見開いて、イザヤを振り向く。

「……音声はいりました……!!　しかし、これは……!?」

小型スピーカーからノイズ混じりの言葉が聞こえてくる。十二時間前にユーリと交信して以来の音声。九村が懸命にチューナーを操作して、周波数を探す。途切れ途切れの声はユーリのものではない、男性のものだ。

「……!?」

イザヤとクロトが顔を見合わせる。

少し気取って鼻にかかった、聞き覚えのあるガメリア語。

まさか。

『こち……ワシ……ン……ホワ……ハウス……大……執務室……』

徐々にノイズが消えていき、音声が明瞭さを増していく。

「この声……っ！」

クロトの髪が逆立ち、まなじりが吊り上がる。

傍(かたわ)ら、イザヤも両目を見ひらく。

「本当に、ホワイトハウスと繋(つな)がっているのか……！」

正直ずっと、本当にガメリア大統領と直接、音声通信ができるのか半信半疑だった。

しかしいま、かたちを為(な)しつつあるこの声は、まさか……。

『こちらカイル・マクヴィル大統領。そこにいるかい、わたしのリヴァイアサン……』

イザヤとクロトは見開いた目を見合わせる。

「……本物くさい」

「あぁ。こういう声だった気が」

「だが確認は必要だ。まずこの質問をしろ。よどみなく答えたら本人だ」

大きく息をついてから、イザヤはマイクを口に当てた。

「こちらコードネーム『リヴァイアサン』……聞こえますか？」

三十秒ほどの間を置いて、先方からうっとりした声が返る。

『きみの声を忘れたことがないよ、イザヤ。わたしだ、カイル・マクヴィルだ。久しぶりだね……六年ぶりかな』

大公洋(だいこうよう)をまたぎ、ガメリア大陸を横断する通信のタイムラグは十数秒ほどある。相手の言葉が終わるのを待ち、イザヤはゆっくりと、予(あらかじ)めクロトが用意していた質問をする。

「……失礼ですが、あなたをカイル・マクヴィル大統領本人と確認するため、三つ質問をさせ

てください。ひとつ。ラスベガスのポーカーであなたが使ったいかさまの名前。ふたつ。あなたとクロトが通っていたダイナーの名前。みっつ。クロトと一緒に研究した方程式の名前……」

三十秒後、楽しそうな笑い声と一緒に返事が届いた。

『ひとつめ。カード・カウンティング。ポーカーのいかさまでね、クロトは記憶力が良いから実に強かった。ミラード・ホテルでは一晩で八万ドル勝ったかな。あのときは楽しかったねクロト、そこにいるんだろ？　ふたつめ、ジェシーの店。クロトはチリドッグとガンボばかり食べていたね。わたしはもっぱらチーズステーキ。あの店で遅くまで他人の嵌め方をきみに教授してあげたけど、覚えているかな？　みっつめ、オプション価格最適化方程式。ユーリが考案したというクロノードは、きみの発案だよね。いまフォール街を席巻しているヘッジファンドだが、そろそろ規制をかけて潰そうと思う、背後にいるアンディ・バーモントが調子づくと厄介だしね。……どうだいクロト、わたしだとわかってもらえたかな？』

よどみない答えを聞いて、クロトは鼻の先で笑った。

「久しぶりだな、カイル。クロトだ。今日は七月十日。……なんの日かわかるか？」

『六年前、ソーンダーク事件によって、きみとわたしが決別した日だよ。なつかしいね。たった六年で、まさかこんな場所まで来てしまうなんて』

カイルの声にもどこか感傷が宿っていた。

思えば、こいつとは不思議な関係だとクロトは思う。

はじめてカイルと会ったのは、いまから九年半ほど前——

十一才のころ、クロトはロサンゼルスの場末の証券取引出張所でチョークボーイをしながら、這(は)い上がるチャンスを待っていた。ガメリアの人種差別は思っていた数倍は激しく、凍死か飢え死に寸前の生活がつづいていた。貧しさに耐えていたクロトへ最初に手を差し伸べたのがカイルだった。

『頭さえ使えばカネなどいくらでも稼げる。きみの頭脳とわたしの経験値が加われば、我々は最強の相棒(バディ)になれる』

そんな言葉でクロトを勧誘したカイルもまた、あのとき一文なしだった。

なにも持っていないふたりはスポーツカーに乗り込んで、フォール街のある東を見据(みす)えた。

『我らの勝利は決まった。行こう、栄光の未来へ』

そんなカイルの台詞(せりふ)を聞いて、なにを大げさな、と十一才のクロトは辟易(へきえき)したが……あれから十年近いときを経て、ふたりはいま世界の運命の転換点——世界の中心で再会している。

クロトはカイルに告げた。

「旧友がガメリア大統領になれてなによりだ。さて、お前を一文なしから救い出してやったおれからの頼みだ、あのふざけた艦隊を撤退させ、緩い条件で講和しろ」

いきなり直球を投げつけると、カイルは大いに笑った。

『相変わらず自分勝手だね、クロト。きみと話すのは楽しい。ところで、いまわたしはひとりでこそこそ、この通信をしている。側近にも秘密だからあまり長い時間は取れない。イザヤとクロトとわたし、三人で話し合おう。他に人間がいるようなら、外してもらえないか』

　C3を操作している九村が、クロトを見る。

「……すまん九村。……外してくれ、三人で話す。従兵も外へ」

「……はい。扉の外にいます。なにかあれば呼んでください」

九村は室内に待機していた三人の従兵を連れて、廊下へ出ていった。

扉が閉まり、第四通信室はイザヤとクロトだけになる。

「他は退出した。イザヤとおれだけだ。……要求を言え」

告げると、しばらくの沈黙ののち、カイルが話しはじめた。

『……知っていると思うが、きみと会って以来の十年近く、わたしは全ての願いを叶えてきた。フォール街の頂点へ上りつめ、目障りなケリガン財閥もホワイトハウスからたたき出した。全く新しい金融政策を発案し、新大公洋艦隊という史上最強の暴力装置も手にしたし、とうとうこうしてガメリア大統領、つまり世界の王座まで手に入れてしまった。しかし……実のところ、ちっとも幸せではない。豪邸も豪華ヨットもハリウッド女優もスポーツカーも、刹那の満足を届けはするが、すぐに陰鬱な気分が舞い戻る。楽しくなりたくて無理やりパーティーをひらいても、空々しい賞賛やカネ目当ての女どもが寄るだけで幸福などどこにもない。……わたしはね、いままで一番楽しかったときを振り返ってみた。わたしの人生で最も楽しかったのは……イザヤ。きみにはじめてパーティーで会って歓談したときだ。思えばあのときが、わたしの人生最高のひとときだった。……覚えているかい？』

問われて、イザヤは若干目を泳がせながら記憶を探る。

しかし、その目は泳ぐばかりでいっこうに見開かれる気配がない。

クロトは手近なメモで、筆談を試みる。

（覚えていないのか？）

イザヤも素早くメモに鉛筆を走らせて、

（すまん。全く覚えていない）

クロトは若干、カイルに哀れみを覚えるが。

（話を合わせろ）

筆談で諭され、イザヤはウソをつく。

「もちろん、覚えています。あのときは本当に、わたしもとても楽しかった」

当たり障りのない答えを届けると、スピーカーのむこうからうれしそうなカイルの声が返る。

『覚えているかね。良かった。忘れたことはないよ、アナスティング士官学校校長の誕生日パーティーだったかな。きみは知的で闊達で健康的で、立ち振る舞いのひとつひとつに天使のような輝きがあった。あのときからわたしはきみのことしか考えられなくなってしまった……』

うっとりしたカイルの口調が徐々に、妖しい色を帯びてくる。

背筋にじわじわおぞましいなにかが沁みてきて、イザヤは話題を戻す。

「……光栄です。ところで、この個人的通信を確立した用件をどうぞ。公にできないそちらの要求とはなんです?」

『まだわからないのかい、イザヤ。本当はわかっているんだろう?』

スピーカーから、若干不満そうなカイルの言葉。

イザヤはクロトと目を合わせる。

クロトはイヤそうに舌打ちし、メモに鉛筆を走らせる。

(マニラで聞いたとおりだ。カイルはお前の口から言って欲しいのだ)

ぐっ、とイザヤは唇を噛む。

二年半ほど前、マニラのホテルでイザヤはその件に関してユーリが話すのを、隠れてこっそり聞いてしまった。

『カイル氏は、イザヤ殿下を自分のものにするために大統領になるつもりなんですよね!? イザヤ殿下が欲しいから、皇王家を解体しちゃうと!! それで黒之少佐は、殿下を渡さないためにわたしを派遣してカイル氏を排除しようと!?』

あのときはたまらずその場に割り込み、ユーリから直接、その内容を尋ね聞いた。内容を聞いてもなお、そんなバカな話があってたまるかと捨て置いたが、いま、日之雄の命運が決まる前夜、イザヤとカイルとクロトの三人は非公式回線を通じて、陰でこうしてこっそり会談している。

もはやイザヤも認めるしかない。

──カイル氏の要求は、わたしの身柄……。

——カイル氏の要求を聞けば、最善のかたちで負けられる……。

あまりにも馬鹿げすぎていて、真面目に考慮することをずっと避けてきた。しかしいま、夢物語は現実となってイザヤの身の上へ降りかかってきている。

イザヤにとって最善の負けかた、それはすなわち。

──一般市民が、誰も死なずに戦争を終えること……。

望むことさえ贅沢な、夢物語の負けかたが、カイルの要求を呑むことで現実になるかもしれない。

ぐらり。

イザヤの内面が、揺れる。

それを見て取り、クロトがマイクを自らの口へ当てる。

「……カイル。時間がない、お前から要求を言え」

長い間があり。

ふー、やれやれ……と溜息を挟んでから、カイルは自らの意志を言葉にした。

『イザヤ、わたしと結婚してくれ』

　その言葉がはっきりと、イザヤとクロトの耳に届く。

『きみが了承してくれたら、新大公洋艦隊は侵攻をやめてフィルフィンへ引き返し、わたしは日之雄の首脳部と講和会談をひらく。夢のような話だろう？　きみの身ひとつで戦争が終わり、日之雄市民を救えるのだ。わたしの優しさに感謝してくれたまえ』

　イザヤは青ざめた表情で、カイルの言葉をただ聞くのみ。

『プロポーズを受け入れるなら、イザヤひとりで白旗を掲げた飛行ボートに乗り「ベヒモス」へ乗り込みたまえ。キリングには、イザヤが来たなら東京を爆撃せずに撤退するよう、話を通す。マニラへ戻ったのち、特別機に乗ってガメリアへ渡り、ホワイトハウスでわたしと会おう』

　クロトは黙ってイザヤの表情を観察する。

　青ざめて、唇がわずかにわなないている。

「時間がない。いますぐ返事をくれたまえ。次に交信できるのは十三時間後だ。そのころには東京は火の海となっている」

　あ、とイザヤの口がわずかにひらく。

　クロトはとっさに、メモへ鉛筆を走らせる。

（口約束を信じるな。「ベヒモス」へ乗り込んだお前の身柄を拘束し、東京爆撃を敢行する危険がある）

　イザヤは狼狽した目線をクロトへむけて、

（もしかしたら、東京を救える）

「イザヤ！」

クロトは戸惑うイザヤを一喝。

イザヤの瞳が、うるむ。

（わたしが我慢すれば、戦争が終わる）

ぐっ、とクロトは呻く。

イザヤの芯が揺れている。それがわかる。

『邪魔しないでくれたまえ、クロト』

こちらの様子がわかるのだろう、カイルが厳しい声で言い放つ。

クロトはとっさにマイクを掴み、

「お前の言葉は信用できない。イザヤを『ベヒモス』に乗り込ませたあと、東京を爆撃することもできる」

『しないよ。失敬だね』

「お前の裏切りは何度も見てきた。言葉だけの取引で、連合艦隊司令長官を差し出せると思うのか？」

『……これは自慢だが、わたしは国策などなんの関心もない。このくだらない戦争がつづこうが終わろうがどうでもいいし、日之雄もガメリアも両方滅びようが興味ない。わたしがいま生きる目的は、イザヤをわたしだけのものにすること。そのためだけにわたしはガメリア大統領にまで上り詰めた。これほどの純愛があるかね？　わたしの想いが本物だということは伝わっているだろう、イザヤ？』

問いかけられても、イザヤは震えるだけで返事ができない。このところずっと心身を磨(す)り減らして仕事してきたところへ、突然こんなとんでもない話を聞かされて、思考することもできない様子。

『わたしが欲しいのはきみの心だ。きみを裏切って東京を爆撃したら、きみは一生わたしを軽蔑するだろう。それはわたしの本意ではない。わたしはね、イザヤ、きみに感謝されたいし、きみに愛されたい。きみの愛が欲しくてわたしはいまここに存在しているのだ。それが手に入るのなら、こんなくだらない戦争はすぐにでもやめていい』

カイルの言葉にいつものような皮肉や嘲笑(ちょうしょう)はなく、至って真摯(しんし)で真面目(まじめ)だった。

イザヤの混乱した思考へ、カイルの誘いが染み渡っていく。

『わたしと結婚してくれ。日之雄(ひのお)を救うためで構わない。ゆっくりとお互いを理解して、いつかわたしを愛してくれればそれでいい。必ずきみを幸せにするから、イザヤ、お願いだ、うんと言ってくれ。きみがわたしの妻になればこの戦争は終わる。何十万、何百万の市民が死なずに済むのだ、こんな夢のような取引があるかい？』

切実なカイルの言葉が、小型スピーカーから滔々(とうとう)と流れ出る。

イザヤはわななきながら、マイクを口に当てようとする。けれど右手が震えて、うまく口元へ持っていくことができない。

かつて見たこともないほど、イザヤは動揺し、混乱している。

クロトはそれに気づき、イザヤの手からそっとマイクを奪い取る。

イザヤがすがりつくようにクロトを見上げる。潤んだ瞳の奥に、痛々しいくらいの葛藤(かっとう)がある。

クロトはマイクを口に当て、カイルへ告げる。

「……お前の要求はよくわかった。馬鹿げているが、本気だということも知っている。……だがイザヤはひどく混乱している。次の交信は何時だ？　返事はそのときまで待ってくれ」

『次は十三時間後……こっちの時間で深夜三時くらいかな』

日之雄時間で、午後四時。それまでに、イザヤを落ち着かせたい。

「わかった。その時間まで爆撃を待ってくれ」

『それは無理だね。キリングを止めるのに理由が必要になる。新大公洋(だいこうよう)艦隊へわたしから指示を届けるのは、イザヤの返事を聞いてからだ』

「………………」

『ではそういうことで。いい返事を期待しているよ。もしも了承してくれなければ、新大公洋艦隊は列島を縦断しながら各都市でバーベキュー・パーティーをひらくことになる。賢明なイザヤなら、いま自分がどうすべきかわかるね？』

その言葉で、通信が切れた。

小型スピーカーから、ノイズだけが流れ出る。

イザヤはじぃっと固まったまま、膝を震わせてC3を見つめている。瞳からいつもの生気が消え失せ、輝きも鈍い。

「……大丈夫か？」

「…………………」

クロトが問いかけても、返事がない。

魂を抜き取られたように、イザヤはただ手足を震えさせながら、C3の前に座っている。

「イザヤ。あいつの言葉を本気にするな」

「…………………」

クロトの呼びかけにも、答えない。

クロトは第四通信室の扉をあけて、廊下にいた九村へ通信終了を告げる。

「……聞いていたか？」

「……はい。……噂は聞いていましたが、まさか本当とは……」

九村の諜報術があれば、扉越しでも室内の会話は聞き取れる。カイルの個人的すぎる要求を聞いて、九村さえ狼狽を隠せない。

「……白之宮(しろのみや)殿下は正直、平静を保つのは難しいでしょう。黒之(くろの)准将が傍(かたわ)らで支えるのが最善です。くれぐれも、敵の要求に乗らないように……」

「……うむ。……やってみるがしかし、あんなイザヤは見たことがない……」

クロトは室内を振り返って、ぽつねんとしたイザヤの背中を見やる。

もうすぐ新大公洋(だいこうよう)艦隊は東京湾へ飛来するだろう。爆撃がはじまってから、イザヤが妙なことを考えないことをクロトは祈る……。

†　†　†

東の空、丸みを帯びた水平線が黄金をたたえた。

たちまち濃紫色の空へ、放射状の光が充(み)ちる。

キリングにとって栄光の一日のはじまりを告げるにふさわしい、浄化の炎のごとき日の出だった。

「おはよう諸君。良い天気だね。素晴らしい一日になりそうだ」

司令塔の士官たちに挨拶(あいさつ)をして、キリング提督は眼前に広がる日之雄(ひのお)本土を眺める。

昇りはじめた朝日に照らし出される大地の彼方(かなた)、遠い富士まで一望のもとに見晴らせる。

七月十日、午前四時三十分、三浦半島沖——

新大公洋(だいこうよう)艦隊旗艦「ベヒモス」艦橋司令塔。

「まずは横須賀(よこすか)軍港を叩きます。次に京浜工業地帯を」

作戦図と現実の地形を見比べながら、シルヴェスタ提督が目標を見定める。

眼下は、軍艦はおろか漁船さえいない、全く無人の海。軍港にも、停泊している船が全くいない。

「すでに船も人間も退避させたのでしょう。なかなか準備周到ですな」

「我々の目的地を東京と看破(かんぱ)したのだろう。見事な読みだ。黒之(くろの)中佐を部下に欲しいよ」

シルヴェスタはイヤミを受け止め、苦く笑う。

「彼(か)の国の天才参謀は、次はなにをやってきますかな」

「来るのは夜だ。昼間は出てこない」

キリングの言うとおり、空も海も敵影ひとつ見えない。

おなかを見せて寝転ぶ犬のように、全く無抵抗な東京湾へ新大公洋艦隊は侵入していく。

ほどなく横須賀軍港周縁から、ぽんぽんと対空砲火があがりはじめた。

十四の輪形陣から成る新大公洋艦隊周辺に、灰色の砲煙が咲き乱れる。

すでに事前の航空偵察により、対空砲台の位置は把握している。輪形陣を組み上げたまま、シルヴェスタ提督は艦艇間電話(TBS)の受話器を口へ当てる。

「全軍、対地砲戦用意」

同時に信号旗が翻り、十八隻の飛行戦艦の主砲が仰角をあげる。

午前五時十五分、日之雄本土へのはじめての艦砲射撃がはじまった。

清澄な朝を砲声が食い破り、幾百の徹甲弾、徹甲榴弾が横須賀軍港を串刺しにする。

五度目の斉射が終わるころには対空砲台は完全に沈黙し、新大公洋艦隊による一方的な砲撃が繰り返されるのみとなる。巡空艦までが調子に乗って地上へむかって砲撃を開始し、倉庫群や修理ドック、造船施設が軒並み破壊されていく。

「砲弾は決戦用にとっておけ。地上施設は爆弾で破壊すれば良い」

キリングの言葉と同時に石油タンクが爆発、隣接のタンクも次々に爆発していき、濃密な黒煙を天に吐き出す。

砲撃から二十分も経たずに横浜周辺の対空施設は全て破壊され、新大公洋艦隊の周辺に咲く花は皆無となった。横須賀軍港は炎に覆われ、修理ドックは鉄骨の梁を剝き出しにして黒煙を噴き上げている。

「楽しいですなあ」

ホレイショ艦長が正直な感想を述べ、司令塔内の士官たちも笑い声をあげる。

「むかってくる敵もいませんし、輪形陣を解いても良いのでは。爆撃は横陣のほうが遙かに効果があります」

砲術長がそんなことを進言してくる。

　シルヴェスタは片目をキリングにむける。輪形陣を解くとはすなわち、黒之(くろの)中佐の策に嵌(は)まるということだが。

　キリングは無表情を保ったまま、告げる。

「第一戦隊を除く全ての輪形陣を解け。戦艦戦隊は二列横陣、巡空艦戦隊は三列横陣、駆逐艦(くちくかん)戦隊は八隻(せき)ごとに単横陣を組め」

　シルヴェスタはキリングの指示をそのままＴＢＳへ伝える。日頃の訓練どおり、「ベヒモス」のいる第一戦隊を除く残り十三の輪形陣が解きほぐされ、戦艦、巡空艦、飛行駆逐艦、それぞれの艦種ごとに戦隊を組み上げる。

「我が第一戦隊は、このままですか」

　ホレイショ艦長がやや不満そうに、キリングに聞いてくる。輪形陣は対空防御陣形であり、砲撃、爆撃にはむいていない。これから思うさま東京を焼き払いたいのに、守備的な陣形を保つのはつまらない。

「敵はおそらく、『ベヒモス』一艦に狙いを定めて集中攻撃を浴びせてくる。ならば守りを固めて攻めさせてやれば良い。たった八隻の駆逐艦では、輪形陣をこじあけるのは不可能。『ベヒモス』が輪形陣を解くのは、敵飛行艦を全滅させてからだ」

　キリングは短く言い切ってホレイショを黙らせ、それから次なる目標、京浜工業地帯を睨(にら)み据(す)える。

「駆逐艦戦隊は東京の西方、調布方面へ回り込め。戦艦戦隊、巡空艦戦隊はこのまま北上しつつ、爆撃する。東京を炎の格子で閉ざすのだ、行けっ」

麾下百九十七隻に命じる。飛行艦の本領は爆撃だ。一隻あたり二百～一千トンも積載している爆弾が、これから東京めがけて降り注ぐ……。

†　†　†

同日、午前七時三十分。

日吉台地下壕、第四通信室。

司令本部の幕僚や従兵が入れ替わり立ち替わり、イザヤとクロトへ状況を伝えてくる。

イザヤは気丈さを振り絞って適切な対応を取るよう心がけているが、しかしそのすがたがクロトには痛ましい。

「……渋滞に関しては都が対処してくれ。連合艦隊の仕事は迎撃だ。要請したのは確かだが実行するのはあなたたちしかいないのだ、文句をいわずにやってくれ……」

イザヤの疲弊は傍目にも明らかだった。時折、責任逃れじみた文言を繰り返す責任者を叱責したりもする。深夜のカイルとの通信が終わって以来、イザヤの態度は明らかに変調を来していた。

室内には相変わらず、イザヤとクロトと九村、それに里崎参謀長と三人の従兵がいるのみ。

「長官、少し休まれては。せめて一時間眠るだけでも」

里崎の進言に、イザヤは首を横に振る。

「眠っている場合ではありません。いまこうしている間にも、本土に爆弾が降り注いでいますから……」

地上から刻々と状況が打電されるため、被害状況もおおまかに把握できている。

「敵は大きく二手に分かれました。戦艦と巡空艦は北上しながら、駆逐艦は東京の西方へ回り込もうとしています。いずれの戦隊も横陣を組み、直進しながら爆撃しています」

里崎が受信した電文に目を通しながら、そんなことを言う。

業火が中空を焦がすなか、逃げ惑う住民のすがたがイザヤの脳裏に浮かぶ。

二手に分かれて横陣を組み、針路を交叉させた狙いは、炎の壁を格子状に作り出すためだ。格子のなかに捉えられた住民は、四方を炎の壁に取り囲まれて逃げ場がない。

「……敵は焼夷弾を使用しているそうです。木と紙の家なので、焼夷弾には為す術がありません。すでに横浜、川崎は火の海です」

罪もない市民が、いままさに地上で焼け死んでいる。誰も死なせないと誓ったはずなのに、そんな誓いはあっけなく踏み潰され、地上が地獄へ変じていく。

『イザヤ、わたしと結婚してくれ』

告げられたカイルの言葉が、不意にイザヤの耳へ舞い戻る。

『きみの身ひとつで戦争が終わり、日之雄(ひのお)市民を救えるのだ』

どくん、と心臓がひとつ波打つ。

鼓動(こどう)が、速まる。

――この地獄を、終わらせることができる。

――わたしの身ひとつで、幾百万の命が救われる……。

その想像に、手足が震えはじめる。

現実味のない妄想だと打ち捨てていた、自分に対するカイルの執着が本物であることは、先刻の通信でイヤというほど思い知った。カイルは本当に、イザヤを自分のものにするためだけに大統領にまで上り詰めたのだ。

――ならば、その執念を利用しても良いのでは……？

――わたしが我慢するだけで、この戦争を終えられるなら……。

イザヤの目に映る風景が、ぐにゃりと歪(ゆが)む。

いつもの自分を保っていられない。自分の芯が変貌しようとしているのがわかる。

「おい、イザヤ」

傍(かたわ)らから、いきなりクロトが声をかけてくる。

はっ、とイザヤはそちらを振り向く。

「……妙なことを考えるな。カイルの話は信用に値しない。お前が『ベヒモス』に乗り込もうが、あいつが爆撃をやめることはない。くだらん妄執に囚われている場合ではない、いま連合艦隊がなにをすべきか、それだけを考えろ」

真っ正面からそう諭され、イザヤは我に返る。

「……う、うん。……わかっている。……いまは耐えるしかない、夜を待つんだ、反撃はそれからだ……」

自信なさげにそんなことを言うイザヤを、クロトはなにか言いたげに見やるのみ。

クロトは思う。

——かけたい言葉はあるが、うまく言えない……。

イザヤを元気づけたいが、これまで他人を元気づけたことなどないから、やりかたがわからない。ただ苦しんでいるイザヤを横目で見ながら、一緒に悶々とすることしかできない自分がふがいない。

クロトは黙って作戦図に目を落とす。

いまはなにもできない。ともかく夜だ、夜を待つしかない……。

†　†　†

同日、午前十一時——

「さすがに工業地帯はよく燃えるね」

火の海となった京浜工業地帯を高度千二百メートルから見下ろして、キリングは無感情にそんなことを言った。

石油コンビナートの爆発によって、この高度まで黒煙が立ちこめ視界が悪い。眼下、千鳥運河に切り取られた埋立地では、工場群、製鉄所、製銅所が巨人に踏みつぶされたようにひしゃげて、真っ赤な炎に焼かれている。双眼鏡で細部を覗き込むが、人間の亡骸はほとんどない。

「無人だったらしい」

「飛行艦隊は足が遅いですから。逃げる時間はあったかと。それにしても見事な逃げっぷりですが」

シルヴェスタは手際の良い避難を称賛してから、北方へ目を転じた。

多摩川の流れのむこう、銀灰色をした街並みが煤煙のむこうに広がっている。

「東京ですね。立派な街だ」

思っていたより近代的なコンクリート建築群が七月の大気に霞んでいた。作戦図を広げ、これから焼き払う区域を確認。キリングが告げる。

「戦艦と巡空艦の第二戦隊は東京を北上しつつ大田区、品川区、渋谷区、新宿区の順に爆撃。駆逐艦の第三戦隊は東京を北西から南東へ抜けつつ新宿区、渋谷区、品川区、大田区を爆撃。

これで炎が網目を成し、きれいに焼ける」

その言葉に、ホレイショ艦長が質問を発する。

「我々、第一戦隊はなにをするので？」

「後方から観察していれば良い。そのうちイザヤ艦隊が必ず出てくる。第一戦隊の出番はそのときだ」

「……はっ」

輪形陣を組んだままなので爆撃に参加できないのが、ホレイショには不満らしい。円環を組んだ艦艇群が爆撃すると、円環の後方を形成している艦艇は一度爆撃した地区にもう一度爆弾を落とすことになり効率が悪い。だから爆撃の際は、艦艇が横一線に並ぶ「横陣」に陣形を変更するのが普通なのだが、用心深いキリングは「ベヒモス」を守る輪形陣を解くことなく、ひとり呟く。

「彼らが無抵抗なのは、我らを油断させるためだ。夜、必ず出てくる。出てきたそのとき、イザヤ艦隊は終わる」

相変わらず表情を全く変えることなく、キリングは慎重な目線を東京上空へ差しむける。

†　†　†

同日、午後三時三十分――

「新宿、渋谷方面、火の海です。逃げ遅れた住民が炎の壁に閉ざされ、逃げ場もなく……」

駆け込んできた従兵が、言葉尻を詰まらせた。

イザヤもクロトも、硬い表情のまま、もはや頷くことさえしない。

黎明の爆撃開始から五時間弱で、横浜は壊滅、東京も北西部から南東部にかけて絨毯爆撃を受け、火災が発生。大きく三つの戦隊に分かれた敵飛行艦隊は、これから東京北部を目がけて飛行していく。

「人間の被害を極力減らせ。建物は燃えて構わん。人間が生き残れば復興できる」

クロトは自分を励ますようにそう言う。市民の被害を減らすために打てる手は打ったが、どうしても逃げ遅れるもの、逃げることのできないものは出てきてしまう。

「…………………」

イザヤは表情を青ざめさせたまま、被害状況の報告にもいっこうに反応を見せない。彼女の内面でなにが渦を巻いているのか、クロトは想像したくない。

クロトはそろそろ、第八艦隊に戻らねばならない時間が迫っていた。だが午後四時にカイルから連絡が入るため、まだここに居残っている。

ずっとC3に向き合ったままの九村が告げる。

「あと十五分ほどで、マクヴィル大統領から交信が入る予定です」

びくっ、とイザヤの背筋がわずかに震える。

クロトは片目で、硬く引きつったイザヤの表情を確認。

イザヤは先ほどから虚空（こくう）を見据（みす）えたまま、人形のように感情を見せない。

——こいつ、自分を責めている……。

クロトはイザヤの気持ちを察する。先ほどの通信でカイルにプロポーズされた際、それを受けていればこんな被害は生まれなかったのではないか。イザヤはおそらく、そんなふうに考えている……。

「……妙なことは考えるな。お前の責任はなにもない。いま街を焼いているのはカイルだ、お前ではない」

顔を近づけ、真摯（しんし）な口調でそう告げる。

「…………でも」

イザヤは虚（うつ）ろな視線を前へむけたまま、ぽつりと言った。

「……わたしが……我慢すれば……戦争が終わるなら……」

「……おい。……お前、正気か？」

「…………でも……国民を救うのがわたしの使命で……だから……」

魂の抜けたイザヤの言葉が、クロトの耳朶（じだ）を打つ。

このままではマズい。

「すまんが九村(くむら)。里崎(さとざき)さん。従兵を連れて、外へ出てくれないか」

クロトは室内に居残った九村と里崎へ、そう頼む。

「…………はっ」

「…………廊下でお待ちします」

言われるまま、ふたりは従兵を連れて、廊下へ出る。

第四通信室は、イザヤとクロトのふたりだけになる。

「……………………」

クロトは黙って、カイルの通信を待つ。

イザヤは膝(ひざ)の上で拳(こぶし)を握り込み、うつむいたままなにも言わない。

永遠にも思えるような長い沈黙が過ぎ去り――

Ｃ３の小型スピーカーから、声が届いた。

『やあ、バーベキューは楽しんでもらえているかな?』

その声だけで、クロトの髪が逆立ち、イザヤの手の先が震える。

クロトはマイクを口に当て、カイルへ告げる。

「自分がなにをしているかわかっているのか。一般市民の虐殺は国際法違反だ。戦後、必ず糾弾(きゅうだん)されるぞ」

『戦勝国はされないよ。戦争中の罪を糾弾されるのは敗戦国だけだ』

そのとおりになるであろうことは、クロトもわかっている。だが腹の底から突き上げてくるものが、言葉をつづけさせる。

「……カイル。お前には裏切られて全財産を奪われたが、それでもおれはお前を憎いとは思わなかった。スラムからおれを拾い上げたのはお前だし、投資家のノウハウを教えてくれたのもお前だ。お前がいなかったらいまのおれはなかったし、そのことについては感謝もしている。だから……もうやめろ。そのへんにしておけ。これ以上、残酷な振る舞いをつづけるなら……おれはお前を地獄へ墜とす」

言葉を紡ぐうちに、熱いものが細胞に行き渡っていくのがわかる。生まれてはじめて覚えるほどの、激しい怒り。

「頼む、カイル。おれを怒らせるな。これはお前のために言っている。万が一、おれが怒ったら、この世界を焼き尽くすぞ」

切々と、ホワイトハウスのカイルへそう語りかける。

しばらくの沈黙のあと、笑い声が返った。

『きみはますます面白いね、クロト。追い込まれすぎて脳細胞が焼き切れたのかな。状況はわかっているかい？　防空壕で縮こまっているだけのいまのきみになにができる？　あるのは空飛ぶ駆逐艦が八隻だけだろ？　わたしはきみのどこに怯えればいい？』

「以前にも伝えたと思うが、おれは天才だ。天才に不可能はない。お前はいま、おれの獲物として認識されたぞ。おれを怒らせたことを後悔するなら、逃げる準備をするか、あの艦隊を撤退させろ」

『……完全に正気を失ったか。無理もないが。……イザヤ、聞いているね？　わたしはきみと話がしたい。……プロポーズの返事は考えてくれたかな？』

問いかけられて、イザヤは虚ろな瞳をじぃっとスピーカーへむけた。

それから、震える手でクロトのマイクを掴み、自分の口元へ持っていく。

「……白之宮です。……聞こえています。……返事の前に、確認したいことが」

『約束は守る。きみの心にしか興味がない。きみが「ベヒモス」に乗り込んだなら、東京への爆撃はその時点で終了し、艦隊はマニラへ撤退する』

カイルの言葉を、イザヤは光を失った瞳でただ聞いている。

クロトはメモに鉛筆を走らせ、イザヤの目の前へ持っていく。

（信じるな。ウソだ）

虚ろなイザヤはメモを見ているのか、見ていないのか、よくわからない。

ただぽつりと、マイクへ告げる。

「もしもあなたがウソをついていたなら……わたしを拘束しても、爆撃をつづけるようならば……わたしは生涯、あなたを憎みつづけます」

虚ろだが、最後に残ったなけなしの芯をかき集め、イザヤは言葉を紡いでいた。

「あなたを軽蔑し、生涯許すことはありません」

しばらくの沈黙のあと、カイルが言う。

『……逆にきみに問いたい。わたしが約束どおり、きみと引き替えに戦争を終わらせたなら……きみはどうする？』

問われて、イザヤは虚ろな瞳のまま、黙り込む。

クロトは黙って、やつれ果てたイザヤの横顔を見据える。

ややあって、イザヤは答える。

「あなたを……愛します。……愛せるように、努めます。……だから……もう……やめてください……」

涙が一筋、イザヤの頬を伝う。

イザヤは涙をこぼしながら、感情の剝げ落ちた言葉をつづける。

「……わたしは……あなたのものになりますから……これ以上、罪もないひとを殺すのを、やめてください……」

顎の先に流れ着いた涙が、イザヤの腿を濡らす。ぽつり、ぽつり、音を立てて涙の雫がこぼれ落ちる。

そのすがたを見て、クロトの心がささやく。

——お前はそうじゃないだろ。

溶岩流のごときものが魂の底から湧き上がってきて、全身の細胞へ行き渡る。

——お前はいつも、凜々しく胸を張っていろ。

理性の枷が、外れて落ちる。

——いつも偉そうにふんぞり返って、高飛車に笑っているのが本当のお前だ。

そのとき不意に、先日の言葉が耳元に鳴った。

『男の子はな、好きな女の子のためなら、世界をぶっ壊していいんだ』

どくん。

クロトの心臓が、大きく脈打つ。

聞かされたときは即座に否定したあの言葉が、いま、新しい意味を伴ってクロトの内側に反響する。

——鬼束。お前珍しく、いいこと言ったな。

——いまわかった。お前の言ったことは真実だ。

泣き濡れるイザヤを見て、クロトは思う。

——こいつを泣かす世界など、おれがこの手でぶっ壊してやる。

クロトはいきなり、イザヤへ告げた。

「イザヤ、お前、おれと結婚しろ」

第四通信室から、音が消える。

イザヤは前を見据えたまま、反応しない。

クロトは言葉をつづける。


「お前の笑顔を守りたい。だからイザヤ、おれと結婚しろ」


じじっ、とスピーカーからノイズ音。

イザヤはゆっくり、クロトへむかって力のない顔をあげる。

「……なんだと？」

「二回も言ったのにわからんのか。これで最後だ。お前が笑っているのを見るのが好きだ。だからおれと結婚しろ。返事はどうした、『はい』か『いいえ』でいますぐ答えろ」

クロトは真剣にそう告げ、イザヤの返事を待つ。

クロトを見上げるイザヤの表情が、だんだん、硬く険しくなっていく。

ずっと青ざめていた表情に、赤みが差す。

イザヤは上目だけで、クロトを睨み据える。

「……本気で言っているのか」

「冗談で言うわけがないだろうが。四度目はないぞ、恥ずかしいからな」

クロトが仏頂面でそう言うと、イザヤの瞳に熱が戻る。

イザヤはいきなり立ち上がる。

振り上げた右手が、クロトの頰を打つ。

乾いた音が、狭い通信室に響く。

「ふざけてる場合か」

イザヤの怒りが、表情に充ちる。

「ふざけてなどいない。本気だ。四度目、言うぞ。おれと結婚しろ」

クロトは打たれたことなど構うことなく、そんなことを言う。

ばしっ。

再びイザヤの平手が、クロトの頰を打つ。

「いま言うことか……!?　真面目にやれ……!!」

「こんなときだから言っているのだ。カイルごときにお前を取られてたまるか」

クロトは無骨に、そんなことを言う。

ややあって、カイルの言葉が届く。

『クロト、なにを言っている?』

クロトは表情に怒りを充たしたまま、イザヤの手からマイクを奪い取り、カイルを怒鳴りつ

ける。

「やかましい、お前は引っ込んでいろ、部外者。いまイザヤと大切な話をしているのだ、貴様が首を突っ込む資格はない」

『首を突っ込んできたのはきみだろう？　プロポーズしているのはわたしだ。返事をまだ聞いていない、邪魔をするな』

「お前こそ邪魔をするな!!　おれとイザヤの関係を知ってそんなことをしているのか!?　おれとイザヤは幼なじみだ！　開戦してからは三年間もずっと一緒に戦って、共に何度も死地を乗り越えてきた!!　貴様ごときとは絆からして違うのだ、いいからお前は黙って聞いてろ!!」

怒鳴りつけたそのときいきなり、イザヤの左手が、クロトの頬をもう一度打つ。

「バカか……っ!?　たいがいにしろっ！　相手はガメリア大統領だぞ、直接交渉できる貴重なチャンスになにをしているんだお前は!?」

打ちながら、なぜか一滴、イザヤの頬を涙が伝う。

その涙を振り払うように、イザヤは声を荒らげる。

「……東京が焼かれているんだぞっ！　国民が死んでいるんだ！　爆撃も戦争も終わらせられるかもしれないのに、わたしにプロポーズしている場合かっ!!」

怒鳴りつけるが、その頬をまた涙が伝う。

何度も腕で顔をぬぐうが、涙が止まってくれない。

言葉にならないものがイザヤの胸の奥から溢れてくる。自分がなにを考えているのか、わからない。わからないから、ただ手を上げて、クロトの頰を打つ。それしかできない。

何度も打たれながら、クロトは言葉に怒気を込める。

「国民など関係ない!!　お前のほうが、顔も知らぬ八千万人より遙かに大事だ!!」

その言葉を受け、イザヤの口が半分ひらく。

まなじりを吊り上げて、クロトは怒鳴る。

「お前を不幸にするのなら、日之雄もガメリアも滅ぼしてやる!!　お前を泣かせるなら、この世界ごと焼き尽くし、全人類を地獄へ墜とす!!」

クロトの言葉に、イザヤは口元をわななかせ、また右手を振り上げる。

「国家が滅びようと、世界が壊れようと、お前の笑顔は誰にも渡さんっ!!」

肩を怒らせ、両目を血走らせて、クロトはそんな無茶苦茶なことを言ってくる。

「なに言ってんだよ!?　お前……なにを言ってんだ……」

イザヤの言葉尻が消えていく。代わりに呻き声が、イザヤの喉の奥から勝手に洩れる。

「ううう……っ!!　ううう……っ!!」

嗚咽しながら、イザヤはもう一度力ないビンタをクロトに見舞い、それから、クロトの胸に顔を埋めて号泣する。

「うわぁぁぁぁっ!!　うわぁぁぁぁっ!!」

両拳でクロトの胸を叩きながら、顔を涙と鼻水でぐしゃぐしゃにして、イザヤは子どもみたいに泣きわめく。

カイルがスピーカー越しになにか言っている。

だが言葉が心へ届かず、雑音としてしか認識できない。

イザヤとクロトはふたりきりの世界にいる。

——なんなんだよ、お前は。

——言ってることめちゃくちゃじゃないか。そんなの、人間失格だぞ。

——こんなときに、こんなめちゃくちゃなプロポーズされて、なぜ泣くんだ、わたしは。

——うれしいわけないのに。

——なんなんだよ、わたしは。

イザヤ自身も、自分の状態がなんなのか、全く理解できない。

ただひたすら涙が止まらない。身体の奥からこみあげてくるものを飲み干せず、それが全部慟哭に変わる。

——どうすればいいか、わかんないよ。

——わたしにはなにも、わかんないよ。

イザヤはクロトの背中に両手を回して、すがりつく。

胸に顔を埋め、泣いて泣いて、泣き崩れる。

崩れそうなイザヤの背中を、クロトの両手が支える。

泣き濡れたイザヤが、クロトの胸に頰を擦りつける。

──わたしが「ベヒモス」に行けば、戦争が終わるんだ。

──ならすぐ行くべきだ。それで何百万人も助かるというのに。

──それなのに。

──カイルのところに、行きたくないよ。

──ここにいたいよ。

──クロトと一緒にいたいよ。

──クロトにプロポーズされて、うれしいよ。

──「うん」って頷きたいよ。それから笑顔で抱きつきたいよ。

──わたしはなんて、自分勝手な女だ。

──市民よりも自分が大事な、わがまま女だ……。

「クロト。クロトぉ…………」

涙にまみれた言葉が、口をついて勝手に出てくる。

「なんだ」

「バカ野郎。バカ野郎……」

「うるさい、なに言ってんだお前、いいから返事しろ」

悪態を交わしながら、ふたりは互いの背に手を回し、ふたりとも崩れ落ちてしまわないよう支え合う。

——大好きなんだよ。

——子どものころから、お前と遊んでるときが一番楽しくて。

——堤防でプロポーズされたとき、ほんとはすごくうれしくて。

十才のとき、いきなりクロトが告げた衝撃の告白。

いま思えば、あのときからはじまったいろいろな出来事は全て、今日につながっていたのかもしれない。

——ひどいよな。こんなときに。わたしは、うれしくて泣いているんだ。

——お前ならなんとかしてくれると、信じてるから泣いてるんだ。

「クロトぉ……」

「さっきの件はどうなのだ。『はい』か『いいえ』で返事をしろ」

ぐずぐずと洟(はな)をすすりながら、イザヤはクロトの胸に涙と鼻水を擦りつけるだけで返事しない。

「……返事できる状態ではないか」

「うぇぇ……。うぇぇ……。クロトぉ。クロトぉ……」

イザヤは赤ん坊のように泣きながら、クロトの胸へ頬を擦りつけるだけ。

もう十七時になろうとしている。第八艦隊は、クロトの到着を待って出撃予定だ。

「……そろそろ行かねば。返事は、おれが戻ってからきかせろ、わかったな?」

クロトはイザヤの背に回していた両腕を解く。

イザヤはクロトにしがみついたまま、泣き濡れた顔だけ持ち上げる。

「……行くな。……行かないでくれ……」

イザヤの胸の奥から、悪い予感がせりあがってくる。

──もう、クロトに会えない。

──これがクロトとのお別れになる……。

根拠のない、ただの予感。そのはずなのに、イザヤの心の奥底が、そんなふうにささやいてくる。

クロトは鼻から息を抜くと、約束する。

「必ず戻る」

「……いやだ。……いやだぁ」

イザヤは表情をぐしゃぐしゃに歪め、クロトにきつくすがりつく。

横のスピーカーから、カイルがなにか喚いている。だがなにを言っているのか聞く気がしない。どうでもいい。いまはクロトとの会話を邪魔しないで欲しい。

「……返事を聞くまでは死なん。お前はそれまでに、返事を考えておけ」

「やめてくれ。行かないでくれ。ここにいてくれ……」

泣き濡れた顔を持ち上げて、イザヤはクロトに抱きついたまま離れない。

「……お前を泣かすやつが許せん。お前をこんなふうに泣かせたやつは、ぎたぎたに叩きのめさねば気が済まん。いまスピーカーのむこうでぎゃあぎゃあ喚いているあいつ……。あいつだけは地獄の底へ叩き落とす。だから行く」

クロトはイザヤの両手首をつかんで、無理やりに背中から引き剝がす。

イザヤはその場にぺたんと尻餅をつき、うつむいて泣く。

クロトは片膝をついて身を屈め、イザヤの頭に手のひらを置く。

「……おれが戻るまで、ここを動くな。カイルの誘いに乗ってはならん。おれはこの戦いに勝ち、お前のところへ必ず戻る」

「ううう……。ううう……」

イザヤはぐずぐずと嗚咽するだけで、まともな返事を寄越さない。

意を決し、クロトは立ち上がる。

イザヤへ背をむけて、告げる。

「おれはかつて一度も負けたことがない。勝つといったら必ず勝つ。おれを信じろ」

それだけ行って、クロトは扉をあけて廊下へ出る。

「……………」

九村(くむら)がひとり、申し訳なさそうにそこへ立っていた。

「……イザヤを頼む。カイルの誘いに乗らないよう、お前が見張ってくれ」

「……はっ」

「行ってくる」

クロトは言い捨てて、大マントを翻(ひるがえ)し、地下通路の先へ歩いていく。

かつん、かつん。自(みずか)らの軍靴の響きを聞きながら、徐々に、煮えたぎる怒りが魂の底にまで浸透していく。

――カイル。

――お前はおれを心の底から怒らせたぞ。

通路の先、地上の光が見えてくる。

クロトは一心に、光へむかって歩いていく。

泣き濡れたイザヤの顔が、脳裏によぎる。胸の奥が、ぎりぎりと軋(きし)む。

――イザヤ、お前を泣かしたやつを、これからぎたぎたに叩きのめしてやる。

――そのあとで、笑っておれを出迎えろ。

地上へつづくコンクリートの階段を上がりながら、クロトは心だけでイザヤへ語りかける。

――お前の笑顔は、日之雄(ひのお)より、ガメリアより、この世界より価値がある。

階段を上りきって、地上へ出る。

真夏の太陽が降り注ぐなか、かすかに硝煙の香りを嗅いだ。

†　†　†

同日、午後五時三十分――

新大公洋艦隊第一戦隊旗艦「ベヒモス」艦橋司令塔。

「なんという脆い都市だ」

キリングは眼下を見晴らしながら、他人事のようにそう言った。

一万二千メートル前方を、第二戦隊が五列横陣を組み上げて前進しつつ、爆弾の雨を投下している。

ひょう、ひょう、と風切りの音を立て、一トン爆弾が容赦なく、密集して立ち並ぶ木造建築物群へ降り注ぐ。

爆発の炎が連鎖する。炎の壁が立ち上がる。双眼鏡で地上を見やれば、逃げ遅れた住民たちが右往左往するのも見て取れる。

さらに三万五千メートル彼方には、飛行駆逐艦からなる第三戦隊が十列以上の横陣を綾なして、第二戦隊の針路と直角に交わるように直進してくる。彼らの下腹からもまた、数え切れないほどの一トン爆弾がバラバラと振りまかれる。

後方を振り返ったなら、炎に閉ざされた千代田区がある。先ほど第二戦隊により徹底的に蹂躙(じゅうりん)され、武道館も靖国神社も古本屋街も大出版社の社屋ビルも紅蓮(ぐれん)の業火をまとっていた。

「本当に、この破壊が必要なのですか」

シルヴェスタの言葉には、皮肉めいた色があった。

かつてこれほど大規模に、七百万市民が生活する都市を焼き払った事例があるだろうか。

「良心が咎(とが)めるのかね」

キリングが問いかけてくる。

「これがわたしの故郷であったらと思うと、ゾッとします」

キリングは鼻息で、その返事をはねのける。

燃え上がる東京にはそこかしこ、高さ三十メートルを超える大火柱が立ち上がり、周辺の建物を焼いている。あのただなかにいる人間には、炎の壁に取り囲まれているように見えるだろう。逃げ場もなく、ただ焼け死ぬのを待つだけの気分とはどんなものだろうか。

「余計な感傷は捨てることだよ」

キリングは短く吐き捨てる。

「我々はマクヴィル大統領の命令に従って爆撃している。ガメリア軍人が大統領令に従ってなにが悪い」

シルヴェスタは黙って、キリングの言葉を聞くのみ。頷(うなず)きもしなければ否定もしない。

キリングはこれまで来た道を振り返り、炎が立ち並ぶ都市部を確認。

「山の手はほぼ焼いた。予定より三時間遅れだね」

「これだけの船数ですから。よくやったほうではありませんか。百九十七隻もの艦艇が狭い東京上空で艦隊運動するのです、予定どおりにはいきませんよ」

ホレイショ艦長の言葉を受け、キリングは東京の北方に広がる薄墨色の住宅地を見やる。

「次はようやく下町だ。夜間爆撃になるが、それはそれで見物だろう」

艦隊の行く手には、手前に墨田区、荒川区、それから銀色の蛇のようにうねる荒川の北に、江戸川区、葛飾区、足立区、いわゆる東京の下町が広がっていた。

これまで爆撃してきたのは商業圏であり、人間の避難はほぼ完了していた。

これから赴く下町は東京市民の生活圏だから、逃げ遅れたか、逃げることのできなかった住民がまだ多くいる。密集した木造建築の並びに一トン爆弾と焼夷弾が降り注げば、彼らはどうなるか。

――活火山の噴火口にいるのと同じだ。

シルヴェスタは高度千二百メートルにまで舞い上がってくる火の粉を見やりながら、思う。

――しかしあまりに抵抗がなさすぎる。かえって不気味だ。

連合艦隊はやられっぱなしでいるほどおとなしくない。昼間、これほどやられた怒りはおそらく、今夜、下町を爆撃する新大公洋艦隊へ降りかかってくるだろう。

爆撃中の飛行艦隊は横陣を組んでいるため、砲撃戦には不向き。イザヤ艦隊が現れた場合、対処するのは輪形陣を組んだままの第一戦隊――飛行戦艦一、重巡空艦四、軽巡空艦十八、飛行駆逐艦十四、合計三十七隻。イザヤ艦隊対策として特別に、三重の円環を持つ分厚い輪形陣を組み上げている。

これだけ分厚い輪形陣を、たった八隻の駆逐艦が突破するのはまず不可能だが。

――油断はできない。イザヤ艦隊はこれまで何度も劣勢を逆転してきた……。

おのれに言い聞かせながら、シルヴェスタは西方を見やる。

太陽は傾きかけている。日没まであと一時間半ほど。太陽が沈んでから、最後の決戦がはじまるだろう……。

四、アリア

episode four

聖暦一九四一年、七月十日、午後六時三十分——

静岡県、御殿場上空。

箱根山をついたてにして新大公洋艦隊から身を隠した八隻の飛行駆逐艦は、三十分後に迫った日没を待ちわびていた。

夜が来れば反撃ができる。

第八空雷艦隊に乗り合わせた千七百名あまりの船員たちは、炎上する東京の状況を艦内放送で確認しつつ、戦闘意欲をたぎらせていた。

なかでも東京出身の水兵たちは、はらわたからこみあげてくる怒りを抑えきれない。

ほとんどの市民を逃がしたとはいえ、生まれ故郷を焼け野原にされただけで、いますぐ艦の舵を奪い取って敵へむかって突進したくなる。もちろん地方出身の水兵たちも、自分たちの故郷が東京のように焼かれる未来など見たくない。

「出撃はまだか」

「早く助けに行かせてくれ」

じりじりしながら、水兵たちは出撃の合図を待ち受ける。

そしていま、両舷（りょうげん）停止させて高度千二百メートルに浮かんでいる第八艦隊へ、一隻（せき）の高速艇が近づいていく。後席に佇（たたず）んでいるのは、最後の決戦の指揮官を務める若干（じゃっかん）二十一才の青年将校だった。


第八空雷艦隊旗艦「水簾（すいれん）」艦橋司令塔へ、待ちわびた指揮官がようやく到着した。

「遅くなった」

クロトは居並んだ士官と小豆捨吉（あずきすてきち）艦長へ声をかけ、艦橋司令塔へ入っていく。

一足先に箱根（はこね）基地を出立（しゅったつ）し、新大公洋（だいこうよう）艦隊が爆撃する間ずっと御殿場（ごてんば）に隠れていた捨吉は、母港の状況が気になる。

「箱根基地はどうでした」

「艦砲射撃の的（まと）だった。高速艇は待避壕（ごう）に隠していたから無事だったが、埠頭（ふとう）も管制塔も倉庫群も全滅だ」

「そうですか……。帰る場所がありませんね」

敵は京浜工業地帯を砲撃する傍（かたわ）ら、戦隊の一部を切り離して箱根基地も砲撃させていた。予（あらかじ）め飛行艦は全て退避していたが、地上施設はしばらく使い物にならない。

「どのみち今回の作戦は片道切符。『水簾』は接舷斬（せつげんき）り込み、他七艦は衝角攻撃（ラムアタック）、成功しても帰る場所は存在しない。いっそすがすがしいではないか。最後は我らの命が武器だ」

クロトの言葉に、捨吉と他の士官も笑顔を返す。言葉どおり、帰れない旅路に帰る場所はなくていい。

クロトは司令塔から、西の空へ目をやる。

あと十五分ほどで太陽は水平線のむこうに沈む。

もうすぐに、運命の一夜がはじまる。

クロトは機関室に通じる伝声管を握る。

「では行こう。両舷前進、第一戦速。針路百十五度」

無骨に令して、艦首から静かに爆(は)ぜるセラス粒子の七彩を確認。

捨吉が傍らから不思議そうに、

「艦内放送しないのですか？」

イザヤが指揮官であれば、出撃のときは必ずといっていいほど、艦内放送で水兵たちへ言葉をかけて士気を盛り上げるのだが。

「ガラじゃない」

クロトはひとことで切って捨てる。

捨吉は不満そうに、

「水兵たちは、黒之(くろの)閣下の言葉を待っています」

「……おれは口べただ。なにか喋ったとしても余計なことを言うだけで、かえって士気が盛り下がる。黙っていけばいい。なにをすべきかは全員わかっている」

「そうですけど……みんな待ってると思いますけどね」

まだなにか言いたげな捨吉に構わず、クロトは天井を見上げる。

「ミュウは対空指揮所か」

「彼女の定位置ですから」

「おれも行こう。見晴らしがいい。指揮は対空指揮所から執る」

「はっ、了解です」

司令塔からは側壁に遮られ、後方や下方の見晴らしが悪いため、ミュウやクロトは司令塔の天井にあたる対空指揮所のほうが好きだった。露天であり、高空へ剝き出しの身体を晒すため被弾する危険もあるが、壁に遮られずに四方と下方を見渡せるので、戦闘の際は対空指揮所で指揮を執る艦長も多い。

梯子を昇って、昇降口から頭を出すと、ミュウの背中がぽつんとあった。

クロトはその傍らに並び立ち、手すりに両手をあてる。

後ろを振り返ると雄大な富士山が、真っ赤な残照を背景にして黒く浮き立っていた。

ミュウが問いかける。

「白之宮殿下のご様子は」

その問いに、クロトは正直に答える。

「遠距離音声通信装置でホワイトハウスと会話してな。カイルからプロポーズされた。イザヤが自分と結婚するなら爆撃をやめてやるとカイルに言われ、悩むあまり泣き出した」

「…………………」

「傍目に見ていて腹が立ち、おれもイザヤにプロポーズした。イザヤはいま、おれたちへの返事を考えているところだ」

ミュウは黙って、つぶったままの両目をクロトへむける。

「……なんですか、その話」

「史上最大、史上最悪の三角関係の話だ。おれとしてはあんなのと三角になりたくないが、悲しいことにいつのまにかなっていた」

ミュウはしばらく黙ってクロトへ顔をむけて、

「…………なんの話か、よくわかりません」

「おれもよくわからん。だが、イザヤが泣いていた。あいつを泣かすやつは、おれが許さん。ぎたぎたに叩きのめすと決めた。ミュウ、お前もおれに協力しろ」

「…………………」

ミュウはしばらく黙ってから、問いかける。

「つまりは、マクヴィル大統領がイザヤ殿下を泣かせたのですね？」

「あぁ。許せないだろ」

「……はい。許せません」

クロトはミュウの横顔を一瞥。どうやら本気で怒っている。

ミュウは接舷斬り込みの際、艦橋二階の通信室を制圧する役目を担っていることを、不意にクロトは思い出した。

「『ベヒモス』通信室に、ユーリという金髪女がいる。こいつはおれが送り込んだスパイでな。どうやったか知らんが、うまいこと『ベヒモス』に潜り込んだ。どうも通信長を買収しているらしい。この女はおれたちの味方だ、うまく利用すれば敵の通信を混乱させられる」

「……なるほど。ユーリ。……覚えておきます」

「頼んだ。うまくいけばお前の働きで、イザヤが幸せになれるぞ」

そう告げると、しばらく黙ってから、ミュウはクロトへ顔をむけた。

「……性格、変わりました?」

「……そうか?」

「黒之閣下が、白之宮殿下の幸せを考えるとは」

「あぁ。まあ、いろいろあったからな」

「……変なひとですね」

「お前にだけは言われたくない」

「……もうすぐ、東京が見えます」

ミュウはクロトに構わず、また前方空域へ視線を戻す。

高度千二百メートルしか飛べない飛行艦隊は、それ以上の高さの山岳地帯を越えられないため、東京へ行くには箱根山の南を迂回して小田原方面へ抜ける必要がある。艦隊旗艦「水簾」は、単縦陣を組んだ八隻の最後尾に位置して飛行していく。任務が接舷斬り込みであるため、先頭は囮となる他七艦でなければならない。

と、箱根山の山腹から無数の影が躍り出て、第八艦隊の周辺に接近してきた。

「空雷艇部隊だ。彼らも張り切っている」

二～八人乗りの小型飛行艇、「空雷艇」が八十五隻、艦尾プロペラを猛らせながら、第八空雷艦隊の周囲を群れ飛びはじめた。船体下腹には空雷を一本だけ吊り下げ、速力は三十～四十ノット。クロトの要請によって編制された肉薄雷撃専門部隊がいま、こちらへ盛んに手を振りながら、「水簾」と併走をはじめた。

「彼らは攻撃できると同時に、敵のレーダーも攪乱してくれる。エンジンも兵装も規格は揃っていないが、勇敢さが頼りになる」

操縦席から敬礼を送ってくる彼らへ答礼を返しながら、クロトは彼らの勇気へ敬意を払う。あんな小さな船に空雷を抱いて戦艦目がけて突進すれば、ほとんどの空雷艇は射点に到達する前に機銃弾に貫かれて爆砕する。距離三千まで肉薄して空雷を放つことができるのは恐らく十隻のうち一、二隻。それほど危険だとわかっていながら、彼らはこの攻撃に志願して参加してくれた。

ほどなく小田原上空に到着し、関東平野の視界がいきなりひらける。

「…………!!」

クロトとミュウはふたり並んで、変わり果てた光景に息を呑む。

高度千二百メートルからは、横浜から川崎、大田区から新宿区までが遠望できるが、それら一帯が炎に包まれ、夕闇のなかで橙色に明滅していた。

巨大なバケモノが数十頭、火を吹きながら行進したなら、こんな風景になるのだろう。

高さ三十～四十メートルに及ぶであろう炎の壁が格子状に立ち並び、ここから展望すると天空の巨神が燃えさかる投げ網を東京一帯へ投げたような。

「ここまでやるか……!!」

クロトのはらわたが煮えたぎる。

説法に語られる炎熱地獄も、ここまですさまじくはない。あまりにも広範囲に燃え広がった炎は、ここから見てもわかるほどに風にあおられ踊り狂っている。あれでは防空壕に退避した住民も、無事では済まない。

「……敵艦隊、発見……!!」

傍ら、ミュウが伝声管を摑んで告げた。

「三十五度。荒川手前。輪形陣ひとつ。横陣ふたつ……」

ミュウの声にも緊迫感が宿る。

クロトは首から提げた双眼鏡を、いわれた空域へ指向する。

火の海の彼方、煤煙と熱波に揺らめく大気のむこう――

丸く切り取られた視界のなか、豆粒のような敵影を視認。

水平距離、七万メートル以上。

すでに太陽は水平線に沈んでいるが、地上を覆った火の海が照明となって、敵飛行艦隊を夜のなかへ浮き立たせている。

「くそっ、ひとつ、輪形陣を解いていない……！」

「……あの輪形陣の真ん中が『ベヒモス』です。『ベヒモス』一隻を三十隻以上の巡空艦、駆逐艦が三重の円環で守っています」

クロトは思わず歯がみする。

輪形陣を解かせるためだけに東京を明け渡したが、肝心の「ベヒモス」はあろうことか、余計に分厚い輪形陣をまとっている。

――輪形陣を解かせようとしていることがバレたのか。

――キリング……クソ野郎が……。

あれだけの大艦隊を、有能な提督が統率している。腹が立つほど、敵が強く賢い。

だが諦めるわけにはいかない。

このまま第八艦隊が敗れれば、日之雄の全ての都市が東京と同じように焼かれてしまう。

「……どうします？」

「……全ての攻撃をあの輪形陣に集中させるしかない。捨吉、司令本部に連絡。東京上空一帯に気球投入、敵艦隊目がけて走らせろ。同時に統合航空隊、空雷艇部隊、目標を輪形陣に絞り込め。混乱させ、裂け目が生じたら、第八艦隊はその裂け目から突入する」

伝声管で直下の捨吉に伝えると、捨吉はすぐに通信兵へ、いまの指示を打電させる。

「頼むぞ、航空隊。『ベヒモス』への道をこじあけてくれ……！」

イザヤとクロトがはじめて設立し、各方面を説き伏せて組織した陸・海共同航空隊に、クロトは運命を委ねる……。

†††

同日、午後八時——

艦隊旗艦「ベヒモス」艦橋司令塔。

『対空レーダー反応！　北東方面より敵機大編隊来襲!!』

レーダー・プロット室からいきなり報告が届き、キリングは片眉をあげた。

「ほう。航空攻撃か」

飛行戦艦に対する航空機による攻撃は、あまり前例がない。メリー半島上空でリンググランド飛行艦隊がイザヤ艦隊に対して行ったそうだが、充分な戦果は得られなかったと聞く。

「爆撃中の第二戦隊、第三戦隊を狙われるとマズい。横陣を縦陣(じゅうじん)に変えさせましょう」

「うむ。仕方ない」

現在、戦艦・巡空艦からなるガメリア第二戦隊は荒川下流から上流めがけて遡上(そじょう)しながら、飛行駆逐艦(くちくかん)からなる第三戦隊は荒川上流から下流へ下りながら、一帯へ爆弾の雨を降らせている。第二・第三戦隊は全長十キロメートル近い横陣を組んでいるため、荒川両岸がまるごと火砕流に飲み込まれたような、すさまじい景観を見せている。

しかし、キリングの指令が艦艇間電話(TBS)で伝わるや、横陣を組んでいた飛行艦艇はその場で右九十度に一斉回頭し、あっという間に長大な縦陣が組み上がる。縦陣は砲撃、雷撃に最大の火力を発揮するための隊形であるが、爆撃には効果が薄い。

縦陣で爆撃しても有効範囲が狭いため、爆撃は一時中止となる。

『二百機近い大編隊です！　到着まで十五分！』

キリングが喉(のど)を鳴らす。

「まだそれほど機体が残っていたか」

「各地からかき集めてきたのでしょう。敵も必死です」

シルヴェスタは北東方面へ顔をあげる。

地上から立ち上る煤煙が濃すぎて、視程が利かない。

キリングが内線電話を掴み、レーダー・プロット室に聞く。

「イザヤ艦隊はどこにいる。まだ現れんのか」

『それが、突然、気球らしい浮遊物が各所に現れ、こちらへ走ってきます。対空レーダーでは飛行艦と気球の判別がつきません……!!』

ぐぬ、とキリングは呻き、周辺空域へ肉眼を凝らす。

煤煙が邪魔をしてなにも見えない。

イザヤ艦隊がどこにいるか、いまだ判明しないことが不気味だが。

「風に流れているのが気球だ、本物の軍艦や飛行機の動きとは異なる。ＰＰＩスコープをよく見ろ、警戒すべきはイザヤ艦隊だ、それらしい動きがあればすぐに知らせろ」

キリングは電話を切って、空域へ目を送る。

『北東より敵編隊接近!!　百機以上、距離二万メートル！』

見張員が告げる。

『戦闘機と空雷機です、すごい数だ……！』

つづけて、違う見張員のやや怯えたような報告。いまだかつて、百機以上の大編隊による飛行艦艇への夜間攻撃事例は存在しない。夜間、見えない浮遊圏を警戒しつつ投弾するのが非常に難しいためだ。ガメリア航空隊も何度も投雷実験をしているが、訓練中の死亡率が高すぎて中止となった。空雷を上方へ投射する必要上、浮遊圏のぎりぎりに接近して投弾するしかないのだが、浮遊圏に上翼が触れた瞬間失速するため危険のほうが遥かに大きい。

「黒之中佐の秘策はこれですかね」

「……本命はイザヤ艦隊の衝角攻撃だよ。これはおそらく、衝角攻撃へ繋げるための前座だ」

キリングが答えたそのとき、レーダー・プロット室から報告。

『敵編隊、我ら第一戦隊を狙っています。距離一万！』

ふむ、とキリングは短く頷く。

単縦陣を組んだ第二・第三戦隊ではなく、対空陣形を敷いている第一戦隊を狙ってくる。

「簡単な相手を捨てて、わざわざ難しい相手にむかってくるとは」

「『ベヒモス』へ狙いを絞っているのだろう。勇敢だが無謀でもある」

「ベヒモス」は現在、普段組んでいる輪形陣よりさらに厚い、三重の円環によって守られている。

中心の「ベヒモス」から半径十キロメートルに位置する最も外縁、第一列は飛行駆逐艦十四隻。その内側、半径七キロメートルの円環が第二列、軽巡空艦十二隻。さらに内側、半径三キロメートルの円環が最後の砦となる第三列、重・軽巡空艦十隻。飛行艦からなる三重の城壁を乗り越えない限り、本丸である「ベヒモス」まで辿り着けない。

現在「ベヒモス」を守っているのは、史上最強の対空防御陣地だ。

最強の盾があるからこそ、合衆国艦隊司令長官自らが「ベヒモス」へ乗り込んだ。「ベヒモス」艦橋は現在の地上で最も安全な場所といって過言ではない。

「どこまで辿り着けるかな」

告げた瞬間、煤煙のとばりが裂け、高度千百五十メートル、浮遊圏のぎりぎり下方から飛来する戦闘機、空雷機の群れが現れた。

四機一組、四十編隊。総計、百六十機。航空機編隊としては史上最大の規模だろう。

双眼鏡で注視したなら、編隊ごとに機種が違う。

「陸軍機と海空軍機が共同しています。敵は進んでいますな」

シルヴェスタが嫌みたらしくそんなことを言う。陸軍と海空軍の仲が悪いのはガメリアも同じで、航空隊が陸・海の垣根を越えて共同作戦を行うことなどまずあり得ない。

「敵機、第一列へ到達します」

「ベヒモス」から半径十キロメートルの円環を為す第一列、飛行駆逐艦の城壁へ敵大編隊は肉薄する。

「よく引きつけて撃て」

キリングが告げた次の瞬間、第一列の対空機銃が火を噴いた。

一直線に迫り来る百六十機編隊をめがけ、溶岩流が襲いかかる。

敵機も勇猛だ、挑むように溶岩流のただなかへ突っ込んでくる。

たちまち東京上空が、紅の猛射とプロペラ音に埋もれる。

火炎の網に捉えられ、次々に敵機が上翼に空雷を据え置いたまま爆砕する。

凄絶すぎる火炎の華が、紅の弾道のただなかに幾つも咲き乱れ、燃え上がる地上へと落ちていく。

しかし敵機はひるまない。

爆砕する味方を振り返ることなく、まっしぐらに空雷を抱えて突っ込んでくる。

第一列との相対距離、三千メートルを切ったあたりで、ついに投射器が空雷を上方へ投げ上げる。

投射した刹那、いきなり膝が抜けたように、八機、九機、バランスを失って錐もみをはじめる。斜め上方へ空雷を投射したあと、すぐに機首を下げないと上翼面が浮遊圏の下層に接触して失速する。夜間、肉眼で見えない浮遊圏を相手に投雷するのは並大抵ではない。

しかし、この雷撃隊は……。

「うむ……っ！」

思わずキリングも頷く。

敵空雷機の八割方が空雷を浮遊圏に投げ上げて、すぐさま身を翻して戦闘空域を離脱していく。

　放たれた百射線近い空雷が、セラス効果の七彩を曳きながらまっしぐらに第一列を目指す。

　すぐにでも対空機銃で空雷を撃ち落とすべきだが、地上からの煤煙が邪魔をして空雷の視認が難しい。

「おい、マズいぞ」

　キリングの予想を遥かに上回る夜間雷撃の練度だった。ガメリア航空隊で不可能とされた攻撃を、日之雄航空隊がやってのけるとは。

「回避しろ、危ないっ」

　シルヴェスタが叫んだと同時に、第一列の駆逐艦八隻の浮遊体に空雷が突き立った。

　たちまちメタルジェットの飛沫が噴き出し、空雷は身をよじりながら堅い浮遊体への穿入を開始。こうなるともう、飛行艦は助からない。

「…………っ!!」

　一度の雷撃で瞬く間に、八隻もの飛行駆逐艦がやられてしまった。

　被雷した駆逐艦は懸命に砲塔を捨てたり砲弾を投棄したりして重量を軽くしようとするが、浮遊体が真っ二つになった駆逐艦はあらがうこともできず、燃えさかる東京をめがけて墜落していく。

　ずず――ん……。

　重い轟きとともに、二千トンの船体が高度一千二百メートルから落下した衝撃が地を震わせる。船内に抱え込んでいた全ての装薬、燃料が火球となって、衝撃波を吹き上げる。

一隻ではない。三隻、五隻、八隻――第一列を構成していた飛行駆逐艦は力なく落下していき、遙かな異国の地へその船体を打ち付ける。

火球が爆ぜる。燃え上がっていた建築物群が、さらなる衝撃波を受け、粉みじんに吹き飛ばされる。

高さ百メートル近い炎の柱が立ち上がり、烈風を呼んで踊り狂う。

すさまじすぎる光景に、さすがのキリングも言葉が出ない。

敵雷撃機は凱歌のごとくプロペラを轟かせながら、東京西方へ逃げていく。

「航空雷撃がこれほどの威力とは……！」

飛行機では飛行艦に勝てない……のがこれまで世界の常識であった。だが、この東京決戦のあとは航空雷撃が時代の主流となるかもしれない。

「逃げたが、飛行場で空雷を積み直してまた来るぞ。飛行場を叩かねば、航空攻撃は終わらない」

キリングが若干、声をうわずらせる。シルヴェスタが作戦図を確認し、敵機は東京西方、調布飛行場へ逃げたのだと推測する。

「第一戦隊で調布飛行場を叩かねば」

ぐぐぐ、とキリングは歯がみする。

「第一列、間隔がひらいて構わない、輪形陣を保て。まだ第二列、第三列がある。調布飛行場を叩けば、敵はなにもできなくなる」

「第二戦隊、第三戦隊も呼びますか？」

「いや、敵機の狙いは『ベヒモス』だ。ならばこちらに引き付けておけばいい。第二戦隊、第三戦隊は横陣へ戻し、荒川流域への爆撃を再開せよ」

キリングの指揮を受けて、「ベヒモス」率いる第一戦隊は第二、第三戦隊へ背をむけて、単身、調布飛行場の爆撃へむかう。

ホレイショ艦長がコンパスで調布飛行場と第一戦隊の位置を測り、告げる。

「調布上空へ三十分弱で到着します。敵機は燃料を補給し空雷を積み直すのに最低でも一時間はかかるため、着陸中に爆撃できます。二度目の雷撃はさせませんよ」

「うむ。あの航空隊は全滅させねばならん。だが、イザヤ艦隊はどこだ」

キリングは周辺空域を見渡す。黒煙が邪魔をして、イザヤ艦隊のすがたが見えない。たなびく煤煙と、全長百メートル近い気球の群れが北と西から銀光りしながら近づいてくるのが見える。

「気球はプロペラをつけておるな。自走するぞ、厄介な……」

気球のくせに、風に流れない。あれではレーダーで軍艦と混同するのも無理はない。黒之中佐はこれまでも徹底して、こちらのレーダーを無力化することに注力してきた。

煤煙と気球によって、こちらは戦闘空域の全てを把握できない。

まるで漆黒の洞窟を手探りで進まされているような。

——もしや我々は、黒之中佐の張り巡らせた罠に捉えられたか……？

キリングはそんなことを思い、首を左右に振ってその考えを振り落とす。

どれだけ小細工を弄しても、絶対的な戦力差は覆りようがない。

こちらはただ直進して踏みつぶすのみ。敵がなにをしてきても焦らず騒がず、王者の戦いをすれば良いのだ……。

†　†　†

同時刻、町田市上空——

「黒煙がおれたちを隠してくれる。気球も効いているはずだ。敵はまだおれたちの接近に気づいていないぞ」

彼方の戦闘空域を望遠しながら、クロトは呟く。

ミュウはじぃっと北東方面、荒川上空へ目を凝らしつづける。

見渡す地平が、全て火口へ変じたように、格子状に炎上していた。

地上を覆った炎から黒煙が噴き上がって、星さえ覆い隠す戦場の空。

敵飛行艦隊の様子は、黒煙の狭間にちらちら、わずかに見て取れるのみ。

ミュウはそれでも敵艦隊の動きを透視する。

「敵輪形陣、回頭しました。西方へ転舵」

クロトも双眼鏡をその空域へむけるが、黒煙ばかりでなにも見えない。

だがミュウの報告の正確性は、これまでイヤというほど思い知らされている。クロトがこれまで勝ちつづけてこられたのも、ミュウの視力と測距によるものだ。

「雷撃で駆逐艦が何隻か墜ちたな。航空攻撃の脅威を思い知り、調布飛行場を狙う気だ」

「……三十分弱で敵艦隊が調布に着きます。虎の子の航空隊がやられるのでは」

クロトは敵艦隊の様子をじぃっと注視。

「おれたちのほうが先に調布上空へ辿り着く。おれたちが盾となって飛行場を守れば、航空隊が空雷を積み直す時間が稼げる」

方針を決め、直下の司令塔へつづく伝声管を握る。

「調布飛行場を死守するぞ。第八艦隊、敵第一戦隊の眼前に立ちはだかれ」

『はっ！』

北方空域を見据え、つづけて捨吉へ命じる。

「『ベヒモス』が自分からおれたちに近づいてくる。恐らく敵はおれたちのすがたが見えていない。空雷艇、艦速をあげろ。黒煙に紛れ、敵の四方を取り囲め」

『はっ！』

捨吉が日吉台の司令本部へクロトの方針を連絡し、司令本部から空雷艇指揮所へ電信連絡が飛ぶ。

たちまち、第八空雷艦隊の周辺を群れ飛んでいた八十五隻の空雷艇の艦尾プロペラが轟然と唸りを発する。

セラス粒子の七彩が噴き上がり、虹色の航跡を曳きながら空雷艇たちは艦速をあげて、第八艦隊を追い抜いていく。

「…………」

幾多の空雷艇乗りたちが、追い抜きざまに座席から、クロトへ敬礼を送っていた。

「…………」

死地へむかう彼らへ、クロトも黙って返礼を送る。

クロトがイザヤを守りたいように、彼らひとりひとりにも、守りたいひとがいる。だから命を捨てて戦える。いまのクロトはそのことを知っている。

「……済まない。……頼んだ」

北方、調布上空へ去っていく空雷艇たちを見送って、クロトはぽつりとそう呟いた。

†††

同日、午後八時二十分——

「ベヒモス」艦橋司令塔。

『レーダーに反応！　南西方向より艦影多数、高速で接近してきます！　水平距離、約二万メートル！』

レーダー・プロット室から連絡が入り、キリングは自らの進行方向へ目を凝らした。

『航空機ではありません、恐らく小型艦艇……！』

「気球ではないのか？」

『その可能性もあります、速度がバラバラで、編隊も組んでおりません……』

キリングは煤煙のむこうへ目を凝らす。

自らが爆撃したせいとはいえ、この黒煙が厄介すぎる。

——東京上空で戦うのは間違いだったか。

——敵はこの黒煙を利用している……。

燃え上がる東京を利用して、こちらに接近しようというのか。

キリングは奥歯を嚙みしめ、黒煙へ目を凝らす。気球と小型艇によってレーダーを攪乱され、黒煙に紛れて接近しているはずの第八空雷艦隊はいまだ見えない。

「空雷艇ですな。小型飛行ボートの下腹に空雷を吊り下げています」

双眼鏡を北西空域へむけていたシルヴェスタ提督が、敵影を見つけたらしくそう言ってくる。

「調布上空はそれほど黒煙がありません。ここで戦いたいところです」

シルヴェスタの言葉どおり、東京西部は爆撃を逃れているため黒煙が薄い。あれなら視程も効くし、気球と軍艦も視認できる。

「そうだな、あそこで戦いたいが……」

言いかけた言葉が途中で止まる。

調布周辺空域にちらちら、瞬く無数の光がある。

非常な高速で接近してくるあれが空雷艇部隊か。

「散開していく、我々を取り囲むつもりだ……！」

キリングは敵の企図を察する。

八十隻以上の小型艇が、七彩の飛沫を掻き立てながら、八千メートルほどの水平距離を置いて、ガメリア第一戦隊の周囲を蜂のように取り囲む……。

†　†　†

同時刻、「水簾」対空指揮所——

クロトは双眼鏡を差しむけて、空雷艇部隊が散開し、敵第一戦隊を取り囲むのを視認。

第八空雷艦隊の突撃に併せて、彼らも一斉に四方から攻撃を開始する手はずだ。

——必ず辿り着く……。

クロトは鋭すぎる眼差しを敵第一戦隊へむける。

輪形陣の壁が分厚すぎて、中心にいるであろう「ベヒモス」がほとんど見えない。

絶望的な突入かもしれないが、しかし、行くしかない。

第八空雷艦隊は現在、単縦陣で飛行している。

先頭から重雷装艦「懸河」「飛瀑」「白竜」、つづけてソロモン決戦の殊勲艦、現在は新兵たちが乗り込む「東雲」「末黒野」「川淀」「卯波」、最後尾にクロトたちの乗る「水簾」。

先頭の七艦で敵の壁を切り崩し、最後に残った「水簾」が「ベヒモス」へ体当たり、敵艦へ乗り移って艦橋へ斬り込み、敵艦隊の頭脳を奪い取る作戦だ。

生還は難しい。だがしかし、成功させねば日之雄全土が東京と同じ運命を辿る。

「距離一万二千で突撃に入る」

クロトは伝声管で、捨吉に伝える。

「行けば戻れぬ一本道だ。覚悟を据えろ」

『はっ。黒之准将、演説はなさらないのですか』

捨吉はまた、そんなことを言ってくる。

クロトは仏頂面をたたえ、

「ガラじゃないと言っているだろうが」

『この作戦を立てたのは黒之閣下です。水兵たちはみな、喜んで斬り込みに参加してくれたのです。それなら最後に、なにかお言葉をかけるべきでは』

捨吉は真面目な口調で、そう諭してくる。

クロトはイヤそうな顔で、傍らのミュウを見る。

ミュウは目を閉じたまま頷いて、

「水兵たちは、黒之准将のことが大好きですよ」

こんなときに、ガラにもないことを言ってくる。

「お前もそういうことを言うようになったか」

イザヤとリオの護衛以外になんの関心も持とうとしなかったミュウが珍しく、演説するよう促してくる。

「やったほうがいいです。みな、喜びますから。たとえ下手でも」

「……全く……」

クロトは後頭部を掻いて、梯子を下りて階下の司令塔へ。

捨吉が笑顔でマイクを渡してくる。

「黒之准将が口べたなのはみんな知ってますから。なんでもいいです。スベってもいいです。黒之准将が話すだけで、みんな喜びますから」

クロトはイヤそうな表情でマイクを受け取り、「どうなっても知らんぞ」と吐き捨てる。

捨吉が司令塔の全ての伝声管の蓋をあけ、艦内放送のスイッチをいれる。

ごほん、と一度咳払いしてから、第一声をなげかける。

「達する。黒之だ。突撃前に演説しろと捨吉がうるさいから仕方なくする、ありがたく思え」

投げやりな調子でそう言うと、たちまち伝声管を通じて、艦内各所から聞き慣れた水兵たちの指笛や歓声が返る。

『閣下――っ！』『閣下――っ!!』『待ってました、閣下ーっ』

明らかに揶揄するようなその声に、クロトはますます仏頂面を深くして、

「なにを喋ればいいかわからん。諸君らに対して言いたいことなどないが、諸君はとにかく、見下げ果てたアホどもだ。バカだしスケベだし、イザヤとリオのくだらん写真しか頭にないチンパンジーの集まりだ」

実直にそう言うと、伝声管から大笑いが返ってきた。

『突撃前にいうことですかそれ――っ』『閣下、自分がなに言ってるかわかってんすかーっ』

『もうちょい盛り上がること言ってくださいよ――』

ウケている。ならばこれでいいかな、とクロトが演説を終わろうとしたとき。

平祐が突然、伝声管を通じて言ってきた。

『閣下、これからぼくたち死ぬかもしれないんで、もう少しちゃんとした言葉が聞きたいです』

ぐぬ、とクロトは鼻を鳴らす。

『いままでぼくたちに言えなかったことがあれば、仰ってください』

平祐は真面目な水兵で、三年前にクロトが「井吹」に着任してきたときから、なぜかクロトにまとわりついて離れなかった。クロトも普通なら疎ましく思うはずが、平祐が近づいてくるのはなぜか平気で、結果的に平祐を介して水兵たちとも仲良くなった。

平祐の言葉だと、クロトは聞いてしまう。理由はわからない。ただ、いつもまっすぐで正直な言葉を口にする平祐は、クロトにはどこか眩しく見えた。

――まあ。

――聞きたいというなら言ってもいい。

――どうせこいつらとも、これでお別れだしな。

これから敵艦に斬り込んで死ぬ。なら、恥もかきすてにできる。恥ずかしくて言えなかった言葉も、死ぬ前なら言ってしまっていいかもしれない。

クロトは咳払いして、顔を持ち上げる。

「わかった、お前らがそこまでいうなら特別に恥ずかしい演説をしてもいい。だが本当にそんなもん聞きたいのか、お前ら」

『聞きたいですっ!!』『どうぞ閣下、死ぬほど恥ずかしい演説お願いします!!』

「……うむ、わかった、では恥ずかしい話をしよう。……言っておくが絶対に冷やかすな。

冷やかすものがひとりでもいたらおれはそこで演説をやめ、さっさと最後の突撃に移る。わかったか、理解できたら返事しろ」

『冷やかすわけないじゃないですか!!』『絶対しません、本気でしません!!』『ていうか閣下、時間ないんだからさっさと演説お願いします!!』

水兵たちに笑いながら急かされて、クロトは仕方なく、恥ずかしい演説をはじめる。

「……その……なんだ……非常に言いにくいのだが、ある女がいま、自分を犠牲にしておれたちを救おうとしている。ある女というのはだいたいお前らの想像どおりだ、みなまで言わすな。……ガメリアのクソ大統領が、その女が自分のものになるなら戦争をやめてやると言ったため、その女は悩んだ挙げ句、みなを助けるために自分が我慢すればいい、などと言い出した。おれはその女を泣かせたクソ大統領を叩きのめすためここにいる」

冷やかすものは誰もいない。奇妙なくらい、伝声管はいきなりぴたりと鳴り止んで、クロトの話を聞いている。

「惚れた女を生け贄にして、自分だけ生き残ることなどおれにはできん。おれは惚れた女のために戦うと決めた。後世の人間がおれを笑おうが、バカにしようが、誰より大切な女のためにおれは戦う」

目を上げれば、あまりに巨大すぎる鋼鉄の獣が、一万メートル彼方に立ちふさがっている。

三重もの鋼鉄の城壁を穿ち、その奥にいる「ベヒモス」の脳髄に槍を突き立て、摘出し、新しい脳髄を埋め込まなければ、おれたちの負けだ。

失敗したなら、イザヤがカイルのものになる。

大切な女の子を、泣かせてしまう。

「諸君らも、ひとりひとりに大切なひとがいるだろう。これから行う突撃は、その大切なひとのために行うのだ。両親、恋人、祖父母、子ども、誰でもいい、愛おしいひとを思え。守りたいひとを思え。そのひとたちが笑顔で暮らす明日のために、おれたちは戦おう」

そこまで言うと、『閣下――』『閣下――っ!!』と感極まった返答が伝声管から届いた。

冷やかすものは誰もいない。うれしそうに、声に涙までにじませて、兵たちはクロトの演説に答えてくれる。

『おれたちみんな、はじめからそうです!!』『お国のためとかいわれてもよくわかりませんが、おれ、息子のためなら戦えます!!』『おれの実家に爆弾落とされたくないです!!　だから戦ってます!!』

その声に、クロトは頷く。

「それでいい。各位、身の回りの人間を思え。顔も知らない八千万国民でなくていい、手の届くところにいる大切なひとを思え。そのひとが踏まれないために、おれたちは突撃するんだ。国家でもない、皇王でもない、自分自身より大切なひとのために、おれたちは命を捨てて戦うんだ」

言っているうちに、クロトの言葉に自然な熱がこもりはじめた。自分でも意外に思うほど、思考を経ることなく、素直な言葉がすらすらと出てくる。

と、空雷発射指揮所の伝声管から、鬼束の野太い声が届いた。

『閣下‼　惚れた女とは白之宮殿下のことですか⁉』

かなり怒っているのが声音でわかる。

クロトは一瞬ためらうが、すぐにひらきなおり、告げる。

「そうだ。ガメリアのクソ大統領がイザヤを泣かせた。だからおれは殴りに行く。どのくらい殴れるかはわからんが、一発でも二発でも、顔のかたちが変わるくらいまで殴ってやりたい。だから守りたい人間がいないやつは、イザヤを守れ。おれに協力しろ」

と、たちまち伝声管から熱波が返った。

『なんだとおおおっ⁉』『イザヤ殿下を泣かせたのですか⁉　ガメリア大統領が⁉』『そいつ許さねえ‼　絶対絶対、許さねえっ‼』

クロトも力強く、頷きを返す。

「ああ、そうだ。ぎたぎたにするぞ。おれも腹が立って仕方がない、イザヤを泣かせたことをカイルに後悔させてやる‼」

極めて個人的な憤怒をぶつけると、伝声管は今夜最も熱を孕んだ。

『やってやるぜえええええええええっ‼』『イザヤ殿下を泣かせたやつは、おれがこの手でぶっコロす!!』『行きましょう閣下、その大統領、死ぬほど殴りに行きましょう!!』

煮えたぎる戦闘意欲を感じつつ、クロトは前方、迫り来る三重輪形陣、分厚い鋼鉄の城壁に守られた「ベヒモス」を睨み据える。

このまま敗れれば、イザヤはカイルのものになる。

イザヤは毎日、好きでもない男を好きになろうと努めながら生きることになる。

——させるか。

——国が滅びようが、世界が燃え尽きようが、イザヤだけは幸せにする。

決意して、クロトは凛と胸を張る。

「両舷空雷戦、反航!」

一声が、艦内を駆ける。

「水簾」の内圧が上がる。

ひとりひとりの兵員が、いま、大切なものを思う。守りたいものを思う。

それらを守るため、この命を捧げると誓う。

「狙うは『ベヒモス』の首ひとつ!!」

前方に立ちはだかる輪形陣の障壁が、まるでのしかかってくるかのよう。

クロトはその障壁のむこうに、カイル・マクヴィルの笑みを見る。

泣きじゃくるイザヤを見る。

細胞が、沸騰する。

——行くぞ、カイル。

——この世界を、ぶっ壊しに。

「機関最大!! 第八艦隊、突撃!!」

令した刹那、爆発するような鯨波が艦内を巡る。

『おおおおおおっ』『殿下————っ!!』『閣下————っ!!』

クロトはマイクを摑み、怒鳴る。

「行くぞお前らっ、あの怪物をぶっ殺せ!!」

機関が咆吼する。

繰り返し、繰り返し、鯨波が空間を切り裂いていく。

七彩の飛沫が、第八空雷艦隊の先頭を行く二番艦「懸河」の艦尾プロペラから噴き上がる。

後続する七艦もまた、タービン機関を轟かせ、燃えさかる一本の槍のように敵輪形陣を目がけ突進していく。

瞬く間に四十ノットに達する。

噴き上がった艦首波がさらに濃厚な虹色を蹴立て、七彩の航跡が東京上空へ広がっていく。

溶鉱炉のように炎上する東京が、八隻の下腹を紅の色に塗り込める。

『閣下————っ!!』『殿下————っ!!』

輪形陣第一列まで距離七千に達したそのとき。いきなり、敵速射砲の濁流が襲い来る。

『来たぁっ!!』

速射砲の有効射程に入った。これからが本番だ。

開戦以来の名艦長、妙光寺艦長の乗り込む先頭の重雷装艦「懸河」は、蛇のように舳先をのたうたせながら、千万と押し寄せる速射砲の濁流を遡上していく。

自らを後続の盾にするように、「懸河」は全く艦速を緩めることなく、瞬く間に距離三千メートルにまで詰めていく。

一度目の航空機による夜間雷撃により、第一列は櫛の歯を欠くように艦列に隙間が空いていた。妙光寺は巧みな操艦で、最も弾幕の薄い空域へ第八艦隊を導いていく。

「さすが妙光寺……！」

クロトは再び対空指揮所に戻り、前方を突進していく七隻の飛行駆逐艦が掻き立てたセラス粒子を生身に浴びる。

煤煙が薄くなってきた。視程がひらく。ということは敵にもこちらが見える。

煤煙の狭間、第一列を構成する敵飛行駆逐艦が舷側をむけてくる。

十二センチ主砲斉射。

たちまち第八空雷艦隊周縁が砲煙に覆われ、タコの足のように炸裂弾の弾道が四方八方へ散っていく。

駆逐艦の装甲はブリキだ。炸裂弾の弾子でも容易に貫通できる。

船内にいる水兵たちが数十人、炸裂弾に射貫かれて身体の一部が千切れ飛ぶ。

しかし八隻の駆逐艦は止まらない。

呼吸を揃えて、敵艦隊を取り囲んでいた八十五隻の空雷艇も、それぞれ占位していた位置から一斉に輪形陣を目がけ突入を開始。

東京上空がセラス効果の七彩に覆われる。

入り乱れる航跡が、東京上空全体を七色に染める。

砕け散る船、応射する速射砲、対空砲、十二センチ主砲――。

空雷艇たちは自ら炎を噴き上げながら目標と定めた敵艦に、各個が突撃。

敵の対空砲火は輪形陣そのものが爆発したかのよう。

空雷艇は火山の噴火口に自ら身を投じたに等しい。

突っ込んでいった空雷艇が次々に爆砕していく。空雷を投弾できたのは十隻のうち一、二隻ほど。

しかし放ち出された八本の空雷は、それぞれ第一列の敵艦に命中し、浮遊体を破壊する。

「よくやった、空雷艇……!!」

三隻の敵飛行駆逐艦が、船体を水平に保ったまま、為す術もなく地上へ落下。

千歳烏山市街地へ激突し、辺り一帯が炎に覆われる。

『第一列、突破しましたぁっ!!』

見張員の叫び声が、クロトの耳朶を打つ。最初の城壁を突破できたのは航空隊と空雷艇のおかげだ。

――忘れぬぞ、お前たち。

散っていった航空隊員と、爆砕した空雷艇の乗組員たちへ、クロトは心中で感謝する。

続けざま、三千メートル先に輪形陣第二列。

軽巡空艦十二隻が自らの船体を盾にして、長い円環を形成している。

またしてもすさまじい応射が先頭の「懸河」を包み込む。

クロトたちも経験したことのないほど濃密な対空砲火が、「懸河」の船体を槍衾のように貫いていく。

通信兵が電信を持って、司令塔へ駆け込んでくる。

「『懸河』より電信!!　操舵不能、これより敵陣に穴をあける、さらば!!」

ぐっ、とクロトは思いを飲み込む。

この三年間、ずっと共に戦ってきた陽気な妙光寺艦長が別れを告げている。

舵が利かなくなった自分たちを捨て石にして、第二列に穴をあけるつもりだ。

クロトは伝声管を摑む。

「『懸河』宛。貴艦の奮戦を忘れぬ。必ず『ベヒモス』を墜とす」

短い文面に、ありったけの思いを込める。

「懸河」は別れを告げるように艦速をさらにあげる。

両舷に据えられた十基四十門の空雷発射管が旋回する。

舷側を敵にむけることができないため、発射管が自分で旋回し、空雷ごとに斜進角を調定して当てるつもりだ。

難しい雷撃になる。

しかし、「懸河」に乗り込んだ古参兵であれば――。

「『懸河』、両舷雷撃！」

見張員の声が「水簾」艦内に響き渡る。

「懸河」両舷から、鳳凰が両翼を広げるように四十射線の七彩が敵艦目がけて伸びていく。

熟練の古参兵たちは空雷のジャイロ軸を操作して、航跡を湾曲させていた。

曲がった先にはどんぴしゃりで敵艦がいる。

「うまい……!!」

クロトさえ称賛する熟練の技術が、第二列の軽巡空艦へ伸びていき――

その弾着を見送ることなく、「懸河」の船体が十二センチ主砲弾に食い破られる。

二発、四発、六発――

舵が利かず直進しかできない「懸河」は、レーダー照準システムを持つ敵艦にとっては屋台の華に変える。

の射的を撃つに等しい。機関、缶室、燃料庫に直撃した砲弾は、マイクロ秒後、「懸河」を炎

「…………!!」

爆散した「懸河」の破片と黒煙が、後続艦に降りかかる。露天の対空指揮所にいるクロトも、総身でその黒煙を受け止める。

――妙光寺……！

はげ頭にちょび髭、芸人みたいだが戦いではこれ以上ないほど勇猛な艦長だった。開戦以来ずっとイザヤを支え、縁の下の力持ちになってソロモン海空戦の戦勝にも貢献している。

「右の空雷、敵二艦に当たります。艦をあそこへ」

じぃっと放たれた空雷を見据えていたミユウが、四十射線のうち、斜め右方へ伸びていく射線を指さす。

クロトもその航跡を確認。見事な湾曲を描き出し、星空を切り裂いて飛ぶ四射線はミユウの言うとおり、その先の二艦へ命中するだろう。

「基準針路を外れる、面舵三十度だ捨吉、前列艦にも伝えろ!!」

『はっ!!』

「水簾」から艦首波があがる。

急回頭が虹色の飛沫を夜空へ播く。

ミユウが告げる。

「『飛瀑』『白竜』、右三十度回頭。突破口に気づきました。後続、『東雲』らもつづきます」

第八艦隊の七隻は「懸河」が身を捨てて灯した希望へむかって突進する。

『三十度方向、「懸河」の空雷当たります!!』

『弾着!! 四本!!』

見張員の報告と同時に、艦内から歓声があがる。

「よくやった、妙光寺……!!」

第二列を構成していた二隻の軽巡空艦の浮遊体へ、妙光寺の放った捨て身の空雷がそれぞれ二本ずつ突き立っていた。

轟沈確実。

鋼鉄の城壁が、欠ける。

「妙光寺のくれた穴だ、突っ込め捨吉っ!!」

『はは ぁ——っ!!』

さらなる七彩が、艦尾プロペラから噴き上がる。

残る七艦が一本の槍となって第二列を突破。

残る城壁は第三列のみ。

だが突破された敵一列、二列の残存艦も、指をくわえて見ているわけではない。輪形陣をかなぐり捨て、本丸へ侵入していく第八空雷艦隊の尻を追いかけ、背後から主砲、速射砲の猛射を浴びせてくる。

戦闘空域が炎と爆煙、衝撃波で埋もれる。

輪形陣の内奥へ迫るほどに、前から後ろからの対空砲火が濃度を増す。

『左、応射させてください、黒之閣下！』

上甲板の空雷発射指揮所につづく伝声管から鬼束の声が届く。

左方を見やれば、突破された第一列、第二列の飛行艦が群を為して追撃してくる。

「許す！　左空雷戦！」

艦の後ろ斜め後方に敵を見る、最も難しい雷撃体勢。士官学校のテストであれば、この体勢で撃つのは〇点だが。

「絶対当てろ、クソ兵曹長！」

『お任せください、クソ閣下！』

およそ上官に対するものでない応答を確かめ、クロトは雷撃を鬼束に委ねる。

前方へ目を戻せば、水平距離四千メートル彼方、敵第三列が迫ってくる。

重巡四、軽巡六。

重巡がこちらの突破口を看破して、すでに四隻が行く手に立ちはだかり、舷側をむけている。

「やりおる」

敵ながら見事な読み。

さすが「ベヒモス」を守る最後の盾(たて)。

心中で褒(ほ)めた瞬間、今夜最も濃密な対空砲火が「水簾(すいれん)」周辺を沸騰させる。

「…………!!」

星空が火箭(かせん)で埋まっている。速射砲が十数発、「水簾」艦首から入って船内の水兵を殺傷する。

『ぎゃっ』『うわっ』

伝声管越しに水兵たちの悲鳴。被害状況は不明。致命的な箇所に当たっていないことを祈るのみ。

『左応射後、右から第三列へ雷撃できます』

捨吉(すてきち)が小刻みに変針を入れながら進言してくる。

うむ、とクロトは頷(うなず)き、鬼束(おにつか)の声を待つ。

『六から十番連管、発射はじめ！』

それを受け、司令塔の空雷長が艦内ブザーを鳴らす。

「用意……。てえっ!!」

ブザーが鳴り止(や)むと同時に、圧搾(あっさく)空気の音と共に、「水簾」左舷(さげん)五基二十門の空雷発射管から二秒間隔で空雷が放たれる。

「次発装塡(そうてん)急げ！」

撃った瞬間、すぐに第二撃用の空雷を装填させる。完了まで、約二十分。

『俊則、行けぇぇ――――っ!!』『当たれ、圭三郎……っ!!』

空雷科員たちはそれぞれ名前をつけた空雷の行方を祈るように見守る。彼らにとっては「水簾」に乗り込んでから九か月間、我が子同然、手塩にかけて整備点検してきたかわいい子どもの旅立ちだった。

クロトは空雷の行方に目もくれない。古参の空雷科員たちが調定した空雷だ、必ず当たると信じて、道の先を見据える。

目標は次、第三列。

先頭をいく「飛瀑」は捨吉と同じ考えなのか、左三十度へ回頭をはじめた。右舷を第三列にさらすつもりだ。

「捨吉、取舵三十度」

『はっ、取舵三十度!』

クロトと捨吉はあうんの呼吸で「水簾」を操り、最適な射点を目指し駆ける。

レーダー照準された十二センチ主砲弾が燃えながら飛んでくる。

目標は先頭の「飛瀑」らしく、クロトたちを擦過していくのはその流れ弾だ。

と、「飛瀑」後檣に信号旗が上がった。

信号員がすぐに読み解く。

『こじあける。我に構うな。針路そのまま……！』

ぐっ、とクロトの胸がまた焦げる。

先頭をいく艦には、敵艦列の猛射を浴びつつ、突破口を切り開く役割がある。最後に接舷斬り込みを完遂しなければならないからこそ、「水簾」は他艦を囮として、最後尾を走っているのだ。

クロトは司令塔への伝声管を握る。

「『飛瀑』宛。必ず『ベヒモス』の首を取る」

『はっ！』

伝声管を戻し、クロトは「飛瀑」へ目を凝らす。

「すまない、勅使河原……」

クロトは詫びる。「飛瀑」艦長、勅使河原の覚悟はもう伝わっている。

いきなり「飛瀑」は左へ転舵。

こちらの針路に舷側をむけて立ちはだかる重巡と、併走する針路を取る。

その針路では「飛瀑」は第三列を突破できない。

後続六艦のために、自らの雷撃で重巡を仕留めるつもりだ。

「捨吉、針路そのままだ、勅使河原に応えろ……!!」

『……はっ！』

捨吉の応答も震えている。

敵重巡の舷側砲が、併走を開始した「飛瀑」へむかって猛射を開始。

速射砲が次々に「飛瀑」船体を射貫(いぬ)いていく。

しかし「飛瀑」は祈りを託すように、右舷(うげん)から渾身(こんしん)の二十射線を放ち出す。

速射砲、対空機銃、舷側砲が空間を埋め尽くすただなかへ放たれた空雷はいずれも敵艦へ届くことなく、空中で爆散していき——。

やがて「飛瀑」も全身をずたずたに撃ち抜かれ、火球となって星空へ砕ける。

「…………!!」

残骸(ざんがい)が地上へ降り注ぐ。あれでは誰も生き残ってはいないだろう。「懸河(けんが)」につづいて、開戦以来ずっと戦い抜いてきた国家の至宝ともいえる水兵たち二百名がまたしても、この空に消えてしまった。

だが、その命を無駄にはしない。

全ては第三列を突破する、ただそのために。

「飛瀑」を仕留めた重巡四隻(せき)が転舵を開始。

別針路を取って突入してくる後続六艦へ舷側をむけようとしている。

クロトは空雷発射指揮所への伝声管を摑(つか)む。

「次発装填(そうてん)、まだか!?」

『とっくにできてます!!』

時間を許れば、さっきの空雷発射から十分しか経っていない。どれほど早くとも二十分はかかるはずの次発装塡が、たった十分で完遂されるとは。

「上出来!! 両舷空雷戦、反航!!」

『ははぁ、両舷空雷戦、反航!!』

第三列の残存艦は、突進していく第八空雷艦隊の両側に存在している。その位置を確かめ、クロトは最適な射点を瞬時に割り出し、

「発射はじめ!!」

『用意……てぇ――っ!!』

第八艦隊の六隻が、一斉に両舷雷撃を敢行する。

総計百六十射線が第三列を目がけ、虹色の航跡を曳いて扇形散布帯を描き出す。蝶の羽化を見るかのような、凄絶な美しさが調布上空に咲き乱れ――

『先の空雷、まもなく弾着!』

先ほど鬼束が放った左舷雷撃が、追ってくる第一列、第二列の艦艇へ牙を剝く。

『三、二、一……弾着!』

言葉と同時に、「水簾」後方からメタルジェットの飛沫が星空を濡らす。

「さすがだ、鬼束!!」

クロトは我を忘れて鬼束を褒める。

追ってくる敵の隊列が乱れる。

駆逐艦二隻、軽巡二隻に着弾。被雷した敵は穿入する空雷を振りほどこうとするかのように、激しく舳先を揺さぶりながら戦場を離脱していく。

またしても新しい大火柱が、立ち上がる。

三隻、四隻、つづけざまに仙川、つつじヶ丘方面に落下。住宅街のど真ん中に、爆薬を満載した二千トンの飛行艦艇が墜落するさまは言語に絶するすさまじさ。

「前方、『ベヒモス』を視認……！」

傍ら、ミュウが呟く。

クロトも視線を前へ戻す。

輪形陣の中心、水平距離三千メートル……。

空間を歪ませるような巨獣が高度千二百メートルに鎮座して、左舷側をこちらへむけ、燃えさかる東京上空を飛翔していた。

――でかい……!!

聞いてはいたが、思っていたより遥かに大きい。

全長二百八十メートル以上の巨大な浮遊体がふたつ、恐らく満載で十万トンを超えるであろう船体を力業で吊り上げている。舷側から張り出した砲座には、五十センチ主砲とおぼしい主砲が八基二十四門。そして上甲板にはそれよりさらに巨大な五十二センチ主砲、四基八門。「大和」「武蔵」をこの目で見たが、あれを一回り大きくして空へ浮かした、言語に絶する在りようだった。

地上を焦がす炎が、濃紺の船体を下から炙るように照らし出す。

東京を事実上破壊し尽くした魔物たちの王は、ここまで辿り着いた人間たちを玉座から睥睨するかのように、八基の艦尾プロペラから七彩の航跡を曳く。

「バケモノが……」

呟いた刹那――

『「ベヒモス」、砲撃!!』

見張員の叫び声と共に、左舷に据えられた四基の五十センチ砲が発砲。

水平距離、わずか三千メートル。直接照準で放たれた敵弾は、第八空雷艦隊の残存五隻を飛びすぎて、「水簾」の後方で炸裂する。

飛び散る弾子のすさまじさ、破壊力は並の飛行戦艦では遠く及ばない。

たちまち「水簾」が穴だらけになり、伝声管から撃ち抜かれた水兵たちの叫びが届く。

さらに後方から、雪崩落ちてくるように第三列の艦艇群が猛射を浴びせかけてくる。

前方に「ベヒモス」、後方に輪形陣の残存艦多数。

「同士討ち上等なのか、こいつらは」

真ん中の第八艦隊を目がけて、前と後ろから砲撃するから流れ弾は互いに当たるはずだが、そんなことは構わない、と言わんばかりの対空砲火。

「まだ空雷は残っている。第八艦隊、『ベヒモス』と併走しつつ両舷雷撃を浴びせるぞ！」

『はっ、電信します！』

捨吉がクロトの命令を残った「白竜」「東雲」「末黒野」「川淀」「卯波」へ伝える。

彼らも次発装塡を手早く終わらせ、次の雷撃に備えている。

『左舷、予備の空雷ありません！』

鬼束から報告が入る。今日は何度も斉射ができて気持ちいいのか、満足げな鬼束だ。

「これで最後の雷撃だ。よくやったぞ、お前ら」

クロトははじめて鬼束を褒める。次の飽和雷撃で第八艦隊は持ってきた全ての空雷を撃ち尽くし、あとは船体だけが武器となる。

「右に『ベヒモス』、左に最新鋭飛行艦多数。贅沢な雷撃だろ、喜べ」

『ははっ、最高の舞台であります!!』

この雷撃が終わったら、あとは命がけで敵艦に体当たりするしかない。ここまで何度も窮地を救ってくれた空雷科員たちにとっても、これまでの集大成になりうる雷撃だ。

「両舷空雷戦、同航!!」

クロトの言葉に、今日最も大きな歓声が返った。

「第三雷速、射角四十!!」

『ははぁっ、第三雷速、射角四十だ、てめえら――っ!!』

『閣下――っ』『閣下―――っ!!』

クロトは船体の両側を走る敵へ目を凝らす。

相変わらず火焔の濁流が降り注ぐ。まだ飛んでいるのが奇跡のようだ。

射点を目がけて走るさなか――

『「東雲」被弾!! 別れを告げています!!』

「東雲」が速射砲に貫かれ、右舷から凄絶な炎を吐き出していた。弾庫が近いのか、別れの電信が突然届く。

爆発前に、空雷だけは放ち出す。そんな意地なのか、四射線が「東雲」右舷から迸り、星空を駆け出したそのとき――。

新しい火球が、第八艦隊の真ん中に生まれでる。

ソロモン沖海空戦でイザヤとクロトが座乗して敵を打ち破った殊勲艦「東雲」は、旗艦を「水簾」に譲ってからも優秀な働きを見せていた。その艦が目の前で、黒薔薇色をした炎に変じた。

――忘れぬぞ、「東雲」……!!

泣くヒマはない。

クロトはただ射点を見定める。一艦でも多くが空雷を放ち、一本でも多くの空雷が当たるべき空域へ、いま辿り着く。

「全発射管、発射はじめ!!」

『用意！……てぇっ!!』

刹那、第八空雷艦隊が今夜二度目の両舷飽和雷撃を敢行する。

残存する五艦から吐き出された射線は百二十射線。

再び七彩の尾を曳きながら祈りの雷撃は天空を駆け、ときを同じくして、一度目の飽和雷撃の際に放たれた空雷がいま、敵第三列へ到達する。

『命中、多数!!』

見張員の快哉と共に、こちらを追撃してきた無数の敵艦が浮遊体に空雷を突き立て、のたうち回る。

至近距離から放たれた空雷は濃密な射線で敵艦列を網羅しており、しかも悪魔のように正確だった。

「命中、十二本。敵艦、七隻、被弾しました」

ミュウの報告が届く。

輪形陣の内側に入られて両舷飽和雷撃をくらうとは思ってもいなかったらしく、第一列、第二列、第三列を構成していた敵艦は、いまや大混乱に陥っている。それもこれも、この突入口を切り開いてくれた「懸河」、「飛瀑」のおかげだ。

——お前たちの死は無駄ではなかったぞ、妙光寺(みょうこうじ)、勅使河原(てしがわら)。

——そして「東雲(しののめ)」。お前の空雷が「ベヒモス」に当たるぞ。

クロトは最後に「東雲」が放った空雷の行方(ゆくえ)を追っていた。

「東雲」は旋回式発射管を右へむけ、「ベヒモス」だけを狙って撃った。

三千メートルまで接近しての肉薄雷撃だ、鈍重な「ベヒモス」は避けるのも難しい……はずなのだが。

空雷の接近を感知したのか、「ベヒモス」は全身からいきなり、数千条の光線を発した。

「な……っ!!」

もちろん光線ではない。焼けただれた焼夷弾(しょういだん)が対空機銃から放たれたのだ。めちゃくちゃに撃ち出された焼夷弾が、むかってくる空雷を捉(とら)え、爆砕させる。

尋常な速射ではない。高度千二百メートルの浮遊圏に対してのみむけられた、空雷を撃ち落とすためだけの火力。何度も空雷にやられてきたガメリア艦隊は、視認できずともとにかく力業で機銃弾を掃射して弾幕の濃厚さのみで空雷を撃ち落とす方式に切り替えたらしい。

「空雷は効かないか、くそったれが」

雷撃で仕留められれば良かったが、そうは問屋が卸さないらしい。

しかしもちろんこちらも、覚悟を持ってここまで来ている。

空雷がいつまでも通用しないことを鑑(かんが)みての衝角攻撃(ラムアタック)であり、接舷斬(せつげんき)り込みだ。

「行くぞバケモノ、最後の勝負だ……」

クロトは燃えたぎる両眼に「ベヒモス」の威容を映し出す。

命はとっくに捨てた。

あとはあのバケモノに体当たりし、乗り込んで、脳髄を摘出するまで……。

†　†　†

「なんなのだ、あいつらは。いともたやすくここまで来おった……!!」

キリングの呆れた言葉に、シルヴェスタも強ばった表情で、

「簡単ではありません。先頭艦が自分を盾にして第二列、三列を突破しました。二隻を失う代わりに、最低限の犠牲で城壁を越えてきた……」

噂には聞いていたが、自らの命を全く顧みない連合艦隊の戦いぶりだ。この勇猛さが、三度の艦隊決戦を制した原因なのだとシルヴェスタは理解する。

だが。

「両舷雷撃を二度行いました。敵はもう空雷はありません。ということは、残された手段は衝角攻撃のみ」

その言葉に、見張員の言葉が重なる。

『空雷、第二派、来ます!!』

先ほど「東雲（しののめ）」の放った四本の空雷は撃ち落とした。その背後から、残る五隻（せき）の敵駆逐艦（くちくかん）が放った空雷が接近してくる。

『レーダーに反応！　六十射線、「ベヒモス」へむかってきます!!』

その報告に、キリングは鼻を鳴らす。

「ふん」

三千メートルの至近距離から六十発もの空雷を撃たれたなら、普通はあわてふためくが。

「『ベヒモス』を舐（な）めるな」

言葉と同時に、高度千二百メートル層をくまなく網羅（もうら）する火焔（かえん）の束が、放射される。

まるきり火焔放射のごとき、終わらない焼夷弾（しょういだん）の奔流（ほんりゅう）。

舷側（げんそく）から火焔の丸太を突き出して、「ベヒモス」の周囲三百六十度をぐるりと振り抜いたかのように、接近してきた空雷が全て叩き落とされる。

「いつまでも同じ手にやられてたまるか」

これまでの夜間雷撃は、空雷が見えないためやられてきた。「ベヒモス」の最新式対空機銃は射線が互いに交叉するよう配置され、さらに毎秒十二発の十二・七ミリ機銃弾を放ち出すため、空雷の予想針路へ十字砲火を浴びせておけば見えずとも撃ち落とすことができる。

「空雷は怖くない。敵に残された攻撃は衝角（しょうかく）だけ。さっさとやってこい、バカどもが」

キリングは接近してくる残存五隻の敵飛行駆逐艦を睨(にら)み据(す)えて呟(つぶや)く。

衝角攻撃(ラムアタック)の対策も充分だ。

懸吊索(けんちょうさく)は最新の耐熱鋼が使用され、自爆攻撃をくらっても焼き切れることがない。さらに上甲板(かんぱん)は厳密な封鎖(ふうさ)が可能となり、自爆した敵艦から流れ出る溶鉄も船内へ流れいることができない。

「衝角攻撃に成功しても、上甲板が焦げるだけで影響はない。さあ来いバカども、死ぬためだけにむかってこい」

キリングは口角を吊(つ)り上げ、回頭をはじめた敵駆逐艦を睨み据える。

――勇敢さは認めよう。

残存五隻の駆逐艦は、下腹を地上の炎に炙(あぶ)られながら、怯む様子もなく艦首を「ベヒモス」へむけようとしている。

その背後、二度目の両舷(りょうげん)雷撃で放たれた空雷が、後方から追ってきていたガメリア艦艇群に直撃。またしても無数のガメリア艦艇が、浮遊体に空雷を突き立てて断末魔をあげている。

燃えさかる東京へむかって、落下傘(らっかさん)の花がひらく。

敵地に降り立ったならリンチされて死ぬだろうに、それでも降下したいらしい。

味方にどれほど被害が出たのか、把握しきれない。おそらくすでに十隻以上の艦艇が空雷の直撃を受けて轟沈(ごうちん)したはず。

敵ながら見事な雷撃だったが、その活躍もここで終わりだ。

——「ベヒモス」へむかってきたとき、お前たちは死ぬ。

キリングは両手をひらいて突っ込んでくる敵を迎え入れる。

「よくここまで辿り着いた。褒美にこちらも全力で相手をしてやる。さあ、勇者たち、わたしに挑め」

魔王そのものの台詞を吐いて、キリングはにたりと笑い、第八空雷艦隊を待ち受ける。

†　†　†

水平距離三千メートルを置いて「ベヒモス」の巨体がこちらに左舷をむけつつ、すさまじい対空砲火を浴びせてくる。

焼けただれた濁流を回避し、五艦は高速で飛行しながら徐々に艦首を「ベヒモス」へむけつつ、突入の機会を窺う。

前を行く「白竜」「末黒野」「川淀」「卯波」も対空弾幕をかいくぐりながら、じりじりと舳先を「ベヒモス」へむけつつある。

「水簾」はこれから前を行く四艦を囮にし、「ベヒモス」へ体当たりを敢行する。

それがクロトの立てた作戦だ。

──我ながら自分勝手な作戦だ。

──だが、勝つためにはこれしかない。

──頼んだ、「白竜」。「末黒野」。「川淀」。「卯波」……。

全艦の回頭が完了するまで、あと一分三十秒ほど。

行けば戻れない旅路へ、これから足を踏み入れる。

回頭が終わったなら、あとは突撃するだけ。開戦から三年間、ずっと共に戦ってきた仲間たちとも、これでお別れだ。

自然に──クロトは艦内放送マイクを握った。

機関部や通信室、弾庫にいる外の状況が見えない仲間たちへ、これからなにをするのか、告げなくてはならなかった。

「達する。黒之(くろの)だ。これより『水簾』は『ベヒモス』に対し、接舷斬(せつげんき)り込みを敢行すべく、最後の突撃に移る」

途絶した伝声管もあるし、内部には負傷した水兵たちも大勢いる。しかし兵たちは元気な声で、クロトに答える。

『閣下──っ!!』『閣下───っ!!』

その声に、クロトの胸が詰まる。

すごいやつらだ、と改めて思う。

幾多の決戦をくぐり抜けるなか、死地を乗り越えることができたのは水兵たちの献身的な働きによるものだった。艦を救うために命を投げ出して戦う彼らのすがたは、普段のふざけた連中と同じ人間なのか疑わしいほど、尊く崇高なものだった。

十代の頃、フォール街で生き抜くなかで、人間はわがままで自分勝手で、おのれの欲得にしか関心がないのだと思い込んでいた。しかし戦場で目撃した水兵たちは、それまでクロトが会ったことのないひとびとだった。

あるいは故郷で待つ家族のために。

あるいは同じ船に乗り合わせた仲間のために。

あるいは自らの誇りのために。

守りたいものは違っても、みな、大切なもののために命を捨てて戦っていた。

人間とは、汚いだけではなかったのか。

人間とは、これほどの尊さも併せ持つ存在だったのか。

この三年間、戦場を駆けてきたクロトは、その事実を思い知った。

地上の欲得にまみれたフォール街では決して目にすることのできない、名もないひとびとの美しさを思い知った。

突撃に移れば、このひとびとともお別れになる。

最後だから、正直に言おう。

「諸君らがいたから、ここまで辿り着けた。いまさらながら礼を言う。諸君らは間違いなく、世界最高の水兵だ」

艦内は静まり返っている。ただクロトの言葉だけ、総員のもとへ届く。

「……本当にお前たち、未熟なおれにここまでついてきてくれて、ありがとう。諸君たちを部下としてここまで戦えたことが、おれの生涯の誇りだ」

素直な気持ちで、それだけ言った。

『閣下──……』『閣下──……』

水兵の一部が、感極まったようにクロトを呼びはじめた。

もうすぐ回頭が終わる。水兵たちと言葉を交わすのも、これが最後になるだろう。

『閣下──』『黒之閣下──っ』

だんだん、呼ぶ声が強くなる。一部の水兵は、泣いているものもいるようだ。

「なんだ。冷やかしか」

ぐずっ、と鼻を鳴らして、クロトは言った。不覚にも、なぜかこいつらに名前を呼ばれるたび、涙腺にくる。なぜなのか、全くわからない。

その声を受けて、聞いていた水兵たちの感情が爆発する。

『閣下──っ!!』『黒之閣下──っ!!』

『おれたちだって!!　あなたと共にここまで来れて、本当に光栄で!!』

『一緒にバカなことしてるのが、本当に楽しくて!!』

『海水浴とか、温泉とかプロレスとか、本当に最高の思い出で!!』

もはやクロトも、目元が潤む理由は自覚している。

――実はずっと前から、おれもお前らが大好きなんだよ。

――一緒にバカなことをしてるとき、本当に楽しかったしな。

――このままお前らとバカなことをしていたいなと、ずっと思ってた。

クロトは目元を腕で拭って、溢れてくる感情を悟られぬよう、口調を改めた。

「……長く喋りすぎた。そろそろ時間だ」

言葉を引き締めると、明るい応答が伝声管から返ってくる。

『行きましょう!』『みんなで行きましょう、おれたちみんなで!』『あいつらぎったぎたにしてやりましょう、おれたち、そのために訓練してきたんです!!』

すでに泣き濡れた部下たちの声を聞きながら、クロトは前方空域を見据える。

日之雄に残された希望は、いま東京上空を飛行している五隻の飛行駆逐艦のみ。

成功の鍵は、前方の四隻が「盾」として役目を果たすこと。

帰れないとわかっている道へ、自らの意志で踏み込んで、進めるだけ進むこと。

やがて五艦が縦一直線に並んだ。

ほれぼれするような単縦陣を組んだ第八空雷艦隊各艦から、電信が入る。

『白竜(はくりゅう)」より電信！　これより先陣を切る、我につづけ！』

『末黒野(すぐろの)」より電信！　必ず道を切り開く、あとは託した！』

『川淀(かわよど)」より電信！　ここまで来ただけで感無量なり、命の限り戦うのみ！』

『卯波(うなみ)」より電信！　いざいかん、我らに勝利を！』

ひとつひとつの別れの言葉に、クロトの胸が熱く焼ける。

「各艦へ返信。必ず「ベヒモス」を乗っ取る。これは勝利のための突撃だ」

『はっ』

ここまで来たなら総員、命への未練はない。

命尽きるまで戦って、戦って、最後まで一歩でも前へ進むのみ。

クロトは前方のバケモノを睨(にら)みつける。

「行くぞ、『ベヒモス』」

ガメリアの総力を圧縮した破壊神が、天空の玉座に腰を下ろし、立ち向かってくる小さな五隻の駆逐艦を睥睨(へいげい)している。

古代神話の神獣さながら、幾百もの砲身を輪郭(りんかく)から毛羽立たせ、戦艦「大和(やまと)」の四十六センチ主砲でも傷つかない船体が星空を圧する。上甲板(かんぱん)の五十二センチ主砲は、直撃すれば駆逐艦は蒸散(じょうさん)し、かすっただけでも戦闘不能に陥(おちい)るだろう。

世界最強の矛(ほこ)と盾が、「ベヒモス」に結実している。

クロトは「ベヒモス」の背後で笑うカイルを見る。
――行くぞ、カイル。
――おれを怒らせたことを、後悔しろ。
鋼鉄の破壊神を睨み据え。
令する。
「最終戦闘配置!! 接舷襲入、即時待機!!」
艦内から、総員の鯨波。
「機関最大!! 『水簾』、突撃!!」
鯨波を引き裂き、艦尾プロペラが虹を蹴立てる。
「正念場っ!! 総員一丸、火の槍となれっ!!」
七彩が噴き上がる。
水兵たちの鯨波が、ひとつに溶け落ちた魂の咆吼が、戦闘空域を沸騰させる。
「水簾」はいま、燃えさかる槍となって天空を貫いていく。
刹那、すさまじいまでの炸裂砲が、突撃する単縦陣の周囲に咲く。
「ベヒモス」自ら、五十二センチ主砲に炸裂弾を込めて猛射する。
高度千二百メートルを覆った浮遊圏一帯が、溶鉱炉と化す。
大気が燃える。

世界が炎で埋もれる。

五隻の単縦陣は先頭艦を盾にして、炎の濁流を遡上していく。

水平距離、二千メートル。

先頭、「白竜」の船体が前のめりに崩れる。

艦尾で爆発。上甲板の空雷発射管が吹き飛んでいく。

船体中央がめりめりと膨れ、破孔がひらき、炎の束が吹き出す。

しかし「白竜」は突進をやめない。

全身から炎を噴き上げながらも、プロペラを猛らせ、さらに五百メートルほど直進し――

千万の速射砲を一身に被弾、爆砕する。

砕け散る装甲板の欠片が、悲しい火の粉が、露天の対空指揮所にいるクロトの全身へ降り注ぐ。

全身剝き出しの対空指揮所に仁王立ちし、クロトは全ての熱を受け止める。

「忘れぬぞ、灰汁島ぁっ!!」

天を仰ぎ、砕け散った「白竜」の鉄片へ、クロトは叫ぶ。

メリー半島攻略戦の際、戦場に辿り着けなかった灰汁島は、そのことでずっと自分を責めていた。他の二艦はインディスペンサブル海戦でイザヤの盾となって爆砕したのに、自分はそうできなかったことを酒を飲むたび懺悔していた。

後方へすっ飛んでいく「白竜」の変じた爆煙へ、クロトは叫ぶ。

「お前の名を、お前の戦いを、生涯忘れぬ!!」

叫びながら、まなじりから溢れようとするものをクロトはこらえる。

泣くヒマなどない。

灰汁島を思うなら、少しでも水平距離を詰めろ。

やるべきは、あの鋼鉄の巨獣の懐へ飛び込むこと、それのみ。

新たに先頭艦となった「末黒野」もまた、たちまちすさまじい猛射を総身に浴び、代わった瞬間に火だるまとなる。

船内から発生した火焔が装甲の継ぎ目から溢れ出て、装甲板を弾き飛ばし、全身から血流のような炎をあげる。

しかし「末黒野」は飛ぶ。

ひとつの落下傘も咲かない。

船員全員がひとつとなって、「末黒野」を前へ、前へ、飛ばしつづける。

少しでも長く味方の盾となるために。

大切なひとたちが、地上で焼かれないために。

「末黒野」は開戦から参加して今日まで生き残った貴重な三艦のうちの一艦だ。船員の多くは「懸河」に移乗したため残っていないが、古い装備で今日まで生き抜いてきた殊勲艦である。

その古強者がいま、長い役目を果たし終え——火球となって生涯を終える。

伸びていく煤煙が、後続艦へ降りかかってくる火の粉が、最後まで少しでも仲間の役に立とうとするように。後続艦を包み込み、その存在を覆い隠す。

「忘れぬぞ、『末黒野』……!!」

「末黒野」が変じた黒雲に包まれて、クロトは大声を張り上げる。

散っていく仲間たちへ、「忘れない」と声を荒らげることしかできない。

ほかの言葉が、出てこない。

第八空雷艦隊、残るは「川淀」「卯波」「水簾」、三隻。

仲間たちが命を賭して縮めた「ベヒモス」への水平距離、一千五百メートル。

近づくほどに対空弾幕は濃密になる。

つづけて先頭に立った「川淀」がたちまち焼けただれた槍衾に穿たれる。

駆逐艦の装甲は、対空機銃が貫通する。一秒間に十発近い弾丸を受けて、船内にいる水兵たちは肉片となっているだろう。

艦首が無惨にひしゃげ、舵の制御を失って、蛇のようにのたうちながら、「川淀」はしかし前へ、前へ、進むことをやめない。

長い炎の尾が、後続する「水簾」にまで被さってくる。

「川淀」全乗組員の思いが乗り移ったかのように、全身から火焔の血流を迸らせながら、一歩、また一歩、にじり寄るように飛びつづける。

水平距離、一千二百メートル。一千百メートル。一千メートル……。

いまや全身に炎をまとった「川淀」だが、歯を食いしばるようにして、後続二艦が受けるべき砲弾を全て吸収していく。舷側の主砲は健気にも、「ベヒモス」へむかってまだ砲弾を撃ちつづけている。

そして――「川淀」も眩い灼熱に包まれる。

東京上空に太陽が生まれでたかのような。

敵の射手の目が、その閃光に射貫かれる。

すぐさま、空域を震撼させる爆発音。

衝撃波が駆け抜ける。後続する二艦はその熱波を貫いて飛ぶ。クロトは夜空へ叫ぶ。

「忘れぬぞ、『川淀』!!」

マニラ沖海空戦で勝利したのち、本土での凱旋式の際にクロトたちが乗ったのが「川淀」だった。のちに「東雲」に艦隊旗艦を譲ったが、不思議な武運に恵まれた殊勲艦だった。

その古い僚友も、もう戻らない。

残り九百メートル。

前方、残った「卯波」が懸命に駆ける。

これまで先頭艦がつづけざまに爆砕するのを見て、自らの運命はもう悟っているはず。

しかし「卯波」は死地へ自ら突っ込んでいく。

そのすぐ背後、「水簾」も飛ぶ。

水兵たちは盾となって死んでいった仲間たちの名を呼びながら、彼らに託された思いをひとりひとり、その胸へ受け止めて、接舷斬り込みの準備を進める。

無駄死にはさせない。必ず「ベヒモス」の首を取る。そんな叫び声が「水簾」艦内に充ちるなか、距離が縮まっていく。

炎を噴き上げ直進する「卯波」のむこう、「ベヒモス」の艦影がのしかかるようにそびえ立つ。

水平距離、五百メートル。

千万の砲弾に撃ち抜かれながら、「卯波」は飛ぶことをやめない。先頭艦から託された思いを引き継ぎ、最後の責任を果たすため、船体から溶鉄をしたたらせながら、燃えさかる東京上空を、溶岩流のごとき敵弾のただなかを遡上していく。

『「卯波」、ありがと――っ!!』『忘れねえぞ、お前らのこと、絶対、忘れねぇからな――っ!!』

「水簾」船員たちが、泣きながら叫ぶ。

残り三百メートル。

「卯波」の懸吊索が切れる。船体後部が下方を向く。

それでもまだ推力が残っている。

這い進むようにして、「卯波」は「ベヒモス」へにじりよる。

速度の落ちた「卯波（うなみ）」を目がけ、五十センチ主砲が直接照準で斉射（せいしゃ）される。

この至近距離から重量二トンの徹甲弾（てっこうだん）をくらった「卯波」は、なすすべなく巨大な火球となって砕け散る。

しかし最後の執念を示すように、「卯波」からあがった爆煙が「ベヒモス」全体を包み込み、視界を奪い取る。

「卯波」の執念が生んだ奇跡か、それとも盾（たて）となった七艦の思いが結集したのか、「ベヒモス」船員は「卯波」後方から迫る「水簾（すいれん）」を視認できない。

ついに「水簾」が先頭となる。

――残り百メートル……！

クロトはついに艦内放送マイクを掴（つか）む。

「接舷（せつげん）するぞ、衝撃に備えろ!!」

おおおおお、とすさまじい咆吼（ほうこう）が号令に応える。

すでに上甲板（かんぱん）に待機した斬（き）り込み隊員三百名が、銃剣付きの歩兵銃を胸に抱く。

過酷だった訓練は、全て今日この一瞬のために。

夢見た場所へ、ついに辿（たど）り着こうとしている。

前方、視界を埋め尽くす「ベヒモス」の巨影。

距離五十メートル。

互いの船員の顔まで見える、超至近距離。

クロトは伝声管へ、叫ぶ。

「甲板制圧班、主砲班、艦橋班、準備いいか!!」

『甲板制圧班、準備よしっ』『主砲班、準備よしっ』『艦橋班、準備よしっ』

「一分で制圧せねばおれたちの負けだっ!! 時間の勝負となる、倒れたものは助けるな、背を踏みにじって前へ進め!!」

おおお、と蛮声がクロトに応える。

言われずとも総員が、「懸河」「飛瀑」「白竜」「東雲」「末黒野」「川淀」「卯波」、乗員千四百名の死に様を見た。彼らは全員、「水簾」三百名を斬り込ませるために盾となってくれたのだ。いまさら死んだ仲間の背を踏み越えることに、躊躇などない。

——応えるぞ、みなの命に。みなの想いに。

クロトは冷たく燃える蒼氷色の眼光を前方へ飛ばす。

——一分で、「ベヒモス」を乗っ取る……!

「衝角、打てっ!!」

クロトの号令と同時に、ハサミのように左右へ口をひらいた「水簾」の舳先——通称「衝角」が「ベヒモス」上甲板の懸吊索を目がけて射出される。

全長五メートルほどの衝角は「ベヒモス」の懸吊索にぎざぎざのついた左右の金属ユニット

を噛み合わせ、文字どおりに食らいつく。

船体側の巻上機が衝角と繋がっている鎖を巻き上げ、「水簾」の船体は四十ノットの勢いを殺すことなく船体を「ベヒモス」の舷側に叩きつけ、前部が「ベヒモス」上甲板に乗り上げる。

重い轟きが空域を震わせ、砕け散った舷側が粉塵を撒き散らす。

接舷、成功。

水兵たちの歓声と同時に、クロトの号令。

「襲入!!」

繰り返してきた訓練どおり、水兵たちは乗り上げた「水簾」の舳先から、三メートルほど下方の「ベヒモス」上甲板へマット状の緩衝材を投げ込んで、銃剣の付いた歩兵銃を肩に担ぎ、次々に飛び降りていく。

敵はまだ、斬り込みに気づいていない。

接舷の際の衝撃で粉塵がたなびいているのと、最後に爆散した「卯波」の砲煙がまとわりついたおかげで、上甲板の状況を視認しづらい。

さらに、上甲板に旋回主砲があるため、戦闘中、敵兵は上甲板に出られない。下手に上甲板に出て砲撃に伴う爆風を浴びれば、人間はその場でバラバラになって吹き飛んでいく。

甲板制圧班の水兵たちは歓声もあげることなく、忍者のように粛々と「ベヒモス」上甲板に降り立っていき、予め決められたとおりに散開、昇降口を見つけ次第、四人ひと組で警戒に当たる。もしも敵兵が出てきたならば、背後から射殺する構え。

全部でいくつ、昇降口があるのかわからない。総計百名の甲板制圧班はこれまでに何度も何度も、どこにあるかわからない昇降口を一分間以内に発見し、制圧する訓練を繰り返してきた。もしもいま主砲が発砲したなら全員死ぬが、そこは運を天に任せるしかない。

——第八空雷艦隊は全滅している。主砲は撃つ相手がいない。

——敵はこれを衝角攻撃（ラムアタック）と勘違いしている。自爆を恐れ、上甲板に出てこられない……!!

クロトの読みどおり、上甲板全体に斬り込み隊員が散開するのを目視するものは誰もいない。海上艦と異なり、飛行艦の乗組員の見張の目は、同じ高度か、眼下にむけられている。浮遊圏の上方を飛行できる存在がいないため、上甲板に対する警戒が乏（とぼ）しい。ましてや接舷して斬り込んでくるなど、敵の思考の外にある。

クロト自身も緩衝材の上に飛び降り、それから艦橋を目指して走る。

一分以内に艦橋制圧を完了しなければ、襲入に気づかれ、艦内と他の艦に通報され、作戦は失敗となる。

前方、艦橋めがけて走る鬼束（おにつか）、ミュウと平祐（へいすけ）、そのほか二十数名の水兵たち。クロトはその背を追いかけ、全力で「ベヒモス」上甲板を駆け抜ける。

もう一班、主砲班百名も手はずどおり、五十名ずつにわかれて上甲板に据（す）えられた旋回式五十二センチ主砲塔の出入り口を目指して走る。上甲板の敵兵は、この砲塔の内部にいるものだけだ。彼らは「水簾」の自爆を恐れ、誰も外へ出てこない。主砲班全員が声を立てずに主砲の外殻に背中を押しつけ、息を殺して、まずは艦橋制圧の完了を待つ。

主砲班班長、かつて艦橋制圧の大任を賭けて鬼束と殴り合いを演じた藤堂兵曹長は、片目だけを上甲板前方、そびえ立つ「ベヒモス」艦橋へむける。

「任せたぞ鬼束……」

祈りを託し、藤堂は砲塔内部へ突入のときを待ち構える……。

急げ、急げ、急げ……。

長すぎる上甲板を懸命に走り抜けながら、クロトは祈る。

粉塵と黒煙が風に流されて消えていく。先に前方を走っていた艦橋班の水兵たちは、すでに艦橋直前に辿り着き、ロックされた出入り口をこじあけようとしている。艦橋にいる将校たちが、斬り込まれたことを艦内放送で伝えたり、艦艇間電話で他の戦隊に報告する前に、艦橋を制圧しなければならない。

残り四十秒。

敵はまだ斬り込みに気づいていないはず。艦橋側面から張り出した見張所にいるはずの水兵は、「水簾」の自爆に巻き込まれるのを恐れてか、司令塔内部へ逃げ込んだ模様。

気づかれる前に艦橋内の狭い階段を駆け上がり、二階の通信室と三階の司令塔を占拠したならこちらの勝ちだ。

艦橋から物音はない。

声を立てずに制圧する訓練は繰り返してきた。

うまくいくことを祈りながら、クロトは走る……。

鬼束響鬼(ひびき)兵曹長は訓練どおり、押し黙ったまま艦橋入り口の扉へ銃剣の先端を差し込んで、複数人で気を合わせて施錠を破壊し、音も立てずに艦橋内部へ足を踏み入れ、武器は持たず、鉄製の防楯(ぼうじゅん)を構える。狭い通路で上体を守るために工作班に依頼して作った特別な盾(たて)だ。

見上げれば、狭く急勾配(こうばい)の階段が、二階へつづいている。

水兵のすがたはない。事前の取り決めどおり、先頭を鬼束、その次をミユウ、その背後から平祐(へいすけ)以下二十数名の斬り込み隊員が、足音を立てることなく、二階の直前まで辿り着く。

残り三十秒。

鬼束は目線でミユウに合図を送る。

(頼む)

(承った)

ミユウは刃渡り三十センチほどの短刀を逆手に握る。

二階、通信室の制圧がミユウの役目。三階、司令塔制圧が鬼束の役目だ。

通信室入り口の直前で、ミユウは鬼束を振り返る。

(さらば)

(あぁ。あばよ)

これまで何度も、イザヤやリオを盗撮しようと暗躍してきた鬼束と、それを阻止するため付きっきりで姫殿下を護衛しつづけたミユウ。ずっと敵対関係にあったふたりは、いまこのとき、はじめてまともな言葉を交わした。


鬼束は息を殺し、防楯を構えて身をかがめ、三階の司令塔を目指して階段をあがっていく。

二階に残ったミユウは呼吸を止めて、逆手に握った短刀を顔の前に掲げる。

そして、決意を固める。

——わたしの全てを、白之宮殿下に捧げる。

勝敗は、数秒で決するだろう。

いつも閉じているまぶたがひらき、濃紺の瞳が現れる。

扉をあけ、ミユウは通信室内部へ踏み込む。

慌(あわ)ただしい電話の呼び出し音と、通信機のコール音。内部では十数名の通信兵が通信機器や暗号装置と向き合っていた。

ひとり、壁の電話を摑(つか)んでいた通信兵が、ふと出入り口に佇(たたず)むミュウを見た。

「…………？」

彼の目がわずかに見ひらかれた、そのとき。

――情け無用。

血しぶきが散る。

悲鳴もあげず、通信兵が倒れる。

音も立てず、ミュウは室内へ深く侵入。

血風。

五名、倒れる。

部屋の奥、異なる通信機の列から、ガメリア語で叫ぶ敵兵。

身を伏せ、床に踵(かかと)を押しつけて、ミュウは一颯(いっさつ)の風になる。

新たな血しぶき。

奥のブースに、人影。

他の通信機とは形態の異なる、大ぶりな通信機の前に、金髪の女性。

ミュウのすがたを素早く視認し、彼女は通りの良い日之雄(ひのお)語で伝える。

「ユーリ！　味方!!」
ユーリの手前、少佐の肩章をつけた将校が目をみひらく。
──あれが、買収した将校。
瞬時に悟ったミユウは、彼に構わず、血振りを一度。
敵兵の一部が腰に差した拳銃を抜き、発砲。
「ぎゃっ」「うわぁっ」
後続の日之雄水兵も通信室へなだれ込み、銃剣を敵通信兵へ突き立てる。
もう一部が、壁の電話を掴み、いずこへか連絡しようとする。
──させない。
ミユウはとっさに跳躍し、電話を掴んだ敵兵の喉を背後から掻き切る。
新たな銃声。
三発、四発。
通信機の並びの陰に隠れた敵兵が四名、懸命に抵抗してくる。
──熱い。
ミユウは焼け付く痛みを左肩に確認。
同時に、床に踵を擦りつけて、発砲する敵兵めがけ跳躍。
キン。

放たれた銃弾を、短刀の刀身で弾き返す。

しかし左側面、買収済みの少佐が、ミュウにむかって拳銃の銃口をむけていた。

——しまった。

——だが、行く。

ガン。

銃声と共に、ミュウの腹部に衝撃が走る。

焼けた火箸を脇腹から差し込まれたような。

——構うな。

崩れそうな足を、踏ん張る。

通信機に隠れた敵兵が、驚愕(きょうがく)の表情で三発、四発、続けざまに発砲してくる。

ミュウの小さな身体(からだ)を、銃弾が貫(つらぬ)いていく。

撃ち抜かれた胸から流れ出る血が、ミュウの背後にたなびく。

——まだ。

残された最後の力を、ミュウは踵(かかと)に込める。

——あと二秒、力を。

祈りと共に、ミュウは短刀を敵兵の喉(のど)へ貫きとおす。

残り、三名。

ガメリア語のスラングを叫び、三つの銃口がミュウを指向。

——イザヤ様。

心中だけでその名を呼んで、ミュウは最後の力を振り絞り、銃口目がけて駆け込んでいく。

——あなたを、お守りします。

三つの銃声が、ミュウの耳元に鳴る。

クロトが艦橋入り口に辿(たど)り着くと、続けざまに発砲音が届いた。

通信室からだ。

ミュウが突入したのだろう。

クロトは前方、急勾配(こうばい)の狭い階段を見上げる。

階段の踊り場に、防楯(ぼうじゅん)を手にした鬼束(おにつか)。

その背後に、平祐(へいすけ)。他の兵員は、手はずどおり通信室に突入したはず。

クロトは平祐の背後へ駆け込む。通信室の状況を確かめるヒマは、ない。

いまの銃声でおそらく司令塔も異変に気づいた。

残り二十秒。

鬼束が一度、クロトを振り向く。

そして、にっかり笑う。

(ずっとお前がうらやましかったよ)

小声でそれだけ言って、鬼束は踊り場を曲がった先、急勾配の階段を上りつめた三階の出入り口を見上げる。

(イザヤを幸せにしろよ)

鬼束の背中から、そんな言葉が届く。

あぁ、そうか。こいつともここでお別れなのか。

クロトは突然、そんなことに気づく。

はじめは大嫌いな兵曹長だった。上官にむかって平気で無礼な口を叩くし、そんな声では戦場では通用しない、などと挑発するし、バカだしスケベでアホだし、うっとうしくて仕方なかった。

しかしいま、クロトは目の前の大きな背中を失いたくなかった。

できれば、鬼束ではなく、他の大柄な水兵に一番槍を務めてほしかった。

クロトは返事ができない。

――行くなよ、鬼束。

――お前は、死なないでくれ。

そんな言葉が口をついて出そうになる。

通信室から、敵兵の叫び声。

残り十五秒。

溢れてくる思いを飲み干し、クロトが言葉を返そうとしたとき——

三階の入り口が開き、軽機関銃を手にした敵兵が、階段の下を見下ろした。

「背中、踏み越えていけよ」

鬼束は金属製の防楯を構え、そう言って、いきなり階段を駆け上がった。

三階の敵兵が甲高い声でなにかを叫んだ。

同時に軽機関銃が狭い階段を目がけ、濁流のごとく掃射される。

鼓膜が破れそうな、銃声の反響。

しかし鬼束は止まらない。防楯を構え、上体を屈めて、撃たれながら駆け上がっていく。

金属製の防楯が陥没し、破孔がひらく。

百雷の稲妻のごとき、銃撃音。

鬼束の背が、揺らぐ。

血潮と肉片が、壁を濡らす。

いま、鬼束へ告げるべき言葉が、ある。

「鬼束ぁぁあっっ!!」

凄絶な連射音のさなか、クロトは叫ぶ。

（前へ）

不意に鬼束の声が、聞こえた気がした。

残り十秒。

血だるまの鬼束は穴だらけの防楯を構え、肉体を削り落とされながら、それでも三歩、四歩、階段を上る。

鬼束の血潮が階段の先から垂れてくる。

側壁に、鬼束の肉片が散っていく。

まなじりに、涙がこみあげる。

（泣くな。男の子だろ）

またそんな、鬼束の声が聞こえる。

撃たれながら鬼束が階段をあがるのは、イザヤの幸せのためだ。

大好きなイザヤを自分の手で幸せにできない鬼束は、クロトに全てを託し、命を捨てて階段をあがっていく。

かつて告げられた鬼束の言葉が、クロトの頭蓋のうちに残響する。

（男の子はな）

鬼束が切り開いた血路の先が、クロトの目にも見える。

行く手を阻んでいるのは、軽機関銃を持った、たったひとりの敵兵だ。

(好きな女の子のためなら、世界をぶっ壊していいんだ)

あぁ、そうだな、鬼束。あのときはわからなかったけれど、いまのおれにはお前が言っていたことがよくわかる。

場違いだろうが、いまこの戦闘に関係なかろうが、鬼束が最後に一番聞きたい言葉を届けなければ。

あふれそうな涙をこらえ、腹の底まで息を吸い込んで、耳を聾(ろう)する銃撃音へむかって、クロトは渾身(こんしん)の声を張り上げる。

「イザヤはおれが、幸せにするからっ!!」

鬼束にバカにされて、これまで鍛(きた)え上げてきたおれの大声よ、鬼束へ届け。

こいつの魂へ、届いてくれ。

(おうよ。それが、男の子だ)

そんな返事が、聞こえた。

防楯が、砕け散る。

鬼束は、おのれの肉体そのものを盾(たて)にして、クロトを守る。

残り三秒。

顔も胸も腹部も四肢も、全身を掃射された鬼束(おにつか)が前のめりに崩れ落ちる。

刹那(せつな)。

「わたしごと、撃ってください!!」

平祐(へいすけ)がそう叫び、鬼束の背中に軍靴の底を押し当て、踏みにじり、前へ。

掃射音が爆(は)ぜ、平祐の身体(からだ)が食い破られる。

血流が噴き上がる。肉片が飛び散る。しかし平祐は敵兵に組み付き、その喉元(のど)へ銃剣を突き立てる。

その背後に新たに三人、軽機関銃を持った敵兵。

平祐は全身を撃たれながらなお、三人の敵兵の前へ我が身を差し出す。

身体を盾(たて)にして、クロトを守るつもりだ。

(背中、踏み越えていけよ)

もう一度、鬼束の声が、聞こえる。

クロトは鬼束の背を踏みにじり、前へ。

傾斜の先を、見上げる。

「平祐ええええっっ!!」

喉に銃剣を突き立てた敵兵が、クロトの目の前で崩れ落ちる。

その手から、軽機関銃を奪い取る。

血まみれの平祐のむこう、司令塔側に三人の敵兵。

通路が狭いため、横へ広がることができず、軽機関銃を突き出したまま、縦に三人、並んでいる。

先頭の兵が、覆い被さってきた平祐へ、至近距離から掃射。

平祐は全身を撃たれながら、最後の力で先頭の兵に身体ごと、のしかかる。

そのむこう、ふたりの敵兵は先頭の兵が邪魔になり、撃てない。

(わたしごと、撃ってください)

そんな言葉が、また聞こえた。

ぐしゃっ、とクロトの視界が歪(ゆが)んだ。

ゼロコンマ一秒の判断の遅れが、世界の命運を決める。

それなら。

いま迷うことは、平祐への裏切りだ。

――平祐。

掃射音に、新たな掃射音が加わった。

――許せ。

ちぎれとんでいく平祐の肉体のむこう、三人の敵兵が全身を蜂の巣に撃ち抜かれ、その場に崩れ落ちる。

噛みしめた唇から血を流しながら、クロトは右足を踏み出す。

──前へ。

敵兵の亡骸を左手に掴み、鬼束と平祐の返り血を浴びたクロトは、ついに「ベヒモス」司令塔へ右足を踏み入れ。

──前へ。

同時に高級将校たち七名が拳銃を発砲。

クロトは敵兵の亡骸を盾にする。

亡骸の背に、七つの破孔。

亡骸の脇から、クロトは右手に持った軽機関銃の銃口を突き出す。

爛、と蒼氷色の瞳が燃え立つ。

──辿り着いたぞ、お前ら。

引き金を、絞る。

居合わせた将校たちが血潮を噴き上げ、吹き飛び、崩れ落ちる。

室内の計器類が砕け散り、書類が飛び散り、双眼鏡のガラス片が宙を舞う。

粉塵と硝煙と鉄片と跳弾が、物陰の将校をも殺傷する。

──お前らがくれた、勝利だ。

クロトは掃射をやめない。

怒りのままに、引き金を握り込む。

「おおおおおおおおっ!!」

クロトの目から、涙があふれてくる。

ここに辿り着くために倒れていった仲間たち全員のすがたが、いまこの司令塔に二重映しになる。

三年間、同じ釜の飯を食った仲間たちへ、クロトは銃声と一緒に咆吼する。

「お前たちの勝ちだっ!!」

慟哭しながら、咆吼しながら、クロトは弾倉がからになるまで撃ち尽くし――

「おやめくださいっ」

背後からクロトを羽交い締めにしたのは、小豆捨吉艦長だった。

「艦橋制圧完了、『水簾』と主砲班へ合図を!!」

捨吉は後続の伝令たちに命令し、斬り込み隊員五、六人を司令塔の直上、対空指揮所へ差しむける。

伝令はすぐさま上甲板に戻り、主砲班を率いる藤堂へ艦橋制圧を報告。

頷いた藤堂は、上甲板に鎮座する二基の五十二センチ主砲塔へ、待機していた斬り込み隊員を突入させる。

報告を受け取った「水簾」はここでようやく自爆装置を起動。

五分後の爆発に備え、「水簾」に残っていた水兵たちも「ベヒモス」に飛び移り、事前の取り決めどおり、甲板制圧班と共に船内へ突入。可能な限り物陰に隠れ、こちらのすがたを見た敵兵はその場で殺傷、限界まで存在を秘匿する。

「やりました、本当にやりました……!!」

司令塔では、捨吉が床に倒れた将校たちの肩章を確認し、階級を確かめていく。

そして、血に濡れた床に横たわり、側壁にかろうじて上体を預けた老将を確認。

肩章は、大将。

「キリングです、黒之閣下！　息があります!!」

老将は右の腿を撃ち抜かれ、立てない様子。上体に傷はなく、止血すれば命は助かる。

血に濡れたクロトは目元を腕で何度もぬぐい、平静を取り繕う。それからゆっくりとキリングに歩み寄り、片膝をついて、ガメリア語で問いかける。

〝キリング大将とお見受けする。わたしは黒之クロト准将。今作戦の指揮官である〟

キリングは血のにじんだ唇に、歪んだ笑みのようなものをたたえる。

〝まさか斬り込んでくるとは思わなかったよ。海賊のやりくちにやられるとは。見事だ、黒之准将。わたしが合衆国艦隊司令長官、キリングだ〟

〝お会いできて光栄の至り。あなたの頭の中を読むための三年間でした〟

〝介錯してくれ。これで母国に帰ったらリンチされる〟

〝お断りします。あなたには、やったことの責任を取ってもらう〟

クロトはキリングの両腕を拘束するよう、部下へ命じる。

もうひとり、右腕と尻に被弾した将校が、同じく両腕を拘束されて震えていた。

〝ホレイショ艦長だ。抵抗しない、おとなしくする〟

ガメリア語で、懇願してくる。その足下に、中将の肩章をつけた壮年の将校が突っ伏し、目をあけたまま絶命していた。

すると伝令が駆け込んできて、クロトに告げる。

「黒之閣下、通信室へお願いします。戸隠少尉が、もう……」

「わかった」

クロトは操艦を捨吉に委ね、階段へ出る。

「………………」

水兵たちが、白い布をかけた遺体をふたつ、持ち上げて外へ運びだそうとしていた。

小さいのは平祐で、大きいのは鬼束だ。

またしても視界が、水の皮膜に覆われる。

だが、泣き崩れるヒマはない。数分後、「水簾」が自爆してからが勝負だ。

二階の通信室に入ると、血塗られた床にユーリが座り、血まみれで横たわるミュウに膝枕をしていた。

「……ミュウ……」

クロトもミュウの手前に跪き、その血に濡れた手を握った。

かすかな呼吸を発しながら、ミュウは目を閉じたまま動けない。

身体にいくつもひらいた傷口から血を流し、ミュウはなにかを伝えようとしている。

しかしもう、言葉を発する力もない。

ミュウの言いたいことは、クロトにはもうわかっていた。

手を握りしめ、顔を近づけ、告げる。

「勝ったぞ。『ベヒモス』を乗っ取った」

そう言うと、ミュウの瞳がうっすらひらいた。

ひゅう、と息が漏れる。言葉のかたちになっていないが、気持ちは伝わっていた。

「お前のおかげだ。安心しろ、イザヤはおれが、責任もって幸せにする」

クロトの目から、ずっとこらえていた涙がぽたぽた、滴った。みっともない顔になっているだろうが、気持ちが抑えられない。

クロトはぼろぼろ泣きながら、ミュウの手を握る手に力を込めた。

ずっとイザヤとリオの間近に侍り、ふたりを守りつづけたミュウ。最後まで彼女は、イザヤとリオのためだけに戦い抜いた。ミュウのおかげで、通信室の機材はほとんど無傷で制圧できた。旗艦の通信設備を自由に使えることは、これから大いに効いてくる。

「お前のおかげで、勝った。お前は、イザヤを救ったぞ」

そう告げると、ミュウは、少しだけ口元を緩めた。

ふぅっ、と大きく息を吸い込み、言葉を返す。

「……変な……かお……」

泣いているクロトの顔がおもしろいらしい。少しだけひらいていた目が、笑う。

「……変な……」

なにか言いかけて、すぅっと、ミュウの手から力が抜けた。

かすかだった口元の呼吸音も、消えた。

けれどミュウは、微笑んでいた。

これまで見たことのない、笑顔のミュウだった。

クロトはしばらく黙って右手でミュウの手を握り、左腕で何度も目元をぬぐった。

直後——。

ずうん、と重い轟きが爆ぜ、窓の向こうが紅に染まった。

足下がぐらつく。側壁が軋む。砕け散った装甲板が外壁にぶつかり音を立て、噴き上がった凄絶な炎が中空を焼く。

「『水簾』、自爆しました……!!」

水兵のひとりの報告を受け、クロトはもう一度目元を腕でぬぐってから、ゆらりと立ち上がり、表情を引き締めた。

「ユーリ」

「はいっ」

「通信長から艦内放送の使い方と、艦艇間通信のやり方を聞き出せ」

先ほどからひっきりなしに電信機がテープを吐き出し、電話が鳴っている。恐らく「ベヒモス」の応答が途絶えたことを他の艦が訝しく思っているのだろう。

「任せて!!」

ユーリは荒縄で両手両足を拘束し、猿ぐつわを噛ませて床に転がしたマグノリア通信長を蹴り上げ、凄惨な笑顔を怯える彼に近づける。

〝変な意地とかいらないから、さっさと通信設備の使い方、教えなさい〟

ユーリはヘアピンの先をマグノリアの親指の爪の隙間に突っ込んで、剥がれない程度に力を加える。

涙目で首を左右へ振るマグノリアへ、ユーリは嗜虐的な笑みをさらに近づけ、

〝あたし、拷問されるのはイヤだけど、するのは大好き〟

脅すと、マグノリアは半泣きの表情で、何度も何度も頷いて恭順の意を示した。

「C3で日吉台と連絡を取りたい。作戦成功を伝え、調布の統合航空隊を敵第一戦隊へさしむける。……反撃開始だ、新大公洋艦隊に地獄を見せてやれ」

クロトは矢継ぎ早に指令を発し、各所へ伝令を飛ばして「ベヒモス」の頭脳を、つまり新大公洋艦隊の頭脳を掌中に収める。

「ベヒモス」船内の二千名の兵員たちはいまだ、上甲板で進行中の出来事に誰ひとり気づいていない……。

†　†　†

同日、午後十時五十五分——

イザヤはずっと息を飲んで、C3遠距離音声通信機の前に座っていた。

作戦室とは内線電話で繋がっていて、東京上空での戦闘の様子は刻々と第四通信室へ伝わってくる。

第八空雷艦隊が「ベヒモス」を中心とする第一戦隊への突撃を開始し、前方をゆく七艦が爆砕したのち、「水簾」が「ベヒモス」へ体当たりを敢行、自爆して果てたところまでは把握している。

けれどその先がわからない。

敵第一戦隊の残存艦は、重巡三、軽巡九、飛行駆逐艦六……と報告が入っている。生き残った彼らは「ベヒモス」の周囲に新たな輪形陣を組み上げて、調布飛行場から飛来する統合航空隊の攻撃に備えている。

敵の第二、第三戦隊は無傷のまま、荒川沿いの爆撃を続行。下町は炎熱地獄と化して、荒川には多数の焼死体が浮いているらしい。

「頼む、クロト、ミユウ、ユーリ……」

イザヤは祈るような思いで、C3からの通信を待つ。なんらかの事情で電源が落ちているのか、スピーカーからはノイズさえも途絶していた。

接舷（せつげん）斬（き）り込みは敢行（かんこう）されたのか。

うまく艦橋は奪取できたのか。もしや全員、返り討ちに遭ってしまったのでは……。

「頼む、みんな……」

斬り込み隊員は全員、「井吹（いぶき）」「飛廉（ひれん）」「東雲（しののめ）」と乗艦を変えながら、最低でも三年以上、付き合いのある水兵たちだ。誰ひとり死んで欲しくない。

祈りつづけた、そのとき――

スピーカーから、ガガ、ジッ、とノイズ。

「……っ!!」

先方の電源が戻った。雑音の狭間（はざま）に、女性のような声が紛（まぎ）れる。

九村（くむら）がマイクで呼びかける。

「……ユーリ!?　いるのか!?　ユーリ!!」

しばらく雑音が交叉し……。

『……ユーリです!!　……九村さん!?　聞こえますか!?』

その声を聞いて、里崎参謀長とイザヤ、それに背後に控えていた三名の従兵までもが歓声をあげる。

イザヤがマイクを自分の口に当て、

「白之宮です。ユーリ、状況を教えてくれ！」

二拍の間を置き、今度は違う声が届いた。

『……黒之だ。斬り込み成功、艦橋を奪取した』

刹那、イザヤと九村と里崎は飛び上がり、互いの手を取り合って感激を露わにする。

「すごい、黒之准将、すごいっ!!」

「やってくれた、クロト、すごいぞ、お前すごいぞっ!!」

いつも冷静な九村でさえ興奮を隠さず、イザヤはもうまなじりから溢れるものを止められない。里崎まで泣き崩れ、従兵たちも互いに抱き合って涙にくれ、バンザイ、バンザイを繰り返す。

クロトが落ち着いた声で告げる。

『すでに通信室と主砲塔二基を制圧し、艦内には「総員退艦」を発令した。「水簾」の自爆により懸吊索が切れたと艦内放送している。「ベヒモス」の下腹に落下傘が群れ飛んでいるのが見えるはずだ』

言葉どおり、クロトの背後からやかましいブザー音と、ガメリア語で「総員退艦」と何度も繰り返されているのが聞こえてくる。船内の敵兵に気づかれることなく放送設備を奪い取ったのだろう、奇跡的な戦果だ。

「すごい、クロト、ほんとにすごいっ!!」

イザヤは涙声を隠すことなく、クロトを褒め称える。

しかしクロトは淡々と、とんでもない戦果を告げる。

『キリング提督が司令塔に乗り込んでいたので捕縛した。これから調布飛行場の上空あたりで落下傘降下させる。捕まえて尋問するといい』

イザヤと九村は口を半開きにし、見開いた目を見合わせる。

合衆国艦隊司令長官を生け捕りにした?

信じられない報告だ、キリングを締めあげれば、ガメリア海空軍の貴重な情報がイザヤへ筒抜けになる……!

「クロト!!　お前、本当に救国の英雄だ!!」

喜ぶイザヤへ、クロトは真剣な声で、

『まだ騒ぐな、戦いはこれからだ。機関部にこっちの機関員を潜り込ませたが、扱いかたがわからん。どこまで操船できるか不明だが、ＴＢＳと偽電を駆使し、可能な限り第二戦隊、第三戦隊を洋上へ引っ張ったうえで攻撃を仕掛ける』

「わかった、我々はどうすればいい？」

『統合航空隊へ連絡し、第一戦隊の生き残りをいますぐ攻撃してくれ。「ベヒモス」は手出ししない。彼らの技量なら充分、やれるはずだ』

イザヤはこれまでの戦闘経過を記録したメモを手に取り、第一戦隊の残存艦が、重巡三、軽巡九、駆逐艦六であることを確認。これなら、百機近い雷撃機を送り込めば壊滅できる。

「わかった。調布飛行場へ連絡をいれる。お前たちはどうする？」

『第一戦隊の被害甚大、いったん大島上空へ退避し、陣形を組み直す……とTBSを介して第二、第三戦隊へ偽りの命令を出す。連中と一緒に大島まで撤退したところでいきなり砲撃を仕掛け、砲弾がなくなるまで撃ちつづける』

イザヤは息を飲んで、クロトの今後の展望を聞く。

――残った第二戦隊、第三戦隊を「ベヒモス」で仕留めるつもりか……!!

あまりに勇壮すぎると同時に、それが死を覚悟した戦いであることも理解できる。

敵の残存艦は、第二戦隊に飛行戦艦十七。重巡三十一。軽巡二十八。

第三戦隊に駆逐艦八十四。

いくら「ベヒモス」といえども、たった一艦で相手できる数ではない。

しかしそれをやらなければ、他の大都市も東京のように火の海になる。

ここで新大公洋艦隊を壊滅させるしかないのだ、全員がいまいる場所で全力を尽くして。

『おれは忙しい。あとの連絡役はユーリに任せる』

無骨に言って、マイクはユーリに代わる。

『はーい、イザヤ、ユーリだよ。めちゃくちゃすごかった。とにかくクロトたち、めちゃくちゃすごかったから。今度会えたら、詳しく話すね』

戦場にそぐわないユーリの能天気さが、なんだかこの場の救いになる。

うん、と頷いて、イザヤはC3通信機へ語りかける。

「そこにいて、なにが起きているか教えてくれ。こちらでできることは全部する。頼んだよ、ユーリ……」

†　†　†

日付が変わって、七月十一日、深夜二時——

東京湾から約六十キロメートルほど南西へくだった、大島近海上空。

ガメリア新大公洋艦隊、第二戦隊旗艦、飛行戦艦「バシリスク」艦橋司令塔。

「わざわざこんなところまで撤退する必要があるか？　再編成なら東京上空ですればいい」

ガメリア新大公洋艦隊第二戦隊司令官、カート・ハウエル提督は不満そうに、副官へ告げる。

「敵航空隊の攻撃が思ったより激しいのでしょう。洋上にいれば味方の海上艦隊もやってきますし、戦力不足も補えると見込んだのでは」

ふむ、と鼻息を鳴らすが、なにかが奇妙だ。

ハウエル提督は三時間ほど前に旗艦「ベヒモス」から送られてきた電信へ改めて目を通す。

『発：「ベヒモス」シルヴェスタ司令官
宛：「バシリスク」ハウエル司令官
第一戦隊の被害甚大。戦隊の再編成を要す。第二戦隊、第三戦隊は横陣のまま、大島上空へ集合せよ　二三五五』

内容は納得しかねるが、きちんとした暗号文で打たれているから偽電ではあるまい。だがTBSで「ベヒモス」との交信を試みても誰も出ず、電信で「TBS故障。艦艇間通信は電信にて行う」と返事があった。第八空雷艦隊は全滅させたが、「ベヒモス」自身も衝角攻撃をくらい、大変な損害を受けたらしい。

「なぜ横陣のままなのだ。縦陣のほうが飛びやすかろうに」

第二戦隊は七十六隻もの飛行艦が、長さ十キロメートル以上に及ぶ三列横陣を組んだまま大島まで飛んできた。

第三戦隊も同じく、飛行駆逐艦八十四隻が四列横陣を組み上げて飛行している。

「そのまま名古屋港でも爆撃するつもりでは。大島から七時間程度で着きますし」

「ふむ……。それならそれで連絡が欲しいが。どうも通信がおざなりだな」

ハウエル提督は後方を振り返った。

夜の色に塗り込められたガラス窓のむこう、月明かりに照らされて、「ベヒモス」が一隻、ぽつねんと飛行しているのが見える。

「輪形陣は壊滅したのか」

「第八艦隊を全滅させたあと、何次にも及ぶ航空攻撃を食らったようです。何隻生き残ったかは不明ですが、かなりの被害が出ているものと……」

「なら我々に調布飛行場を叩かせればいい。なぜなにもせず撤退させたのか、意味不明だ。のちのち軍事裁判ものだぞ」

ハウエルの不満は終わらないまま、第二戦隊は大島上空へ差し掛かる。

遙か下方、味方の海上艦隊の先遣隊が見える。

この海域は完全に、ガメリアの手中にあった。

「勝ちの見えた戦争に、慎重すぎる理由がわからん」

ぼやいたそのとき、通信兵が駆け込んできて、「ベヒモス」からの電信を読み上げた。

「第二戦隊、第三戦隊、全艦、即座に機関停止せよ！」

はあ？　とハウエル提督の口がひらく。

「なぜだ？」

「わかりません！」

プロペラの回転を止める「両舷(りょうげん)停止」でさえ、この場に静止してから、また動き出すまでに十分少々かかる。だが「機関停止」とはボイラーの火を落とすことだ。それをやればまた蒸気圧を高めて動きだすまでに二、三時間かかってしまう。戦場ではおよそあり得ない命令だ。

「止めろと言われて止められるか。理由を聞け、ＴＢＳはまだ繋(つな)がらんのか!?」

と、ＴＢＳを担当する通信兵が、大声でハウエル提督を呼ぶ。

「シルヴェスタ提督から通信です、危急の用件とか！」

やっと繋がった。やはり言葉のやりとりができないと不便すぎる。

ハウエルは受話器を受け取り、

「ハウエルです。なにごとですか、先ほどから面妖な命令が次々と」

受話器のむこうから、ノイズ混じりのシルヴェスタ提督の怒り声。

『きみの艦に日之雄(ひのお)のスパイが潜り込み、暗号通信を混乱させている。意味不明の命令が乱れ飛んでいるのはそのためだ、すぐに通信室を点検し、おかしな行動をとる通信兵がいないか探せ!!』

ハウエル提督は目をぱちくりとしばたいて、

「なんですと!?　そ、そんなはずが……」

『機関停止せよ、とかいう命令が届いたな!?　それは偽電だ、そんな命令をくだすわけがなかろうが!!』

「いや、そんなバカな、我々のなかに裏切り者が!?」

『きみの艦からおかしな通信が届いて、こちらも混乱している!!　さっさと探せ、なんなら通信兵を全員追い出せ、この混乱の原因はきみだ、のちほど軍事裁判ものだぞ馬鹿者!!』

普段温厚なシルヴェスタ提督の剣幕に、ハウエルは震え上がる。

すぐに副官を振り向き、

「我々がおかしな電信を発信しているらしい。誰がやっているのか探れ。この混乱の原因は我々だと仰っている……!!」

「はっ、すぐに通信室を取り調べます!!」

「通信を封鎖しろ、受信も送信もするな、おかしなことになれば我々の責任問題になる!!」

副官は背筋を伸ばし、慌てて階下の通信室へ駆け込んでいった……。

†　†　†

同時刻——艦隊旗艦「ベヒモス」艦橋司令塔。

クロトはＴＢＳの受話器を壁に掛けて、両腕を拘束したホレイショ艦長を振り向く。

「おれの物真似はどうだ?」

ホレイショは全身を震わせながら、無言でうんうん頷くのみ。

本物のシルヴェスタ提督の亡骸は、調布飛行場上空でキリング提督と一緒に落下傘降下させた。亡骸をなぶる趣味はないし、キリングも部下と一緒で寂しくないだろう。

と、階下の通信室から通信兵が駆け込んできて、笑顔で報告する。

「キリング提督を無事、生け捕りにしたそうです！　司令本部は大盛り上がりです！」

「うむ。なによりだ。ここまでは順調だが……」

船内には、もう敵水兵は存在しない。三時間前、ホレイショ艦長を脅して「総員退艦」を艦内放送させ、ほとんどのガメリア水兵はそれを信じて落下傘降下した。甲板制圧班を構成していた機関科の水兵たちは無人の「ベヒモス」機関部を乗っ取って、現在懸命に最新式ボイラーの運用方法を探っている。

『第二戦隊、第三戦隊、足並みが乱れています。偽電を真に受け、機関停止した艦もいるようです』

直上、対空指揮所にいる見張員の報告に、クロトは頷く。

第二戦隊旗艦と第三戦隊旗艦に、先ほどシルヴェスタ提督の声真似をしたクロトがＴＢＳを介して「お前の艦にスパイがいる。電信もＴＢＳも送受信をやめろ」と叱責した効果か、傍目にも明らかな混乱が敵戦隊に現れている。

クロトは上甲板の主砲二基を制圧した砲術科に確認の電話を入れた。

「黒之だ。使い方はわかったか?」

『生きていた敵兵を締めあげて、使い方を教わってます! こいつがウソ言ってなきゃ、撃てるはずです!』

藤堂の荒っぽい言葉のむこう、「給弾ベルトのスイッチはこうか⁉ あげたら給弾か⁉」「ノー‼ ノー‼」と原始的なやりとりが聞こえてくる。訓練中にもう少し、ガメリア語の勉強もさせておくべきだったと後悔するが、それほど機構が異なるわけでもないし、砲側が直接照準で狙うだけだから要は弾を込めて旋回させて撃てばいい、そのうち要領を摑むだろう。

電話を切って、鼻息を抜き、クロトは前方を見据えた。

夜空を埋め尽くすほどの敵艦が、「ベヒモス」の眼前、水平距離二千メートルを航行中。いずれもこちらへ尻をむけ、長さ十キロメートル以上に及ぶ横陣を組み上げている。

先ほどの電信を信じ、機関停止してその場に浮いているだけの艦や、信じられずに直進する艦、艦列は完全に統制が取れていない。

しかも敵戦艦は旋回主砲を持たず、舷側砲のみ。舷側砲は、前と後ろへ砲撃できない。

「そろそろやるか」

クロトの言葉に、捨吉艦長以下、この場に詰めかけた士官たちが笑顔を返す。

「はい! 思う存分、やりましょう‼」「死んでいった連中への、最高の餞です‼」

彼らの笑顔は、死を受け入れたものだけが持つすがすがしさがあった。

クロトも思わず、自然な笑みが口元にひろがる。

こいつらと一緒に最後まで戦える。それが本当にうれしく誇らしい。

「砲戦開始、目標、目に映った敵飛行戦艦!!」

「はっ、砲戦開始、目標、目に映った敵飛行戦艦!!」

おかしな号令を、捨吉は電話で主砲塔にいる藤堂へ伝える。

『はは——っ!!　目標、目に映った飛行戦艦!!』

笑いながら命令を受け取り、藤堂は主砲塔の直上、測距所(そっきょ)にいる水兵へ命令する。

「お前らが当てやすそうな艦を勝手に狙え!!　撃ちまくれ、撃てる限り撃ちまくれ!!」

本来は艦橋側のレーダーや大型測距儀の観測値に従って主砲塔の旋回角と砲身の俯仰角(ふぎょうかく)が決定され、砲側にいる砲科員がその数値どおりに砲塔と砲身を操作して撃つのだが、いまは艦橋側の人員がいないため、砲側で勝手に狙って撃つしかない。長距離であればまず当たらないが、二千メートルの至近距離にいる敵艦だから、直接照準で狙い撃てる。

『旋回五度!!』

「旋回五度、よーそろーっ」

砲科員が測距員の指示に従い、主砲塔の旋回ハンドルを回す。目盛りが五度に合わさったところで、藤堂が号令。

「てぇっ!!」

刹那、「ベヒモス」の五十二センチ主砲塔が轟音を発する。

焼けただれた野太い火線が、第二戦隊旗艦「バシリスク」に直撃。

分厚い装甲をただの一撃で貫通した重量二トンの徹甲榴弾が、艦内で爆発。

たちまちめりめりと「バシリスク」の装甲板が膨れあがり、弾け飛んで、内部から火焔の濁流がまろび出る。

「命中!!」

司令塔では、捨吉が声を張り上げ、クロトに抱きついて大喜び。

「当たった、当たりました、黒之閣下!!」

クロトも思わず笑顔を咲かせ、

「やり放題だぞ、撃て藤堂、これまでの鬱憤を全部晴らせ!!」

砲側に自分で電話してけしかける。

敵艦からしたら、こんな悲劇はないだろう。「大和」「武蔵」を秒殺する火力が、二千メートルの至近距離から尻を目がけて襲いかかってくる。前後に砲撃できない敵艦は、一方的に撃たれて爆砕するしかない。

藤堂の指揮する一番主砲に併せ、制圧した二番砲塔も砲撃を開始。

横一列に並んだ戦艦の尻を目がけ、一方的な猛射がはじまる。

たちまち「ベヒモス」通信室へ滝のような入電。

電話が鳴り止まない。電信が止まらない。混乱は電文に明らかだ。

クロトは通信室へ電話をかけ、

「ユーリ。乗っ取られているのがバレないように、うまいこと返信しろ」

『りょうかーい!!　任せといて!!』

ユーリは傍らのマグノリアを脅しつつ、公式文書の定型に沿った電信を起草し、嵐のような問い合わせに対応した。「スパイに乗っ取られた艦を砲撃している」だの「『ベヒモス』が撃つ艦は裏切り者だ、全艦、一斉砲撃」だの、「大統領命令、第三戦隊、総員退艦」だの、受け取った側が判断に困るよう、電信を受け取ることでさらに混乱が深まるよう、めちゃくちゃな返答を送信していく……。

大島上空は混乱の渦に囚われていた。

もはや旗艦「ベヒモス」の通信を信じていいのか、僚艦の通信を信じるべきなのか、なにもわからない。各艦の艦長は独断で行動するしかなく、戦場を離脱するもの、言われるまま機関停止するもの、「ベヒモス」と同じ標的を撃つもの、電信を信じて総員退艦する巡空艦、「ベヒモス」が乗っ取られていることに気づき、なんとかその場で回頭しようとするもの、様々の反応が入り乱れ、全く統制が取れていない。

「舷側(げんそく)をむけようとする戦艦を狙え!!」

クロトの指示が砲側へ飛ぶ。回頭しようとする艦は、「ベヒモス」が乗っ取られていることに気づいた艦だ。これは片っ端から潰(つぶ)さねばならない。

最も危険なのは戦艦の舷側砲であり、それ以外は怖くない。「ベヒモス」の全面を覆った地上最強の鉄鋼装甲が、これから敵に悪夢となってのしかかる。

五十二センチ砲の猛射が、賢明な反応を起こした敵飛行戦艦を狙い撃ちにし、二発で戦闘不能、三、四発で轟沈(ごうちん)する。

尻をむけて居並んだ敵飛行戦艦が、一発の応射もできず、紙細工のように次々と握りつぶされ爆砕していく。砲撃開始からわずか十五分間で、すでに四隻(せき)の戦艦が火球へ変じた。

もはや「ベヒモス」の異常は明らかだった。

残存艦はようやく、「ベヒモス」が乗っ取られていることに気づく。

しかし先ほどの電信を信じ込み、通信を閉ざしている艦艇も多く、統制が取れない。

「砲身が燃え尽きるまで撃て!!」

クロトの命令に、二基の主砲塔が応える。

大島(おおしま)上空は、ガメリア艦艇の変じた火の玉に覆われていく。

被弾した飛行艦では、士官の制止を振り切って、水兵たちが逃げはじめる。白い落下傘(らっかさん)が数多(あまた)の船体からこぼれ落ち、それを見た僚艦(りょうかん)からも逃げる水兵が出はじめる。

「ベヒモス」の副砲、速射砲にも手空きの日之雄(ひのお)水兵が乗り込み、駆逐艦(くちくかん)や巡空艦を相手に猛射を浴びせる。新大公洋(だいこうよう)艦隊の各艦はなかなか混乱から立ち直れず、時間が経つほど惨状が拡大していく……。

†††

同日、午前四時半——

日吉台(ひよしだい)、連合艦隊司令本部、地下第四通信室。

砲戦開始から二時間が経過。

C3通信機からは止(や)むことなく、遠い砲声が聞こえてくる。ずしん、ずしんと連続する重い振動、兵員の悲鳴。

イザヤはじぃっと耳を澄ませて、ユーリからの報告を待つ。

——どうか、みんな無事で。

——ひとりでも多く、生きて帰ってくれ……。

痛切な祈りを、もう何時間つづけただろう。

ユーリの声が、突然入った。

『イザヤ、聞いてる？』

刹那、イザヤは前のめりになり、マイクを口に当てる。

「聞いてる。状況どうだ？」

『主砲の砲身が焼け焦げて、撃てなくなった。クロトが総員退艦って言って、みんな落下傘で海に飛び降りてる。戦いは終わりだよ』

ほおお……っとイザヤは大きく息をつく。

「兵員の被害は？」

『戦艦からぼこぼこに撃たれたから、それなりに。クロトはいま、水兵さんたちを逃がしてる。あたしももう、逃げるね。そろそろ危ないっぽいし』

「……わかった。ありがとうユーリ。あなたのおかげで、貴重な通信ができた……」

『うん。あとね、カイルの言うこと聞いちゃダメだよ。あたしに任せて。一か月くらいでカイルの政治生命終わらせるから。それじゃあね』

そのまま、ユーリの声は途絶した。

落下傘降下したのだろう。あの海域にはガメリアの海上艦艇が行き来しているから、ユーリなら無事に拾ってもらえるはず。カイルの政治生命を終わらせる、と言っていたが、いったいなにをするつもりやら。

――クロト、お前も早く逃げろ……。

イザヤはそれだけ祈りながら、C３通信機を見やる……。

††††

同時刻、「ベヒモス」艦橋司令塔——

主砲弾の直撃を喰らって屋根が吹き飛び、半壊してしまった司令塔で、クロトは血に濡れた床に片膝をつき、仰向けに横たわった捨吉艦長の手を握っていた。

血まみれの捨吉の全身に、鉄片が突き刺さっていた。

胸に刺さった大きな鉄片が、みるみるうちに捨吉の血に染まっていく。

「黒之……閣下……」

捨吉は最後の力で、クロトへ呼びかける。

クロトは頭から血を流しながら、捨吉へ告げる。

「……古今未曾有の……大勝利だ。……お前たち……よくやってくれた……」

クロトの足下も、血だまりができていた。全身に鉄片が突き立ち、とめどなく失血している。

けれどクロトは残った力で捨吉の上体を抱き起こし、空域の状況を見せる。

東の空には朝日があり、真鍮色の光の束が、壊滅状態にある新大公洋艦隊を照らし出していた。

煤煙が覆った空域を、新大公洋艦隊の残骸が漂っていた。

懸吊索が切れて船体を失った浮遊体が数十体、風の吹くまま流れてゆく。

原形も留めないほど破壊され、内部構造を剝き出しにして打ち捨てられた飛行戦艦が五、六隻、くすぶりながら空をさまよう。なかには、前方の懸吊索が切れ、海原へ垂直に艦首を垂らし、揺れている飛行戦艦もある。巡空艦の残骸が煤煙の隙間を居流れていき、目の前で懸吊索が切れて海原へ落ちていく船体もある。

この戦闘空域に生き残っているのは、一万メートルほど彼方から発砲してくる三隻の飛行戦艦のみ。あとの艦艇は、墜ちたか逃げたらしい。

昨夜まで百九十七隻いた敵艦が、今朝、たった三隻になってしまった。

捨吉がこの世で最期に見る景色は、世界海空戦史に前例のない、未曾有の勝利の空だった。

死んでいった仲間たちも、きっと褒めてくれるだろう。

「生きて……お戻りください……」

捨吉は最期の力で、クロトへ告げた。

「…………」

「……イザヤ殿下を……幸せに…………」

それだけ告げて、捨吉の手から力が抜けた。

「…………」

クロトはゆっくり、捨吉の身体を仰向けに寝かせ、手のひらでひらいたままの目を閉じさせた。

それから両足に力を踏ん張り、立ち上がろうとした。

だが、力が入らない。目に映る景色がかすんで、揺らぐ。

捨吉の傍(かたわ)らに、クロトは前のめりに崩れ落ちた。

――立て。

――帰るんだ、イザヤのところへ。

自分を叱咤(しった)し、なんとか起き上がろうと、両腕に力を込める。

しかし身体がいうことを聞かない。

――イザヤを幸せにするんだ。

――みなと約束したから。

クロトは薄れゆく意識を懸命(けんめい)に駆り立て、落下傘(らっかさん)降下するため、身体に縛帯(ばくたい)をつけようとした。

血に濡れた軍服が重い。邪魔だ。クロトは上衣を脱ぎ捨てて、落下傘が収容されている片隅の用具入れへ這(は)い寄っていく。

――おれが帰ったら、イザヤ。

――プロポーズの返事を聞かせろ。

這い進む両腕に、もう力が入らない。

なにも見えない。

意識が遠ざかり、闇へ落ちていく。

つづけざま、着弾に伴う衝撃が三度、四度、艦橋司令塔を揺るがせる。

鉄骨の軋みと共に、三階建ての司令塔が横ざまに傾く。そのままめりめりと音を立て、倒壊する。

クロトの身体が瓦礫に埋もれる。

折り重なる着弾の衝撃が、周辺を孔だらけにする。

東の空の裾は、真っ赤な朝焼けだった。

その赤を背景にして、生き残った敵飛行戦艦三隻が、船体から炎と粉塵を吐き出しながら「ベヒモス」へ猛射を加えていた。

すでに機関停止した「ベヒモス」は、空に浮かんでいるだけだ。

直撃弾だけで五十発以上、装甲板はすでに吹き飛び、全体がぼこぼこに陥没してもなお浮いていた。

しかし午前五時三十分——

一発の砲弾が、ひび割れた隔壁を破壊して一番主砲の弾庫に届いた。

「ベヒモス」の船体が膨れあがり、火焔を吐き出す。

巨獣が腹に宿していた五千トン近い爆弾が、ついに誘爆する。

「ベヒモス」は大島上空で巨大な火球へ変じ、砕け散った。

あとに残されたのは傷ついた三隻の飛行戦艦と、落下傘降下した味方を拾い上げるために水上を行き交う、ガメリアの海上艦艇だけだった。


後日、日之雄連合艦隊はこの戦いを「東京決戦」と命名し、概要を発表した。

《被災地》
東京全域　家屋損壊五十万四千棟　死亡　三千五百名余　行方不明　一万二千二百名余

《日之雄連合艦隊》
○轟沈
飛行駆逐艦　八
○航空機損失
局地戦闘機「烈波」五機　九十三式空雷機　二十四機

《ガメリア新大公洋艦隊》
○轟沈
飛行戦艦　十五　重巡空艦　十四　軽巡空艦　三　飛行駆逐艦　十八
○大破
飛行戦艦　三　重巡空艦　十三　軽巡空艦　二十五　飛行駆逐艦　七
○中破
重巡空艦　四　軽巡空艦　四　飛行駆逐艦　十一

世界海空戦史において、この決戦でガメリア艦隊が受けた損害は史上最大、空前絶後のものであり、負けるはずのない戦いに惨敗したキリング提督の名は未来永劫、不名誉と共に語り継がれることとなった……。

五、ノクターン

episode five

空きっ腹へのコーヒーは胃腸に悪い。

だが胃腸薬をコーヒーで流し込めば、きっとプラスマイナスゼロになる。

自らの思考が正常なものなのか確かめる気もそれほど起きず、ガメリア大公洋艦隊司令長官ノダック提督は嚙み砕いた胃腸薬をコーヒーで流し込んだ。

聖暦一九四一年、七月三十日。

ハワイ、ガメリア大公洋艦隊司令本部。

悪夢の「東京決戦」から、二十日が経っていた。

「これほど愉快な新聞紙面を見るのは、はじめてだ」

読んでいた新聞を執務机に戻し、苦々しい表情で眼前に佇む副官を見やる。

「いままでもないし、これからもないと断言できる。本来なら大笑いしたいところだが、胃が痛すぎてそれもできない。きみならこれを見て、どう反応する?」

副官は机に投げ出された新聞を見る。

ガメリア本国のタブロイド紙だ。

一面にでかでかと掲載された写真に映っているのが誰か、よく知っている。

「キリング提督は、囚人服が似合いますな」

東京決戦以前に言ったなら確実に左遷(させん)されるであろう暴言を、副官は吐いた。

「一般市民の頭に爆弾を落とし、一万人近く殺したのだ。立派な犯罪者だよ」

「よく東京へ落下傘(らっかさん)降下するつもりになれましたな。わたしならその場で死にますが」

「『ベヒモス』に乗り込んできた黒之(くろの)准将に、無理やり突き落とされたらしい。もはやコメディだよ。負けるほうが難しい戦いに惨敗し、母艦から蹴(け)落とされて捕まった挙げ句、囚人服を着させられて敵国の宣伝(プロパガンダ)とは。ガメリア艦隊の権威も地に落ちた。いまや世界中の笑われ者だ」

そこまで言って、顔をしかめ、ノダックは新たな胃腸薬を噛(か)み砕き、コーヒーで流し込む。

一週間ほど前、日之雄(ひのお)の新聞各紙の一面を囚人服を着たキリング提督の写真が飾り、キリングの言葉として「東京爆撃はカイル・マクヴィル大統領の命令により実行された、人類史上最大級の犯罪だ。マクヴィル大統領の正体は国策と個人的欲求を取り違えた犯罪者であり、全ガメリア市民はマクヴィル大統領を弾劾(だんがい)し、正しい理念を抱いた新たな大統領を選び直さねばならない」との文言が掲載された。

ガメリア本国の新聞・ラジオは全てカイルの支配下にあるため、このニュースを紹介していない。どころか、東京決戦という戦いが起き、史上最大級の敗北を喫したことさえ報じていない。真実を報道しているのは独自に情報を入手したタブロイド紙のみで、一般市民は真偽のほどを疑っている。

ノダックは疲れた目元を指で押す。

「……ともあれ……。新大公洋艦隊の再建に、二年はかかる。欧州戦線は長引きそうだね。日之雄はもうすぐ片が付くだろうが」

「現在の海上艦隊だけで、充分に日之雄を屈伏させられます。港に機雷をばらまいて、輸送船を片っ端から沈めれば、時間が経つほど敵は弱くなる」

「そうだね。新大公洋艦隊がなくなろうが戦局に影響がないというのは、なんとも寂しい話だが……」

国力に優るガメリアにとって、東京決戦の敗北は確かに痛くはあるのだが、戦略的に見れば絶望して戦争をやめるほどのものではない。日之雄に残された戦力はもはやなく、制海権を失った日之雄は石油を輸入することもできず、こちらがなにもしなくても時間が経つほど戦力は低下していく。

「マクヴィル大統領は焦らないことだ。万が一、惨敗したことが国民に発覚したら支持率低下は間違いないが、弾劾されるほどではない。どっしり構えて、時間が過ぎるのをただ待てば、戦勝はおのずから転がり込んでくる」

ノダックはそう言って、葉巻をくわえ、窓の外を見た。

キリングがいなくなったいま、次期合衆国艦隊司令長官の椅子に最も近いのは自分だ。

日之雄はまもなく降伏するだろうが、欧州戦線は混迷の度合いを深め、あろうことかガメリア・リングランド艦隊はエルマ艦隊に手も足も出せずにいる。新大公洋(だいこうよう)艦隊が壊滅(かいめつ)したいま、あと二年ほど欧州の空はエルマ艦隊が掌握(しょうあく)するだろう。

——日之雄(ひのお)との戦争が終われば、次はエルマ第三帝国と戦うことになる……。

エルマ艦隊を率いる若き天才、アベル・フォンベル少佐は破竹(はちく)の勢いで欧州上空を席巻(せっけん)、ロンドン爆撃も間近に迫るともっぱらの噂(うわさ)だ。

このままいけば、ノダックはガメリア大征洋(だいせいよう)艦隊の指揮を執り、エルマ第三帝国艦隊と戦うことになるだろう。アベル少佐に匹敵する天才的な部下がいるといいが、いまのガメリア艦隊には見当たらない。

窓の外、西の海へ目を送る。

キリング提督を惨敗させた黒之(くろの)准将の生死はわからない。できれば生きていてほしい、とノダックは願う。

——きみのような部下が欲しいよ、黒之准将。

——きみなら、アベル少佐とも戦えただろうに。

痛む胃腸を葉巻の煙でごまかしながら、ノダックはいまは亡き極東の天才を思った。

「ベヒモス」に乗っていた黒之准将が、爆発直前に落下傘(らっかさん)降下した可能性を考えて、日之雄士官の捕虜リストを当たってみたが該当の名前はなく、やはり「ベヒモス」と共に大島(おおしま)沖に散ったようだ。生きていれば、特別顧問という名目でガメリア艦隊に乗り込ませる手もあったのだが、つくづく惜しい人材を亡くしてしまった……。

†　†　†

八月十七日、ニューヨーク——

ヘッジファンド運用会社「トムスポン・テクノロジーズ」、オフィスビル四階、ユーリ専用フロア兼自宅。

「やっちまったぜ————っっっ!!」

甲高い歓声と共に、びしりとビジネス・スーツを着込んだユーリが小躍りしながらフロア内へ駆け込んで来た。

慌てて(あわ)エステラが出迎える。

「出たのね、鑑定結果!?」

ユーリは満面の笑みで頷いて(うなず)、『ニューヨーク音響研究所』のロゴが入った封筒から、鑑定結果を記載した書面を取り出す。

エステラは書面を覗き込み(のぞ)、快哉(かいさい)を上げる。

「完全に、カイル・マクヴィル大統領の音声と一致!!」

ユーリは鑑定に出していた録音テープをバッグから取り出し、うしろに卒倒しかねないほど

ふんぞり返って、

「ひっくり返すぜ、世界!!」

エステラは呆れたような笑みを浮かべ、ユーリを見やる。

「……すごいわ。充分よ、ユーリ。わたしたちは目標を達した。この先はケリガン財閥に任せましょう。この鑑定書と録音テープをアンディに託すけど、それでいい？」

「もちろん！　面倒なこと、全部やってくれるんでしょ!?　喜んで丸投げしちゃう、その代わり、あたしのこと見逃してね？」

「見逃すもなにも。戦争が終わっても、ケリガンがあなたを守るわ。これだけのことをしてくれた恩人に、後ろ足で砂をかけるような真似はしないわよ。ケリガン一族は銀行家である前に紳士たれ、が家訓なんだから」

エステラの言葉に、ユーリは満面の笑みをたたえて、それから少しだけ、まなじりに涙をたたえる。

エステラが笑って、

「あなた、ほんと、泣き虫よねー……」

ユーリはまなじりを小指でぬぐって、笑顔を持ち上げ、

「だって。戦争が終わっても、ここで働くのが夢だったから」

ふふふ、とエステラは微笑んで、ユーリを抱きしめる。

「かわいいなあ、もう」

「えへへ、知ってる」

「クロトが勝ってくれたから。それがないと、意味なかったし」

「……本当によくやってくれたわ。カイルはもう終わりよ」

ユーリは二か月前、ここニューヨークでカイルと最後のデートをしたときのことを思い出す。

あのときユーリは、自分が「ベヒモス」へ乗り込んでイザヤへカイルの意志を電信連絡すると提案した。それに対しカイルは「双方向、音声で通話すべきだ」と主張し、結局「ベヒモス」の通信長を自分に都合の良い人間に入れ替えて、C3遠距離音声通信装置を日之雄側と「ベヒモス」、それにホワイトハウスへ設置した。カイルにはもちろん「録音などしないように」と釘を刺され「そんなことしないよ、あたしにメリットないし」と返しておいたが、このチャンスを見逃すほどユーリはお人好しではなかった。

ホワイトハウス広報団として「ベヒモス」へ乗り込み、シティに居座って通信室の士官が来るまで粘っていた理由は、自分の録音機材を通信兵たちに疑われることなく通信室へ持ち込むためだ。あとはマグノリア通信長の目を盗んで録音機材をC3に連結、イザヤを口説くカイルの言葉を全て録音すれば万事ＯＫ。

「そのテープ、最後にふたりでもう一回聴きましょうか。何度聴いても笑えるし」

「おっけー。ワイン飲もうよ」

ふたり、テーブルにチーズとビスケット、ワインを並べ、再生装置にこれから世界をひっくり返す録音テープをセット。

小型スピーカーから、カイルとイザヤのやりとりの一部始終が流れ出る。

『きみの声を忘れたことがないよ、イザヤ。わたしだ、カイル・マクヴィルだ。久しぶりだね……六年ぶりかな』

『ところで、いまわたしはひとりでここそ、この通信をしている。側近にも秘密だからあまり長い時間は取れない。イザヤとクロトとわたし、三人で話し合おう』

『イザヤ、わたしと結婚してくれ』

『きみが了承してくれたら、新大公洋艦隊は侵攻をやめてフィルフィンへ引き返し、わたしは日之雄の首脳部と講和会談をひらく。夢のような話だろう？　きみの身ひとつで戦争が終わり、日之雄市民を救えるのだ。わたしの優しさに感謝してくれたまえ』

ここまでで充分ひどいし、とても大統領の言葉とは思えない。

だが、致命的な台詞は次だ。

『……これは自慢だが、わたしは国策などなんの関心もない。このくだらない戦争がつづこうが終わろうがどうでもいいし、日之雄もガメリアも両方滅びようが興味ない。わたしがいま生きる目的は、イザヤをわたしだけのものにすること。そのためだけにわたしはガメリア大統領にまで上り詰めた。これほどの純愛があるかね？　わたしの想いが本物だということは伝わっているだろう、イザヤ？』

生真面目（きまじめ）にそんなことを言うカイルを、エステラは胸を掻（か）きむしりながらバカにして、ユーリはワインを飲みつつげらげら笑う。

「国策に関心ないって、大統領が言っちゃった！」

「ガメリアが滅びようが興味ない、って、すごい言葉ね……。国よりイザヤが大事、って言っちゃってるし。これで新大公洋艦隊が壊滅（かいめつ）したことがバレたら、全国の遺族がホワイトハウスへ押しかけるわよ。イザヤ目当ての戦いに息子を殺された両親は、カイルを火あぶりにするでしょうね」

エステラの冷静な指摘を受けて、ユーリはソファーに横たわって腹筋を痙攣（けいれん）させる。

「バカだよ～。バカだよ～」

「乾杯、カイル。あなた、これで終わりよ。一か月でこの音声、世界中に知らせてあげるから楽しみにしてて」

エステラはユーリとグラスを合わせ、ひといきで飲み干す。

「あーあ。お酒がおいしい……」

「次の大統領はベリンジャー副大統領でしょうし、日之雄も交渉しやすいはず。あとは日之雄の戦争指導部次第ね」

「そうだね。……これで終わるといいなあ」

ユーリはそう呟いて、チーズを口に放り込む。

これからカイルはガメリア国民によって弾劾され、大統領の座を追われるだろう。

その場合、次の大統領選挙まで副大統領が暫定的に大統領を務めることになる。ベリンジャー副大統領は穏健派として知られ、日之雄とも交渉する意志があると聞く。日之雄が降伏を申し出れば、カイルなら無視して戦争をつづけただろうが、ベリンジャーなら降伏を受け入れる可能性が高い。

このままつづけても負けるだけだから、さっさと降伏すればいいのに……とユーリは思うが、日之雄にはいまだ「本土決戦に持ち込めば勝てる」と主張する軍人たちが根強くいる。彼らを説得できなければ、戦争はまだつづいてしまう。

——それ、すごくイヤ。

——このへんで終わらせてね、イザヤ。

——あなたなら、それができるから……。

彼方の東京にいるイザヤへ願いを託し、ユーリはワインに口をつけた。

†††

九月二十九日、日吉台地下壕、第一会議室——

蛍光灯が明るすぎるほど照らし出す、幅四メートル、奥行き六メートルほどの空間に、今後の日之雄の命運を握る戦争指導者四名が集まっていた。

猪八重総理大臣、鰐淵陸軍大臣、日之影海軍大臣。

それに――白之宮イザヤ連合艦隊司令長官。

議題は、今後の戦争指導方針について。

七月の東京決戦に勝利して以来、猪八重総理と日之影海軍大臣は日和見主義に走り、戦争終結についてはどっちつかずの態度をつづけた。古今未曾有の大勝利により、政府も軍部も、若手が中心となって戦争継続を主張する声が大きくなっている。

なかでも三十年来の主戦論者であり、鄯大陸への侵攻を積極的に推し進めた鰐淵陸軍大臣の鼻息が荒い。

「こちらが苦しいときはむこうも苦しい!!　本土決戦に持ち込めばこちらの勝利は確実ですぞ、なにゆえこちらが頭を下げる必要がある!?」

机を叩きながら鰐淵が威嚇する相手は、イザヤだった。

イザヤは机の脇に立てかけられたアジア全域の作戦図を示しながら、状況を説明する。

「八月上旬に硫黄島が落ちました。ハワイの海上艦隊は、硫黄島を経由して日本沿岸を艦砲射撃できます。輸送船の被害は増える一方、万が一母港に辿り着いても、敵飛行機に機雷を撒かれて入港できません。時間とともに石油は枯渇し、あと一か月もすれば底を尽きます。この状況で、どうやって戦争をつづけると？」

「石油など必要ない!!　こちらには竹槍と地雷と手榴弾がある!!　一億国民が地雷を背負って敵戦車に突っ込めば、軟弱な敵は怯えて逃げるに決まっておる!!」

正気か、という言葉を、イザヤはかろうじて飲み込む。

――本気でこれを言っているのだ、このひとは。

――それで勝てると、本当に思っているのか？

ガメリア軍の装備を見たこともなく、銃口をむければ逃げる連中だと鰐淵は信じ込んでいる。だが実際にガメリア海空軍と戦ってきたイザヤは、そうでないことを知っている。

「ガメリア軍は賢く我慢強く精強です。国民が地雷を背負って突撃すれば、機関銃でなぎ倒されます。たとえそれで戦車のキャタピラを破壊できても、ガメリア人はその場でキャタピラを修理してまた使います。……意味がありません」

「なにを、なにを言っているのだ、妄想だけで戦争を語るな、小娘ぇっ!!」

ついに鰐淵は、第一王女かつ連合艦隊司令長官を小娘呼ばわりする。

「……鰐淵くん」

猪八重から眼差しで制され、鰐淵は荒く息をつきながらイザヤをにらむ。

「……さすが、ガメリア大統領から直々に求婚される王女殿下ですなあ。ですがガメリアびいきもほどほどにしていただきませんと」

「…………」

挑発されても、イザヤは静かな佇まいを崩さない。

今月二十日、カイルとイザヤの個人通信を全て録音した内容がガメリアの新聞ラジオで公開され、ガメリアは現在、蜂の巣をつついた大騒ぎになっている。カイルは内容を否定したが、声紋が完全に一致したことに加え、九村も抜け目なくあの内容を録音しており、全く同じ通信内容が日之雄側からも公開されて万事休す。現在ガメリアでは上院調査特別委員会が組織され、ＦＢＩが事件の調査に乗り出している。下院は弾劾決議確定の状況だが、恐らくそれまでにカイルは辞任するであろう、という話だ。

それは良かったが、日之雄でも通信内容を公開したことで、イザヤもとばっちりを受けている。鰐淵のような戦争推進派は、イザヤを「身体と引き換えにガメリア大統領に許しを乞うた商売女」と陰口をたたき、いまのように直接イヤミも言ってくる。

一方、国民は「国民を守るため自らを捧げようとした聖女」としてイザヤを讃え、その人気は以前にも増してすさまじい。

イザヤは静かに、意見を述べる。

「大統領に昇格するであろうベリンジャー副大統領は穏健派とか。こちらの降伏条件を『国体の護持』だけに絞り込めば、受け入れられると信じます。……もうここで、この戦争を終わらせましょう」

「ここまで来てやめられるかっ!!　敵は飛行艦隊が壊滅し、我々に怯えきっておるのに、なぜいまやめる必要がある!?　何十万、何百万の先人が血肉を捧げて勝ち取った土地を、おめおめ手放せというのか小娘っ!!」

「……鰐淵くん……」

「手放しましょう、鰐淵さん」

イザヤは侮蔑を相手にせず、静かな目線を鰐淵へ送る。

「これ以上、むげに国民を死なせて、先人たちが喜びますか？　日之雄全土を東京のように焼け野原にして、先人へ顔向けできますか？　軍艦はなく、飛行機も戦車も石油がなくて動けません。本土決戦は無意味どころか、民族を絶滅させる大罪です」

「女の理屈で戦争を語るなっ!!　石油がなかろうが、戦車がなかろうが、こちらには鉄をも砕く日之雄魂がある!!」

鰐淵の狂気をはらんだ眼差しを遠く眺め、イザヤは心中に血を流す。

——このひとには永遠に、話が通じない。

なんという遠い距離だろう。言葉だけで鰐淵の思考を変えるのは不可能だ。そして鰐淵の言っていることは、多くの陸軍・海空軍の軍人たちが信じ込んでいる内容でもある。

——魂で、戦艦の装甲は撃ち抜けない。

——魂でキャタピラを破壊しても、敵はその場で直してしまう。

——鉄量に対抗できるのは鉄量だけです。こちらにはもう鉄も石油も残っていない。

——我々はこれ以上戦争をつづけても、絶対にガメリアに勝てないのです。

たったこれだけの理屈が、鍔淵には通じない。

戦争指導者四名が全員そろって「降伏」を決議しない限り、皇王陛下に上奏することはできない。皇王は戦争指導者の決議を否認することは慣例上絶対にないため、この四人での取り決めがそのまま国策となるわけだが。

「本土決戦に持ち込めば、必ずガメリアに勝てる!!　東京決戦の勝利がその証拠だ、神国日之雄へ近づいた敵は、たちまち鎧袖一触、海へ蹴落とされるのだ!!」

皮肉にも、東京決戦に勝利したがため、ますます戦争推進派を勢いづかせてしまった。日之雄は八百万の神々に守られた神国であり、足を踏み入れた敵はたちまち海へ放り出されると本気で信じているのだ、このひとたちは。

——クロトは、こんなことのために死んだんじゃない……。

——少しでもまともに負けるために、最後の抵抗を試みたんだ……。

イザヤの魂から、血が流れ出る。

このままでは、クロトに報いることができない。

なんとかすることはできないのか。どうすれば鍔淵を説得し、この戦争を終わらせることができるのだろうか……。

結論が出ないまま会議を終えて、イザヤは地下壕の長官室へ戻った。

と、待ち構えていた従兵が、いま入ったばかりの電文をイザヤへ示す。

「……なんだと?」

内容を見て、イザヤの顔色が変わる。

「……横須賀海軍病院へ行く。車を」

従兵へ告げて、足早にイザヤは地下壕の外へ出る。


午後七時。

横須賀海軍病院二階の個室へ、イザヤは早足でむかっていた。

会いたかったひとは、白い病院着を身につけて、ベッドで上体を起こしていた。

イザヤの口元がわななき、涙があふれ出る。

「リオ…………っ!!」

そのまま走り込んで、痩せた身体にしがみつく。

「ただいま、イザヤ……」

日焼けして痩せ細った風之宮リオ内親王は、筋肉の削げ落ちた腕をイザヤの背中に回した。

「……信じてた!!　……絶対に死んでない、って、生きてるって信じてた!!」

「……うん。……うん。ごめんね。心配かけたね……」

リオも両目からぽろぽろと涙をこぼしながら、イザヤの背中をさすりつづける。

泣きながら再会を喜んで、これまでのことを報告しあい——

二時間後。

リオがラバウルから日之雄へ戻るのに、半年以上かかった事情を、イザヤは尋ねた。

「飛び石作戦、ってやつ。ガ軍はラバウルを飛ばしてサイパンを攻略したから、わたしたちは補給線を切られたまま放置されて……。ラバウルから出ようがなかったの。五か月間は兵隊さんと一緒に畑仕事して、自分で食べるものを自分で作って……。それで一か月前、将官だけ潜水艦に乗って日之雄に戻ることになって。シンガポール経由で、なんとか……」

「……そうか。……なんにせよ、良かった。会々二水は、心配だけど……」

そう言うと、リオはにこりと笑った。

「……速夫くんは、生きてると思う。だって、約束したもん。少し遅れるけど、必ず日之雄に戻るって。……速夫くん、約束破らないひとだから」

「……そうだな。……寡黙で優秀な水兵だった。わたしもまた、会って話してみたい」

「……クロちゃんも、生きてるよ。絶対戻るって約束したんでしょ？　だったら大丈夫だよ、クロちゃん、しれっと帰ってくるよ」

リオの言葉に、イザヤは黙って頷(うなず)く。

少しだけ、沈黙が流れて――。

「あのね、イザヤ」

「うん」

「わたし、東京でやることができたの。それをするために、将官しか乗れない潜水艦に無理やり乗せてもらって、帰ってきたの。その仕事を、イザヤに手伝ってほしい」

「……仕事とは？」

「……戦争を終わらせたい。わたしとイザヤなら、できると思う」

「…………………………」

「その権限を持つひとに、わたしとイザヤで、直接頼むの。もしもそのひとが決断したら……戦争が終わる」

リオの表情を見て、あっ、とイザヤは声を発する。

「リオ、だけどそれは……」

「慣例に反する、でしょう？　でも慣例って、何十万、何百万人の命より大事なもの？」

リオの言葉に、前にはなかった決意が宿っている。

速夫(はやお)との旅が、リオのなかのなにかを変えたのだろうか。以前のリオは、自分の意志で大胆な行動を起こすことなどしなかったのに。

「リオ……」

「わたしとイザヤがふたりで頼めば、そのひとは慣例を破ってくれるかも」

誰のことを言っているのか、イザヤにはもうわかっている。

御簾を隔ててしか会ったことのないひと。

声さえ聞いたことのない、イザヤの父。

「……皇王陛下に、請願を？」

問いかけに、リオは首肯する。

「この戦争を、終わらせるために」

†　†　†

十月二十一日――。

リオの帰還から約三週間後。

市ケ谷にあるリオの実家から車に乗り込み、皇宮を目指した。

後部座席のイザヤとリオは第一種礼装に身を包み、緊張の表情。

助手席は、リオの母、風之宮恭子。元軍令部総長兼連合艦隊司令長官、風之宮源三郎の妻である。

　イザヤは助手席へ礼を述べる。

「本当にお手数をおかけしました、叔母様。わたしの力ではどうにもならず、やむなく叔母様に無理をお願いしてしまい……」

　恭子は前をむいたまま、口調を厳しくする。

「破天荒な願いを抱いたのだから、周囲を巻き込むのは当然でしょう。あなたひとりの力で謁見が叶うほど、陛下は気安くありません」

「……はい」

「かつて皇王家の誰も、恐れ多くも陛下に進言しようなどと考えるものはおりませんでした。あなたとリオはすでに慣例を破っています。いまさらおののかず、しっかりと自分の意志を抱いて陛下の御前にお立ちなさい」

「……はい」

　恭子の言葉は、イザヤとリオに重くのしかかる。

　日之雄皇王は二千六百年以上、君臨すれど統治しなかった。

　決して政治に参加せず、為政者たちが上奏した内容を拒否することなくただ受け入れる
──それが二千六百年以上つづく「慣例」というものだ。

　政治に関わらないことが神聖さを維持する要だと先人たちは知っていた。

ただ神聖であること。日之雄臣民が仰ぎ見る存在でありつづけること。

その戒めが、日之雄皇王家の血を二千六百年以上守りつづけている。

しかしいま、イザヤとリオはその慣例を破壊し、「皇王大権」の行使――いわゆる「聖断」を皇王へ訴えようとしている。

三日前、カイル・マクヴィル大統領が辞任した。

下院議会で弾劾決議が確実となり、成立前に逃げたのだ。

次期大統領はベリンジャー副大統領が昇格したが、このひとは早期終戦を望んでおり、「日之雄側から降伏を願い出るなら応じる準備がある」とジュネーブのＢＩＳ国際決済銀行を通じて連絡があった。

しかし日之雄側の戦争指導者会議に降伏を申し出る意志はなく。

憲法上、国家主権は皇王にある。だから皇王が大権を行使し「戦争をやめよう」といえば、それで戦争は終わる。だが。

「帝国憲法には、皇王大権について記載があります。しかし、かつて大権を行使した皇王はおりません。憲法制定以前にも、政治に介入した皇王は存在しないのです。それが皇王家を守りつづけた『慣例』というもの。あなたがたはこれから皇王陛下に、二千六百年の慣例を破壊せよ、とお願いをするのです。その重みは、理解していますか？」

恭子の言葉に、イザヤとリオが応える。

「……覚悟を持って、ここにいます」

「……命を賭して、わたしの役目を果たします」

恭子は静かに、その言葉を受け止めた。

鳳凰殿前の車止めで停車した。

燕尾服を身につけた侍従の並びが、車を降りるリオとイザヤを迎え入れる。

恭子は降りず、助手席に座ったまま、ガラス窓をあける。

「……リオ」

「はい」

「……立派になりました。お父様もきっと、お喜びでしょう」

「………」

恭子は頷いて、車は市ケ谷へ戻っていく。

燕尾服を着込んだ長谷川侍従長が先導して、イザヤとリオを松の間に導いていく。

歩きながら、御年七十五才の侍従長が背中越しに言葉をかける。

「謁見時間は十五分です。用件は手短に願います」

侍従長は明らかに不機嫌だった。皇王家内親王殿下がふたりそろって謁見を要請するだけでも前代未聞、いくら直宮といえども身の丈を越えた願いだった。一度は撥ねのけた長谷川だったが、恭子親王妃が自ら長谷川へ手紙を送り、内親王の願いを叶えるよう要請してきた。さすがに親王妃を軽んじるわけにもいかず、十五分だけ時間を割いたが。

「陛下を政治に巻き込んではなりませんぞ」

　歩きながら、長谷川は前をむいたまま告げる。

「目に余る場合は、謁見を中止しますからな」

　イザヤとリオは黙って長谷川の言葉を受け止める。長谷川は元海軍大将であり、戦争継続を主張する主戦派のひとりでもある。イザヤとリオが厭戦派であることを知っているため、態度は自然に厳しくなる。

　松の間にはいる。

　以前、イザヤが連合艦隊司令長官補任式を執り行ったのと同じ広間だ。

　御簾をかけた上座には、まだ人影がない。

　ふたりは御簾から二メートルほど隔てた板の間に直立し、長谷川侍従長が仰々しく、ふたりに背をむけ、御簾の前に直立する。

　ほどなく笛の音がして、御簾のむこうに薄い人影。

　頭を垂れた三人の前、影は御簾のむこうに座った。

　長谷川が謁見に伴う長い口上を述べてから、イザヤとリオへ向きなおる。

　これだけでもう五分使ってしまった。

　残り十分。長谷川が言う。

「官、姓名ののち、ご請願承る」

イザヤとリオは一礼をし、

「日之雄連合艦隊司令長官、艦長白之宮イザヤ大将」

「日之雄連合艦隊第一艦隊付、風之宮リオ少佐」

名乗ったのち、イザヤが進み出る。

「本日は、陛下にお願いがあって参上いたしました。目下、戦況は悪化の一途をたどり、挽回の目処はありません。軍艦はすでにほとんど沈み、飛行機や戦車はあれど石油がないため動きません。しかし戦争指導者たちに戦争を止める意志はなく、このままでは本土決戦が現実になります。……止められるのは、陛下をおいて他にありません。陛下が皇王大権を行使し、指導者へ降伏を命じたなら、それで戦争は終わります。その御聖断を賜りたく、本日はここへ参上つかまつりました」

用意していた言葉を一気に、御簾のむこうの皇王へ送り届ける。

長谷川の顔が引きつる。

人影はなにも答えない。身動きもしない。

ただそこに存在するだけの役割を全うしている。

——無理なのか。

イザヤでさえ、声を聞いたこともなければすがたを見たこともない父親だ。

意志を持たず、すがたかたちも見せることなく、ただ神聖でありつづける。

——その役割に、殉じておられる……。

尊いすがただと思う。尋常な人間に全うできる役割ではないと思う。この国の皇王とは、このすがたでなければならないのだと、わかる。

けれど。

——止められるのは、陛下だけなのです。

リオが、口をひらいた。

「……いま、わたしたちを取り巻いているのは、強い国が弱い国を踏みつけにして、正義を自称する世界です。踏んだものが善、踏まれたものが悪……。そんな残酷な世界で、日之雄も他人を踏みつけにする道を選びました。善悪でいえば、悪です」

リオの言葉に、長谷川が目をみひらく。

「な、なにを仰って……」

皇王を批判していると捉えられても間違いのない言葉だ。しかしリオは一切の感情を排し、淡々と言葉を紡ぐ。

「日之雄も悪、ガメリアも、リングランドも、エルマもルキアも、全て悪です。他人を踏みつけて、持ち物を奪い、自分自身を強くして、自分より強い誰かより強くなければ生きていけない……。そんな残酷な世界で、民も、兵士も、毎日を必死に戦っています」

長谷川はおろおろしながら、御簾のむこうを仰ぎ見る。

人影に、動きはない。

神聖なまま、そこに在る。

魂を賭けて、この影を動かさなくては。

イザヤが言葉を引き継ぐ。

「兵士たちは、大切な誰かが財産を奪われ、権利を踏みにじられることがないように、自分の命を捨てて戦っています。このまま戦争をつづけたなら、兵士たちの思いは踏みにじられるでしょう。家族を守るどころか、家族たちが地雷を背負って戦車に突っ込んでいくことになります。そんな未来を、どの兵士が望むでしょうか」

御簾のむこうに反応はない。

イザヤは戦争指導者会議で見たものを、そのまま伝える。

「市民たちを戦わせながら、政府上層部は鄯大陸へ逃げ延び、亡命政府を立てるつもりです。指導者の決定を受け入れたなら、おそらく陛下も、彼らと共に逃げることとなりましょう。市民たちが竹槍を持って敵兵と戦っている間に、陛下も、為政者も、遠くからそれを見守るだけですか？　戦争を止められる権限を持ちながら行使せず、民を死なせて逃げるのが、誇り高い日之雄皇王家の在り方でしょうか」

あまりの暴言の連続に、耐えかねた長谷川が叫ぶ。

「もういい、謁見(えつけん)はこれで終わりだ!!」

そして御簾へ一礼し、皇王へ伝える。

「こたびの無礼、この長谷川に責任があります。どうか陛下には」


「長谷川」


御簾のむこうから突然、皇王が言った。

イザヤの目が見ひらかれる。

はじめて聞いた、父の声。


「ふたりの話は、終わっていないよ」


その言葉だけで、長谷川侍従長は背筋をそらせて震え上がる。

「も、も……申し訳の次第も…………」

「白之宮(しろのみや)。風之宮(かぜのみや)。つづけなさい」

御簾のむこうから、はっきりとした意志を持つ、大人の男性の声が届く。

リオとイザヤは唇を引き結ぶ。

日之雄皇王が、動いた。

国家が、いま、動き出そうとしている。

──ここが、わたしの戦場だ。

イザヤは凜と胸を張る。

そして、死んでいった兵たちを思う。

──見ててくれ、みんな。

──この戦争を、終わらせるよ。

心胆を整え、覚悟の言葉を発する。

「敵に膝を屈するのは慚愧に堪えません。ですが本土決戦を行えば、民族は滅びます。女、子どもに竹槍を持たせ、機関銃陣地へ突っ込んでいく未来が現実になります。兵士たちは、そんな未来のために死んでいったのではありません。自分の命を捨ててでも守りたいものがあるから、彼らは歯をくいしばって戦ったのです。彼らの思いに報いるためにも、いま、勇気を持って降伏すべきです。悔しさに耐え、恥を忍び、国家の未来のために膝を屈する……。それが誇りある日之雄皇王家の道であると信じます」

言い終えて、イザヤは目線で、リオを促す。

リオは頷き、御簾へむかって顔をあげる。

いま、リオの目には、速夫のすがたが映じていた。

——わたしは、このために、速夫くんを置き去りにして帰ってきたんだ。

リオは、そのことを理解する。

別れ際、速夫の告げた言葉がいま、リオの耳に舞い戻る。

『リオ様が生還することで、この戦争も少しはマシな結末になると信じます』

そうだ。速夫との旅に、意味を持たせるために。

あの旅の結末を、最高のものにするために。

——速夫くん、見ていてね。

——いま、戦争が終わるよ。

凜と胸を張り、リオは皇王へ、自らの意志を伝えた。

「戦争に敗れようと、政体が壊れようと、人間が生き残ればわたしたちの勝ちです。焼け野原になった東京も、人間が生きていれば、いつか必ず復興し、前よりもっと大きな都市へ生まれ変わっていけるでしょう。わたしたちの降伏は、次世代の勝利に繋がると信じます。先人たちが築き上げた土台を、もろともに壊さないために。次の世代を、この強固な土台で支えていくために。死んでいった兵士たちのために。これからを生きる子どもたちのために。陛下の御聖断を、賜りたく存じます」

ふたりの嘆願は、そこで終わった。

長谷川侍従長は震えている。

御簾のむこうに動きはない。

──父上。

──どうか。

──兵士たちの願いに。家族たちの祈りに。

──御聖断を。

しばしの静寂が爆ぜ──

人影が、答えた。

「長谷川」

「は、はいっ」

「御簾をあけなさい」

「は、え、……はいぃ……？」

長谷川は、皇王がなにを言っているのかわからない。

と、侍女が御簾の前へ進み出て──

「…………‼」

イザヤとリオは、目を見ひらく。

巻き上がった御簾のむこう――。

「大きくなったね。イザヤ。リオ」

束帯をまとったイザヤの父が、枯れた微笑みをたたえていた。

はじめて見る父は、痩せ細り、白髪交じりの、丸眼鏡をかけた四十代後半の男性だった。

どこにでもいる中年男性……だが、優しそうなその微笑みのむこうに、常人では窺い知れないほどの悲しみ、苦しみ、怒り、煩悶……このかたが背負って歩いてきたあらゆるものが、果てもなく茫漠と横たわっていた。

御簾に隔てられて、見えなかったもの。

それは、人間が背負うにはあまりに重すぎる葛藤だった。

――このかたは、誰よりも苦しんでこられた……。

――わたしたちに言われるまでもなく、ずっとひとりで抱え込んでこられた……。

父親の抱えてきた感情の一端がイザヤの心の片隅に触れ、たったそれだけでその場にうずくまってしまいそうなほど重くて苦しい。

なんという孤独と絶望だろう。

およそ人間に耐えられる限界を超えた、国家というものの重みがそのまま、父親の佇まいから伝わってくる。

これが皇王というものか。

これが、国家と等号で語られる人間の在りようか。

おののく長谷川を傍目に、丸眼鏡の奥の瞳が光を宿した。

「断を、くだそう」

終幕

conclusion

聖暦一九四二年、四月八日──。
日之雄、横須賀軍港。

昼下がりの埠頭には大勢のひとが詰めかけて、復員船から降り立つ元日之雄軍兵士たちを出迎えていた。

戦艦ミズーリ甲板での降伏文書調印式から三か月が経ち、東南アジア全域に散らばっていた兵士たちが続々と、復員船で戻ってきていた。家族を戦地へ送り出した横須賀近隣の住民たちは毎日のようにこの埠頭にやってきて、復員船を下りていく兵のなかに夫や父や兄弟がいないかと、目を皿のようにして探し求めている。

その住民たちのなかに、リオとイザヤのすがたもあった。

ふたりとも白いブラウスに紺のスカート。どこにでもいる女学生の出で立ちで、出迎えの人混みのなかで背伸びをし、復員船から下りてくる兵士の列をじぃっと観察しつづける。

やがて全ての兵士が降りたって、連絡通路が跳ね上がり、復員船は倉庫街へと舳先をむける。

イザヤとリオは黙って埠頭に突っ立って、船のうしろすがたを見送った。

「夕方、フィルフィンからもう一便あるって」

「そうか。待とう」

ふたりは埠頭の縁に腰を下ろし、持ってきた風呂敷を解く。弁当箱にはタケノコと山菜の煮物だけ。両足をぶらぶら揺らしながら、タケノコをかじりつつ、目の前をたゆたう濁った色の海を見る。

復員がはじまって、二か月半になろうとしている。

軍務を解かれたふたりは、日中は日吉台司令本部で進駐軍の調査に協力し、それが終わるとこうして横須賀港へやってきて、復員船から降り立つ兵士たちを注視している。

軍艦生活で貯めたお金を使い、この近くに平屋を借りた。皇王家の財産は進駐軍によって凍結されたため、貯金を切り崩しながらの生活だった。日之雄全土が食料不足に喘いでおり、ふたりの暮らしも裕福ではない。

沖合には、薄灰色のガメリア艦艇が行き来していた。日之雄の軍艦はほとんど全て接収されて、マストにガメリア軍旗が翻っている。背後の砂利道から子どもたちの歓声と、ガメリア語の笑い声。振り返ったなら、ジープに乗ったガメリア人が、笑顔で追いかけてくる子どもたちへガムやチョコを播いていた。

「春だねえ」

リオがもぐもぐしながら、いつもの呑気な口調で、真っ青な空を見上げる。

「戦争に負けても、桜は変わらないな」

イザヤは弁当箱の蓋を閉め、背後の桜並木を振り返り、潮風に舞い散る薄紅色の花弁を見やる。

この三か月間、いろいろなことがあった。

皇王陛下の聖断が下され、戦争指導者会議四名が「条件付き降伏」を採択したのが五か月ほど前の十月二十三日。降伏の条件はひとつ、国体の護持。ＢＩＳ国際決済銀行に派遣された交渉団を通じてガメリア側へ伝えられた皇王の意志は、ベリンジャー大統領に受け入れられた。

しかし主戦派の青年将校たちは、それで納得するほどおとなしくなかった。東南アジア各地に散らばったそれぞれの基地で徹底抗戦を呼びかけたり、降伏後も配下の航空隊による攻撃を計画したり、戦争をつづけるために内戦さえ辞さない構えを見せていた。

皇王はこの動きに対し、宮家の子息、子女を東南アジア全域の基地へ派遣して、武装解除に応じるよう説得させた。現地部隊の将校たちは「神の眷属」たる宮家から直々に説得されて抗う口実を失い、泣く泣く武器を敵側へ渡した。

なかでもイザヤとリオは、特に危険な青年将校の集まりへ自ら赴き、彼らと膝をつき合わせて説得に当たった。あとでわかったことだが彼らは皇宮を乗っ取る計画を練っており、ふたりの説得がなかったら計画は実行されていた可能性が高かった。「おふたりとも、命があるのが不思議なくらいです」と侍従長が呆れてしまうくらい、イザヤとリオは自ら率先して主戦派将校の説得にあたり、ついに全部隊の武装解除に成功した。

そして、いま。

「魚釣りとかしてみたい」

海へむかって足をぶらぶら揺らしながら、リオはのほほんとした笑みをたたえる。

イザヤは頷き、

「リオ、芋も野菜も自分で作るしな。魚も獲れたら、生活困らないな」

ふたりの平屋にはリオの手で家庭菜園が設けられ、芋やカボチャ、大根などを栽培している。リオは山野に入ってタケノコや山草を見つけたりもして、家事の苦手なイザヤはリオの世話になるだけだ。

「速夫くんが帰ってきたら、おいしいものいっぱい作って、ごちそうしてあげるんだ」

「そうか。きっとすごいごちそうだなあ」

「イザヤは？　クロちゃん帰ってきたら、どうする？」

「クロトが帰ったらかあ。……そうだなあ。……ホットドッグ作ろうかなあ」

「ガメリア軍の基地あるし、食材、手に入るかもね。高いだろうけど」

「高いだろうなあ。クロトに株のやりかたを教わろうかな。そうしたら自分でおカネも稼げるし、生活も良くなるし……」

とりとめのないことを話ながら、イザヤはこれからのことを思う。

速夫とクロトがどうなったのか、いまだわからない。

周りの人間は、ふたりとも死んだと言っている。

状況から考えるに、そうなのだろう。クロトが生きているとしたら敵の捕虜になっているはずだが、ガメリアの新聞を見ても、連合艦隊先任参謀黒之(くろの)クロトが捕虜になったという記述はない。ガメリアではいまやすっかり黒之クロトの名前は「不敗の天才参謀」「キリングに勝った男」「史上最大の逆転劇の立役者」として有名になっており、イザヤのところへも取材が来る。だから生きていればとっくに世間の耳目を集めているはずだが、そんな噂(うわさ)も聞こえてこない。

けれど、イザヤは毎日、この埠頭(ふとう)へやってきてクロトの帰りを待っている。

そうしないと、落ち着かない。クロトの死が、受け入れられない。もしかするとクロトが死んだことを確信できるなにかを求めて、ここへ来ているのかもしれない。イザヤ自身にも自分の気持ちがわからないまま、気がつくと毎日、リオと一緒にここにいる。

リオもまた、速夫の帰りを待っている。

もしかすると、速夫は死んでしまったのかもしれないけれど。

でも彼は「少し遅れてあとから帰る」と言っていた。速夫はウソをついたことがない。だからリオは速夫の言葉を信じて、復員船が来るたびに、兵士のなかに速夫のすがたを捜しつづける。

進駐軍によって皇王家の在り方は、戦前と大きく変わっていた。

宮家も解体され、これまで税金だけで暮らしていたやんごとないひとびとは、これから自分の力だけで生きていかねばならなくなる。それは直宮であるイザヤとリオも同じだった。

海を見やりながら、リオが言う。

「自分の力で生きていいんだよ。最高だね」

「あぁ。自分の意志で生きられる。最高だ」

本心だった。これからは自分の意志で職業を決め、自分の意志で配偶者も決められる。

皇王家が決めたやんごとない身分の男性ではなく、内親王と一般庶民が結婚して良い時代がやってきた。

埠頭の縁に腰掛けたふたりは、茜色に暮れていく海原を見やった。

これからのことに関する他愛ない話を交わしながら、水平線のむこうをじっと見る。

二か月半、これを繰り返してきた。

クロトも速夫も帰ってくる。だって、そう約束したから。

それだけを信じ、埠頭に腰掛け、復員船が到着すると兵士の列へ目を凝らす毎日。

復員船がある限り、この毎日がつづくのだろう。復員船の往来がなくなったら、そのあとのことは考えていない。

「あ、来た」

リオが水平線に浮かび上がったオンボロの汽船を指さし、立ち上がる。

「喫水が浅い。もう兵士の数も減ってきたな」

この二か月半だけで、横須賀港へ入港する数十隻の復員船を見つづけてきたから、遠目でも、船に乗っている兵士数がだいたいわかる。どうか今度の船にこそ、速夫かクロトが乗っていますように。

いつものように腹が立つほどゆっくりと、復員船は桟橋についた。

疲れ切った表情の兵士たちが数百名、陰気な顔で降りてくる。出迎えの住民たちが身を乗り出して家族のすがたを探すなか、リオとイザヤも爪先立ちで、兵士の列へ目を凝らす。住民の数が多すぎて、なかなか兵士の顔が見えづらい。人混みをかき分けたり、その場で飛び跳ねたりするのだが、逆に人波にはじき出される。

ほどなく、全ての兵士が埠頭に降り立ち、駅を目指して歩いていった。

今日の復員船はこれで終わりだ。時刻は午後五時。傾きかけた日差しを背に、住民たちは三々五々、家路を辿る。

今日もいなかった。

けれど、明日はきっと。

イザヤとリオは顔を見合わせ、目線だけでお互いを励まし、我が家のほうへ爪先をむけた。

と――。

百メートルほど離れたところで、ぼさぼさの髪をして、疲れた様子の若い兵士がふたり、その場に佇(たたず)んで周囲をきょろきょろ見回していた。

ひとりは左足がなく、松葉杖(づえ)をついていた。もうひとり、目つきの悪い兵士が身を屈め、なにやら文句を言いつつ咳(せ)き込んでいる。片足の兵士は目つきの悪い兵士を励ますように背中をさすり、ふと上げた視線が、イザヤとリオにぶつかった。

どさり。

イザヤとリオの手から、風呂敷が落ちる。

足が、震えた。

口元が、わななく。

心臓が、跳ねる。

潮風が、吹き抜ける。

一歩。

ふたりは足を前へ送る。

二歩。

唇が、わずかにひらく。

ふたりそろって、走り出す。

桜の花弁が、行く手に舞う。

意味のわからない叫び声が、ふたりの口から迸る。

涙があふれてくる。

息せき切って、全力で、泣きながら、走る。

こぼれ落ちる涙が、潮風のなか、桜の花弁と混ざり合う。

風景が、輝く。

走る。

ただ全力で、ふたりは走る。

涙の粒と桜の花弁を背後へ流し、脇目もふらず走る。

前方、ふたりの兵士が気づいた。

驚いた表情をして、それから、ふたりとも歓喜を顔に出す。

イザヤとリオは全力で走りながら、涙で顔をぐしゃぐしゃにして、愛おしいひとの名前を呼ぶ。

「クロトっ!!」

「速夫くんっ!!」

ぼろぼろの軍服を着た黒之クロトと会々速夫は、驚愕しつつ、けれど肩に担いだ荷物を投げ捨て、こちらへ駆け込んでくるふたりの姫宮へ両腕を広げる。

「イザヤ」

「リオ様」

抱きとめた身体へ、互いの両手が回る。

互いの体温を感じ、吐息を感じ、いまここに生きていることを確かめる。

言葉にならない。声にもならない。ただすがりつきながら、互いの名前を呼ぶことしかできない。

「クロト、クロト、クロトぉぉおっ!!」

ぐしゃぐしゃに泣きながら、イザヤはクロトの胸に頬を擦りつける。

「お前、待ってたのか……」

クロトは若干呆れた表情で、泣き濡れたイザヤの頭へ片手を添えて、抱きしめた背中へ力を込める。

「わざわざ待たずとも……」

そんなことを述べながら、しかし抱きしめる両手に愛しさが籠もる。

「速夫くん、速夫くん、速夫くん……」

リオは速夫にきつくすがりついて、速夫の両脇に両手を差し込み、自分が速夫の松葉杖になる。

しばらく驚いていた速夫は、ゆっくりと口元に微笑みをたたえ、リオの背に両手を回す。

「……ご心配をおかけしました。……本当に……ご心配だけをおかけして……」

「いいがらっ!!　そういうのもういいがらっ!!　速夫くん!!　速夫くん!!　速夫くん……!!」

涙と鼻水でぐしゃぐしゃになりながら、リオは速夫の胸へ頬ずりする。

速夫は笑顔を浮かべ、リオの髪に片手で触れた。

「……約束、守ったでしょう?」

「……しんじでだっ!!　じんじでだがらっ!!」

何度も洟(はな)をすすりあげ、喉(のど)を詰まらせながら、リオはすがりついた速夫から離れない。

「速夫ぐんっ!!　じんじでだよ、速夫ぐんっっ!!　……速夫ぐんは、速夫ぐんは……がえっでぐるって、じんじてだがらっ!!」

「あ、はは、はい……」

「速夫ぐんは、世界一、がっごいいよ!!」

「……ありがとうございます。……ありがとうございます」

速夫ははじめてリオのその言葉を受け入れて、そうっとリオの背中を両手でさすった。

それから互いに抱きすくめられたまま、クロトと速夫は目線を交わし、少し笑った。

偶然同じ復員船に乗り合わせ、クロトが速夫に気づいて声をかけ、長い航海の退屈しのぎに、船のなかで互いの事情を語り合った。

「ベヒモス」艦橋で瓦礫に埋もれ、意識を失っていたクロトを助けたのはユーリだった。

ユーリはＣ３通信機を離れた直後、すぐに落下傘降下するはずだったが、なにか悪い予感がして艦橋を出たところで足を止めた。次の瞬間、直撃弾があり艦橋が倒れた。瓦礫に埋もれるクロトを視認し、ユーリはクロトの身体を瓦礫から掘り出し、縛帯と落下傘を身につけさせた。

『イザヤのところに帰るんでしょ。立ちなさいよ』

荒っぽい言葉でユーリはクロトに往復ビンタ、意識を回復させてから、船外へクロトを蹴落とした。

『じゃーねー。戦争終わったらまた会おうねー』

自らも落下傘降下しながら、ユーリはそう言って手を振りつつ、力なく風に揺られるクロトと違う方向へ流れていった。着水したクロトは海上をさまよっていたところをガメリア軍の小艦艇に拾い上げられた。上衣を脱ぎ捨てていたため将校とは気づかれず、クロトは偽名を使って一般兵の捕虜となり、フィルフィン収容所に収監された。

一方の速夫は、ケヴィンに助けられていた。

速夫の腎臓を撃ち抜いたケヴィンは、意識を失った速夫を抱きかかえ、応急手当を施すとリオを追うことなくボートを反転させた。

『きみはすごいやつだ。お姫さまを守りたくて、ひとりで戦ってきたんだろ？　すごいよ、ぼくにはそんなことできない、死ぬな、必ず助けてあげるから、死ぬな』

ケヴィンはそんなことを言いながら、速夫を励ましてボートを操縦していた。海上で捜索を開始していた上官には「奪われたボートを銃撃で沈め、犯人を捕らえた。もう捜索の必要はない」と報告し、リオの逃走に一役買って、速夫を野戦病院へかつぎ込んだ。

野戦病院でもケヴィンが現地人から聞いた速夫とリオの物語を紹介し、速夫は英雄として扱われた。ガメリア人は敵味方問わず、英雄的な行動に寛大だ。左足と腎臓を失ったが、速夫は手厚く介護されて無事、捕虜収容所で終戦まで生き延びた。

「じんぱいじだんだぞ、バカあ。グロトぉ。クロドぉぉ」

イザヤは泣きながら、クロトの胸を両拳でぽこぽこ殴る。

クロトは殴られながら、にやけそうな顔を無理やり、仏頂面に仕立て直す。

「殴るな、バカ女」

「うるざい。黙れ。アホウ。どアホウ……」

何度も殴り、涙と鼻水をクロトの胸になすりつけ、イザヤは嗚咽を繰り返す。

クロトは大きく息をつき、それから、イザヤに告げる。

「……約束どおり、戻ってきたぞ。……返事を聞かせろ」

真面目な口調でそう言うと、ん？　とイザヤは顔をあげる。

しばらくまじまじとクロトを見上げ、一度洟をすすってから、イザヤは笑顔をこしらえる。

「なんのことだ？」

わかっているくせに、意地悪な顔で問いを返す。

クロトはイヤそうに顔をしかめ、

「……わかっているだろうが。……同じことを何度も言わすな。……さっさと返事を寄越せ」

しかし涙まみれの笑顔をたたえ、イザヤは楽しげにクロトを焦らす。

「わっかんないなあ。お前がなにを言っているのかさっぱりわからん。もう一回言ってくれたら、なんのことか思い出すかも」

クロトはますますイヤそうな顔でイザヤを見下ろし、

「……お前、そういうの最低だぞ」

「え、なんで？　なにが最低？　一時的な記憶喪失かもしれん、すまん、もう一回、もう一回だけ言ってくれたら、絶対確実に思い出すから」

ぐずっ、と洟をすすって、イザヤは期待のいりまじった笑顔で、まっすぐクロトを見つめる。

クロトは頬を真っ赤にして、左右に目を配り、速夫もリオもこちらの様子など気に留めていないことを確認してから、決まり悪そうに言った。

「イザヤ、お前、おれと結婚しろ」

イザヤは満面の笑みをたたえ、

「いますぐか？」

十三年前、クロトが堤防でプロポーズしたときと同じ問いかけを、イヤミたらしく繰り出してくる。

クロトはますます赤面してから、あらぬ方向へ目を送り、

「あぁ、いますぐだ」

イザヤは背伸びをして、クロトの背中へ両手を回し、きつく、きつくすがりつく。

「いいよ」

そして直前からクロトを見上げ、にっこり笑って小首を傾げる。

「実は子どものころから、お前のことが好きだった」

ずきゅん。クロトの心臓が音を立てる。

――ちくしょう、最高にかわいい。

――帰って良かった。

そんな内心の声を押し隠し、クロトはぶっきらぼうに言い捨てる。

「幸せにする」

イザヤは笑顔でクロトの胸に頬(ほお)を押し当て、両手に力を込め、

「幸せに、なるんだよ。ふたりで」

流れゆく桜の花弁に包まれて、四人の若者はいつまでも埠頭(ふとう)で互いにすがりつき、互いの存在を確かめていた……。

†　†　†

十月十八日、ニューヨーク。

トムスポン・テクノロジーズオフィスビル三階――。

「ついに!!　ついに宿願達成しました!!　奇(く)しくも今日は十月十八日……昨年、カイル・マクヴィル大統領が辞任したその日であります!!」

涙にむせびながら、トムスポンはビールのジョッキを突き上げる。

フロアに居合わせた三十名ほどのスタッフが笑顔でシャンパンの栓を抜き、瞬(また)く間に乱痴気騒ぎがはじまる。

「やったねトムスポン、宿願達成おめでとう!!」

ユーリがワイングラスを掲げ持ち、トムスポンのジョッキにぶつける。

「ああ、ユーリ、あなたは本当に、本当に、我らの女神です!!　あなたに会えなかったら、い

まごろ我々は高層ビルの屋上から……いえ、そんな話はどうでもいい、今日はとことん祝いましょう!!　ぼくたちはカイルに勝ったのですから!!」

感涙にむせぶトムスポンに、ずっと一緒に戦ってきたＪＪがすがりついて泣きむせぶ。

「やったよなあ!!　おれたち、ほんとにやったんだよなあ!!　カイルの野郎、ざまーみろ、今度はお前が地獄を見る番だ!!」

ＪＪは泣き笑いながらビール瓶の中身をラッパ飲みし、女性スタッフであれば誰かれ構わず飛びついていく。

「ぎゃ――――」「いや――――」

悲鳴をあげながら逃げ惑う女性スタッフを追い回すＪＪは、フロアの隅に佇んでいた女性に足をかけられ、盛大にすっころぶ。

「調子乗ってると、すぐそうなるわよ。カイルと同じ轍を踏まないこと」

エステラはそう言って、トムスポンとユーリに笑いかける。

「とうとうやったわね。トムスポン、あなたの努力のたまものよ。これからはあなたがフォール街の王様ね」

言われてトムスポンは照れくさそうに頭を掻く。

「ケリガン財閥の支援と、他の投資家の力がなければ勝てませんでした……。それでもぎりぎりの勝負でしたし……」

トムスポンはそう言って、傍らのユーリを見る。

「……とにかく、これで、ユーリの身も安全です。カイルにかなり恨まれてたから、毎日わたしは気が気ではなくて……」

「へえ。なんかそれ、あたしのためにカイルに勝った、みたいに聞こえるけど？」

「そ、そんなこと、あ、ありません！　あ、いえ、全くないわけじゃありませんけど、でも、はい……実は……あなたのために……」

「なに言ってんのかわかんなーい。もっとはっきり言わないと」

ユーリは頭のうしろに両手を組んで、意地悪そうな笑みをたたえる。エステラはふたりのやりとりに微笑みを浮かべ、窓の外を見る。

——とうとう、終わった……。

そんなことを思いながら、これまでを振り返る。

カイル対トムスポン。

その勝負は三か月前、唐突にはじまった。

昨年七月のいわゆる「東京決戦」で死亡した兵士の遺族らが、「カイル氏の個人的欲求が原因で家族を殺された」としてカイルを訴えた。

これを受け、カイルが経営する主要メディアの株価が大幅に下落。これをチャンスとみたトムスポンはこのうちの一社、ガメリア・エクスプレス社に対して大規模な空売りを開始。プライドにかけて買い支えるカイルと、「現代錬金術」クロノードで稼いだカネを全て投じて売るトムスポン、互いに私財を全て投じても決着がつかず、ついに両者とも銀行に借金をして勝負をつづけたが、ケリガン財閥代理人、アンディ・バーモントが売り方に加わったのが潮目となり、様子をみていた投資家が全てトムスポンに加勢して空売りをかけ、ついにガメリア・エクスプレス株が紙切れとなって完全決着。カイルは晴れて、三千億ドルの借金を背負った。


三階フロアのバカ騒ぎを傍観しながら、エステラは人差し指を自分のこめかみにあて、

「かつてのガメリア大統領が、いまやフォール街の借金王。こうならないといいけど」

バン、とおどけた顔で、指の先を跳ね上げる。

「噂では、今回の仕手戦、カイルはほとんど参加してなかったそうです。ひどい失恋を経験して、大統領の座を追われ、戦死者の遺族から自宅を一か月以上も取り囲まれて、心を病んだとか。カイルの代理人が買い支えていたそうですけど、いくら借金しても払うのはカイルだから、後先考えずに借りたみたいですね。カイルの全資産は抵当に入って、エンパイアステート・ビルのオフィスも売りに出されました」

トムスポンの言葉に、ユーリは「ふーん」と鼻息をひとつ。カイルに尻や胸を触られたあのオフィスがなくなるのは、実にせいせいした気分だ。

それから、両手を突き上げ伸びをする。

「ともかく！　これで一件落着だなあ……」

「そうね。長い戦いだったわね……」

エステラも感慨深げに、窓の外を見る。

その少しさびしそうな横顔を見て、ユーリは「にひひ」と笑う。

「……なに？」

「……エステラ、さびしい？」

その問いに、エステラはきょとんとして、

「どうして？　うれしいわよ、カイルに勝って、とても満足」

「へー。ならいいけどー」

ユーリは後頭部に両手を組んで、横をむいて口笛を吹く。

「なにその顔。あなた、まさか、わたしがカイルに同情してるとでも？」

「だって。なんかほのかに、哀愁漂ってる」

「やめてよ。あいつがイザヤの写真を眺めてるとき、わたしがなにさせられてたか知ってるでしょう？　……あんなクズ、さっさとエンパイアステートから飛び降りればいいのよ」

冷たく言い切って、エステラはそっぽをむく。

素直じゃないなあ、と小声で言って、ユーリはぷらぷら、スタッフの狭間(はざま)を縫いながら、グラスを合わせ、写真を撮り、抱き合ったり歌ったり踊ったり、長い夜を楽しんだ。

三か月後――

年があけて、西暦一九四四年、一月九日。

日之雄(ひのお)帝国が降伏文書に調印してちょうど二年が経ったこの日、ニューヨークは戦勝記念式典がひらかれ、多くの軍人が集まって活況を呈していた。

日之雄は降伏したが、いまだ欧州ではエルマ第三帝国がガメリア・リングランド連合軍を相手に一進一退の攻防を演じており、状況は予断を許さない。式典に参加した軍人たちも口をそろえてエルマの脅威を訴えており、下手(へた)をすればニューヨークまでエルマ飛行艦隊の標的に入りかねないと警鐘を鳴らしていた。

「この国、戦争ばっかりしてるよね」

冬枯れのセントラルパークを歩き抜けながら、ユーリはコートのポケットに両手を突っ込み、白い息を吐きながら言った。足下は昨夜の雪がところどころ残って、白と灰色の斑(まだら)模様。

「戦争で発展した国だから。ないと不安なのかもね」

エステラもそう返事して、真っ青な空を見上げる。

「嘆かわしいです、本当に。ガメリアは良心の帝国であるべきなのに……」

今日の式典にユーリとエステラを誘ったトムスポンが悔しそうにそう言って、首を左右に振る。ユーリは呑気(のんき)そうに頭のうしろに両手を組んで、

「やだやだ。もう戦争はこりごり。みんなで仲良く暮らせばいいのに」

「そうね。昔のことは忘れて、仲良くできるといいわね……」

そう言って、エステラは視線を前へむけた。

路脇のベンチに、薄手のコートをまとった中年男性がうつむいて座っていた。

ぼさぼさの髪の毛。乾いた顔の皮膚。ひびわれた唇。ポケットに両手を突っ込み、うなだれて、右手に紙袋。紙袋の口からは、安いウイスキー瓶が突き出ていた。

ニューヨークには珍しくない、フォール街の敗残者だろう。

こういう男性は橋の下にも、ビルの隙間(すきま)にも、ハドソン川の堤防にも、どこにもいる。それこそスラムへ行けば、山のように。

けれどユーリとエステラとトムスポンはその場に足を止めて、薄汚れた風体でうなだれている男性を硬い表情で見つめていた。

「エステラ……」

ユーリがぽつりと、傍(かたわ)らへ呼びかける。

「……わたしは……関係ないから」

そう言って、エステラはコートのポケットに両手を突っ込み、男性の目の前を足早に通り過ぎる。

男性はエステラに一瞥もくれることなく、ただじぃっとうつむき、それから紙袋を掴んだ。

瓶の中身を飲み干そうとする。けれど、もう入ってない。何度も瓶を口の上で振って、からっぽなのに気づき、舌打ちとともに瓶を路上に投げ捨てた。

ユーリとトムスポンは並んで突っ立ち、男性を見つめていた。

「……行きましょう、ユーリ。声をかけるのは残酷です」

ややあって、トムスポンがユーリを促す。

ユーリは硬い表情で男性を見やり、それからトムスポンへ目を移す。

「先、行ってて」

「ユーリ……」

「ケジメ、つけたいし」

ユーリは表情を引き締め、トムスポンをその場に残し、男性の目の前へ歩いていく。

「久しぶり」

ユーリはポケットに両手を突っ込んだまま、ベンチの男性を上から見下ろした。

男性は驚いたように髪の隙間から片目を持ち上げ、しばらく訝しそうにユーリを見つめ——

三秒ほどかかって、力なく口だけで微笑んだ。

「笑えるだろう?」

そう言って、男性はうつむく。

ユーリは黙って、男性の禿げ上がった頭頂部を見つめる。

——カッパみたい。

そんなことを思って、少しだけ胸が締まる。

「……隣、いい?」

男性は、返事しなかった。

ユーリは勝手に男性の隣に腰掛けて、伸ばした足をぶらぶらさせながら、青空を見上げた。

「あたしを恨んでる?」

問いかける。

男性は答えない。

「クロトとイザヤ、結婚したって。この間、手紙が来た」

告げると、男性はしばらく黙ってうつむいてから、ようやく、顔をユーリへ持ち上げた。

「わたしはなぜ、イザヤにフラれたのかな」

元ガメリア合衆国大統領、カイル・マクヴィルはさびしそうにそう尋ねた。

ユーリは少し考えて、

「まあ、惜しかったね。あとちょっとだったよ、ハナ差だった」

慰める。さすがにかわいそうだから、「最初からイザヤの眼中になかったよ」とは言えなかった。

「……クロトに負けるとは。……あんなやつに……わたしが負けるなんて」

「…………………」

てっきり借金王になったショックでこうなったのか、と思ったが、違うらしい。

カイルにとっては、イザヤをクロトに取られたことのほうが、よほど痛手だったようだ。

カイルはユーリには目もくれず、まだ雪の残った地面と、自分の汚れた靴の先だけを見ていた。

「……きみを恨む？　まさか。わたしはきみに負けたのではない。……ただ、きみを背後から操(あやつ)っていたクロトに負けただけだ。……彼は天才だから。……わたしは……天才ではないからね……」

カイルはそう言って、また黙り込む。

ユーリは傍(かたわ)らへ目を送る。カイルの禿げ上がった頭頂部を風が撫(な)でて、なんだか悲しい。

大嫌いな人間だったが、こうなるとなんだか、哀れみのほうが優ってしまう。

「……また、立ち上がれるよ、あなたなら。それでさ、また、クロトに勝負挑めばいいじゃない。今度は戦争じゃなくて、株の世界で。東京証券取引所が再開したら、クロト、また投資はじめるみたいだし。仕手戦で叩きのめしてあげなよ」

ユーリがそう言うと、カイルはうつむいたままジャケットのポケットに両手を突っ込み、なかの生地を引っ張り出す。

雪の上へ、一セント硬貨が四枚、落ちた。

これがカイルの全財産らしい。

「…………」

「…………」

下をむいたままのカイルを横目で見やり、ユーリは軽く溜息をついて、落ちた硬貨を拾い上げ、それから自分の財布を取り出し、入っていた百ドル紙幣を全部、硬貨と一緒にカイルのポケットにねじ込んだ。

「……軍資金。これだけあれば、カジノに行けるでしょ？　ベガスのカジノでカウンティングして、一晩で八万ドル稼いだって自慢してたよね」

カイルは答えない。うなだれたまま、ただ汚れた靴の先だけを見ている。

風が吹き抜けて、粉雪が散った。

見上げた青空は、残酷なくらい透明だった。

「……じゃ、行くね」

ユーリは立ち上がって、お尻をぽんぽんはたいた。

それからカイルを振り返り、

「何度もどん底から這い上がったんでしょ？　今度も大丈夫だよ」

「…………………」

「クロトもきっと、あなたを待ってる」

そう言って、ユーリは遠くで立ち止まっているエステラとトムスポンの元へ走った。

エステラは硬い顔で、ユーリを待っていた。

「……なに話したの？」

「そんなたいしたことでも。ちょっと世間話して、カジノで稼ぐ軍資金あげてきた」

「……どうしてそんなことするの？　あのひと、敵よ？」

「そうだけど。なんか、ちょっとかわいそうで」

「……どうだっていいじゃない、あんなやつ。いい気味よ。これまで何人も投資家を騙して、財産を奪い取って、ビルから身投げさせて……。当然の報いだし、あれでも軽いくらいよ」

そんなことを言い捨てて、きびすを返し、歩こうとする。

ユーリはエステラについて……いかない。

その場に立ち止まり、コートのポケットに両手を突っ込み、ニヤニヤしている。

「……なに？　行きましょうよ。……だからなんなの、その笑い」

「挨拶くらいしていきなよ、エステラ」

「…………………」

「昔の彼氏に復讐したかったんでしょ？　彼氏、エステラの希望どおりボロボロじゃん。良かったね。楽しい？　もっと近くで見てきてもいいんだよ？」

ニヤニヤしながら、ユーリにそんなことを言われ。

「だから……！　もう……！　ああ、もう………！」

エステラは苛立たしげにそう言うと、遠くのベンチでうなだれているカイルを見やり、唇を嚙みしめる。

苦渋の表情で、髪の毛に自分の片手を突っ込んでわしわし搔いてから、どん、と地面を踏みつけて、開き直った表情を持ち上げる。

「……ちょっとだけ！　ちょっと挨拶するだけだから……！」

そう言って、ユーリとトムスポンをその場に残し、早足でカイルへ近づいていく。

「先、帰っていいから！　あとで行くから、またあとで！」

そう言って、エステラはカイルのもとへ小走りで駆け寄っていく。

「ごゆっくり」

エステラは情念が濃いけど、情が深くもある。なにもかも失った昔の彼氏を見捨てられないエステラが、ユーリは好きだ。

ユーリはきびすを返し、トムスポンとふたり、セントラルパークを歩いていく。

「……哀れなすがたでしたが……わたしも、当然の報いだと思います。カイルが作ろうとしたガメリアは、武力で敵を踏みにじり支配下に置く『悪の帝国』にほかなりません。二度とあんな男が大統領にならないよう、我々有権者も身を引き締めねば。ガメリアが力を行使する際は、常に公正さを心がけるべきです。そうでなければ、いつの日にか世界中から孤立してしまうでしょう」

また長いトムスポンの政治談義がはじまりそうなので、ユーリはいきなり提案してみた。

「トムスポン、次の大統領になればいいじゃん」

トムスポンは意表を突かれ、

「わたしが!?　……いえいえ、それは無理でしょう。政治経験がありませんし、人脈もないし、華もないし……」

謙遜（けんそん）するトムスポンへ、ユーリはたたみかける。

「カイルだって政治経験なかったけど、大統領になれたし。トムスポン、いまは昔のカイルより金持ちなんだし、やる気があるなら、もしかするかも」

「あ、でも口下手（くちべた）ですから、見栄えも悪いですし、友達も少ないし、はい……」

小太りで眼鏡（めがね）でもじゃもじゃの髪の毛。スーツも時計も革靴も高級なものではなく、そう言われなければトムスポンがガメリア一の富豪であるとはわからない。

ユーリは気に入らなそうに鼻息をついて、

「ガメリアを良い国にしたいんでしょ？　その気持ちだけあればいいじゃん。口下手でも不細工でも、大きい理想にむかって突き進むひとって、かっこいいと思うなー」

そっぽをむくと、トムスポンは突然、上気した顔を持ち上げる。

「か、かっこいいですか⁉　本当に⁉」

いきなりトムスポンのギアが上がり、ユーリは若干、うしろにのけぞる。

「あ、うん、こんなとこでグチグチ政治家の悪口言ってるよりは、全然かっこいい」

「そ、そうですか……！　わたしが大統領になったら、ユーリはかっこいいと思ってくれますか⁉」

トムスポンは珍しく、鼻息荒くユーリに詰め寄ってくる。

ユーリは戸惑いつつも、

「あー、それは、はい。どう見たってかっこいいでしょ」

目線を逸らしながら、やや頬を赤らめ、そう答える。

トムスポンはユーリの表情を見つめ、いきなり胸の前に拳を握り込んだ。

「……わかりました！　……ユーリがそう思ってくれるなら、わたしは……わたしの理想の実現にむけて、歩みはじめる覚悟があります！」

「お、おう」

「……確かにわたしは、フォール街一の金持ちになってもなんだか足りない気がずっとしていて……きっと、わたしは、本当は政治家になりたかったのかもしれません！」

いきなりひとりで盛り上がりはじめたトムスポンに、ユーリは戸惑いながらも、とりあえず応援してみる。

「うん、なんか、いきなり元気になったねトムスポン。いいじゃん、なりなよ、大統領。わたしも応援するし、なっちゃえなっちゃえ」

「……はい！　なんだか燃えてきました……！　うおーっ。わたしは、ガメリア大統領に、なるぞーっ」

「お、おう」

何度か右腕を突き上げてから、トムスポンは眼鏡（めがね）の奥の眼差（まなざ）しを熱くたぎらせ、ユーリに真剣な表情をむける。

「……もし本当に大統領になれたら！　……そのときはユーリ！　……あなたに、伝えたいことがあります……!!」

少しだけ震える声で、トムスポンは勇気を振り絞ってそう告げる。

言われたユーリは「え？」と口元をひん曲げ、

「……大統領になれたら？」

「……はい！　……ユーリにかっこいいと認められたら、わたしもきっと……あなたに本当の気持ちを伝える勇気を持てると思うのです!!」

「…………」

「わたしはこのとおり、冴えない中年ですが……それでもユーリ、あなたとここまで仕事して、その……どうしても、身の丈を越えた願望を抱いてしまって……けれど、いまのわたしでは無理かもしれませんが、大統領になれたらきっと、自分に自信を持てると思うのです！　あなたと正面から向き合う勇気を……」

ひとりで盛り上がりながら、眼鏡の奥の瞳をうるませるトムスポンへ、ユーリはげんなりと表情を翳らせる。

「……それって……早くてもあと三年くらいかかんない？」

「……はい！　七年後かも、二十三年後かもわかりませんが、待っていてください！　必ず大統領になって、あなたにわたしの本当の気持ちを伝えますから……!!」

感極まったトムスポンの言葉を受けて、ユーリのこめかみから、ぶつん、と音が鳴った。

「いま言えやああぁぁぁぁっ!!」

ユーリはいきなりトムスポンの胸ぐらを両手で摑み、締め上げた。

「……ぐっ!?　ユーリ、ぐ、ぐるじい……っ」

「いつまで待たす気じゃああああっっ!!」

「……ひ……ぐっ………」

「だいたい、もうそれ、告白しとるのと同じじゃろうがあああっ!!」

「ユ、ユーリ、ぐ、ぐるじ、ぐるじい……」

トムスポンを締め上げながら、ユーリは半分涙目になり、恫喝する。

じゃれあうふたりへ、一月の透明な陽光が降り注ぐ。

「げ、げほっ！　げほげほげほっ!!」

ようやくユーリの両腕が解けて、トムスポンは道端に屈み込んで激しく咳き込む。

まだ涙目のユーリは腰に両手を当ててふんぞり返り、

「最初から全部やり直し!!　全然なってない、もっと頭つかって、ロマンチックな感じでやり直しなさい、バカ!!　ヘタレ!!」

勝手なことをまくしたてると、肩を怒らせ、ぷんぷん怒りながらその場から歩み去っていく。

「あ、待って、ユーリ、あの、ええっと、すみません、待って、いえ、あの、もう待たせませんから、あの、待って……」

トムスポンはよろめきながら、ユーリのあとを追っていく。

冬枯れのセントラルパークに緩い風が吹き抜けて、地面に残った雪がきらきらと光った。午後の太陽が透明な光を投げかけて、路上は濡れた白銀色を乱反射する。

舞い散る光の粒子のただなか、ユーリとトムスポンはなにごとか言い争いながら、風景のむこうへ消えていく。高い笑い声が一度響いて、澄み切った青空へ溶けていった。

†　†　†

聖歴一九四三年、七月八日——。

クロト、イザヤ、速夫、リオの四人は、借家の中庭で焚き火を囲んでいた。

裏山から蝉の声がやかましい。地面には集めてきた粗朶木の山と、家庭菜園で獲れたばかりの大根の束。

ぐつぐつ沸き立つ鍋には、大根が煮えていた。椅子に腰掛けた速夫が焚き火を火かき棒でつつきながら、火加減を調整している。

「また大根か」

傍ら、木綿のシャツに、よれたスラックスを合わせたクロトが文句をつける。

ブラウスに紺のスカートを着たイザヤは、箸を大根へ差しながら、

「文句言うな。食べるものがあるだけ幸せだろ」

その傍ら、リオは胸に抱いた赤ん坊をあやしながら、

「おなか、空きまちたか～？　ちょっと、待っててくださいね～。お母さん、大根食べて、栄養補給しますからね～」

にこにこ笑いながら、すぼめた唇を赤ん坊のおでこに押しつける。

照りつける真夏の日差しを見上げ、布巾で顔の汗をぬぐって、煮え立つ鍋を見下ろす。

「真夏におでんとはいかがなものか」

「だから文句ばっかり言うな。冷まして食べればいいだろ。ほかに食べ物ないし。うん、芯まで煮えたぞ、食べよう」

四人、めいめい勝手に鍋から大根をつまみあげ、それぞれ勝手に食べる。

「暑い、熱い」

クロトは文句を並べつつも、冷めるのを待たず大根を腹へ収め。

「冷めるまで待てぬのか。リオ、赤ん坊はわたしが」

「あ、お願い、速夫くん、はい、あーんして、あーん」

リオはイザヤへ赤ん坊を預けると、おもむろに速夫の傍らに屈んで、大根を速夫の口元へ持っていく。

「あ、あーん……」

速夫は照れながらも、素直に口をひらく。

大根を放り込む直前、リオは突然、驚いたように両目をみひらき、

「あ、ふーふーするの忘れてた。ごめん、ちょっと待っててね、ふー、ふー……」

「リオさん、少し熱いくらい大丈夫だから……」

「速夫くんがやけどしたらあたしがイヤなの！　ふー、ふー、おいしくなーれ、おいしくなーれ、ふー、ふー……」

リオは一生懸命（けんめい）大根をふーふーし、速夫（はやお）の口にそっと優しく箸で運ぶ。もぐもぐする速夫を慈愛の表情で見つめ、嚥下（えんげ）したのを確認してから、

「おいしい？」

「はい、とっても、おいしいです……」

「やーん。うれしい～……。ふーふーして良かった……。まだ食べる？　お水いる？　大根、こっちのが味がしみてそうだけど、こっちもいいかな……よし、こっちだね！　ふー、ふー、おいしくなーれ、おいしくなーれ……」

一連のやりとりをクロトは遠い目で眺め、

「胸焼けするわ」

「え、そんなに大根熱い？　クロちゃんもふーふーしないと。はい速夫くん、あーん……」

「あーん……。はふ、はふ」

「おいしい？」

「……はい。ほんとに……おいしいです」

「やーん、うれしい～。もっと食べるよね？　うん、大丈夫だよ、任せといて……」

照れる速夫と、身をくねらせて喜ぶリオを、クロトはますます遠い目で眺める。

桜の舞う横須賀軍港で四人が再会してから、一年と三か月が経っていた。

イザヤが借りていた借家のとなりにもう一軒借りて、四人で隣同士に住んでいる。

終戦から三か月後、占領軍によって皇王家典範が改定され、内親王の自由意志による婚姻が認められた。昨年の七月八日、クロトとイザヤ、速夫とリオは婚姻届を横須賀市役所に提出、正式に夫婦となった。今日は結婚一周年記念日ということで、黒之家と会々家と共有の中庭でおでんパーティーにいそしんでいる。

「ミュウちゃん、かわいいなあ。ほっぺたぷくぷく。目元がリオに似てる、美人になるぞ」

イザヤは胸に抱いた赤ん坊の頬をつつきながら、にこにこする。

クロトは赤ん坊の顔をのぞき込みながら、

「名前が名前だ、そのうち逆手で短刀を摑んで敵兵を皆殺しにするだろう」

「なんてこと言うんだ。かわいい名前じゃないか。きっと優しくていい子になるよ、ねえミュウ、かわいくて優しい子になるよねえ？」

イザヤは楽しそうに、赤ん坊に顔を近づけてあやす。赤ん坊はにこにこ笑って、小さな両手を差し出し、イザヤの顔を撫でる。

「あはは、かわいい。小さくって、いい匂い。赤ん坊って、こんなにかわいいんだなあ……」

イザヤはミュウへ、べろべろばあ、とおどけた顔をしてみせる。

おなかが膨らみ、午後の日差しを浴びながら、そのまま中庭で談笑する。

速夫が、先日ケヴィンから届いた手紙をクロトに手渡した。

どうしても速夫とリオの物語をノンフィクション小説として書き起こしたい。許可してくれたら、自分が日之雄に行くから取材協力して欲しい……という内容だった。

一読したクロトは、手紙をイザヤへ手渡して、

「許可して、取材協力し、印税の半分をむしり取れ」

速夫に助言する。速夫は困り顔で微笑み、

「そんなことしませんよ。ケヴィンは小説家になるのが夢だったから、その手助けになるなら協力しますけど、おカネはいらないかな、と……」

「甘い。ドルが手に入るのだぞ。闇市でモノが買えるではないか」

終戦後ほどなくして、すさまじいインフレが日之雄経済を襲い、円はゴミとなり、銀行預金も価値を失った。食料は闇市や田舎の農家との物々交換でしか手に入らず、市民のほとんどが飢えに苦しんでいる。

イザヤもケヴィンの手紙を読み終えて、

「半分とはいわんが、本当に出版されるなら、少しはいただいてもいいのでは？　ケヴィンもそれなりに支払うと言っているし。ミュウのためにも、栄養のある食べ物は必要だよ」

速夫を諭す。

速夫とリオは目を合わせて、

「そうなんですけど……。いただいたおカネは、戦没者遺族年金に寄付しよう、とリオさんと話してて……」

「…………………」

「ユーリさんから仕事のお話もいただいてますし、妻子はぼくの給料で養いたいな、と。はい……」

速夫はひとの良さそうな笑みを、リオと交わした。リオもうんうん頷いて、

「わたしたちが幸せなの、いなくなったみんなのおかげだから。少しでも恩返しになればいいかな、って……」

胸に抱いたミュウをあやしながら、そんなことを言う。

クロトは仕方なさそうに鼻を鳴らし、

「……お前たちがそう決めたなら、文句はないが。……なんにせよ、東京証券取引所が再開しさえすれば、カネの苦労はなくなる。トムスポン・テクノロジーズも東京支社を出すというし、あと二、三年の辛抱だな」

終戦の混乱に伴い、東京証券取引所は占領軍によって閉鎖されたままだ。再開の目途は立っていないが、クロトは再開後を視野に置き、着々と準備を進めていた。

ちなみにクロトの推薦で、速夫はトムスポン・テクノロジーズ東京支社の事務職として就職が決まっている。いまの速夫は昼間は漁港で魚の加工を手伝って、夜は経理の勉強をしている。真面目で頭が良く、バカがつくほど誠実な人柄だから、きっと会社員としても人並み以上の評価を得るだろう。

「ユーリ、幸せそうだなあ」

先日届いた、ユーリとトムスポンのニューヨークでの結婚式の写真を見ながら、イザヤはしみじみ呟いた。大勢の友人たちに囲まれて、ウェディングドレスに身を包んだユーリがトムスポンと寄り添って、無邪気な笑顔を見せていた。

リオが写真を見ながら不思議そうに、

「ユーリがスパイだったこと、この旦那さん知ってるの?」

「どうなんだろ。手紙にはなにも書いていないが」

イザヤはクロトへ目線を投げる。

クロトは白湯へ口をつけながら、

「知らんだろ。知る必要も、わざわざ言う必要もない」

「うーん。そういうものか」

「スパイだからな。そういうものだ」

クロトが九村から聞いた話では、戦後すぐにケリガン財閥の上層部から日之雄特務機関への介入があり、ユーリが潜入スパイだった事実は闇に葬られたそうだ。ケリガンはカイルを失脚させたユーリの功績に報いるため、かなりの手間とカネをかけてユーリの無罪放免を勝ち取ったらしい。ユーリもケリガンにその借りがあるから、スパイだった事実は夫にも隠して、墓まで持っていくだろう。

「でもこの笑顔みてると幸せそうだし。ユーリなら大丈夫だろ」

手紙には、東京支社の開業日にトムスポンとふたりで日之雄へ行く、と書いてあった。

この戦争、最大の功労者はユーリだ、とクロトは思う。

自ら「ベヒモス」へ乗り込んで目的地をクロトへ知らせ、そのうえカイルを失脚させて破産にまで追い込んだ。彼女の活躍がなかったらきっと十万人以上の東京市民が死傷しただろうし、カイル政権は存続し、こちらから降伏を訴えかけても交渉の席につくことなく、本土決戦は行われていただろう。

「ユーリのあげた戦果は、ひとりのスパイの功績として未曾有のものだ。文字通り、国軍に匹敵する働きだった。ユーリはカイルを辞職に追い込むことで、日之雄民族を絶滅から救ったといっても過言ではない」

珍しいクロトの賛辞に、イザヤも頷く。それに「ベヒモス」で意識を失っていたクロトを助けてくれたのもユーリだ。彼女が東京に来たら精一杯の心づくしで出迎えて、感謝を伝えようとイザヤは決めている。なにしろこれだけの成果をあげながら、ユーリの仕事は誰にも知られることなく歴史に埋もれ消えていくのだから。

「さて。仕事するか」

クロトは面倒臭そうに、我が家の書斎へ戻るため腰を上げた。

クロトはいま占領軍に出入りして、日之雄の役所や民間へむけられたさまざまな書類を日之雄語に翻訳して生計を立てていた。稼ぎがいいとは言わないが悪くもなく、東京証券取引所の再開まではなんとかこれで日銭を稼ぎ、先立つものを作りたかった。

と、リオがイザヤへ顔を近づけ、問いかけた。

「それで？　検査、どうだった？」

ぬ、とイザヤはひとこと呻き、去りかけたクロトの背中を見上げる。

「……？」

なんだか妙な空気を感じ、クロトはイザヤを振り返る。そういえば今朝、イザヤは「用事がある」とひとこと告げて、行き場所も言わずに留守にしたが。

「あー……。クロトとふたりのときに言おうと思ったが。……ここでもいいか、別に」

イザヤは決まり悪そうに、そんなことを言う。

「…………？」

ますます怪訝そうなクロトを尻目に、リオの表情が晴れやかに輝く。

「もしかして、イザヤ……!?」

「………………うん。………………七週目だそうだ」

聞いた瞬間、リオはその場で飛び上がって、クロトの両手を握って跳ね飛ぶ。

「うわ――っ！　おめでとうクロちゃん、おめでとう!!」

クロトはまだなんのことかわからず、両目をしばたくのみ。

速夫がミュウをあやしながら、笑顔をイザヤとクロトへむけて、

「おめでとうございます!!　イザヤさん、お身体大切に！」

クロトはさらに三度ほどまばたきを追加してから、ようやく、その事態に気づいた。

「イザヤ、それは、まさか………」

イザヤは照れくさそうに頬を染め、

「……うん。赤ちゃんができた」

クロトの口が半開きになる。

驚愕を隠すことなく表情に映し、イザヤの面前に回って、地面に両膝をつける。

「こ、子ども……!?　おれたちに子どもができるのか!?」

珍しく、クロトが狼狽している。

イザヤは顔を真っ赤に染めて、微笑む。

「……うん。……ははは。……ほんとにできるんだな、子どもって」

しばらくイザヤを見上げてから、クロトは喜びを頬に描く。

「す……すごいな！　そうか！　おれたちにも子どもができるのか……！」

イザヤにも意外なくらい、クロトはうれしそうだった。この男がこれほど喜びを露わにするのは、イザヤももしかするとはじめて見るかもしれない。

「……でかした！　……大事にしよう！　……無理はするな、大事な命だ、下手に動いたりするなよ、大事に、そうっと動くのだ……」

クロトはいきなり慎重になって、イザヤを大切にしはじめる。

「な、なんだお前、おおげさな。ちょっと喜びすぎ……」

「……栄養のあるものを食わねば！　大根ばかりではダメだ、大根はリオの足で間に合っている、待ってろ、すぐ闇市へ行って、うまいもんを手に入れてやる」

クロトはいそいそと借家へあがり、物々交換に使えそうなものの物色にあたる。

「これではいかん、これもダメだ、よし、これなら大丈夫……」

リュックサックと万年筆、インクを掴んで中庭へ戻り、

「イザヤ、安静にしていろ！　すぐに米を持ってきてやるからな！」

「万年筆はダメだろ！　仕事できなくなる！」

「いいんだ、仕事より赤ん坊だ、待ってろ、すぐ戻る」

「ちょ、ダメ、待て待て、速夫くん、止めて……」

速夫が松葉杖をついて立ち上がり、勇むクロトをかろうじて押しとどめ、

「気持ちはわかりますが、落ち着いてください閣下。深呼吸です、深呼吸……」

「ぬ、なんだ貴様、邪魔をするな、おれは一刻も早く、飢えた赤ん坊に食いものを……」

「まだ生まれてませんから。落ち着いてください。閣下、瞳が渦を巻いてます、落ち着いて、深呼吸、深呼吸……」

　速夫に諭され、クロトは動転しながらも三度ほど大きく息を吸い込み、呼吸を落ち着けてからイザヤを見る。

「うん、そうだな、万年筆はダメだ。これで食っているからな。あとは、そうだ、軍刀があった！　占領軍に黙って保管していたやつだ、これなら米が手に入るだろう」

「う、うん、いいんじゃないか。わたしも行こう。欲しいものあるし」

「お前は安静にしていろっ!!　リオ、速夫、手伝え、ついてこい」

　リオは頰(ほお)を膨らませ、

「いいけど、大根はリオの足で間に合ってる、ってどういう意味？」

「うるさい黙れ細かいことをぐちぐち言うな、行くぞ、速夫。イザヤはここで安静にしているのだ!!　絶対動くな!!」

「病人じゃないんだ！　闇市くらい大丈夫だよ。久しぶりに四人で遠出しよう」

「おっけー。ミユウ、抱いていくね」

「行きます！」

「安静にしていろっ!!」
「閣下、落ち着いて……」
イザヤを止めようとするクロトをなだめて、支度を調え、四人と赤ん坊は横須賀(よこすか)の闇市へ出かけた。

新大公洋(だいこうよう)艦隊の砲爆撃を受けて、横須賀の街は焼け野原だったが、終戦から一年半が経った現在、焼け跡には不法占拠のトタン小屋が建ち並び、主にガメリア兵を相手にする「マーケット」——いわゆる闇市が生まれていた。

食料配給はないに等しく、都市部の飢えた住民たちは着物や貴金属を持って闇市を訪れ、芋や米、小麦粉と交換して飢えを充(み)たしていた。

粗末な身なりのひとびとが狭い闇市を行き交って、あちこちで言い争いのような交渉が行われている。横須賀軍港に勤務するガメリア兵も多くいて、うどんを食べたり、若い女性に声をかけたりしていた。

「すごいひと。活気あるねー」
麦わら帽子をかぶって、胸の前にミュウを抱えたリオが目を輝かせる。
「みんな生きるのに必死だ。軍刀、買ってもらえるといいが」

同じく麦わら帽子に水玉ワンピースをあわせたイザヤも狭い通りを見回して、交渉できそうな店を探す。

痩せ細ったひとびとだが、食料が関わるだけに、店主との交渉は真剣そのもの。少しでも多くの食料と交換しようと、持ち寄ったものを高く売り込む声がそこかしこ響く。

クロトは士官服を身につけたガメリア軍人に近づいて軍刀を示し、ガメリア語で交渉して百五十ドルを手に入れた。闇市ではけっこうな大金だ。

「米、芋、味噌、醤油、小麦粉……。これだけあれば一通り手に入るな」

「はいっ、ぼくが背負います！」

「クロちゃん、速夫くんは馬車馬じゃないからね……」

左足を失った速夫だが、松葉杖をつきながら、購入した食料を次々に背中のリュックに放り込み、軽々と歩いて見せる。

二時間ほども買い物して、充分な食料が手に入った。膨れ上がったリュックを四人とも背負って闇市を出るころには、夕焼け空が出ていた。

海を左手に見ながら、埠頭沿いを歩いて帰る。

眠るミュウを胸の前に抱いたリオが、笑みを傍らにむけた。

「小麦粉たくさん買えたし、晩ご飯、すいとんにしようね」

「はい。リオさんのすいとん、大好きです」

「うちはどうする、クロト?」

「すいとんでは栄養が足りぬ。野菜を食え、塩漬け肉も買ったぞ。とにかく滋養のあるものを大量に食うのだ」

「う、うーん、計画的に食べよう。そろそろ貴重品もなくなってきたし……」

他愛（たわい）ない言葉を交わす四人の目の前には、茫漠（ぼうばく）とした焼け野原がどこまでも広がっていた。

焼け出されたひとびとはトタンやスレートや木材を組み合わせ、粗末な仮小屋をそこかしこに建てて暮らしていた。痩（や）せこけた半裸の子どもたちが、用水路で小魚を捕まえようと歓声をあげている。

海水で豆を煮る母親、幼子を背負って洗濯する女の子、はだしで畑を耕す少年、数珠（じゅず）を手に念仏を唱える老婆、焦げた木材を積み上げたリヤカーを引く青年……。懸命（けんめい）に生きるひとびとの背後で、火葬の煙が悲しくたなびいていた。

みなが貧しく、飢えに苦しみ、家族を食べさせようと必死だった。明日は食べていけるのか、十日後、食べるものは残っているのか、冬が来たらどう寒さをしのぐのか、不安を数え上げればきりがなかった。

――でも、必ずまた立ち上がる。

――ここはいつまでも焼け野原じゃない……。

イザヤはそう思う。

街が破壊され、電気もガスも水道もない焼け野原であっても、人間がそこに生きる限り必ず復興できる。そして、外国に負けないために先人たちが心血を注いで築き上げた技術や産業システムは、これからの発展を支えてくれるだろう。

　富国強兵に取り組んでいたころ、日之雄は海外列強に対抗するため、軍艦や飛行機をパーツから国内で完全生産できる産業流通システムを整えてきた。資源は持たないが、町工場で生産した数千ものパーツを生産ラインに載せて国産エンジンを開発できる数少ない国のひとつだ。飛行機に搭載するレシプロエンジンは自動車への転用が可能であり、平和な時代が来たなら自動車をはじめとする日之雄製の工業製品は世界市場を席巻するかもしれない。

　生き残ったひとびとが、先人たちの残した産業基盤に足を踏ん張り、毎日を懸命に生きていけば、いつか必ず平和で豊かな社会が実現できる。見上げるような高層建築が建ち並び、幹線道路は自動車で充ち、ひとをたくさん乗せた電車が絶え間なく行き交うような大都市に、この焼け野原が変貌するかもしれない。

　かすかな希望を抱いた、そのとき――

　遠いプロペラの音調が伝った。

　最近、ほとんど聞くことのなかった懐かしい響き。

　見上げたなら、箱根山の方向に艦影が七つ、夕焼けの空に浮き立っていた。

「ガメリア軍の飛行艦隊だ。珍しいな。箱根基地、復旧終わったのかな」

イザヤの言葉に、クロトが頷く。

「……欧州では近々、エルマとルキアが同盟を結ぶらしい。日之雄に手を出したらガメリアが相手になるぞ、とルキアへ牽制しているのでは」

艦影はクロトたちのほうへ近づいてくる。

飛行戦艦二、飛行駆逐艦五。折り重なった艦尾プロペラの音調が地上へ打ち寄せ、道行く人も思わず空を見上げ、複雑な表情になる。

ひぐらしの鳴く声に、艦尾プロペラの重奏が重なる。イザヤが溜息まじりに、

「もう戦争はこりごりだ。あんな経験だけは、子どもたちにさせたくない。二度と同じことを繰り返さないよう、これからわたしたちひとりひとりが肝に銘じねば」

「そうだね。ミユウも、平和が一番だよね――……」

眠る我が子へ語りかけながら、リオもしみじみそう思う。

二隻の戦艦は「ベヒモス」の同型艦らしく、上甲板の五十二センチ旋回主砲塔が夕陽に染まっていた。あの艦影を見るだけで、さまざまな出来事がクロトの脳裏によぎる。

「………………」

ごうっと音を立てて、四人の頭上を飛行艦隊が航過していった。

風が吹きすさび、イザヤは片手で麦わら帽子を押さえた。

全長二百七十メートルを超えるふたつの影が道路を覆い、空に蓋したかのよう。

艦尾プロペラの重奏がひときわ大きく空域へ響き、道行く人にのしかかるような影を曳(ひ)いて、東の空を目がけて飛び去っていく。

四人はその場に立ち止まり、去りゆく艦影を見送った。

この空で仲間たちと過ごしたたくさんの思い出が、それぞれの胸の内をよぎる。

いつか時が流れ、平和が当たり前になって、戦争のことがどこか遠い国の出来事のように思える時代が来たとしても。

——忘れないよ。

イザヤはこの空に映じる仲間たちへ誓った。

——永遠に、共に。

幸せを噛(か)みしめながら天空の戦士たちへ呼びかけて、自分のおなかへそっと手を置く。

命の息吹を、感じる。

時の流れのなか、去るものがいて、また新しい命が生まれでる。その営みの繰り返しの果てに、生きとし生ける全ての命が友情を歌う、恒久の平和があると信じて。遙(はる)かな理想を諦(あきら)めることなく、一歩一歩、高みを目指して歩いていこう。

「今日も明日も明るく元気に。互いを思いやって暮らすんだ」

軍艦での朝礼の際に、何度も水兵たちに繰り返してきた言葉を、イザヤはもう一度呟(つぶや)いた。

それからクロトと腕を組み、にっこり笑う。

「な?」

笑顔で同意を促すと、クロトは頰(ほお)を赤く染め、そっぽをむいた。照れくさそうだが、組んだ腕はほどくことなく、ぴたりと寄り添ってふたりは歩く。

道ばたに、ひまわりの園があった。黄色い花たちはたくましく、太陽へ顔をむけていた。焼け野原のむこうの空が、やけに明るく輝いていた。

「そうだね。みんなで明るく楽しく、元気に過ごそうね」

リオもそう言って、ミユウの脇へ両手を差し込み、頭の上へ持ち上げる。無邪気に笑うミユウのむこう、真っ赤な空を背景にして、仲間たちの笑顔があった。

とある時代、空飛ぶ船に乗って全力で飛んだ、激しく儚(はかな)い青春の群像だった。

忘れ得ぬ仲間たちを胸のうちへ抱きしめ、生かされた若者たちは互いに手を取り合い、焼け焦げた大地を力強く踏み越えていった。

彼方(かなた)から伝ったプロペラの響きが、ひとつの歌劇(オペラ)の終幕を告げた。

(了)

とある飛空士への恋歌

著／犬村小六（いぬむらころく）

イラスト／森沢晴行（もりさわはるゆき）

定価：本体590円＋税

革命によりすべてを失った元皇子、革命の旗印とされた風呼びの少女……。
空の果てを見つけるため、若き飛空士たちは空飛ぶ島イスラに乗り旅立つ！
『とある飛空士への追憶』の世界を舞台に、恋と空戦の物語再び!!

とある飛空士への誓約 1

著／犬村小六（いぬむらころく）

イラスト／森沢晴行（もりさわはるゆき）

定価：本体 629 円＋税

故郷を破壊された少年は、「空の一族」を滅ぼすために飛空士を目指した――。
空戦ファンタジーの金字塔「飛空士」新シリーズ、史上空前の規模でついに始動!!
七人の主人公が織りなす、恋と空戦の物語。

GAGAGA
ガガガ文庫

プロペラオペラ5

犬村小六

発行　2021年 8 月24日　初版第1刷発行
　　　2021年11月20日　　　第2刷発行

発行人　鳥光 裕

編集人　星野博規

編集　湯浅生史

発行所　株式会社小学館
〒101-8001 東京都千代田区一ツ橋2-3-1
[編集]03-3230-9343 [販売]03-5281-3556

カバー印刷　株式会社美松堂

印刷・製本　図書印刷株式会社

Printed in Japan ISBN978-4-09-453023-0

第17回小学館ライトノベル大賞 応募要項!!!!!!!!!!!!!!!!!!!!!!!!!!!!!!!!

ゲスト審査員は武内 崇氏!!!!!!!!!!!!!!

大賞：200万円＆デビュー確約
ガガガ賞：100万円＆デビュー確約
優秀賞：50万円＆デビュー確約
審査員特別賞：50万円＆デビュー確約

第一次審査通過者全員に、評価シート＆寸評をお送りします

内容 ビジュアルが付くことを意識した、エンターテインメント小説であること。ファンタジー、ミステリー、恋愛、ＳＦなどジャンルは不問。商業的に未発表作品であること。
（同人誌や営利目的でない個人のWEB上での作品掲載は可。その場合は同人誌名またはサイト名を明記のこと）

選考 ガガガ文庫編集部＋ゲスト審査員 武内 崇

資格 プロ・アマ・年齢不問

原稿枚数 ワープロ原稿の規定書式【１枚に42字×３４行、縦書きで印刷のこと】で、70～150枚。
※手書き原稿での応募は不可。

応募方法 次の3点を番号順に重ね合わせ、右上をクリップ等(※紐は不可)で綴じて送ってください。
① 作品タイトル、原稿枚数、郵便番号、住所、氏名（本名、ペンネーム使用の場合はペンネームも併記）、年齢、略歴、電話番号の順に明記した紙
② 800字以内であらすじ
③ 応募作品（必ずページ順に番号をふること）

応募先 〒101-8001 東京都千代田区一ツ橋 2-3-1
小学館　第四コミック局　ライトノベル大賞係

Webでの応募 GAGAGA WIREの小学館ライトノベル大賞ページから専用の作品投稿フォームにアクセス、必要情報を入力の上、ご応募ください。
※データ形式は、テキスト（txt）、ワード（doc、docx）のみとなります。
※Webと郵送で同一作品の応募はしないようにしてください。
※同一回の応募において、改稿版を含め同じ作品は一度しか投稿できません。よく推敲の上、アップロードください。

締め切り 2022年9月末日（当日消印有効）
※Web投稿は日付変更までにアップロード完了。

発表 2023年3月刊『ガ報』、及びガガガ文庫公式WEBサイトGAGAGAWIREにて

注意 ○応募作品は返却致しません。○選考に関するお問い合わせには応じられません。○二重投稿作品はいっさい受け付けません。○受賞作品の出版権及び映像化、コミック化、ゲーム化などの二次使用権はすべて小学館に帰属します。別途、規定の印税をお支払いいたします。○応募された方の個人情報は、本大賞以外の目的に利用することはありません。○事故防止の観点から、追跡サービス等が可能な配送方法を利用されることをおすすめします。○作品を複数応募する場合は、一作品ごとに別々の封筒に入れてご応募ください。